T0270276

UN REINO ENTRETEJIDO

UN REINO ENTRETEJIDO

TAHEREH MAFI

Traducción de Ankara Cabeza Lázaro

Argentina – Chile – Colombia – España
Estados Unidos – México – Perú – Uruguay

Título original: *This Woven Kingdom*
Editor original: HarperCollins
Traducción: Ankara Cabeza Lázaro

1.ª edición: abril 2023

Copyright © 2022 *by* Tahereh Mafi
All Rights Reserved
© de la traducción 2023 *by* Ankara Cabeza Lázaro
© 2023 *by* Ediciones Urano, S.A.U.
Plaza de los Reyes Magos, 8, piso 1.º C y D – 28007 Madrid
www.mundopuck.com

ISBN: 978-84-19252-03-6
E-ISBN: 978-84-19413-56-7
Depósito legal: B-2.458-2023

Fotocomposición: Ediciones Urano, S.A.U.

Impreso por: Rodesa, S.A. – Polígono Industrial San Miguel
Parcelas E7-E8 – 31132 Villatuerta (Navarra)

Impreso en España – *Printed in Spain*

Para Ransom.

Contemplo la tierra a izquierda y derecha,
Y carece de justicia, juicio o valor:
El hombre malvado ve sus actos
Recompensados con fortuna y alabanzas;
Mas quien en su hacer es bondadoso... muere
Despreciado y roto por el dolor, por la pena.

Pero son las leyendas las que forjan el mundo...
Y tanto la maldad como la gloria destinadas están al olvido.

—Hakim-Abdul-Qasim Firdusi, *El libro de los reyes (Shahnameh).*

UNO

Alizeh cosía a la luz del fuego y las estrellas, acurrucada, como tenía por costumbre, dentro del hogar que calentaba la cocina. Aquí y allá, el hollín le surcaba la piel y las faldas: se había manchado la parte superior del pómulo y una fina capa de suciedad se le acumulaba sobre una de las cejas. No parecía prestarle demasiada atención a su aspecto.

Alizeh tenía frío. No, en realidad, estaba helada.

La joven solía soñar con tener un cuerpo dispuesto de bisagras, de manera que, cuando quisiese entrar en calor, solo tuviese que abrir una puertecita en su pecho, llenar el espacio interior con carbón y queroseno y... encender una cerilla.

Daría todo cuanto tenía por que fuese posible.

Se arremangó las faldas para acercarse más al fuego, con cuidado de no estropear el vestido que había de entregarle a la hija ilegítima del embajador lojano. La pieza, intrincada y resplandeciente, era el único encargo que Alizeh había recibido en todo el mes, pero, en secreto, albergaba la esperanza de que el vestido sirviera de cebo para atraer a nuevas clientas. Después de todo, cuando le llegaban encargos esclavos de las últimas tendencias como aquel, estos solían ir de la mano de una envidia muy concreta, nacida de los salones de baile y los banquetes. Siempre que en el reino gobernase la paz, los miembros de la corte (aristócratas tanto legítimos como ilegítimos) continuarían celebrando fiestas y contrayendo deudas, lo cual significaba que Alizeh todavía podría arreglárselas para continuar sacando monedas de los rebosantes bolsillos bordados de los cortesanos.

Un súbito y violento escalofrío por poco consiguió que se saltara una puntada y cayera de bruces contra el fuego. Una vez, cuando todavía era muy pequeña, había gateado hasta el hogar encendido, desesperada por escapar del frío. Ni que decir tiene que no contó con la posibilidad de morir consumida por las llamas. Por aquel entonces, no era más que un bebé que buscaba el calor por instinto. Alizeh era totalmente ajena a la peculiaridad de su aflicción, ya que la escarcha que afloraba en su interior era tan poco común que destacaba incluso entre sus propias gentes, a quienes ya de por sí se les consideraba únicos.

Fue todo un milagro, sin duda, que solo hubiera acabado con las ropas carbonizadas y con los ojos irritados por el humo que terminó inundando su hogar. En cualquier caso, con el grito que siguió a sus acciones, quedó claro que la incursión de la reconfortada infante había llegado a su fin. Su madre la sacó de entre las llamas mientras la pequeña Alizeh derramaba gélidas lágrimas de frustración por no haber logrado entrar en calor. Pasaría años estudiando las cicatrices de las espantosas quemaduras que su madre sufrió al rescatarla del hogar.

—Sus ojos —había sollozado la temblorosa mujer al contárselo todo a su marido, que se había acercado corriendo a la cocina cuando oyó el alboroto—, mira lo que le ha pasado en los ojos... La matarán por esto...

De vuelta al presente, Alizeh se frotó los ojos y tosió.

Era tan pequeña cuando sucedió aquello que debería serle imposible rememorar las palabras exactas que pronunciaron sus padres. Sin duda, era un mero recuerdo de la historia que tantas veces le contaron. Como la tenía grabada a fuego en la mente, se había creído capaz de evocar la voz de su madre, nada más.

Tragó saliva.

El hollín le obstruía la garganta. Había perdido la sensibilidad en los dedos. Alizeh dejó escapar todas sus preocupaciones con una exhalación agotada que consiguió levantar otra ráfaga de partículas carbonizadas en el hogar.

Volvió a toser, pero se sacudió con tanta violencia que se clavó la aguja de coser en el meñique. Aceptó la punzada de dolor con una calma sobrenatural y retiró el utensilio con cuidado antes de inspeccionar la herida.

El pinchazo era profundo.

Lentamente, fue cerrando los dedos casi uno a uno alrededor del vestido que todavía sostenía en la mano, de forma que la exquisita seda detuviera el sangrado. Después de quedarse unos instantes con la mirada perdida clavada en la chimenea por decimosexta vez esa noche, soltó la tela, cortó el hilo con los dientes y lanzó el vestido engastado de gemas sobre una silla.

No había de qué preocuparse, pues Alizeh sabía que su sangre no dejaba mancha alguna. No obstante, era una buena excusa para darse por vencida con el vestido y tomarse un pequeño descanso. Aprovechó para evaluarlo al estar extendido sobre la silla. El corpiño había cedido ante la fuerza de la gravedad y, al caer sobre la falda, recordaba a la postura que adoptaría un niño al desplomarse en un asiento. La seda se arremolinaba entre las patas de madera, mientras que los abalorios que la decoraban captaban la luz del fuego. Una ventana mal cerrada daba golpes al mecerse con la suave brisa y la única vela que iluminaba la estancia se apagó, de manera que el encargo quedó despojado de la poca gracia que le quedaba. El vestido se deslizó por la silla y una de las pesadas mangas se escurrió con un susurro hasta rozar el suelo tiznado con su centelleante puño.

Alizeh suspiró.

El vestido, como tantos otros, estaba lejos de ser hermoso. En su opinión, tenía un diseño muy típico y demostraba una técnica poco más que aceptable. Soñaba con dejar volar su creatividad, con permitir que sus manos crearan con total libertad y sin un ápice de duda... Sin embargo, el desafortunado instinto de supervivencia de Alizeh siempre acababa por ahogar el clamor de su imaginación.

Los Acuerdos de Fuego, un tratado de paz sin precedentes que permitía que los jinn y los humanos interactuaran libremente por primera vez en casi un milenio, no habían sido firmados hasta los tiempos de su abuela. Aunque en apariencia eran idénticos a los humanos, los jinn contaban con una serie de ventajas físicas derivadas de la esencia de fuego con la que habían sido forjados. Por su parte, los humanos, nacidos de la mezcla entre la tierra y el agua, se habían granjeado, tiempo ha, el título de «seres de arcilla». Los jinn habían accedido a firmar los Acuerdos con unánime alivio, ya que las dos razas llevaban enzarzadas en una sangrienta batalla desde hacía eones. Y, aunque no habían conseguido poner fin a la enemistad que los distanciaba, ambos bandos estaban hartos de mirarle a la muerte a los ojos.

Habían bañado las calles de sol líquido para recibir con los brazos abiertos la etapa de delicada paz que se avecinaba, mientras que la bandera y la moneda del imperio fueron reinventadas con el triunfo. Todos y cada uno de los artículos reales llevaban un sello que ilustraba la máxima de una nueva era:

ARISS
«Así Reine la Igualdad, Siempre Suprema»

Resultó ser que lo que querían decir con la palabra *igualdad* era que los jinn se verían obligados a rebajarse a la debilidad de los humanos y a renegar de los poderes innatos de los de su raza: de la velocidad, la fuerza y la evanescencia selectiva que los acompañaba desde su nacimiento. Cesarían cualquier «demostración sobrenatural», como las llamaba el rey, o deberían enfrentarse a una muerte segura. Los seres de arcilla, que enseguida habían demostrado ser unas criaturas de naturaleza insegura, no perdieron el tiempo en acusar a cualquier jinn de abusar de sus poderes, sin importar el contexto. Alizeh aún oía los gritos, las revueltas en las calles...

Estudió con atención el vestido mediocre.

Siempre se esforzaba en diseñar piezas que no fueran demasiado bellas, puesto que cualquier trabajo excepcional se veía sometido al más implacable de los escrutinios y no tardaba en ser catalogado como el resultado de una artimaña sobrenatural.

Hubo una vez en la que Alizeh, en su creciente desesperación por ganarse la vida dignamente, decidió impresionar a una clienta con su destreza, en vez de ceñirse a las últimas tendencias. No solo era capaz de diseñar piezas mucho más intrincadas que las de la modista de la ciudad, sino que podía diseñar un elegante vestido informal en un cuarto de tiempo y por la mitad de precio.

Ese desliz casi le cuesta la horca.

No había sido la clienta satisfecha quien había delatado a Alizeh ante los tribunales, sino una de sus rivales en el mundo de la confección. Fue todo un milagro que escapara cuando intentaron llevársela durante la noche, pero consiguió abandonar la familiaridad de la zona rural donde se había criado en favor del anonimato de la ciudad, con la esperanza de confundirse entre la multitud.

Deseaba con todas sus fuerzas deshacerse de la responsabilidad con la que siempre cargaba, pero Alizeh tenía una infinidad de razones para mantenerse oculta entre las sombras. En especial, era incapaz de olvidar que sus padres habían dado su vida por ella, para que sobreviviera sin llamar la atención. Cualquier imprudencia supondría una afrenta contra su sacrificio.

No, Alizeh había aprendido por las malas a renunciar a sus encargos mucho antes de encariñarse con su oficio.

Al incorporarse, una nube de hollín se alzó con ella y se arremolinó entre sus faldas. Debería limpiar el hogar antes de que la señora Amina bajara a la cocina por la mañana o acabaría prescindiendo de sus servicios, como tantos otros. A pesar de lo mucho que se esforzaba, Alizeh había terminado de patitas en la calle tantas veces que había perdido la cuenta. Siempre supuso que deshacerse de aquello que de por sí se consideraba desechable no era una tarea que requiriese un gran incentivo, pero pensar de esa manera nunca la reconfortó demasiado.

Entonces, tomó una escoba y se estremeció ligeramente al ver cómo el fuego se extinguía. Era tarde... muy tarde. El ritmo regular del tictac del reloj hizo que algo se enroscara en torno a su corazón y le puso los nervios a flor de piel. Alizeh sentía una aversión innata por la oscuridad; le provocaba una profunda sensación de pánico que no era capaz de explicar bien con palabras. Habría preferido blandir su aguja y su hilo bajo la luz del sol, pero pasaba los días trabajando en algo que de verdad importaba: limpiar las estancias y las letrinas de la Mansión Baz, la residencia de su excelencia, la duquesa Jamilah de Fetrous.

Alizeh no conocía a la duquesa en persona y solo había visto a la resplandeciente dama desde la distancia. Alizeh no interactuaba con nadie que no fuera la señora Amina, el ama de llaves, que había aceptado contratarla con la condición de que se sometiera a un periodo de prueba, al no contar con ninguna recomendación. Por esa razón, todavía no le permitían relacionarse con los demás miembros del servicio. Tampoco la alojaron en el ala donde estos dormían, sino que le ofrecieron una vieja despensa en el ático, provista de un catre, un colchón devorado por las polillas y una vela medio consumida.

Alizeh había pasado su primera noche sin dormir, tumbada sobre la estrecha cama, y tan abrumada que apenas era capaz de respirar. No le importaba contar con un ático viejo y un colchón raído, porque se sentía de lo más afortunada. Que una casa señorial estuviera dispuesta a contratar a una jinn ya era lo bastante sorprendente, pero que, además, le ofrecieran una habitación, un lugar donde cobijarse del invierno en las calles...

Por supuesto, desde que sus padres murieron, Alizeh había tenido varios trabajos con los que se ganó un pajar o un techo bajo el que dormir, pero nunca le habían ofrecido una habitación para ella sola. Aquella era la primera vez en años en la que disfrutaba de su privacidad, en la que contaba con una puerta a la que podía cerrar, y se sentía tan henchida de felicidad que temía que el suelo cediera bajo sus pies. Su cuerpo se sacudía mientras contemplaba las vigas de madera del techo aquella noche. Una enorme araña se había descolgado por uno de sus hilos para mirarle a los ojos, pero Alizeh se limitó a sonreír, abrazada a un odre de agua.

Esa había sido su única petición.

—¿Un odre de agua? —La señora Amina había fruncido el ceño, como si Alizeh le hubiera pedido que se comiera a uno de sus hijos—. Puedes ir a buscártela tú solita, niña.

—Disculpadme, lo haría si pudiera... —había respondido con la vista clavada en la puntera rasgada de los zapatos que todavía no había remendado—, pero todavía no estoy familiarizada con la ciudad y me resulta difícil encontrar agua potable tan lejos de casa. No disponemos de ningún aljibe de confianza por aquí y aún no puedo permitirme comprar un vaso de agua en el mercado...

Una carcajada sacudió a la señora Amina.

Alizeh guardó silencio, mientras que el rubor le subía por el cuello. Desconocía la razón por la que la mujer se reía de ella.

—¿Sabes leer, niña?

Alizeh alzó la vista sin querer, consciente del jadeo temeroso de la mujer, un sonido que solía granjearse con frecuencia al hacer contacto visual con otras personas. La señora Amina dio un paso atrás y perdió la sonrisa.

—Así es, señora —afirmó Alizeh.

—Entonces tendrás que olvidar lo que sabes.

—¿Cómo decís? —respondió, sorprendida.

—No seas tonta —dijo la señora Amina con ojos entornados—. Nadie quiere a una criada que sepa leer. Dinamitas tus propias oportunidades con esa lengua. ¿De dónde has dicho que vienes?

Alizeh se quedó boquiabierta.

No sabría afirmar con seguridad si la mujer estaba siendo cruel o amable. Era la primera vez que alguien le sugería que su inteligencia podría suponer un problema a la hora de mantener su puesto de trabajo y Alizeh se preguntaba si tendría razón: quizá sí que era su mente abarrotada de ideas la que acababa mandándola de vuelta a la calle una y otra vez. Tal vez, si era cuidadosa, conseguiría que le permitieran trabajar más de un par de semanas. Sin duda, estaría dispuesta a fingir cierta simpleza a cambio de su seguridad.

—Provengo del norte, señora —explicó en voz baja.

—Tu acento no dice lo mismo.

Alizeh por poco confiesa en voz alta que había crecido relativamente aislada del mundo, que había aprendido a hablar gracias a lo que sus tutores le habían enseñado. Sin embargo, de inmediato recordó quién era, recordó cuál era su posición, y permaneció callada.

—No esperaba otra respuesta —replicó la señora Amina ante su silencio—. Deshazte de ese ridículo acento. Suenas como una idiota que intenta aparentar ser una niñita rica. Es más, no pronuncies una sola palabra. Si consigues permanecer en silencio, serás de gran provecho. He oído que los de tu clase no os cansáis con demasiada facilidad, así que espero que tu esfuerzo confirme los rumores. De lo contrario, no dudaré en ponerte de patitas en la calle. ¿Me he explicado con claridad?

—Entendido, señora.

—Tendrás tu odre de agua.

—Gracias, señora. —Alizeh hizo una reverencia y se dispuso a marcharse.

—Ah... Y una cosa más...

—¿Sí, señora? —Se giró para mirarla.

—Consigue una snoda lo antes posible. No quiero verte la cara nunca más.

DOS

Alizeh acababa de abrir la puerta de su cuartito cuando sintió algo, una presencia masculina; era como si hubiera metido los brazos en las mangas de un chaquetón grueso. Vaciló, con el corazón martilleándole en el pecho, y se quedó de pie bajo el marco de la puerta.

Tonterías.

Alizeh sacudió la cabeza para aclararse las ideas. Estaba empezando a imaginar cosas y no era ninguna sorpresa: echaba en falta unas cuantas horas de sueño. Después de haber barrido el hogar, también había tenido que lavarse las manos y la cara a conciencia para quitarse el hollín y eso le había llevado mucho más tiempo de lo que le habría gustado. ¿Cómo iba a tener en cuenta los delirios de su agotada mente a altas horas de la noche?

Con un suspiro, Alizeh hundió un solo pie en las oscuras profundidades de su habitación e intentó encontrar a tientas la vela y las cerillas que siempre dejaba cerca de la puerta. La señora Amina se había negado a procurarle una segunda vela con la que iluminar su camino cuando subía por las escaleras a última hora de la tarde, porque a la mujer nunca se le habría ocurrido considerar que la muchacha siguiera trabajando horas después de que se extinguieran las lámparas de gas ni tampoco lo iba a tolerar. Aun así, la falta de imaginación del ama de llaves no había cambiado nada: a esa altura y en una mansión tan enorme, era casi imposible que llegase un mínimo de luz a la despensa donde dormía. A excepción del ocasional rayo de luna que se colaba a través de la raquítica ventana del pasillo, el ático demostraba ser de lo más opaco durante la noche; tan negro como el alquitrán.

De no haber contado con el rutilar del cielo nocturno para moverse por los numerosos tramos de escaleras que la separaban de su despensa, Alizeh habría acabado perdiéndose, ya que el miedo la paralizaba al encontrarse en compañía de la más absoluta oscuridad, y, cuando se enfrentaba a situaciones como aquella, tenía tendencia a sentir una preferencia absurda por la muerte.

Encontró la vela enseguida, rasgó el aire sin demora al encender la cerilla que buscaba y prendió la mecha. Un brillo cálido iluminó el centro de la estancia y, por primera vez en todo el día, Alizeh pudo relajarse.

Sin hacer ruido, cerró la puerta de su cuarto tras de sí y se adentró en la habitación, que apenas era lo suficientemente grande como para albergar el catre.

Aun así, la adoraba.

Había limpiado cada superficie de la alcoba hasta hacerse sangre en los nudillos y sentir punzadas de dolor en las rodillas. En aquellas propiedades tan antiguas e imponentes, casi todo lo que en un tiempo tuvo una exquisita manufactura acababa enterrado bajo capas de moho, telarañas y porquería acumulada. Bajo toda esa suciedad, Alizeh había descubierto elegantes suelos en espiga y robustas vigas de madera en los techos. Cuando hubo acabado con ella, la antigua despensa, sin duda, quedó reluciente.

Por supuesto, la señora Amina no había puesto un pie allí desde que la dejó en manos del servicio, pero Alizeh solía pensar con frecuencia en lo que diría el ama de llaves si la viese ahora, puesto que el pequeño espacio había quedado irreconocible. Y no podría haber sido de otro modo, porque la muchacha había aprendido hacía ya mucho tiempo a sacarle todo el provecho a sus habilidades.

Retiró la delicada tela de tul de la snoda que le cubría los ojos. Toda persona que formase parte del servicio estaba obligada a llevar ese velo, un símbolo que identificaba a las clases sociales más bajas. La tela estaba diseñada para que no supusiera un obstáculo a la hora de trabajar y era lo suficientemente suelta como para difuminar los rasgos de su portador sin limitar su visión. Alizeh no había tomado la decisión de dedicarse a esa profesión a la ligera y, cada día, se aferraba al anonimato que le proporcionaba su puesto. Aunque la mayor parte de la gente no comprendía a qué se debía la rareza que contemplaba en sus ojos, rara vez se quitaba la snoda fuera de su habitación, ya que temía que, algún día, acabaría reconociéndola alguien que sí quisiera hacerle daño.

Inspiró profundamente y se presionó las mejillas y las sienes con la yema de los dedos para masajearse con cuidado el rostro; tenía la impresión de no haber visto sus propias facciones en años. Alizeh no contaba con ningún espejo y, cuando robaba algún destello ocasional de su reflejo en los espejos de la Mansión Baz, solo podía apreciar el tercio inferior de su cara: los labios, la barbilla y la curva del cuello. No era más que una criada sin rostro, una de muchas, y no guardaba más que vagos recuerdos de su aspecto... o de las descripciones que otras personas antaño le ofrecieron. Recordaba el susurro de su madre en el oído y la sensación de las manos callosas de su padre al acariciarle la mejilla.

«Eres la más excepcional entre todos nosotros», le había dicho una vez su padre.

Alizeh dejó el recuerdo a un lado en su mente mientras se descalzaba y dejaba las botas en una esquina de la despensa.

Con el paso de los años, había conseguido almacenar una cantidad suficiente de retales provenientes de antiguos encargos como para confeccionar la colcha y la funda de almohada que ahora descansaban sobre el colchón. Colgaba sus ropas de unos clavos viejos alrededor de los cuales había enrollado hilos de colores con gran meticulosidad. El resto de sus efectos personales estaban colocados dentro de una caja de manzanas que encontró abandonada en uno de los gallineros.

Entonces, se quitó las medias y las colgó de un cordel tensado para que se aireasen. En cada uno de los ganchos de colores, dejó su vestido, el corpiño y la snoda. Todas las pertenencias de Alizeh, todo lo que pasaba por sus manos, guardaba una total pulcritud y orden, puesto que hacía tiempo que había aprendido que, si una no encuentra un hogar, debe crearlo ella misma. De hecho, un hogar podía ser construido de la mismísima nada.

Ataviada tan solo con una camisola, la muchacha bostezó al sentarse sobre el catre y continuó bostezando al hundirse en el colchón y al quitarse los pasadores que le recogían el cabello. El peso del día cayó alrededor de sus hombros, junto a los largos y pesados mechones.

Los pensamientos de la joven comenzaron a emborronarse.

Muy a su pesar, apagó la vela, se hizo un ovillo y se dejó caer sobre la cama, como un insecto que pierde el equilibrio. La irracionalidad de su fobia solo mantenía cierta consistencia en cuanto a lo mucho que la desconcertaba, puesto que, cuando llegaba la hora de meterse en la cama y cerrar los ojos, Alizeh se sentía capaz de vencer a la oscuridad con mayor facilidad. Así, a pesar de verse atenazada por esos ya conocidos escalofríos de miedo, conseguía sucumbir al sueño enseguida. Buscó uno de los extremos de la suave colcha y se cubrió hasta los hombros con ella, para evitar pensar en el frío que tenía; para no pensar en nada en absoluto. De hecho, temblaba con tanta violencia que apenas fue consciente de la figura que se había sentado a los pies de su cama y que hundía el colchón con su peso.

La muchacha reprimió un grito.

Abrió los ojos de golpe y luchó por que sus cansadas pupilas se ajustasen a la oscuridad. Tanteó frenéticamente la colcha, la almohada y el colchón raído. No había ningún cuerpo sobre la cama. No había nadie en su habitación.

¿Estaba teniendo alucinaciones? Buscó la vela con torpeza, que se le cayó al suelo por lo mucho que le temblaban las manos.

Todo había sido un sueño, sin duda.

El colchón emitió un quejido ante los cambios de peso y Alizeh sintió un pánico tan intenso que se le nubló la vista. Se echó hacia atrás y, al golpearse la cabeza contra la pared, el dolor le permitió dominar el miedo.

Con un chasquido rápido, la figura prendió una llama entre sus dedos translúcidos e iluminó los contornos de su rostro.

Alizeh apenas se atrevía a respirar.

Ni siquiera así era capaz de discernir su silueta (al menos, no con claridad), pero... no era su semblante, sino su voz lo que hacía infame al diablo.

Ella lo sabía más que nadie.

El diablo pocas veces adoptaba una forma mínimamente corpórea y era raro que se comunicara de una forma clara y fácil de recordar. Desde luego, la criatura no era tan poderosa como aseguraba su legado, puesto que se le había negado el derecho a hablar como cualquier otro ser y estaba condenado a transmitir sus mensajes en forma de acertijos. Además, solo tenía permitido conducir a las personas a la ruina por medio de la persuasión, nunca a través de la coacción.

Era bastante inusual que alguien asegurase tener trato con el diablo y pocos podían confirmar sus artimañas con convicción, dado que su presencia maligna tendía a manifestarse, por lo general, como una oleada de sensaciones.

A Alizeh no le agradaba ser la excepción que confirmaba la regla.

Por supuesto, aceptaba, muy a su pesar, las circunstancias de su nacimiento: el diablo había sido el primero en presentarse junto a su cuna para felicitar a sus padres con molestos mensajes en clave tan ineludibles como la humedad de la lluvia. Los padres de Alizeh habían tratado sin descanso de expulsar a aquella bestia de su hogar, pero el diablo regresaba una y otra vez para bordar permanentemente el tapiz de la vida de la joven con siniestros presagios que solo parecían prometer un futuro de destrucción del que Alizeh no tenía manera de escapar.

Incluso en ese momento, la muchacha sintió la voz del diablo, que, como una exhalación, se extendía por su cuerpo y se infiltraba en sus huesos.

Hubo una vez un hombre que..., susurró el diablo.

—No —replicó Alizeh casi con un grito de pánico—. No quiero más acertijos, por favor...

Hubo una vez un hombre que... una serpiente en cada hombro portaba, volvió a susurrar.

La muchacha se llevó ambas manos a los oídos para no escucharle y sacudió la cabeza; nunca había deseado llorar tanto como en aquel momento.

El diablo comenzó de nuevo:

Hubo una vez un hombre que
Una serpiente en cada hombro portaba.
Si a las sierpes proveía de sustento,
El tiempo para su maestro no pasaba.

Alizeh cerró los ojos con fuerza y se abrazó las rodillas contra el pecho. No iba a detenerse. Alizeh no podía escapar de él.

No se sabía de qué se alimentaban...

—Por favor —dijo casi como un ruego—. Por favor, no quiero saber más...

No se sabía de qué se alimentaban
Ni cuando a los niños hubieron hallado.
Sin cerebro, con el cráneo partido en dos,
En el suelo yacían desmadejados.

Tomó aire con brusquedad y el diablo se esfumó; su voz se desprendió de sus huesos y la dejó libre. De pronto, la habitación se tambaleó a su alrededor, al tiempo que las sombras se disipaban y se extendían... Y bajo la luz distorsionada, encontró un rostro borroso que le devolvía la mirada. Alizeh se mordió el labio con tanta fuerza que saboreó su propia sangre en la lengua.

Quien la contemplaba era un joven a quien no había visto nunca antes.

Alizeh no tenía duda de que era humano... Pero había algo en él que lo diferenciaba del resto. La escasa iluminación conseguía que el muchacho pareciera estar esculpido no solo en arcilla, sino en mármol. Su rostro estaba delimitado por líneas rectas que enmarcaban unos labios suaves. Cuanto más tiempo lo miraba, más rápido le latía el corazón. ¿Sería ese el hombre que portaba una serpiente en cada hombro? ¿Por qué sería tan importante? ¿Por qué debería creer una sola palabra del diablo?

Ah, pero sí que conocía la respuesta a esa última pregunta.

Alizeh estaba perdiendo los nervios. Su mente le pedía a gritos que apartara la mirada de ese rostro que acababa de aparecer de la nada y le recordaba que todo aquello era una locura. Sin embargo...

Sintió que el calor le subía por el cuello.

No estaba acostumbrada a contemplar un rostro ajeno durante tanto tiempo y este en particular era inmensamente bello. Tenía unas facciones aristocráticas, de líneas rectas y ángulos pronunciados, adornadas con una despreocupada y sutil expresión altanera. Inclinó la cabeza hacia un lado mientras la estudiaba y no vaciló cuando sus miradas se encontraron. Recibir esa atención inflexible prendió una llama olvidada en el interior de Alizeh e inundó su mente cansada con una ola de sorpresa.

Entonces, vio una mano.

Era la mano del joven, nacida de un tirabuzón de oscuridad. El desconocido miró a Alizeh directamente a los ojos cuando le pasó un dedo evanescente por los labios.

La muchacha dejó escapar un grito.

EN EL PRINCIPIO
DE LOS TIEMPOS

La historia del diablo se había ido desdibujando con cada re-interpretación, pero Iblís, Iblís, su verdadero nombre cuya pronunciación recordaba al latir de un corazón en la lengua, se había perdido en las catacumbas del pasado. Sus propios congéneres eran más conscientes que nadie de que la bestia no se había forjado con luz, sino con fuego. No era ningún ángel. Era un jinn y formaba parte de la raza milenaria que una vez poseyó la tierra, que una vez había celebrado el extraordinario ascenso del joven Iblís a los cielos. Sabían mejor que nadie cuál era su procedencia puesto que estaban allí cuando regresó. Cuando su cuerpo quedó destrozado al impactar contra el suelo, el mundo que habitaban fue abandonado a su suerte para pudrirse como castigo por la arrogancia del diablo.

Los pájaros se paralizaron cuando su cuerpo se precipitó desde el cielo, de forma que quedaron con el afilado pico abierto y las vastas alas extendidas en el aire. La figura de Iblís relució al caer, puesto que su carne estaba impregnada de un fuego líquido recién fundido, que se extendía por su piel en pesadas gotas. El magma aún candente que se escurría por su cuerpo y que tocó la tierra mucho antes que él, pulverizó ranas, árboles y la dignidad compartida por toda una civilización que se vería forzada a pasar el resto de sus días gritando el nombre del diablo a las estrellas.

Porque, cuando Iblís cayó, también cayeron los suyos.

No sería Dios, sino los habitantes del universo en expansión quienes pronto despreciarían a los jinn; todos y cada uno de los cuerpos celestes habían sido testigos de la génesis del diablo, de una criatura sombría que, hasta aquel momento, había permanecido anónima y sin nombre... Ninguno de ellos quiso verse relacionado con uno de los enemigos del Todopoderoso.

El Sol fue el primero en darles la espalda. Ocurrió en un abrir y cerrar de ojos: su planeta, la Tierra, se sumió en una noche sin fin y quedó cubierta por una coraza de hielo, desplazada de su órbita. La siguiente en desaparecer fue la Luna, que desvió al mundo de su eje y alteró los océanos. La Tierra quedó inundada y, después, congelada; la población mundial se redujo de un plumazo a la mitad en tres días. Miles de años de historia, arte, literatura y avance científico quedaron destruidos.

Sin embargo, los jinn que sobrevivieron no dudaron en mantener la esperanza.

No dudaron ni cuando las estrellas por fin se devoraron a sí mismas una a una, ni cuando la tierra se hundió y se resquebrajó bajo sus pies, ni cuando los mapas centenarios quedaron obsoletos de un día para otro. Los jinn no se sintieron verdadera e irrevocablemente perdidos hasta que quedaron desprovistos de su capacidad para moverse por la perpetua oscuridad.

Y no tardaron en dispersarse por el mundo.

El precio que Iblís pagó por su crimen fue completar una única tarea: la de asolar para siempre a las criaturas hechas de barro que pronto saldrían reptando de la tierra. Los seres de arcilla (aquellas formas de vida bastas y rudimentarias ante las que Iblís nunca se arrodillaría) heredarían el mundo que antaño había pertenecido a los jinn, tal y como se había presagiado.

Pero ¿cuándo llegaría ese momento? Era un detalle que desconocían.

Los cielos vigilaron al diablo, que se había visto obligado a vivir una vida lejos de ser plena. Todos contemplaron en silencio cómo los mares helados anegaban las costas, cómo las mareas se alzaban para equipararse a la impetuosa ira del diablo. Con cada segundo que pasaba, la oscuridad seguía extendiéndose y haciéndose más espesa, gracias al pestilente olor de la muerte.

Desprovistos del cielo que antaño les servía de guía, los jinn que lograron sobrevivir no fueron capaces de determinar durante cuánto tiempo resistieron bajo el asfixiante azote del frío y la oscuridad. Aunque tenían la sensación de haber resistido durante siglos, bien podrían haber pasado solo unos cuantos días. ¿Qué valor tenía el tiempo cuando no había una luna con la que controlar el paso de las horas o un sol con el que acotar los años? La única prueba del paso del tiempo eran los nacimientos y el desarrollo de los niños que salieron adelante. Dos fueron las razones por las que los jinn sobrevivieron a aquellos inviernos infinitos: por un lado, su alma había sido forjada con fuego y, por otro, el agua era todo el sustento que necesitaban.

Los seres de arcilla tomaron forma poco a poco en aquellas mismas aguas y alcanzaron agitadamente su último estadio al tiempo que otra civilización moría en masa, víctima de los corazones rotos y el terror. Los jinn que sobrevivieron contra todo pronóstico, tuvieron que lidiar con la rabia que había quedado enjaulada en su pecho, una rabia que solo el peso de una vergüenza inflexible mantenía a raya.

Hubo un tiempo en el que los jinn fueron las únicas criaturas dotadas de inteligencia en la Tierra; además, los seres de arcilla nunca llegarían a ser tan robustos, rápidos, humildes y astutos como ellos. Sin embargo, la gran mayoría de la población jinn había quedado ciega como resultado de la perpetua noche. Su piel había adquirido un tono grisáceo y sus iris se habían tornado blancos al quedar desprovistos de todo pigmento, acostumbrados a la completa oscuridad. Ni siquiera aquellas criaturas de fuego habían soportado la tortuosa falta de luz solar. Para cuando los recién engendrados seres de arcilla por fin se alzaron imponentes, el sol cobró vida de nuevo... devolvió la atención del universo al planeta y sometió a los jinn a una abrasadora tortura.

Hacía tanto calor.

La luz resecó los desacostumbrados ojos de los jinn y derritió la poca carne que les quedaba sobre los huesos. Para aquellos que buscaron refugio del calor, sí que hubo esperanza: junto al Sol, también regresaron la Luna y las estrellas. Gracias a la luz de estas últimas, consiguieron encontrar el camino de vuelta a la seguridad de un refugio en la cúspide terrestre, donde se sumergieron en el frío helador que había comenzado a hacerlos sentir como en casa. Allí construyeron un nuevo y modesto reino sin demasiado alboroto, pero nunca dejaron de presionar su cuerpo sobrenatural contra los planos del espacio y del tiempo hasta casi desaparecer.

No importó que los jinn fueran más fuertes que los seres de arcilla, quienes se hacían llamar «seres humanos» y para entonces se habían hecho con el control de la tierra y sus cielos. No importó que los jinn dispusieran de más poder, fuerza y velocidad. Tampoco importó que su alma ardiera a unas temperaturas mucho más altas. Habían comprendido que la tierra podía extinguir una llama. Que la arcilla acabaría enterrándolos a todos.

Y en cuanto a Iblís...

Iblís nunca se alejaba demasiado.

La eterna y deshonrosa existencia del diablo servía como un poderoso recordatorio que les impedía olvidar todo lo que habían perdido, así como las penurias que tuvieron que soportar para sobrevivir. Con un profundo pesar, los jinn les cedieron la tierra a los nuevos reyes... y rezaron para que los seres de arcilla nunca los encontraran.

Aquella fue otra plegaria que nunca obtuvo respuesta.

TRES

Alizeh se adentró bruscamente en la luz de la madrugada. Con el mismo ímpetu salió de la cama, se vistió, se peinó y se calzó. Por lo general, la muchacha solía asearse con más cuidado, pero se había despertado más tarde de lo que planeaba y lo único que tuvo tiempo de hacer fue pasarse una toalla húmeda por los ojos. Debía entregar el encargo aquel mismo día y había envuelto el resplandeciente vestido en varias capas de tul aseguradas con un cordel. Alizeh bajó por las escaleras sosteniendo el paquete con cuidado y, una vez que hubo encendido un fuego en el hogar de la cocina, abrió la pesada puerta de madera... para encontrar el suelo cubierto por una capa de nieve virgen que le llegaba hasta las rodillas.

La decepción casi consiguió que la joven se desplomara, pero cerró los ojos con fuerza y tomó aire para tranquilizarse.

No.

No pensaba volver a la cama. Claro que todavía no contaba con un chaquetón de invierno en condiciones. Ni con un sombrero. Ni siquiera tenía guantes. También era cierto que, si se apresuraba a volver a su habitación en ese preciso instante, conseguiría dormir durante una hora más antes de que la necesitasen.

Pero no podía hacer eso.

Se obligó a corregir su postura y abrazó el valioso paquete contra su pecho. No se quedaría sin cobrar lo que le debían.

Alizeh salió al terreno nevado.

Aquella mañana, la luna, de un tamaño descomunal, ocultaba la mayor parte del cielo y el reflejo de su luz bañaba todo aquello que tocaba con un resplandor de ensueño. El sol no era más que una diminuta mota en la distancia, cuya silueta brillaba tras un manto de nubes. Los árboles se alzaban imponentes, teñidos de blanco y con las ramas cargadas de nieve. Todavía era pronto, así que la nieve seguía intacta en los caminos y el mundo irradiaba una luz tan blanca que casi parecía azul. La nieve, el cielo y la luna eran azules. Incluso el aire helado parecía tener un aroma azul.

Alizeh se ajustó la fina chaqueta que llevaba puesta contra el cuerpo y prestó atención al sonido del viento que soplaba por las calles. Los empleados de la propiedad aparecieron de la nada, como si los pensamientos de la muchacha los hubieran invocado, y comenzaron a quitar la nieve con movimientos coreografiados para revelar franjas de adoquines dorados. El gorro rojo con orejeras que portaba cada uno botaba de aquí para allá con cada palada. Alizeh se apresuró a alcanzar el camino despejado y se sacudió la nieve de la ropa al tiempo que se la quitaba de los pies con un par de pisotones contra la piedra resbaladiza. Estaba empapada de muslos para abajo y, como prefería no pensar en ello, alzó la vista.

La noche aún no había dado paso al día ni se habían comenzado a gestar los sonidos típicos de la mañana. Los vendedores ambulantes todavía no habían montado sus puestos y las tiendas seguían con el pestillo echado. Aquel día, un trío de patos de un verde brillante caminaba por el centro de la calle nevada mientras los recelosos tenderos se asomaban desde el interior de sus respectivas tiendas e hincaban escobas en la nieve. Un descomunal oso polar holgazaneaba en un rincón congelado junto a un niño sin hogar que dormía acurrucado contra su pelaje. Alizeh hizo caso omiso del animal al girar la esquina, puesto que su mirada estaba clavada en una espiral de humo que se alzaba hacia el cielo. Los puestos de comida empezaban a encender los hornos y a preparar la mercancía. La muchacha inhaló los aromas desconocidos para cotejarlos en su mente. Había estudiado el arte de la cocina y era capaz de identificar ingredientes con un solo vistazo, pero todavía no había tenido el suficiente trato con la comida como para poder identificar cada olor.

Los jinn disfrutaban de la comida, aunque no la necesitasen, no como muchas otras criaturas, al menos. Por eso, Alizeh había prescindido de ese lujo durante años. Prefirió destinar su salario a la compra de materiales de costura y a frecuentar el hamam, los baños turcos de la zona. La joven necesitaba mantener una buena higiene tanto como el agua. Si el fuego era su alma, el agua era su vida: no precisaba más para sobrevivir. La bebía, se bañaba en ella y solía requerir estar cerca de alguna masa de agua. La higiene, como consecuencia, se había convertido en un pilar fundamental para la joven, uno que le había sido inculcado con ahínco desde su niñez. Cada pocos meses, se adentraba en las profundidades del bosque para encontrar salvadora pérsica (o árbol cepillo de dientes), de la cual extraía el cepillo que utilizaba para mantener una boca limpia y unos dientes blancos. Dado su oficio, la muchacha solía mancharse con frecuencia y, por eso, siempre que contaba con un verdadero respiro, aprovechaba para asearse hasta sacarse brillo. De hecho, su obsesión por la higiene fue lo que le llevó a valorar si los beneficios de la profesión en la que se había embarcado merecían la pena.

Alizeh dejó de caminar.

Se había detenido bajo un rayo de luz, que ahora le reconfortaba con su calor mientras un recuerdo florecía en su mente.

Un barreño lleno de agua jabonosa.

Las duras cerdas de un escobón.

La risa de sus padres.

El recuerdo no era muy diferente a la sensación que dejaría la huella de una mano cálida en el esternón. La madre y el padre de Alizeh consideraron que no solo sería imprescindible enseñarle a su hija cómo cuidar de su propio hogar, sino que también debería contar con los conocimientos básicos necesarios para llevar a cabo casi cualquier tarea técnica o mecánica; ambos quisieron que la muchacha supiese lo que realmente significaba un día de trabajo duro. Aun así, su único objetivo fue enseñarle una valiosa lección... Nunca tuvieron intención de que su hija se ganara la vida de aquella manera.

Mientras que Alizeh había pasado su infancia rodeada de maestros y tutores dedicados a su educación, sus padres también se habían asegurado de que la muchacha fuera humilde y así estuviera preparada para el supuesto futuro que la aguardaba; insistieron en inculcarle el concepto del bien común, de la cualidad esencial de la compasión.

«Siéntelos», le habían dicho sus padres una vez.

«Los grilletes que atan las manos de nuestra gente suelen pasar inadvertidos. Siéntelos, puesto que, incluso a ciegas, sabrás romperlos».

¿Se reirían sus padres si conocieran su situación actual? ¿Llorarían?

A Alizeh no le importaba formar parte del servicio y nunca le había molestado trabajar duro, pero sabía que lo más probable era que la muchacha estuviera deshonrando a sus padres o que, como mínimo, estuviera mancillando su memoria.

Su sonrisa flaqueó.

El chico se movió rápido (y ella estaba distraída), así que la joven tardó un instante más de lo normal en percatarse de su presencia. Lo cual significó que Alizeh no comprendió lo que estaba ocurriendo hasta que el muchacho le puso un cuchillo sobre la garganta.

—*Le man et parcel* —dijo el atacante. Su aliento caliente y rancio azotó el rostro de Alizeh. Hablaba en feshtún, así que se encontraba muy lejos de casa y seguramente estaría hambriento. El joven que se cernía sobre su espalda era mucho más alto que ella y le sujetaba la cintura sin demasiada delicadeza con la mano libre. Para cualquiera que presenciara la escena desde fuera, su atacante bien podría ser un bárbaro... pero, de algún modo, Alizeh sabía que era poco más que un niño, aunque fuera más corpulento que los demás chicos de su edad.

—Suéltame —dijo con suavidad—. Si me liberas en este preciso instante, te doy mi palabra de que no te haré ningún daño.

Él soltó una carcajada.

—*Nez beshoff.* —«Necia».

Alizeh se colocó el paquete bajo el brazo izquierdo, le rompió la muñeca al muchacho con la mano derecha y sintió cómo el filo del cuchillo le rozaba la garganta mientras él gritaba y se alejaba con torpeza. Antes de que cayera de espaldas, ella le agarró del brazo y se lo retorció, dislocándole así el hombro antes de empujarlo contra la nieve. Se quedó de pie junto al muchacho, que lloraba, semienterrado por un montículo de nieve. Los transeúntes apartaban la mirada. Como Alizeh bien sabía, no querían tener nada que ver con los estratos más bajos de la sociedad. Podían contar con que una criada y una rata callejera se mataran mutuamente para ahorrarles a las autoridades el trabajo adicional.

Qué imagen más desalentadora.

Con cuidado, Alizeh desenterró el cuchillo del muchacho y examinó la rudimentaria manufactura. También evaluó al chico: su semblante demostraba que era casi tan joven como sospechaba. Tendría doce años. Trece, a lo sumo.

Cuando se arrodilló junto a él, el joven se estremeció y sus sollozos remitieron momentáneamente.

—*Nek, nek, lofti, lofti...* —«No, no, por favor, por favor».

Tomó la mano sana del chico entre las suyas, le abrió el puño y depositó el cuchillo sobre su palma. Era consciente de que el pobre muchacho lo iba a necesitar.

Sin duda.

—Existen otras maneras de mantenerse con vida —le susurró en feshtún—. Ven a verme a las cocinas de la Mansión Baz y te daré un poco de pan.

Entonces el chico clavó la vista en Alizeh y descargó todo el terror que guardaba en su mirada sobre ella. Buscaba los ojos de la muchacha a través de la snoda.

—*¿Shora?* —dijo. «¿Por qué?».

A Alizeh casi se le escapa una sonrisa.

—*Bek mefem. Bek bidem* —respondió en voz baja. «Porque te entiendo. Porque he estado en tu situación».

El chico no tuvo tiempo de responder antes de que la joven se pusiera en pie y se sacudiese las faldas. Notó el cuello húmedo y sacó un pañuelo del bolsillo para presionarlo contra la herida. Todavía seguía de pie, inmóvil, cuando las campanas dieron la hora y una bandada de estorninos de relucientes plumas iridiscentes echó a volar sobresaltada.

Alizeh inspiró profundamente y se llenó los pulmones de aire helado. Odiaba el frío, pero al menos era vigorizante y la constante incomodidad que le provocaba la mantenía más alerta que cualquier taza de té. Aunque, aquella noche, la muchacha no habría dormido más de dos horas, no podía pararse a lamentar la falta de sueño. Debería estar lista para recibir órdenes de la señora Amina exactamente dentro de una hora, lo cual implicaba que tendría que llevar a cabo una gran cantidad de tareas en los sesenta minutos que tenía por delante.

Con todo, la joven vaciló.

Sentir aquel cuchillo contra la garganta le había provocado una sensación de malestar. Sin embargo, no fue el ataque en sí lo que la perturbó (un joven hambriento armado con un cuchillo no era una gran amenaza en comparación con las personas con las que Alizeh había tenido que lidiar cuando había vivido en la calle), sino que hubiera ocurrido en ese preciso momento. Los sucesos de la noche anterior, así como la voz del diablo y el rostro de aquel joven seguían muy presentes en su mente.

No se olvidaba de ello, simplemente había dejado el tema de lado. La preocupación era un oficio más por sí solo... y, con él, Alizeh ya sumaba tres empleos. Como era un trabajo que ocupaba el poco tiempo libre del que disponía, tenía la costumbre de almacenar su desasosiego para que acumulara polvo hasta que tuviese un momento que poder dedicárselo.

A pesar de todo, Alizeh no era una ingenua.

Iblís llevaba atormentándola toda la vida y casi la había vuelto loca con sus acertijos indescifrables. Nunca había sido capaz de comprender su persistente interés en ella, puesto que, aunque sabía que el hielo que corría por sus venas la convertía en una muchacha inusual incluso entre sus semejantes, la joven no consideraba que esa fuera una razón de peso para someterla a tal tortura. Alizeh detestaba que su vida estuviera entretejida con los susurros de un monstruo como él.

Tanto los jinn como los seres de arcilla maldecían por igual la existencia del diablo y, a pesar de que los humanos tardaron siglos en comprenderlo, los jinn probablemente odiaban al diablo más que cualquier otra raza. Después de todo, Iblís era el responsable de haber arruinado su civilización, de haber sentenciado a los ancestros de Alizeh a una vida cruel y desprovista de luz. Como consecuencia de los actos de Iblís (de su arrogancia), los jinn experimentaron un gran sufrimiento a manos de los humanos, quienes, durante miles de años, consideraron que erradicar a tales seres era una obligación divina, puesto que descendían del diablo.

Aquel odio era una mancha difícil de limpiar.

No obstante, Alizeh había comprobado varias veces que, si algo estaba claro, era que la presencia del diablo en su vida era un presagio, un augurio de miseria inminente. La muchacha escuchaba su voz antes de que aconteciera una muerte o un momento de sufrimiento, y antes de que su vida reumática diese un giro contundente. Cuando se sentía particularmente indulgente, se permitía prestarle atención a la persistente e incómoda sospecha de que el diablo demostraba una perversa amabilidad con sus misivas, puesto que parecía creer que, de esa manera, mitigaba con una advertencia un sufrimiento inevitable.

En cambio, por lo general, el temor solo la hacía sentir peor.

Alizeh pasaba sus días intentando averiguar qué tortura sería la siguiente, qué agonía le aguardaba a continuación. No tenía forma de saber cuándo...

Su mano se congeló, quedó olvidada, y el pañuelo ensangrentado se le cayó al suelo sin que se diera cuenta. El corazón de la muchacha se desbocó como un caballo al galope. Apenas era capaz de tomar aire. Aquel rostro, aquel semblante inhumano... estaba allí; él estaba allí...

Ya había comenzado a estudiarla.

Alizeh identificó la manufactura de su capa casi al mismo tiempo que reconoció el rostro del joven. La finísima lana negra era pesada y demostraba una confección exquisita; distinguiría aquella sutil majestuosidad a kilómetros de distancia. Sin duda, era obra de Madame Nezrin, la modista jefa del taller más notable del imperio. Alizeh reconocería el trabajo de aquella mujer en cualquier lugar. En realidad, la joven sería capaz de identificar la manufactura de casi todos los talleres del imperio, por lo que, con dedicarle un solo vistazo a la vestimenta de una persona, Alizeh solía adivinar cuántos asistentes fingirían sentir una profunda aflicción en su funeral.

Concluyó que un gran número de aduladores llorarían la muerte de ese hombre, puesto que no había duda de que sus bolsillos estaban más llenos que los del mismísimo Darío el Grande. El desconocido era alto e imponente. Llevaba la cabeza cubierta por la capucha de su capa, de modo que su rostro quedaba oculto casi en su totalidad por las sombras, si bien estaba lejos de ser la figura anónima que deseaba ser. Alizeh captó un destello del forro de la capa del joven: hecho de la más pura seda tintada, envejecida en vino y curada con escarcha. Se tardaban *años* en confeccionar un tejido como aquel. Miles de horas de esfuerzo. Lo más seguro era que el joven no fuese en absoluto consciente del valor de la pieza que llevaba puesta, al igual que no parecía darse cuenta de que la hebilla de la capa estaba hecha de oro macizo o de que por el precio de las sencillas botas que llevaba podría alimentar a miles de las familias que vivían en la ciudad. Era un necio al pensar que pasaría inadvertido, que podría llevarle ventaja a la joven en las calles, que podría...

Alizeh se quedó petrificada.

A medida que la joven comenzaba a atar cabos, poco a poco se vio embargada por una desconcertante y abrumadora inquietud.

¿Cuánto tiempo llevaba ahí parado?

Hubo una vez un hombre que
Una serpiente en cada hombro portaba.

En realidad, cabía la posibilidad de que Alizeh no se hubiera fijado en él si no la hubiera estado observando tan fijamente, si no la hubiera apresado en la jaula de su mirada. De pronto, todo cobró sentido y la idea (que le arrancó un jadeo) la sacudió con la fuerza de un trueno: el joven solo era visible para la muchacha porque él así lo permitía.

¿Quién era la necia, entonces?

Ella.

El pánico prendió un fuego en el pecho de Alizeh. Se obligó a despegar los pies del suelo y a desaparecer sin pensárselo dos veces entre las calles de la ciudad con la velocidad sobrenatural que reservaba para escapar de los peores altercados.

Alizeh no tenía forma de saber qué mal traería consigo aquel desconocido rostro de arcilla. De lo único de lo que estaba segura era de que no tendría forma de escapar de él.

Pero no se rendiría sin intentarlo.

CUATRO

L a luna se alzaba tan descomunal en el cielo que, con levantar un dedo, Kamran podría tocar su piel y dibujar círculos alrededor de sus heridas. Contempló las venas y los cráteres, cada una de aquellas cicatrices blancas que recordaban a un nido de arañas. Estudió cada detalle mientras su mente trabajaba y sus ojos se entrecerraban ante el imposible espejismo que acababa de presenciar.

La muchacha se había esfumado.

Aunque no había sido su intención mirarla tan fijamente, ¿qué otra cosa podría haber hecho? Percibió el peligro en los movimientos del atacante mucho antes de que el hombre sacara el cuchillo y lo peor de todo fue que nadie le prestó atención alguna al altercado. El agresor podría haber mutilado, secuestrado o asesinado a la joven de mil maneras terribles... Y, aunque Kamran había jurado permanecer en el anonimato a la luz del día, sus instintos más primarios le obligaron a lanzar una advertencia antes de que fuera demasiado tarde...

No debería haberse tomado tal molestia.

En cualquier caso, muchos aspectos de lo ocurrido aún le preocupaban: sobre todo, tenía la sensación de que había algo raro en aquella muchacha. Llevaba una snoda, un velo de seda semitransparente que le cubría los ojos y la nariz, que, si bien no ocultaba sus rasgos por completo, los difuminaba. Por sí sola, la snoda era inofensiva, puesto que toda persona que trabajara en el servicio debía llevar una. Asumir que era una criada no era nada descabellado.

Sin embargo, el personal de servicio no tenía la obligación de cubrirse el rostro fuera de las horas de trabajo y, por tanto, resultaba bastante inusual que la joven llevara la suya puesta a una hora tan temprana, cuando la aristocracia todavía seguía en la cama.

Era más probable que la joven no fuera una criada en absoluto.

Había espías infiltrados en el Imperio arduniano desde hacía años, pero su número había ido aumentando vertiginosamente en los últimos meses y alimentaba así las angustiosas preocupaciones que últimamente se alzaban por encima de cualquier pensamiento en la mente de Kamran y que se negaban a dejarlo tranquilo.

El joven dejó escapar un suspiro exasperado, que el frío transformó en una nube.

Cuanto más tiempo pasaba, más convencido estaba de que la muchacha debía de haberle robado el atuendo a alguna criada, dado que su disfraz no solo estaba muy mal logrado, sino que la joven desmontaba su propia tapadera al desconocer la multitud de normas y costumbres que definían la vida de las personas de clase baja. Su forma de andar alertaría a cualquiera: se movía demasiado bien como para ser una criada, puesto que la majestuosidad de su postura era tal que debían de habérsela inculcado desde niña.

No, ahora Kamran estaba seguro de que la muchacha no era trigo limpio. No sería la primera vez que alguien utilizaba una snoda para ocultar su identidad en público.

Kamran echó un vistazo al reloj de la plaza; aquella mañana había acudido a la ciudad para hablar con los magos, quienes le habían enviado un misterioso mensaje en el que solicitaban una audiencia con él a pesar de no haber anunciado su regreso a casa. Por lo que parecía, la reunión que celebrarían aquella mañana tendría que esperar. Para angustia suya, la intuición de Kamran, que no solía fallar, no le dejaba tranquilo.

¿Cómo fue una criada capaz de desarmar con una sola mano libre y sin miramientos a un hombre que la estaba amenazando con un cuchillo en la garganta? ¿De dónde habría sacado una criada el tiempo o el dinero necesarios para aprender a defenderse así? Y ¿qué demonios le había dicho al hombre como para dejarlo sollozando en la nieve?

El individuo en cuestión se estaba poniendo en pie en aquel preciso instante. Su rizada mata de cabello pelirrojo dejaba claro que provenía de Fesht, una región que quedaba a un mes de viaje (como mínimo) en dirección sur de Setar, la capital. El desconocido no solo estaba a kilómetros de su hogar, sino que parecía estar experimentando un fuerte dolor, como demostraba el hecho de que uno de sus brazos colgase más bajo que el otro. Kamran observó al pelirrojo, que se sujetaba el brazo herido (aparentemente dislocado) mientras se tomaba unos instantes para calmarse. Las lágrimas revelaban un par de surcos de piel limpia en sus mejillas sucias y, por primera vez, tuvo oportunidad de estudiar bien al delincuente. Si hubiera estado más acostumbrado a exteriorizar sus emociones, las facciones de Kamran habrían demostrado sorpresa.

El asaltante era muy joven.

Kamran se acercó a él rápidamente, al tiempo que se colocaba una máscara de intrincada cota de malla sobre el rostro. Aunque avanzaba con el viento en contra, el cual hacía que le chasqueara la capa contra las botas, el joven no se detuvo hasta que casi hubo chocado con el niño. Solo con aquella imagen, el joven fesht dio un brinco hacia atrás, que acompañó con una mueca de dolor al mover el brazo herido. Se hizo un ovillo sobre sí mismo, se abrazó la extremidad lesionada y agachó la cabeza contra el pecho como un ciempiés humillado para pedirle a Kamran que le dejara pasar con un susurro ininteligible:

—*Lofti, hejj, bekhshti...* —«Por favor, señor, disculpadme...».

Kamran apenas daba crédito al tremendo descaro del muchacho. Aun así, le tranquilizó saber que estaba en lo cierto: el chico hablaba feshtún y estaba muy lejos de su hogar.

Kamran estaba decidido a entregarlo a las autoridades; ese había sido su único objetivo al ir en su busca. En cambio, incapaz de escapar de sus pensamientos, se vio asolado por la duda.

El muchacho intentó pasar una vez más y, de nuevo, Kamran le cortó el paso.

—*Kya tan goft et cheknez?* —«¿Qué te ha dicho aquella joven?».

El chico se sobresaltó y dio un paso atrás. Su piel, que era de un color marrón uno o dos tonos más claros que el de sus ojos, lucía una constelación de pecas oscuras en el puente de la nariz. El rubor se extendió por su rostro en forma de manchas muy poco favorecedoras.

—*Bekhshti hejj, nek mefem...* —«Disculpadme, señor, pero no os entiendo...».

Kamran se acercó más a él; el muchacho por poco dejó escapar un quejido.

—*Jev man. Press* —insistió. «Contéstame. Ya».

Entonces se le soltó la lengua y comenzó a hablar a tal velocidad que Kamran apenas entendió nada de lo que decía. Tradujo sus palabras mientras el chico se lo contaba todo:

—No me dijo nada... por favor, señor, no le hice daño, no fue más que un malentendido...

Kamran asió el hombro dislocado del chico con una mano enguantada y le arrancó un grito al fesht, que quedó jadeando mientras le fallaban las rodillas.

—Cómo te atreves a mentirme a la cara...

—Señor... os lo suplico... —Rompió a llorar—. La muchacha solo me devolvió mi cuchillo, os lo juro, y... y entonces me ofreció pan; me dijo...

Kamran se tambaleó hacia atrás y dejó caer la mano.

—Deja de mentir.

—Os lo juro sobre la tumba de mi madre. Por lo más sagrado...

—¿Me estás diciendo que te devolvió el arma y te ofreció comida —dijo con brusquedad—, después de que tú intentaras matarla? ¿Después de que intentaras robarle?

El chico sacudió la cabeza y las lágrimas volvieron a anegarle los ojos.

—Se apiadó de mí, señor... Por favor...

—Ya basta.

El muchacho cerró la boca de golpe. La frustración de Kamran aumentaba sin descanso. Tenía la imperiosa necesidad de estrangular a alguien. Recorrió la plaza con la mirada una vez más, como si esperase que la joven fuera a reaparecer con la misma facilidad con la que se esfumó. Al final, sus ojos se volvieron a posar sobre el chico.

Su voz retumbó como un trueno.

—Amenazaste a una mujer con cortarle la garganta como un mísero cobarde, como un hombre de la peor calaña. Puede que la joven se apiadara de ti, pero yo no tengo por qué actuar igual. ¿De verdad esperas marcharte de aquí sin ser juzgado? ¿Sin que se imparta justicia?

Ante sus palabras, el muchacho entró en pánico.

—Por favor, señor... Acabaré con mi propia vida si así lo deseáis... Me abriré la garganta con mi propio cuchillo si me lo pedís, pero no me entreguéis a las autoridades, os lo ruego.

Kamran se quedó perplejo. La situación cada vez se volvía más y más complicada.

—¿Por qué preferirías tal cosa?

El muchacho se limitó a responder sacudiendo la cabeza, cada vez estaba más agitado. Los ojos se le salían de las órbitas; su temor era demasiado tangible como para ser fingido. No tardó en romper a llorar y sus sollozos reverberaron por las calles.

Kamran no tenía ni la más mínima idea de cómo calmar al pobre desgraciado. Sus propios hombres nunca se permitieron demostrar tal debilidad en su presencia, ni siquiera a las puertas de la muerte. Para cuando se planteó dejar marchar al muchacho, ya era demasiado tarde, puesto que apenas tuvo tiempo de verbalizar sus intenciones cuando el niño se clavó la hoja del tosco cuchillo en la garganta sin previo aviso.

Kamran tomó aliento bruscamente.

El muchacho (de nombre desconocido) se atragantó con su propia sangre, mientras el arma seguía enterrada en su cuello. Kamran lo tomó en brazos antes de que cayera al suelo y sintió el contorno de las costillas del chico. Pesaba tan poco como un pajarito; el hambre, sin duda, le había dejado los huesos huecos.

Sus antiguos instintos tomaron el control de la situación.

Kamran lanzó órdenes a los transeúntes con la misma voz que habría utilizado para comandar a su legión, y una multitud de desconocidos aparecieron de la nada para llevar a cabo sus indicaciones. El joven quedó tan impactado que apenas fue consciente de que retiraron al chico de entre sus brazos para sacarlo de la plaza. Kamran contempló la sangre que manchaba la nieve y que corría en un reguero hasta una tapa de alcantarilla como si nunca hubiera hecho frente a la muerte, como si no hubiera presenciado miles de fallecimientos en su vida. No era ajeno a ella en absoluto, la conocía muy bien y creía haber sido testigo del mal en casi todas sus formas. Sin embargo, Kamran nunca había presenciado el suicidio de un niño.

Fue entonces cuando vio el pañuelo.

La chica lo había presionado contra su garganta, contra la herida que le infligió el mismo muchacho que, presuntamente, acababa de morir. Kamran vio cómo aquella extraña joven se las arregló para asumir que había estado a las puertas de la muerte con la entereza de una soldado antes de impartir justicia con la compasión de una santa. No le cabía la menor duda de que era una espía en posesión de una sorprendente mente de lo más astuta.

Después de todo, no tardó más de un instante en saber cómo manejar a su atacante. La reacción de la joven fue mucho más acertada que la suya propia y supo evaluar la situación mejor que él. En aquel preciso momento, mientras Kamran repasaba la huida de la muchacha, sus miedos no hicieron más que incrementarse. Rara era la ocasión en la que el joven se sentía avergonzado, pero, aquella vez, la sensación rugía en su interior y se negaba a guardar silencio. Con un único dedo, levantó el rectángulo bordado del suelo nevado. Esperaba que la tela blanca estuviera manchada de sangre.

En cambio, estaba impoluta.

CINCO

Los tacones de las botas de Kamran golpearon contra los suelos de mármol con una violencia inusual y cada paso que daba reverberaba a través de los cavernosos corredores de su hogar. Tras la muerte de su padre, Kamran descubrió que era capaz de salir adelante gracias a una única emoción. Era una sensación que, al cultivarla con mimo, ganaba temperatura y se iba convirtiendo en un pilar en el interior de su pecho, como un órgano trasplantado.

Hablaba de la ira.

Hacía un mejor trabajo en mantenerlo con vida que su propio corazón.

Siempre estaba enfadado, pero, en aquel momento, su ira ardía con especial intensidad; solo podía desearle suerte al hombre que se cruzara en su camino cuando demostraba su peor cara.

Una vez que se hubo guardado el pañuelo de la joven en el bolsillo, Kamran se dio la vuelta con brusquedad y avanzó con paso decidido hasta su caballo, que le esperaba pacientemente. Le gustaban los caballos. Eran animales que acataban órdenes sin hacer preguntas; al menos, no con palabras. Al semental de pelaje negro no le había importado que su dueño estuviese distraído o que llevase la capa manchada de sangre.

Desde luego, no demostró la misma preocupación que Hazan.

El consejero le pisaba los talones y caminaba con una rapidez impresionante; sus botas golpeaban los suelos de piedra junto a las de Kamran. De no haber sido porque se habían criado juntos, habría recurrido a un método muy poco elegante para reaccionar ante la insolencia del consejero: a la fuerza bruta. Sin embargo, era su falta de respuesta ante la intimidación lo que convertía a Hasan en el hombre perfecto para cubrir el puesto de consejero. Kamran no tenía tiempo de lidiar con aduladores.

—Llamaros «idiota» sería demasiado amable, ¿lo sabéis? —dijo Hasan con una enorme serenidad—. Deberíais acabar clavado en el árbol benzess más viejo que hubiera. Debería dejar que los escarabajos os arrancaran la piel a tiras de los huesos.

Kamran permaneció en silencio.

—Tardarían semanas en acabar con vos. —Hazan por fin le había alcanzado y ahora le seguía el ritmo con facilidad—. Estaría encantado de verlos devoraros los ojos.

—Exageráis, sin duda.

—Os aseguro que no.

Sin previo aviso, Kamran se detuvo y Hazan, para mérito suyo, no dudó en hacer lo mismo. Ambos jóvenes se giraron rápidamente para quedar cara a cara. Hubo un tiempo en el que Hazan había sido un muchacho de rodillas que recordaban a unos nudillos artríticos. Cuando era pequeño, apenas era capaz de mantenerse erguido ni aunque su vida dependiera de ello. Kamran no podía evitar maravillarse ante lo mucho que había cambiado: Hazan creció hasta convertirse en un hombre lo suficientemente seguro de sí mismo como para amenazar de muerte al príncipe heredero con una sonrisa.

Aunque a regañadientes, Kamran encontró los ojos de su consejero con respeto. Casi tenían la misma altura, Hazan y él. Su físico era similar.

Sus rasgos eran del todo opuestos.

—No —dijo Kamran e incluso él mismo se dio cuenta de lo cansada que sonaba su voz. El tono afilado que le otorgaba la ira comenzaba a disiparse—. No me cabe duda de que os entusiasmaría verme brutalmente asesinado. Me refiero a vuestra evaluación de los daños que aseguráis que he causado.

El único indicador que demostraba la frustración de Hazan ante aquellas palabras fue el brillo que centelleó en sus ojos. Aun así, habló con calma cuando dijo:

—Que dudéis, aunque solo sea por un segundo, del hecho de haber cometido un terrible error demuestra, alteza, que, sin duda, merecéis que vuestro gaznate pase por el cuchillo del carnicero de palacio.

A Kamran por poco se le escapó una sonrisa.

—¿Os divierte la situación? —Hazan se acercó a él dando un único y calculado paso—. Tan solo habéis alertado al reino entero de vuestra presencia. Tan solo habéis revelado vuestra identidad ante una muchedumbre sin reservas. ¡Tan solo os habéis dibujado una diana en la espalda mientras estabais desprotegido...!

Kamran se soltó la hebilla de la capa, estiró el cuello y dejó que la prenda resbalara por sus hombros. Unas manos invisibles la atraparon al vuelo y una criada espectral se escabulló con la pieza ensangrentada tan rápido como había aparecido. Tuvo una fracción de segundo para captar un atisbo de la snoda de la criada, que le recordó, una vez más, a la joven del altercado.

Kamran se pasó una mano por el rostro con un desagradable resultado. No recordaba que tenía las manos manchadas de la sangre seca del chico y no deseaba otra cosa que olvidar aquel momento para siempre. Entretanto, escuchaba, si bien solo parcialmente, la regañina de su consejero, a pesar de no estar nada de acuerdo con sus amonestaciones.

El príncipe no creía haber actuado como un insensato ni consideraba que demostrar interés por los asuntos de las clases más bajas fuera tan descabellado. Aunque no lo admitiría nunca, Kamran le daría la razón si el argumento de Hazan se centrara en la futilidad de tal interés, puesto que era consciente de que, de involucrarse en cada ataque violento que se producía en las calles de la ciudad, apenas encontraría tiempo ni para respirar. No obstante, sin contar con que demostrar un interés por las vidas de los ardunianos estaba más que al alcance de su mano, Kamran tenía la sensación de que el baño de sangre de aquella mañana no había sido un mero episodio fortuito de violencia. Sin duda, cuanto más analizaba la situación, más retorcida se le planteaba y más compleja se tornaba la personalidad de los involucrados. En su momento, creyó sensato intervenir...

—Era un conflicto entre dos seres sin valor a los que más les valdría ser exterminados por los de su propia clase —dijo Hazan con frialdad—. Según decís, la joven decidió dejar ir al muchacho... y, aun así, ¿vos considerasteis que tomó una mala decisión y creísteis oportuno jugar a ser Dios? No, mejor no respondáis a eso. Prefiero permanecer en la ignorancia.

Kamran se limitó a contemplar al consejero.

Hazan apretó los labios hasta formar una fina línea.

—Si hubiera matado a la chica, al menos tendría un aliciente para concederos el buen juicio de vuestros actos. A parte de eso —concluyó en tono monótono—, no veo la forma de justificar la irresponsabilidad que cometisteis, alteza. Lo único que podría explicar vuestra inconsciencia sería que tuvierais una grotesca necesidad de haceros el héroe...

Kamran clavó la vista en el techo. Pocas cosas en su vida le agradaban, pero siempre supo valorar la reconfortante naturaleza de la simetría y de las secuencias lógicas. Contempló los elevados techos abovedados y admiró la destreza con la que cada nicho había sido esculpido para albergar miles de nichos más.

Toda una constelación de metales preciosos decoraba cada superficie y cada recoveco, mientras que una mano experta había dispuesto las teselas esmaltadas para formar patrones geométricos en una repetición sin fin.

El joven levantó una mano ensangrentada y Hazan dejó de hablar.

—Basta —dijo Kamran en voz baja—. Ya he tolerado suficientes críticas por hoy.

—Claro, alteza. —Hazan dio un paso atrás, pero contempló al príncipe con una mirada curiosa—. Diría que nunca habíais soportado tantas de mis reflexiones.

Kamran se obligó a dibujar una sonrisa sarcástica.

—Os lo pido por favor, ahorradme vuestras observaciones.

—Permitidme que os recuerde, alteza, que mi deber para con el imperio es ofreceros esas mismas observaciones que tanto detestáis.

—Es un detalle desafortunado.

—Y además se convierte en una ocupación de lo más desagradable cuando tus sugerencias reciben tales respuestas, ¿no creéis?

—Un consejo: cuando asesoréis a un bárbaro, tened en cuenta que deberíais rebajar vuestras expectativas primero.

—Hoy parecéis una persona totalmente distinta, alteza.

—¿A que nunca me habíais visto tan animado?

—En realidad, no estáis de tan buen humor como intentáis aparentar. Ahora mismo, me gustaría saber por qué os ha provocado tal agitación la muerte de un niño sin hogar.

—No desperdiciéis vuestro aliento en preguntármelo.

—Ah. —Hazan no perdía la sonrisa—. Veo que todavía es pronto para sincerarnos.

—Si en verdad estoy tan alterado como aseguráis —respondió el príncipe tras perder una pizca de compostura—, entonces permitidme demostraros mi entusiasmo al recordaros que mi padre os habría enviado a la horca por vuestra insolencia.

—No me cabe duda —dijo Hazan con voz suave—. Aunque tengo la ligera sensación de que vos no sois vuestro padre.

Kamran alzó la cabeza con un rápido movimiento. Desenvainó su espada sin pensar, pero dejó la mano inmóvil sobre la empuñadura cuando vio que los ojos de su consejero apenas eran capaces de reprimir una expresión divertida.

El joven era un manojo de nervios.

Tras pasar más de un año lejos de casa, había perdido la capacidad de mantener una conversación como una persona normal. Los meses que había dedicado a servir al imperio, a proteger las fronteras, a liderar refriegas y a soñar con la muerte se le antojaban eternos.

Ardunia llevaba enfrentada con el sur desde que el mundo era mundo.

El imperio era formidable (el más grande en el mundo conocido) y su mayor debilidad era un secreto muy bien guardado, además de una fuente de enormes penurias: el reino se estaba quedando sin agua.

Kamran estaba orgulloso de los sistemas de qanat ardunianos, toda una intuitiva red de transporte de agua que comunicaba los acuíferos con los depósitos de la superficie. La población necesitaba el agua que proveían para beber e irrigar los campos, pero los qanat dependían enteramente de la presencia de aguas subterráneas y, durante siglos, grandes regiones del Imperio arduniano habían permanecido deshabitadas por la falta de recursos... Ese era un problema mitigado únicamente gracias al agua potable que las embarcaciones mercantes traían por el río Mashti para comerciar.

Para alcanzar esa titánica arteria fluvial, la ruta más rápida desembocaba en el punto más bajo de Tulán, un pequeño imperio vecino que colindaba con la frontera del extremo meridional de Ardunia. Tulán era prácticamente una pulga de la que no conseguían zafarse, un parásito indestructible e ineludible.

Todo cuanto Ardunia deseaba era construir un acueducto que atravesara directamente el corazón de la nación del sur, pero, década tras década, ninguno de sus reyes había estado dispuesto a ceder. Si querían disponer de tal acceso, la única respuesta pacífica que Tulán ofrecía consistía en el pago de un estricto y elevado tributo que arruinaría incluso al Imperio arduniano. En varias ocasiones habían intentado cortar por lo sano y diezmar Tulán, pero el ejército arduniano acabó sufriendo un impactante número de bajas (entre las que se incluía el propio padre de Kamran). La resiliencia del reino enemigo era inexplicable para el norte.

Un odio mortal se alzó entre ambas naciones como una cadena montañosa infranqueable.

Desde entonces y durante casi un siglo, la marina arduniana se veía obligada a embarcarse en una travesía de varios meses que era una ruta mucho más peligrosa para alcanzar el tempestuoso río. Fue toda una suerte que Ardunia tuviese la fortuna de contar con una temporada de lluvias regular, además de con un equipo experto en ingeniería que diseñó unas impresionantes cuencas artificiales para recoger el agua de lluvia y almacenarla durante el tiempo que fuese necesario. Aun así, hacía un tiempo ya que las nubes no parecían estar tan cargadas como antaño y las cisternas del imperio estaban empezando a vaciarse.

Kamran rezaba cada día para que lloviera.

Aunque el Imperio arduniano no estaba en guerra oficialmente (al menos, no todavía), Kamran sabía que la paz conllevaba un precio sangriento.

—Alteza. —La voz de Hazan, incierta, devolvió al príncipe a la realidad—. Perdonadme, he sido muy desconsiderado.

Kamran alzó la vista.

De pronto, los pequeños detalles de la sala donde se encontraban se volvieron más nítidos: había lustrosos suelos de mármol, enormes columnas de jade y elevados techos opalescentes. Sintió el tacto de la desgastada empuñadura de cuero de su espada, al tiempo que iba tomando conciencia de la musculatura de su cuerpo y de la atracción que la gravedad ejercía sobre sus brazos y piernas: un enorme peso que siempre llevaba consigo y que muy pocas veces se paraba a considerar. Se obligó a volver a envainar la espada y cerró los ojos por un segundo. Olía a agua de rosas y a arroz fresco. Un ajetreado criado pasó a su lado cargado con un servicio de té sobre una bandeja de cobre.

¿Cuánto tiempo llevaba ensimismado?

Con cada día que pasaba, Kamran cada vez estaba más nervioso y se despistaba con más facilidad. El reciente incremento en el número de espías tulaníes en terreno arduniano en nada le ayudaba a conciliar el sueño por las noches. Ya había sido un descubrimiento preocupante de por sí, pero el problema del espionaje se veía agravado por toda una miríada de problemas adicionales, puesto que el príncipe temía tanto por la integridad de las reservas de agua como por todo cuanto había visto durante su última misión y que todavía le perturbaba.

El futuro no era nada prometedor y el papel del joven en él resultaba desalentador.

Tal y como se esperaba de él, Kamran mantuvo a su abuelo informado de cualquier novedad siempre que le fue posible mientras estuvo fuera. Su última carta describía con todo detalle la situación en el pequeño Imperio tulaní, que, con cada día que pasaba, actuaba con una mayor osadía. Los rumores acerca de las desavenencias y las artimañas políticas cada vez eran más difíciles de ignorar y, a pesar de la delicada paz que reinaba entre ambos imperios, Kamran sospechaba que la guerra sería algo inevitable muy pronto.

El joven había regresado a la capital la semana anterior por dos únicas razones: la primera fue porque, tras completar un arriesgado viaje en busca de agua, tenía que reabastecer las cisternas centrales a partir de las cuales se distribuía el agua a lo largo del imperio y, después, llevar a sus tropas de vuelta a casa sanas y salvas. La segunda razón era más sencilla: porque su abuelo le había pedido que regresara.

Como consecuencia de las muchas preocupaciones que inundaban su mente, al príncipe le habían ordenado volver a Setar. Su abuelo había argumentado que necesitaba un descanso. Y, aunque era una petición lo suficientemente inocua, Kamran sabía que era bastante infrecuente.

El joven príncipe llevaba una semana instalado en palacio y, desde su llegada, su inquietud no dejó de incrementarse. Incluso después de haber pasado siete días en casa, el rey todavía no había respondido a su misiva y la impaciencia de Kamran iba en aumento ante la ausencia de una misión, ante la ausencia de sus tropas. Justo en ese preciso momento, el muchacho escuchaba a Hazan verbalizar esos mismos pensamientos y permitía que la preocupación...

— ... quizás esa sea la única explicación viable tras el comportamiento que demostrasteis esta mañana.

Sí. Sin duda, Kamran estaba de acuerdo con su consejero en que estaba deseoso por regresar al trabajo. Comprendió que tendría que volver a marcharse.

Y pronto.

—Esta conversación está agotándome la paciencia —dijo el príncipe bruscamente—. Por favor, ayudadme a ponerle un raudo punto final y decidme qué es lo que necesitáis. Debo partir en breve.

Hazan dudó por un segundo.

—Sí, alteza, por supuesto. Sin embargo... ¿no os gustaría saber qué es lo que ha pasado con el niño?

—¿Qué niño?

—¡El muchacho! ¿Quién si no? El mismo que os manchó de sangre las manos.

Kamran se estremeció y la ira no tardó en volver a incendiar su pecho. Comprendió que hacía falta muy poco para reavivar ese fuego que, aunque perdía intensidad, nunca se apagaba.

—No me interesa lo más mínimo.

—Pensé que os serviría de consuelo saber que todavía no ha muerto.

—¿Por qué iba a ser un consuelo?

—Parecéis consternado, alteza, y yo...

Kamran dio un paso adelante, fulminó a su consejero con la mirada y lo estudió con detenimiento: tenía el tabique nasal desviado y el pelo corto de un tono rubio ceniza. La piel de Hazan estaba tan cubierta de pecas que apenas se le distinguían las cejas. Había sido víctima de un despiadado acoso cuando era niño por lo que podrían haber sido un millar de razones. Pero aquella tragedia tuvo una consecuencia positiva: fue el sufrimiento de Hazan lo que desencadenó el primer encuentro de los dos muchachos. El día en que Kamran defendió al hijo ilegítimo de una de las damas de la corte fue el mismo en el que aquel niño de rodillas escuálidas juró lealtad al joven príncipe.

Incluso entonces, Kamran trató de mirar hacia otro lado. Trató de hacer de tripas corazón e ignorar aquellos asuntos considerados indignos de su estatus, pero fue incapaz.

Y todavía seguía siendo incapaz de ello.

—No perdáis de vista vuestra posición, consejero —dijo Kamran con suavidad—. Os animo a ir al grano enseguida.

—Vuestro abuelo os espera —explicó Hazan con una inclinación de cabeza—. Debéis acudir a sus aposentos de inmediato.

Kamran se quedó paralizado por un instante y cerró los ojos.

—Ya veo que no exagerabais cuando hablabais de la frustración que sentíais.

—Para nada, alteza.

Kamran abrió los ojos de nuevo. A lo lejos, parpadeaba todo un caleidoscopio de colores. Llegaron a sus oídos los apagados murmullos de las conversaciones y las suaves pisadas de los criados, tan ajetreados que se convertían en un torbellino de snodas. Nunca había prestado demasiada atención a su centenario uniforme, pero, ahora, cada vez que veía una, se acordaba de la maldita criada. La espía. El muchacho casi se rompe el cuello en un intento por quitarse su imagen de la cabeza.

—Decidme: ¿qué quiere el rey de mí?

—Ahora que vuestros súbditos saben que habéis vuelto, imagino que querrá pediros que os encarguéis de vuestro deber como príncipe —explicó Hazan, dando un rodeo.

—¿Y cuál es ese deber?

—Celebrar un baile.

—Por supuesto. —Kamran apretó la mandíbula—. Preferiría prenderme fuego aquí mismo. ¿Eso es todo?

—Vuestro abuelo hablaba bastante en serio, alteza. He oído rumores y parece que la celebración ya ha sido anunciada...

—Bien. Tomad esto y llevadlo a que lo examinen. —Kamran sacó el pañuelo del bolsillo de su chaqueta, sujetándolo entre el pulgar y el índice.

Hazan se guardó el pañuelo blanco enseguida.

—¿Deberían buscar algo en particular, alteza?

—Sangre. —Ante la mirada inexpresiva de Hazan, el príncipe continuó—: El pañuelo era de la joven criada que casi muere degollada a manos del muchacho fesht. Sospecho que es una jinn.

—Entiendo —respondió Hazan al tiempo que fruncía el ceño.

—Me temo que no es tan sencillo.

—Disculpadme, alteza, ¿pero por qué deberíamos preocuparnos por su sangre? Como sabéis, los Acuerdos de Fuego les otorgan a los jinn el derecho a...

—Conozco perfectamente nuestras leyes, Hazan. Lo que me preocupa no es solo su sangre, sino su naturaleza. —El consejero levantó las cejas—. No me fío de ella —concluyó Kamran con tono seco.

—¿Y por qué necesitaríais confiar en ella, alteza?

—Hay algo en esa joven que no encaja. Sus modales eran demasiado refinados.

—Ah. —Hazan enarcó las cejas aún más, al comprender lo que el príncipe trataba de decir—. Y ante el creciente interés que Tulán demuestra por nosotros...

—Quiero saber quién es.

—Creéis que es una espía.

La expresión del príncipe se agrió al escuchar el tono de voz de su consejero, que parecía pensar que Kamran estaba delirando.

—Vos no la visteis, Hazan. Desarmó al muchacho con un solo movimiento. Le dislocó el hombro. Sabéis tan bien como yo que los tulaníes codician la fuerza y la agilidad de los jinn.

—Tenéis toda la razón —coincidió Hazan cautelosamente—. No obstante, permitidme recordaros, alteza, que el muchacho al que la joven desarmó estaba débil, a las puertas de la inanición. Una ráfaga de viento fuerte habría sido capaz de desencajarle todos los huesos del cuerpo. Incluso una rata enferma le habría vencido en un combate.

—Me da igual. Os ordeno que descubráis su identidad.

—La identidad de la criada.

—Sí, así es —dijo Kamran, crispado—. Huyó en cuanto me vio. Me miró como si me hubiera reconocido.

—Os ruego que me perdonéis, alteza... pero ¿no habíais dicho que no pudisteis verle el rostro?

Kamran inspiró hondo.

—Deberíais estar agradecido por que os encomiende este trabajo, consejero. ¿O es que acaso deseáis que os busque un sustituto?

Los labios de Hazan temblaron e hizo una reverencia.

—Es un placer estar a vuestro servicio, como siempre.

—Decidle al rey que tomaré un baño antes de reunirme con él.

—Pero, alteza...

Kamran se alejó con paso ligero y sus pisadas resonaron una vez más a lo largo del cavernoso corredor. Su ira había vuelto a despertar y trajo consigo una sensación de humedad que pareció nublarle la vista y apagar los sonidos que lo rodeaban.

Por eso, era una pena que Kamran no se parase a diseccionar sus propias reacciones. Nunca dejaba vagar la vista por la ventana mientras consideraba qué otros sentimientos acechaban tras la fachada de esa ira omnipresente. No se le ocurrió pensar que podría estar experimentando una enturbiada melancolía, así que tampoco le resultó extraño fantasear, justo en ese preciso momento, con la idea de atravesarle el corazón a un hombre con una espada. De hecho, estaba tan ensimismado que no oyó la voz de su madre que le llamaba, ni el susurro de su manto enjoyado o el golpeteo de los zafiros al chocar con el suelo de mármol con cada paso que daba.

No, la mayoría de las veces, Kamran no escuchaba la voz de su madre hasta que ya era demasiado tarde.

SEIS

La mañana de Alizeh fue, entre otras cosas, una absoluta decepción. Sacrificó una hora de sueño, se enfrentó al alba invernal, escapó a duras penas de un intento de asesinato y, al final, regresó a la Mansión Baz cargada de arrepentimiento, con el deseo de que sus bolsillos estuvieran tan a rebosar como lo estaba su cabeza.

Había atravesado varios bancos de nieve con el engorroso paquete a cuestas antes de alcanzar la entrada destinada para el servicio de la propiedad del embajador lojano. Tras obligarse a mover los labios congelados para explicar entre tartamudeos la razón por la que se había presentado ante su puerta, una doncella con gafas le había entregado una bolsita con el dinero que le correspondía por el vestido. Alizeh, temblorosa y muerta de cansancio, cometió el error de contar las monedas cuando ya había entregado el encargo y, entonces, olvidando sus modales, se atrevió a comentar en voz alta que debía de haber habido algún malentendido.

—Disculpadme, señora... pero esto so-solo cubre la mitad de lo acordado.

—Umm —resopló la doncella—. Recibiréis el resto cuando mi señora decida si le gusta el vestido o no.

Alizeh abrió los ojos de par en par.

Quizá, si sus faldas no se hubieran quedado petrificadas por la escarcha, si no hubiera sentido que su pecho estaba a punto de resquebrajarse por el frío... Quizá, si no hubiera tenido los labios entumecidos o si hubiera sido capaz de sentir los pies... Quizá se habría mordido la lengua. En cambio, Alizeh solo consiguió mitigar mínimamente su indignación. Sin duda, fue todo un milagro que mantuviera cierta calma cuando dijo:

—¿Y qué pasa si la señorita Huda decide que no le gusta el vestido para evitar pagar lo que me debe?

La doncella retrocedió como si la hubiera golpeado.

—Cuidado con lo que dices, niña. No toleraré que nadie acuse a mi señora de actuar con poca honestidad.

—Pero estoy segura de que comprendéis que la situación es...

Alizeh resbaló sobre una placa de hielo. Consiguió estabilizarse contra el marco de la puerta y la mujer dio otro paso atrás para alejarse de ella, esa vez sin esconder una expresión asqueada.

—¡Fuera! —vociferó la mujer—. Aleja tus sucias manos de la puerta...

Sorprendida, Alizeh dio un salto hacia atrás y esquivó de milagro otra placa de hielo a unos cinco centímetros a su izquierda.

—La señorita Huda ni si-siquiera me deja entrar en su residencia —tartamudeó, presa de los violentos escalofríos de frío—. Ni siquiera me permitió traérselo para que se lo probara... Si quisiera, podría ofrecer un millar de razones para re-rechazar mi trabajo...

La mujer le cerró la puerta en las narices.

En ese momento, Alizeh sintió una fuerte punzada en el pecho, tan intensa que se le hizo difícil respirar. Esa sensación la acompañó durante todo el día.

Tanteó el bolsillo de su delantal en busca de la bolsita con el dinero, cuyo peso descansaba contra su muslo. Regresaba a la

Mansión Baz más tarde de lo esperado, así que no tuvo tiempo de guardar sus ganancias a buen recaudo. El mundo había comenzado a revivir durante el camino de vuelta y la nieve fresca salpicaba los esfuerzos de la ciudad de Setar por despertar. Los preparativos para el Festival de las Rosas se habían adueñado de las calles y, aunque Alizeh disfrutaba del embriagador aroma del agua de rosas en el ambiente, habría disfrutado aún más de un momento de paz antes de que las campanas anunciasen su vuelta al trabajo. Por entonces, no tendría forma de saber que la calma que buscaba tal vez nunca llegaría.

Alizeh estaba en la cocina cuando el reloj dio las seis; tenía una escoba en la mano y estaba de pie entre las sombras, en silencio y tan cerca del fuego como le era posible. El resto del servicio se había reunido una hora antes alrededor de la larga mesa de madera de la cocina para desayunar y Alizeh los contemplaba, embelesada, mientras se terminaban la comida: un plato de *haleem*, un tipo de guiso dulce con carne de ternera desmenuzada.

Como Alizeh todavía no estaba contratada oficialmente, no tenía permitido sentarse a la mesa con los demás (y tampoco tenía demasiado interés en probar la comida, puesto que su mera descripción le revolvía el estómago), pero le agradaba escuchar cómo charlaban animadamente y ser testigo de la familiaridad con la que se trataban. Interaccionaban como si fueran amigos. O como si fueran una familia.

La muchacha no estaba acostumbrada a aquel tipo de cotidianidad. Su vida había estado llena del amor que sus padres la profesaban; Alizeh nunca había sido una niña exigente y siempre consintieron los pocos caprichos que tenía. La única excepción era su deseo de estar en compañía de otros niños, puesto que su madre y su padre estaban decididos a que la existencia de su hija permaneciera oculta hasta que estuviera lista. Solo hubo un niño (el hijo de una amiga íntima de sus padres) con quien tuvo oportunidad de jugar en ciertas ocasiones. Aunque había olvidado su nombre, todavía recordaba un detalle: siempre llevaba los bolsillos llenos de avellanas, con las que le enseñó a Alizeh a jugar a las tabas.

Solo un número muy selecto de personas dignas de confianza (una buena parte eran los maestros y tutores con los que la muchacha pasaba la mayor parte de su tiempo) había tenido oportunidad de entrar en su vida. En consecuencia, quedó excepcionalmente alejada del mundo y, al haber pasado un tiempo limitado en compañía de los seres de arcilla, ahora Alizeh quedaba prendada de muchas de sus costumbres. En algunos de sus anteriores puestos de trabajo, habían castigado a la joven por pasar demasiado tiempo en el comedor, a la espera, por ejemplo, de ver a algún caballero comer un plato de huevos o untar una tostada con mantequilla. Sus tenedores y cucharas, que nunca dejaron de fascinarla, también la atraparon aquella mañana.

—¿Qué estás haciendo aquí? —ladró la señora Amina; casi la mata del susto. El ama de llaves agarró a Alizeh por el pescuezo y la metió de un empujón en la sala contigua al comedor—. No olvides cuál es tu sitio, niña. No tienes derecho a comer con el resto del servicio.

—Yo solo... solo estaba esperando —explicó Alizeh, al tiempo que se llevaba los dedos a la garganta y se colocaba con cuidado el cuello del vestido. El corte todavía le dolía, pero la joven no había querido vendárselo y atraer la atención de los demás hacia la herida. Palpó la delatora humedad de lo que solo podía ser sangre fresca y apretó los puños para evitar tocarse el cuello—. Disculpadme, señora. No pretendía propasarme; simplemente aguardaba a que usted me asignara mis tareas.

Todo ocurrió tan rápido que Alizeh no comprendió que la señora Amina le había dado una bofetada hasta que sintió el dolor en los dientes y un destello brilló tras sus párpados. Cuando se encogió y retrocedió ya era demasiado tarde; le pitaban los oídos al buscar a tientas el apoyo de la pared de piedra. Había cometido demasiados errores aquel día.

La señora Amina continuó reprendiéndola:

—¿Acaso no te dije que controlaras esa lengua? Si quieres mantener tu puesto, tendrás que aprender cuál es tu lugar. —Dejó escapar un sonido de disgusto y continuó con tono burlón—: Tienes que deshacerte de ese acento tuyo. Que no «pretendías propasarte»... ¿Dónde has aprendido a hablar de esa...?

Alizeh notó el cambio en la señora Amina cuando dejó la pregunta en el aire. Vio cómo la suspicacia oscurecía su mirada.

La muchacha tragó saliva.

—Dime la verdad: ¿dónde has aprendido a hablar de esa manera? —preguntó en voz baja—. Que sepas leer no es nada extraordinario, pero empiezo a tener la sensación de que sabes demasiado como para ser una simple criada.

—En absoluto, señora —se defendió Alizeh al tiempo que bajaba la mirada. La boca le sabía a sangre. Ya le empezaba a doler el rostro y resistió el impulso de palpar lo que sin duda sería un incipiente cardenal—. Disculpadme.

—¿Quién te enseñó a leer, entonces? —insistió la señora Amina mientras caminaba a su alrededor—. ¿Quién te enseñó a darte esas ínfulas?

—Lo siento, señora. —Alizeh se estremeció y se obligó a hablar más despacio—. No es mi intención darme ninguna ínfula, señora. Es que esta es mi manera de habl...

Entonces, el ama de llaves alzó la vista y, distraída por la hora que marcaba el reloj, perdió toda la intención de confrontar a la joven. Ya habían malgastado unos valiosísimos minutos de trabajo y Alizeh supo que no podrían permitirse dedicar ni un segundo más a la conversación.

A pesar de todo, la señora Amina se acercó más a ella.

—Como se te ocurra dirigirte a mí con ese tono de señoritinga consentida una vez más, niña, te aseguro que no solo sentirás el azote de mi mano, sino que acabarás de nuevo al azote del frío de la calle.

De pronto, Alizeh se sintió descompuesta.

Cuando cerraba los ojos, todavía sentía contra la mejilla la piedra áspera de aquel callejón frío e infestado de alimañas en el que dormía; todavía oía los sonidos de las cloacas que la arrullaban hasta quedar inconsciente durante un par de minutos, puesto que no se atrevía a mantener los ojos cerrados por mucho más tiempo en aquellas condiciones. Cuando pensaba en ello, la muchacha estaba segura de que preferiría lanzarse ante un carruaje para ser atropellada antes que volver a la oscuridad de la calle.

—Por supuesto, señora —aseguró con voz queda; su corazón latía a toda velocidad—. Disculpadme. No volverá a ocurrir.

—Deja ya de ofrecer disculpas pomposas —respondió la mujer bruscamente—. La señora está de un humor de perros hoy y quiere que limpiemos y saquemos brillo a cada habitación con tanto esmero como si el mismísimo rey fuera a hacernos una visita.

Alizeh se atrevió a alzar la vista.

La Mansión Baz contaba con ciento dieciséis estancias distribuidas en siete pisos. La muchacha se moría por preguntar: «¿Por qué? ¿Por qué quiere que limpiemos todas las habitaciones?». Sin embargo, se mordió la lengua y se lamentó en silencio. Sabía que limpiar las ciento dieciséis salas y estancias en un día iba a dejarle el cuerpo hecho trizas.

—Claro, señora —susurró.

La señora Amina vaciló.

Alizeh se daba cuenta de que la mujer no era tan malvada como para ignorar el hecho de que le estaba pidiendo una tarea casi imposible. La voz del ama de llaves se suavizó ligeramente cuando dijo:

—El resto del servicio te ayudará, por supuesto... pero también tienen que encargarse de sus tareas diarias, ¿entiendes? El peso de la tarea recaerá sobre tus hombros.

—Lo comprendo, señora.

—Si haces un buen trabajo, niña, me aseguraré de que se te ofrezca un puesto permanente. Pero no podré prometerte nada si no aprendes a mantener la boca cerrada —concluyó al tiempo que alzaba un dedo y apuntaba a Alizeh con él.

La muchacha inspiró profundamente y asintió con la cabeza.

SIETE

K amran acababa de poner un pie en la antesala que conducía a los aposentos de su abuelo cuando captó un ligero
movimiento. Vio un artificial destello de luz refractado en las
paredes y percibió un suave aroma en el aire. El muchacho aminoró el paso, puesto que sabía que la depredadora que le seguía
la pista no iba a poder resistirse a una presa tan fácil.

Ahí.

Un susurro de faldas.

En el momento justo, Kamran envolvió la mano alrededor
del puño de su asaltante, que aferraba una daga de rubíes. Había dejado el arma apoyada alegremente contra la garganta del
joven.

—Estoy cansado de vuestros jueguecitos, madre.

—Ay, querido, pues a mí me encantan —dijo al tiempo que se
zafaba de su agarre entre risas. Sus ojos oscuros resplandecían.

Impasible, Kamran contempló a su madre, que llevaba tantas joyas encima que centelleaba incluso cuando se quedaba inmóvil.

—¿Os divierte intentar acabar con la vida de vuestro propio
hijo?

Ella se rio de nuevo y dio una vuelta a su alrededor; el brillo de sus faldas de terciopelo acompañaba cada uno de sus

movimientos. La belleza de su alteza real Firuzeh, la princesa de Ardunia, era de otro mundo... si bien aquel no era un logro demasiado extraordinario para una princesa. Se esperaba que cualquier miembro de la familia real que aspirase al trono demostrara cierto encanto, y no era ningún secreto que Firuzeh estaba molesta por la muerte de su marido, puesto que, al haber perdido la cabeza en una guerra sin sentido siete años antes, la había condenado a ser una princesa para siempre, sin llegar nunca a ser reina.

—Me muero de aburrimiento —refunfuñó— y, como mi hijo me tiene tan abandonada, me veo obligada a innovar a la hora de entretenerme.

Kamran acababa de darse un baño y llevaba la ropa bien planchada y perfumada, pero daría lo que fuera por volver a ponerse el uniforme militar. Siempre había detestado los atuendos formales, que eran muy poco prácticos y demasiado frívolos. Resistió el impulso de rascarse allí donde el almidonado cuello de su túnica le arañaba la garganta.

—Estoy seguro de que encontraréis otras mil formas de llamar mi atención —le dijo a su madre.

—Y todas serán de lo más tediosas —replicó con tono seco—. Además, no debería tener que esforzarme por atraer tu atención. Bastante trabajo fue traerte al mundo. Creo que esperar un mínimo de devoción por tu parte no es mucho pedir.

—Sin duda —le concedió Kamran con una reverencia.

—No me trates con condescendencia.

—No era mi intención hacerlo.

Firuzeh le apartó a Kamran la mano del cuello con un manotazo.

—Deja de rascarte como un perro, querido.

Kamran se tensó.

Su madre seguiría tratándole como a un niño, sin importar a cuántos hombres hubiera matado.

—¿Me vais a echar en cara que me sienta incómodo cuando está claro que el cuello de este ridículo disfraz busca decapitar a aquel que lo lleve? ¿De veras es tan difícil encontrar en este imperio a alguien que sea capaz de confeccionar un par de piezas de ropa de calidad aceptable?

Firuzeh ignoró sus comentarios y dijo:

—Negarle a una mujer inteligente la posibilidad de encargarse de cualquier tarea práctica es, cuanto menos, peligroso.
—Entrelazó un brazo con uno de los de su hijo y le obligó a que caminara con ella hasta los aposentos principales del rey—. Mis arrebatos de creatividad no son culpa mía.

Kamran se detuvo, sorprendido, y miró a su madre.

—¿Me estáis diciendo que queréis trabajar?

—No seas obtuso. Sabes perfectamente de lo que hablo —contestó con una mueca.

Hubo un tiempo en el que Kamran pensó que nunca encontraría a alguien que se equiparase a su madre en cuanto a belleza, sofisticación, elegancia o inteligencia. Por entonces no era consciente de que, además de todas esas cualidades, también era indispensable tener buen corazón.

—No —concluyó Kamran—. Me temo que no tengo la más mínima idea de a qué os referís.

Firuzeh dejó escapar un suspiro exagerado y lo despachó con un gesto de la mano cuando entraron a la antesala de los aposentos del rey. A Kamran no le habían informado que su madre los acompañaría en la reunión. Sospechaba que la razón principal por la que la mujer había ido con él era porque quería echar un vistazo a los aposentos reales, puesto que era su estancia favorita en todo el palacio y rara era la ocasión en la que ella o cualquier otra persona conseguía acceder a esa parte del palacio.

El diseño de los aposentos de su abuelo giraba en torno a las superficies reflectantes, puesto que recurría a un número incalculable de diminutas teselas de espejo. Cada centímetro de la sala, desde el suelo hasta el techo, relucía gracias a los patrones en forma de estrella que se entrelazaban para crear figuras geométricas más grandes. Los elevados techos abovedados titilaban desde las alturas, como un espejismo infinito que parecía alcanzar los cielos. Dos enormes ventanales estaban abiertos de par en par para permitirle la entrada al sol: unos intensos haces de luz bañaban la habitación e iluminaban aún más las numerosas constelaciones de relucientes cristales fragmentados. Incluso los suelos estaban cubiertos de teselas de espejo, aunque una serie de intrincadas y sofisticadas alfombras protegían la delicada manufactura.

Visualmente, los aposentos del rey creaban una atmósfera etérea. Kamran imaginaba que el interior de una estrella debía tener un aspecto similar. La estancia en sí era sublime, pero el efecto que causaba en sus ocupantes era, quizá, una proeza aún mayor. Quienquiera que entrara en la habitación se vería inundado por una sensación de euforia, tal y como si hubiera sido transportado hasta las mismísimas puertas del cielo. Ni siquiera Kamran era capaz de resistirse a sus encantos.

La melancolía que sentía su madre, en cambio, solo consiguió agravarse.

—Ay, querido —dijo mientras daba vueltas por la estancia con una mano contra el pecho—, estos aposentos deberían haber acabado siendo míos.

Kamran observó a su madre, que se acercó a la pared más cercana para admirar su propio reflejo y movió los dedos con un aleteo para que sus anillos centellearan y bailaran. El muchacho siempre se había sentido desorientado al entrar en aquella sala. Si bien era cierto que le inspiraba una sensación de magnificencia, esta siempre iba acompañada de cierta inseguridad. Al verse cara a cara con una demostración de verdadera fortaleza, Kamran tomaba plena conciencia de lo pequeña que era su huella en el mundo y, cuanto más cerca estaba de su abuelo, más nítida se volvía aquella impresión.

El príncipe estudió sus alrededores en busca de cualquier indicio del rey.

Kamran miró por la rendija que dejaba una de las puertas contiguas, que estaba entreabierta y conducía al dormitorio del rey. Cuando empezaba a preguntarse si registrar la habitación sería considerado una impertinencia, Firuzeh le dio un tirón del brazo.

Kamran la miró por encima del hombro.

—Qué injusta es la vida, ¿no crees? —dijo su madre, con los ojos brillantes por la emoción—. ¿Por qué resulta tan sencillo acabar con nuestros sueños?

Un músculo tembló en la mandíbula de Kamran.

—Estáis en lo cierto, madre. La muerte de padre fue toda una tragedia.

Firuzeh hizo un ruidito para evitar responder.

Kamran nunca veía la hora de abandonar el palacio. Aunque no sentía animadversión alguna por su posición en la línea sucesoria, tampoco le entusiasmaba heredar el trono. No, Kamran era perfectamente consciente del derramamiento de sangre que acompañaba a la gloria.

El muchacho nunca había querido ser rey.

Cuando era pequeño, la gente hablaba con Kamran acerca de su posición como si fuera una bendición; decían que era afortunado por tener la posibilidad de heredar un título al que solo accedería si las dos personas que más le importaban en el mundo fallecían. Siempre se le había antojado un asunto de lo más perturbador y aquella fue una opinión que alcanzó su máxima convicción cuando la cabeza de su padre regresó a casa sin ir acompañada de su cuerpo.

Kamran tenía once años.

Incluso entonces, se esperaba que el joven príncipe demostrara su entereza, puesto que, apenas unos días después del fallecimiento del rey, tuvo que asistir forzosamente a la ceremonia donde lo declararon heredero directo al trono. Apenas era un niño, pero le obligaron a colocarse junto a los restos mutilados de su padre y no le permitieron demostrar dolor ni miedo... solo furia. Aquel día, su abuelo le regaló su primera espada y su vida cambió para siempre. Aquel día, un niño se vio obligado a transformarse en un hombre adulto, sin haber tenido oportunidad de madurar.

Kamran cerró los ojos y sintió la presión de un filo helado contra la mejilla.

—Te has quedado ensimismado, querido.

Entonces miró a su madre, molesto no solo con ella, sino consigo mismo. Kamran desconocía el alcance exacto del malestar que tanto le nublaba las ideas y no concebía una manera de explicar el desorden que reinaba en su cabeza. Solo una cosa estaba clara para él: sentía un constante e insidioso pavor y, lo que era peor, temía que la falta de claridad fuera a complicar aún más la situación, puesto que sabía que esos momentos en los que quedaba absorto en sus pensamientos acabarían costándole la vida.

Firuzeh pareció leerle el pensamiento.

—No te inquietes. Es prácticamente decorativa. —La mujer se alejó de él y dio unos toquecitos en la reluciente hoja de la daga de rubíes con la punta de una de sus uñas, cortada en un perfecto semicírculo. Se guardó el arma en la túnica y añadió—: Pero sí que es cierto que hoy estoy enojada contigo, así que tenemos que hablar enseguida.

—¿Por qué?

—Porque tu abuelo quiere comentarte algo, pero yo tengo la intención de hablar contigo primero.

—No, madre, no me refería a eso. ¿Por qué estáis molesta conmigo?

—Bueno, sin duda debemos discutir el tema de la criada a la que...

—¡Ahí estáis! —tronó una voz a sus espaldas. Kamran se dio la vuelta para ver cómo el rey, que tenía un aspecto magnífico ataviado con ropajes de un verde intenso, se acercaba a ellos.

Firuzeh hizo una pronunciada genuflexión, mientras que Kamran se inclinó en una reverencia.

—Acercaos, muchacho, acercaos —le instó el rey con un movimiento de la mano—. Dejadme veros bien.

Kamran se irguió y dio un paso al frente.

El rey tomó las manos del príncipe, las sostuvo entre las suyas y estudió al muchacho con una mirada cálida y llena de evidente curiosidad. Kamran comprendió que recibiría una buena regañina por sus actos, pero también estaba seguro de que afrontaría las consecuencias con dignidad. Su abuelo era la persona a la que más respetaba en el mundo y, por eso, honraría los deseos del rey, sin importar cuáles fueran.

El rey Zal era una leyenda en vida.

Su abuelo (que era el padre de su padre) había superado todo tipo de adversidades. Cuando Zal nació, su madre pensó que había dado a luz a un anciano, puesto que el bebé tenía el pelo y las pestañas blancas y su piel era tan pálida que parecía casi translúcida. A pesar de las protestas de los magos, decidieron que el niño estaba maldito y su horrorizado padre se negó a reconocerlo como su hijo. El mezquino rey arrancó al recién nacido de los brazos de su madre y lo llevó hasta la cima de la montaña más alta, donde lo abandonaron a su suerte para morir.

La salvación de Zal llegó en forma de una majestuosa ave que encontró al niño llorando y se lo llevó volando para criarlo como si fuera uno de sus polluelos. El regreso de Zal para reclamar su posición como legítimo heredero y rey era una de las historias más impresionantes de su tiempo y su largo reinado sobre Ardunia había destacado por ser justo y misericordioso. Muchos fueron sus logros, pero Zal descollaba por ser el único rey arduniano que había considerado conveniente acabar con la violencia entre los jinn y los seres de arcilla. De hecho, los controvertidos Acuerdos de Fuego habían sido firmados durante su mandato. En consecuencia, Ardunia se convirtió en uno de los pocos imperios que convivía pacíficamente con los jinn y Kamran estaba seguro de que aquella hazaña sería suficiente para evitar que la figura de su abuelo cayera en el olvido.

Al final, el rey dejó ir a su nieto.

—Hoy habéis tomado unas decisiones de lo más curiosas, ¿no creéis? —comentó Zal al tiempo que se sentaba en su trono de espejos, la única pieza de mobiliario que ocupaba la sala. Kamran y su madre se sentaron sobre los cojines que descansaban en el suelo frente al rey, como dictaba el protocolo.

Kamran no respondió de inmediato.

—Creo que estamos de acuerdo en que el príncipe actuó precipitadamente, lo cual fue un comportamiento muy poco propio de él —intervino su madre—. Debe enmendar sus errores.

—¿Eso pensáis? —Zal posó sus despejados ojos marrones en su nuera—. ¿Y cómo recomendáis vos que el joven enmiende sus errores, querida?

—Ahora mismo no tengo ninguna idea en mente, majestad —titubeó Firuzeh—, pero estoy segura de que algo se nos ocurrirá.

Zal tamborileó los dedos contra la barbilla, contra la nube cuidadosamente recortada que era su barba. Dirigiéndose a Kamran, preguntó:

—¿Queréis negar o justificar vuestros actos?

—No, majestad.

—A pesar de todo, veo que no os arrepentís de ello.

—No, no me arrepiento.

—Explicad vuestras razones, os lo ruego —apremió Zal, y centró toda la fuerza de su mirada en su nieto.

—Con todo respeto, majestad, no considero que preocuparse por el bienestar de sus súbditos sea algo impropio de un príncipe.

—No, apuesto que no —concedió el rey con una carcajada—. Lo que sí que es impropio de un príncipe es demostrar un carácter voluble y una escasa predisposición a decirle la verdad a quienes le conocen bien.

Kamran se quedó helado cuando un cálido cosquilleo le recorrió la nuca. Sabía reconocer el sonido de una regañina y todavía no era inmune al efecto que tenía sobre él una amonestación de su abuelo.

—Majestad...

—Habéis convivido con vuestro pueblo durante un buen tiempo, Kamran. Habéis sido testigo de todo tipo de sufrimientos. Estaría más dispuesto a aceptar vuestro idealismo como una explicación viable si vuestras acciones hubieran sido el resultado de una previa postura moral, pero ambos sabemos que ese no es el caso, puesto que nunca habéis demostrado ningún interés por los niños sin hogar... o por el servicio, tan siquiera. No creo que se os haya ablandado repentinamente el corazón; sin duda, hay algo más detrás de esta historia. —Hizo una pausa—. ¿Estáis dispuesto a negar que vuestro comportamiento fue impropio de vos? ¿Qué pusisteis en peligro vuestra vida?

—No trataré de negar vuestra primera afirmación. Pero en cuanto a la segunda...

—Estabais solo. Desarmado. Sois el heredero al trono de un imperio que abarca un tercio del mundo conocido. Les pedisteis ayuda a los transeúntes que pasaban por allí, dejasteis vuestra vida en manos de un hatajo de desconocidos...

—Tenía conmigo mis espadas.

—Insistís en insultarme con esos argumentos tan poco premeditados —dijo Zal con una sonrisa.

—No pretendo faltaros al respeto...

—Y, aun así, ¿os dais cuenta, espero, de que estar en posesión de una espada no hace invencible a un hombre? ¿Entendéis que os podrían haber atacado desde arriba? ¿Que podrían haberos derribado con una flecha o haberos linchado? ¿Qué os podríais haber visto superado en número? ¿Y qué me decís de la posibilidad de recibir un golpe en la cabeza y ser secuestrado?

—Lo comprendo, majestad —dijo Kamran agachando la cabeza.

—Entonces admitís que fue impropio de vos. Que pusisteis en peligro vuestra vida.

—Sí, majestad.

—Muy bien. Lo único que os pido ahora es que me expliquéis vuestros motivos.

Kamran tomó una profunda bocanada de aire y exhaló lentamente por la nariz. Se planteó contarle al rey lo mismo que a Hazan: que había tomado parte en el altercado porque la joven le llamó la atención, porque le generó cierta desconfianza. Sin embargo, Hazan se mofó de su explicación y no se tomó en serio el hecho de que su instinto hubiera detectado que algo no iba bien. ¿Cómo podría Kamran describir con palabras la influencia que ejercía sobre él aquella intuición invisible?

Al príncipe no le cabía duda de que, bajo la aguda mirada de su abuelo, cuanto más reflexionaba, más endebles se tornaban sus justificaciones, si bien le habían parecido convincentes en un principio. Ahora se desmoronaban como un montículo de arena.

—No tengo ninguna explicación que ofreceros, majestad —admitió Kamran en voz baja.

Ante su respuesta, el rey vaciló y la sonrisa desapareció de su mirada.

—No lo decís en serio.

—Os ruego que me disculpéis.

—¿Y qué pasa con la joven? No os juzgaré en exceso si admitís que tuvisteis un momento de debilidad. Tal vez queráis reconocer que la belleza de la muchacha era arrebatadora... que intervinisteis por razones más banales, más sórdidas. ¿Cabe la posibilidad de que os hayáis enamorado de ella?

—En absoluto. —Kamran apretó los dientes—. En absoluto. Nunca me dejaría llevar por tales impulsos.

—Kamran.

—Abuelo, ni siquiera tuve oportunidad de ver su rostro. No estoy dispuesto a defender tamaña mentira, espero que lo comprendáis.

Por primera vez, el rey pareció preocuparse de veras.

—Hijo, ¿acaso no comprendéis la gravedad de la situación? ¿Sabéis cuantas personas se morirían por contar con una excusa que sirviera para cuestionar vuestras facultades? Aquellos que codician vuestra posición estarían dispuestos a blandir cualquier argumento con tal de declararos indigno del trono. Me empieza a preocupar que vuestras acciones no hayan nacido de la imprudencia, sino de la inconsciencia. La estupidez es, probablemente, vuestro mayor delito.

Kamran se encogió de dolor.

Aunque era cierto que respetaba inmensamente a su abuelo, el príncipe también se respetaba a sí mismo y su orgullo no le permitiría seguir soportando semejante aluvión de injurias sin protestar.

El muchacho alzó la cabeza y miró al rey a los ojos cuando dijo con cierta aspereza:

—Tengo razones para sospechar que la chica podría ser una espía.

El rey Zal enderezó su postura ostensiblemente, pero su semblante no dio signos de la evidente tensión que agarrotaba sus manos, aferradas a los brazos del trono. Se mantuvo en silencio durante tanto tiempo que Kamran temió que aquel interludio fuera un indicio del terrible error que había cometido al hablarle de sus sospechas.

—Creísteis que la chica era una espía. —Se limitó a repetir el rey.

—Así es.

—Esta ha sido la primera vez que habéis hablado con sinceridad en toda la conversación.

Kamran quedó inmediatamente desarmado y contempló al rey con perplejidad.

—Empiezo a comprender los motivos que os llevaron a actuar de esa manera —continuó Zal—, pero vuestra falta de discreción todavía sigue siendo un misterio para mí. ¿De verdad creísteis que sería sensato dejarse llevar por meras suposiciones en mitad de la calle? Decís que la chica era una espía... ¿y qué pasa con el muchacho? ¿Era él acaso un santo para vos? ¿Por eso lo cargasteis a través de la plaza y permitisteis que se desangrara sobre vuestros ropajes?

Por segunda vez, Kamran tuvo la impresión de que una perturbadora ola de calor le inflamaba la piel. De nuevo, bajó la mirada.

—No, majestad. En ese momento, no pensaba con claridad.

—Kamran, estáis destinado a ser rey —dijo su abuelo, con una voz que destilaba una ira apenas contenida—. Pensar con claridad es vuestra única opción. El pueblo siempre divulgará todo tipo de chismes acerca de su rey, pero la integridad de vuestro juicio nunca debería ser un tema de debate entre vuestros súbditos.

El príncipe mantuvo la cabeza gacha y la vista clavada en los repetitivos e intrincados patrones de la alfombra que descansaba bajo sus pies.

—¿Por qué deberíamos tener en cuenta lo que otros piensen sobre nuestro juicio? Estoy seguro de que, llegados a este punto, es inútil preocuparse por tales asuntos. Vos sois fuerte y gozáis de buena salud, abuelo. Todavía os quedan muchos años por delante al frente de Ardunia...

Zal se rio a carcajadas y Kamran alzó la vista.

—Ah, vuestra sinceridad me conmueve enormemente. Os lo digo de corazón. Pero mi reinado está llegando a su fin. —Los ojos del rey buscaron uno de los ventanales—. Hace tiempo que estoy seguro de ello.

—Abuelo...

—No intentéis distraerme del tema que nos compete —interrumpió el rey alzando una mano—. Tampoco insultaré vuestra inteligencia al recordaros lo mucho que todas y cada una de vuestras decisiones afectan al imperio. Solo con el mero anuncio de vuestro regreso a casa habríamos conseguido suscitar un enorme y desproporcionado revuelo, pero el comportamiento que habéis demostrado hoy...

—Estoy completamente de acuerdo —intervino la madre de Kamran para recordarles que seguía formando parte de la conversación—. Kamran, deberías estar avergonzado. ¿Cómo te atreves a comportarte como un plebeyo?

—¿Avergonzado? —Zal dirigió la mirada hacia su nuera, sorprendido. Después, miró a Kamran y le dijo—: ¿Por eso creéis que os he citado aquí hoy?

El muchacho vaciló.

—Sí, suponía que estaríais molesto conmigo, majestad. También me explicaron que queréis que celebre un baile ahora que he anunciado mi regreso a la ciudad sin pretenderlo.

Zal suspiró, al tiempo que fruncía sus cejas blancas.

—Imagino que fue Hazan quien os dijo eso, ¿no es así? —El rey arrugó aún más el ceño—. Un baile. Sí, un baile. Aunque eso es lo de menos.

—¿Disculpadme? —Kamran se puso serio.

—¡Ah, muchacho! —Zal sacudió la cabeza—. Ahora comprendo que no os dais cuenta de lo que habéis hecho.

Firuzeh miró alternativamente a su hijo y al rey.

—¿Qué es lo que ha hecho?

—No fue solo vuestra intervención lo que causó tanto alboroto hoy —explicó Zal con suavidad. Había vuelto a dirigir la mirada hacia la ventana—. Si hubieseis dejado que el muchacho muriera en medio de un charco de su propia sangre, apenas se habría prestado atención a lo sucedido. Son cosas que pasan. Podríais haber avisado a las autoridades para que retiraran el cuerpo. Sin embargo, lo sostuvisteis entre vuestros brazos. Permitisteis que la sangre de un huérfano sin hogar manchara vuestra piel y ensuciara vuestros ropajes. Os preocupasteis por uno de los suyos. Fuisteis compasivo.

—¿Y vais a castigarme por ello, majestad? ¿Me condenaréis por mostrar misericordia? —preguntó el joven, a pesar de sentirse invadido por una incipiente e inquietante preocupación—. Pensaba que era mi deber como príncipe estar al servicio de mi súbditos.

Al abuelo de Kamran casi se le escapa una sonrisa.

—¿Buscáis malinterpretar mis palabras a propósito? Vuestra vida es demasiado valiosa, Kamran. Sois el heredero al trono del imperio más extenso del mundo y os habéis puesto en peligro sin pensar en las consecuencias. Aunque el pueblo no cuestione vuestros actos, no me cabe duda de que la aristocracia escudriñará vuestro comportamiento a fondo; se preguntarán si os habéis vuelto loco.

—¿Que si me habré vuelto loco? —preguntó el príncipe, a quien cada vez se le hacía más complicado controlar la ira—. ¿No creéis que esa es una reacción desmedida? Cuando no hubo repercusiones... Cuando no hice otra cosa que ayudar a un niño moribundo...

—Lo que hicisteis fue causar una revuelta. Ahora no paran de corear vuestro nombre por las calles.

Firuzeh dejó escapar un jadeo y corrió hasta la ventana, como si fuera a ser capaz de ver u oír algo desde los muros del palacio, que eran notoriamente impenetrables. El príncipe, que sabía que era inútil intentar captar un mínimo atisbo de cualquier muchedumbre desde allí, se hundió aún más en su cojín.

Se había quedado sin palabras.

Zal se inclinó hacia adelante.

—Sé que, llegado el momento, lucharíais a muerte por Ardunia, muchacho, pero este no es ese tipo de sacrificio, en absoluto. Un príncipe heredero no arriesgaría su vida en mitad de una plaza para salvar a un ladronzuelo sin hogar. No es lo propio.

—No —cedió el príncipe. De pronto, sintió que el cuerpo le pesaba—. Supongo que no.

—Ahora es necesario contrarrestar vuestra imprudencia con una serie de muestras de solemnidad —decretó el abuelo de Kamran—. En especial, vuestro desempeño irá en beneficio de las familias nobles que forman parte de las Siete Casas, puesto que dependemos en gran medida de su influencia política. Celebraréis el baile. Os dejaréis ver por la corte. Presentaréis vuestros respetos ante las Siete Casas, sobre todo ante la Casa de Piir. Los libraréis de cualquier duda que tengan con respecto a vuestra persona. No toleraré que cuestionen vuestro juicio ni vuestra capacidad para reinar. ¿Me he expresado con claridad?

—Sí, majestad —dijo el príncipe, desconcertado. Empezaba a comprender la gravedad de su error—. Haré todo cuanto me ordenéis y permaneceré en Setar el tiempo que consideréis apropiado para enmendar los problemas que haya podido causar. Después, si me lo permitís, me gustaría regresar con mis tropas.

Zal esbozó una fugaz sonrisa.

—Me temo que ya no es una buena idea que paséis tiempo lejos de casa.

Kamran no se molestó en fingir que había comprendido sus palabras.

—Gozáis de buena salud —replicó con más ímpetu del esperado—. Estáis en plena forma y sois fuerte. Disponéis de vuestras plenas facultades. No tenéis forma de asegurar...

—Cuando tengáis mi edad —le interrumpió con suavidad el rey—, os aseguro que sabréis cuándo hacer tales afirmaciones. Me he cansado de este mundo, Kamran. Mi alma arde en deseos de partir. Pero no puedo marcharme sin antes asegurarme de que nuestra dinastía esté en buenas manos... de que el imperio estará a salvo.

Poco a poco, el príncipe alzó la vista para encontrarse con los ojos de su abuelo.

—Sed consciente de la situación. —Zal sonrió—. No solicité vuestro regreso solo para que tuvierais oportunidad de descansar.

Al principio, Kamran no comprendió lo que el rey quería decir, pero, cuando sus palabras cobraron sentido, el impacto que tuvieron sobre él fue tan fuerte como un golpe en la cabeza. Apenas fue capaz de articular su respuesta cuando dijo:

—Necesitáis que encuentre a una esposa.

—Ardunia necesita un heredero.

—Yo soy vuestro heredero, majestad. Estoy dispuesto a serviros...

—Kamran, nos encontramos al borde de una guerra.

El príncipe se mantuvo firme a pesar de que el corazón le latía con fuerza en el pecho. Observó con detenimiento a su abuelo con cierta incredulidad. Aquella era la conversación que llevaba tiempo esperando tener con el anciano. Aquella era la información que quería discutir con él. Sin embargo, incluso en ese momento, el rey Zal parecía estar poco dispuesto a dialogar.

Kamran no permitiría que el tema se zanjara así.

Su abuelo lo estaba amenazando con morir (lo estaba amenazando con dejarle solo ante una guerra para defender el imperio) y, en vez de prepararlo para afrontar ese destino, ¿le pedía que encontrara esposa? No, Kamran no daba crédito.

A base de pura fuerza de voluntad, el príncipe consiguió hablar con voz firme cuando dijo:

—Si le vamos a hacer frente a una guerra, majestad, ¿no deberíais, quizá, encomendarme alguna tarea más práctica? No me cabe duda de que hay infinidad de maneras en las que podría ayudar a proteger el imperio, en vez de pasar el tiempo cortejando a la hija de algún aristócrata.

El rey se limitó a contemplar a Kamran con una expresión serena.

—En mi ausencia, el mayor regalo que podríais otorgarle al imperio es la seguridad. La certeza es indispensable. La guerra traerá consigo los deberes de los que tendréis que encargaros. —Alzó una mano para evitar que el muchacho lo interrumpiera—. Sé que no les tenéis ningún miedo. Pero si os ocurriera algo en el campo de batalla, estallaría el caos. Algún pariente mezquino intentará reclamar el trono y causará estragos en la dinastía.

»Hay quinientos mil soldados bajo nuestro mando. Miles de millones de personas dependen de nosotros para que aseguremos su bienestar, para mantenerlas a salvo, para proveerles agua para sus cultivos y alimento para sus hijos. —Zal se inclinó hacia adelante—. Debéis asegurar la línea sucesoria, muchacho. No solo por mí, sino por vuestro padre. Por vuestro legado. Esto, Kamran, es precisamente lo que debéis hacer por nuestro imperio.

El príncipe comprendió entonces que no tenía otra opción. El rey Zal no le estaba pidiendo que considerase una propuesta.

Le estaba dando una orden.

Kamran hincó una rodilla en el suelo e inclinó la cabeza ante su rey.

—Por mi honor —susurró—. Tenéis mi palabra.

OCHO

Aquel había sido uno de los días más duros de su vida. Alizeh estuvo hirviendo agua hasta que el vapor le empezó a quemar la piel. Sumergió las manos en el jabonoso líquido abrasador tantas veces que se le agrietaron los nudillos. También tenía los dedos llenos de ampollas calientes al tacto. Mientras limpiaba el suelo, los afilados bordes del cepillo se le clavaron en las palmas, le dejaron la piel en carne viva y hasta consiguieron que sangrara. Se secó las manos en el delantal tantas veces como se atrevió, puesto que, por más que se desesperaba en buscar su pañuelo, no lograba dar con él.

Alizeh apenas tuvo oportunidad de detenerse a considerar los numerosos pensamientos que asolaban su mente aquel día, aunque tampoco ardía en deseos de recrearse en un asunto tan desalentador. Entre la visita del diablo, la terrorífica aparición del extraño encapuchado, la crueldad de la señorita Huda y el destrozado cuerpo del niño abandonado sobre la nieve, los temores de la joven tenían alimento de sobra.

Mientras fregaba otra letrina más, la joven llegó a la conclusión de que lo mejor sería hacer caso omiso de todas sus inquietudes. Era mejor no pensar en nada y seguir adelante sin prestarle atención al dolor o al miedo hasta que ella también acabara siendo pasto de la oscuridad eterna. Aquel era un pensamiento muy lúgubre para una joven de dieciocho años, pero no era capaz de pensar de otra manera: tal vez solo alcanzaría la libertad que tan desesperadamente ansiaba una vez que hubiese muerto, puesto que hacía tiempo que había perdido la esperanza de encontrar consuelo en el mundo de los vivos.

La verdad era que, Alizeh ya apenas reconocía a la persona en la que se había convertido. No podía creer lo mucho que su camino se había desviado del futuro que una vez la había aguardado en el horizonte. Hubo un tiempo en el que su vida había estado planeada al detalle, como una discreta infraestructura diseñada para servirle de base a la mujer que llegaría a ser. Al final, no había tenido más opción que abandonar aquel futuro hipotético, al igual que un niño pequeño se ve obligado a dejar atrás a sus amigos imaginarios. Todo cuanto le quedaba de su antigua vida eran los familiares susurros del diablo, que recorrían su piel a intervalos y despojaban su vida de toda luz.

Quizás él también acabaría desapareciendo.

El reloj acababa de dar las dos cuando Alizeh dejó un par de cubos vacíos en el suelo de la cocina por duodécima vez.

La joven miró a su alrededor en busca de la cocinera o de la señora Amina antes de escabullirse en dirección a la parte trasera de la estancia. Solo una vez que se hubo asegurado de estar completamente sola, repitió el movimiento que ya había repetido otras once veces antes y dio un fuerte tirón a la pesada puerta de madera para abrirla.

De inmediato, Alizeh se vio asaltada por el intenso aroma del agua de rosas.

El Festival de las Rosas era una de las pocas cosas que le resultaban familiares en la capital que tan desconocida se le antojaba, puesto que la temporada de la rosa invernal se celebraba a lo largo y a lo ancho del Imperio arduniano. Alizeh recordaba con cariño los momentos que había pasado recolectando aquellas delicadas flores rosadas con sus padres, cuando sus cestas de mimbre chocaban al caminar y el atractivo perfume de las rosas de invierno inundaba su cabeza.

La muchacha sonrió.

La nostalgia instó a sus pies a cruzar el umbral, mientras que sus piernas, animadas por la memoria sensorial que comandaba sus extremidades, se pusieron en movimiento. El céfiro que sopló suavemente por el callejón le lanzó pétalos de rosa a la joven, quien, por un momento, experimentó una excepcional alegría sin reservas al inhalar la embriagadora fragancia floral y al sentir cómo la brisa le alborotaba el pelo y le levantaba el dobladillo de las faldas. El sol apenas se dejaba ver como un resplandor nebuloso entre las volátiles nubes, pero tiñó la escena con una dorada luz difusa que hizo que Alizeh se sintiera como dentro de un sueño. Casi no conseguía refrenar las ansias que sentía por empaparse aún más de toda aquella belleza.

De una en una, la muchacha fue recogiendo las rosas que el viento había esparcido por la nieve y guardó con cuidado las flores que ya empezaban a marchitarse en los bolsillos de su delantal. Aquellas rosas de Damasco (o *Gol mohammadi*) tenían un perfume tan intenso que el aroma perduraría durante meses. La madre de Alizeh siempre utilizaba las rosas que recolectaban para hacer mermelada y guardaba un par de corolas para prensarlas entre las páginas de un libro; a Alizeh le encantab...

Sin previo aviso, su corazón comenzó a latir a toda velocidad.

Volvió a sentir ese pellizco tan familiar en el pecho y el pulso le tamborileó en las palmas aún sangrantes. Cuando las manos le temblaron inesperadamente, los pétalos se le escaparon de entre los dedos. Alizeh se vio invadida por la aterradora necesidad de escapar de aquel lugar, de deshacerse del delantal y atravesar la ciudad como una exhalación hasta que el esfuerzo les prendiese fuego a sus pulmones. Estaba desesperada por volver a casa, por dejarse caer a los pies de sus padres y echar raíces allí mismo, agazapada ante sus cuerpos. Ese cúmulo de sensaciones que experimentó en el lapso de un segundo la arrolló con una fuerza desenfrenada que la dejó curiosamente entumecida a su paso. Fue toda una lección de humildad, puesto que le recordó, una vez más, que carecía de un hogar o de padres que aguardasen su regreso.

Habían muerto hacía años, pero a Alizeh todavía le parecía tremendamente injusto saber que no volvería ver el rostro de sus padres nunca más.

Tragó saliva.

Hubo un tiempo en el que la vida de la muchacha supuso una fuente de fortaleza para aquellos a quien amaba y, sin embargo, a menudo tenía la sensación de que su nacimiento había dejado a sus padres desprotegidos ante el sufrimiento y ante los brutales asesinatos que se cobrarían sus vidas (primero, la de su padre y, después, la de su madre) en un mismo año.

Era cierto que los jinn habían sido víctimas de un despiadado genocidio durante décadas. Se habían visto diezmados hasta que su huella en el mundo quedó reducida a la mínima expresión... y, con ella, gran parte de su legado. Para quienes vivían ajenos a la realidad, la muerte de los padres de Alizeh se sumó a la de tantos otros jinn: para ellos, eran muestras arbitrarias de odio o, incluso, accidentes desafortunados.

Aun así...

Alizeh siempre tuvo la inquietante sospecha de que el fallecimiento de sus padres no había sido una mera casualidad. A pesar de sus diligentes intentos por mantener la existencia de su hija en secreto, a Alizeh le corroía la duda. Puesto que no solo sus padres habían sido víctimas de una tragedia como aquella, sino que todas las personas cuyos caminos se entrelazaron con el suyo acabaron enfrentándose a un destino similar, Alizeh no podía evitar preguntarse si el verdadero objetivo de toda aquella violencia sería otra persona...

O si sería ella.

Al no disponer de ninguna prueba que corroborara sus teorías, Alizeh era incapaz de hallar ningún descanso, dado que el voraz apetito de sus miedos iba devorando su mente poco a poco.

Con el corazón todavía aporreándole el pecho, la joven volvió adentro.

Alizeh había escudriñado el callejón trasero al que daba la cocina todas y cada una de las doce veces que se había dirigido a la planta baja, pero el muchacho fesht no aparecía y no entendía por qué. Había rebuscado entre los restos del desayuno para conseguirle un par de pedazos de pan de calabaza, que después había envuelto cuidadosamente en papel encerado y había escondido bajo uno de los tablones sueltos del suelo de la despensa. El chico parecía estar tan hambriento aquella mañana que Alizeh no encontraba forma de explicar su ausencia, a no ser...

Echó un poco más de leña en el fogón y vaciló. Cabía la posibilidad de que el altercado lo hubiera dejado más malherido de lo que la joven esperaba.

Alizeh no siempre era consciente de su propia fuerza.

Comprobó las teteras que había puesto al fuego y, después, consultó el reloj de la cocina. Todavía quedaba mucho día por delante y le preocupaba que sus manos no sobrevivieran tamaña acometida. Tendría que hacer ciertos sacrificios.

La joven suspiró.

Arrancó dos tiras de tela del borde de su delantal con un movimiento rápido. Alizeh, que se confeccionaba toda la ropa ella sola, se lamentó en silencio por haber arruinado la pieza y se vendó las heridas tan bien como pudo con los dedos llenos de ampollas. Debería encontrar un momento para hacerle una visita al boticario al día siguiente. Ahora que disponía de algo de dinero, podría permitirse comprar algún ungüento o incluso una cataplasma.

Esperaba que eso fuera suficiente para que sus manos se recuperasen.

Una vez que se hubo vendado las heridas, la cegadora intensidad de su tormento comenzó a amainar poco a poco; aquel ligero alivio aflojó el nudo que le comprimía el pecho. Al acabar, tomó una profunda bocanada de aire para estabilizarse y sintió una punzada de vergüenza al comprender lo rápido que se ensombrecían sus pensamientos con el mínimo incentivo. Alizeh no quería perder la fe en el mundo, pero tenía la sensación de que el dolor se llevaba consigo un pedacito de esperanza en compensación por su sufrimiento.

A pesar de todo, mientras volvía a llenar los cubos de agua recién hervida, comprendió que sus padres habrían esperado mucho más de ella. No le cabía duda de que no habrían querido que se rindiera.

«Llegará un día —le había dicho su padre— en el que el mundo se postrará a tus pies».

De improviso, alguien llamó con brusquedad a la puerta de atrás.

Alizeh se irguió tan rápidamente que casi se le cayó la tetera al suelo. Recorrió la estancia con la mirada una vez más. La cocina seguía inusualmente vacía, pero había tanto que hacer aquel día que el servicio no iba a disponer ni de un segundo para descansar. Entonces, sacó a toda prisa el paquete de comida que había escondido en la despensa.

Abrió la puerta con cautela.

La muchacha, estupefacta, dio un paso atrás. Quien estaba ante ella era la señora Sana, la doncella con gafas que dirigía la propiedad del embajador lojano.

Alizeh estaba tan sorprendida que por poco se le olvida hacer una reverencia.

A las amas de llaves, quienes estaban al frente de sus propios reinos en miniatura, no se les consideraba parte del servicio y no llevaban snodas, así que se les debía un respeto que Alizeh todavía estaba aprendiendo a manejar. Tras inclinarse ante la mujer, enseguida se enderezó.

—Buenas tardes, señora. ¿En qué puedo ayudaros?

La señora Sana no dijo nada, sino que se limitó a sostener un saquito en alto, que Alizeh aceptó con una mano herida. Sintió de inmediato el peso de las monedas.

—¡Vaya! —exclamó sin aliento.

—La señorita Huda ha quedado muy satisfecha con el vestido y desea volver a solicitar vuestros servicios.

La joven se quedó estupefacta.

No se atrevió a hablar, ni siquiera atinó a moverse por miedo a arruinar el momento. Intentó averiguar si se habría quedado dormida o si, tal vez, estaría soñando.

La señora Sana dio unos golpecitos en el marco de la puerta con los nudillos.

—¿Acaso estás sorda, niña?

Alizeh jadeó y se apresuró a responder:

—No, señora. Quiero decir... Claro, señora. Yo... Será todo un honor.

La mujer resopló de una forma que a Alizeh cada vez le resultaba más familiar.

—Sí, apuesto que sí. Espero que esto te sirva como escarmiento para que la próxima vez no le faltes el respeto a mi señora. Iba a enviar a su doncella, pero insistí en ser yo quien os hiciera llegar su mensaje personal. Espero que seas consciente de mis motivos.

—Sí, señora —aseguró Alizeh con la mirada gacha.

—La señorita Huda necesitará cuatro vestidos como mínimo para las celebraciones que se avecinan, además de una pieza central para el baile real.

La muchacha alzó la cabeza de golpe ante sus palabras. No sabía a qué celebraciones se refería la señora Sana, pero tampoco le importaba.

—¿La señorita Huda quiere cinco vestidos?

—¿Te supone un problema?

A Alizeh le tronaban los oídos, presa de una terrorífica confusión. Temía echarse a llorar y no creía ser capaz de perdonárselo si eso ocurría.

—No, señora —se las arregló para decir—. En absoluto.

—Bien. Te esperamos mañana a las nueve de la noche. —Tras una pausa cargada de significado, concluyó—: Una vez que hayas acabado tu turno aquí.

—Gracias, señora. Gracias. Agradezco enormemente vuestra compr...

—Te quiero allí a las nueve, puntual como un reloj. ¿Ha quedado claro? —Con esas palabras, la señora Sana se marchó y cerró la puerta a sus espaldas.

Alizeh no pudo contener las lágrimas ni un segundo más. Se deslizó hasta el suelo y rompió a llorar.

NUEVE

Bajo el pálido ojo de la luna, las siluetas de los transeúntes se fusionaban hasta crear una masa gelatinosa que profería un sinfín de sonidos. Se oían gritos estridentes, las risas volaban entre los árboles y la luz de las farolas iluminaba con un parpadeo el camino de los tambaleantes vecinos. La noche era un verdadero espectáculo demencial.

Alizeh reprimió un escalofrío.

Siempre la había inquietado verse engullida por la oscuridad, puesto que le daba alas a un miedo que nunca había sido capaz de racionalizar por completo: el de quedarse ciega. Hubo un tiempo en el que sus antepasados fueron sentenciados a vivir una vida desprovista de luz y calor (era consciente de ello, sí), pero le resultaba de lo más extraño que ella hubiera heredado ese miedo. Y lo que era aún peor: tenía la sensación de que su peculiar destino siempre había estado ligado a la oscuridad, ya que, de un tiempo a esa parte, Alizeh solo se sentía verdaderamente libre ante la ausencia de luz natural, cuando se deshacía del yugo del deber.

Alizeh emergió de la Mansión Baz tiempo después de que el sol se ocultara tras el horizonte y, aunque la maravillosa noticia que suponía el encargo de la señorita Huda había supuesto una gran ayuda a la hora de mantener sus ánimos a flote, Alizeh volvía a sentirse hundida por el estado en el que tenía las manos. Las tareas del día le habían causado nuevas heridas en las palmas ya de por sí magulladas y las tiras de tela con las que se las había vendado habían acabado empapadas, saturadas de sangre. La muchacha, que ahora debía diseñar cinco vestidos además de encargarse de sus tareas habituales, se encontró con que dependía de sus manos más que nunca... por lo que su visita a la botica no podría esperar hasta el día siguiente.

Alizeh se abrió camino a través de la nieve que había caído aquella tarde, con los pies doloridos, los brazos bien cruzados sobre el pecho y la barbilla escondida bajo el cuello de sus ropajes. La escarcha avanzó sin tregua por los húmedos mechones de pelo de la muchacha, que, revoltosos, volaban con el viento al caminar.

Ya había pasado por el hamam más cercano para deshacerse de la suciedad que se le había acumulado sobre el cuerpo a lo largo del día. Una vez aseada, siempre se sentía mejor, y, aunque la tarea le había pasado factura físicamente, sabía que, al fin y al cabo, acababa mereciendo la pena. Además, el aire nocturno era de lo más vigorizante y el impacto del frío sobre la cabeza descubierta impedía que sus pensamientos divagaran. Recorrer las calles de noche exigía una máxima concentración, puesto que era consciente del peligro que suponía toparse con una persona desconocida y desesperada en la oscuridad. Procuró avanzar en silencio y por las zonas iluminadas e intentó llamar la atención lo menos que pudo.

Aun así, era imposible ignorar aquel alboroto.

La gente coreaba por las calles; aunque algunos cantaban y otros gritaban, todos iban tan borrachos que sus palabras resultaban indiscernibles. Una enorme muchedumbre bailaba y colaboraba para sostener en alto lo que parecía ser un espantapájaros, una figura hecha de paja que llevaba una burda corona de hierro sobre la cabeza. Los numerosos grupos de personas que estaban sentados en mitad de la calle, fumando con pipas de agua o shishas y bebiendo té, se negaban a despejar las calles a pesar de los relinchos de los caballos, de los tambaleos de los carruajes y de los gritos de los caballeros nobles, que salían del interior de sus cómodos transportes armados con látigos.

Alizeh avanzó a través de una nube de humo con sabor a albaricoque, se zafó de un vendedor ambulante nocturno y se abrió camino por el estrecho hueco que dejó un grupo que se reía a carcajada limpia al escuchar la historia de un niño que había atrapado a una serpiente con las manos desnudas para, luego, deleitarse al hundir la cabeza del animal en un cuenco de yogur repetidas veces.

La muchacha sonrió para sus adentros.

Se dio cuenta de que varias personas portaban carteles. Algunos los alzaban bien alto, mientras que otros los arrastraban a su espalda como si llevaran un perro atado con correa. Alizeh intentó descifrar lo que rezaba cada pancarta, pero la escasa y parpadeante iluminación las hacía ilegibles. Si algo era seguro, era que los niveles de júbilo y frenesí eran, cuanto menos, inusuales incluso para la capital del imperio, así que, por un instante, la curiosidad de Alizeh amenazó con vencer a su sentido común.

La aplacó de inmediato.

Una marabunta de desconocidos la atropelló; algunos trataron de arrancarle la snoda, se rieron en su cara y le pisotearon las faldas. Había aprendido ya hacía tiempo que los de su posición pertenecían al estrato social más menospreciado y eran sometidos a todo tipo de maltrato con impunidad. Muchos no dudaban en quitarse la snoda en los lugares públicos por miedo a atraer una atención indeseada, pero Alizeh no podía permitirse tal lujo sin correr un grave riesgo. Aunque estaba segura de que alguien iba tras su pista, como desconocía la identidad de su perseguidor, no tenía manera de bajar la guardia.

El rostro de Alizeh era, por desgracia, demasiado fácil de reconocer.

La suya era una excepción única, puesto que los jinn y los seres de arcilla pasaron a ser difíciles de diferenciar cuando los primeros recobraron la vista y la melanina en la piel y el cabello hacía miles de años. Alizeh, como muchos otros habitantes de Ardunia, tenía una larguísima melena de rizos tan negros como el carbón y la piel olivácea. En cambio, sus ojos...

Desconocía cuál era el color de sus ojos.

La muchacha creía que el color natural de sus ojos era el discreto tono marrón oscuro que a veces adquirían sus iris. La mayor parte del tiempo, sin embargo, eran de un penetrante azul hielo, tan claro que casi se tornaba blanco, y, por eso, no era ninguna sorpresa que Alizeh siempre tuviera frío, hasta en la cuenca de los ojos. El hielo le recorría las venas translúcidas incluso en pleno verano y la inmovilizaba de una forma que solo sus ancestros serían capaces de comprender, porque era de ellos de quienes había heredado aquella anomalía. Como resultado, sus ojos tenían un efecto tan desconcertante que pocos eran capaces de sostenerle la mirada... Aun así, el rostro de Alizeh habría pasado perfectamente inadvertido si sus iris no cambiaran de color, cosa que siempre hacían. Titilaban y pasaban de un tono a otro sin cesar, y aquel era un problema sobre el que no tenía ningún control. Tan siquiera lograba identificar el desencadenante de dicho fenómeno.

Alizeh sintió un toque de humedad en los labios y alzó la vista. Había comenzado a nevar.

Se abrazó a sí misma con más fuerza y, con la cabeza gacha para protegerse del viento, recorrió a toda prisa aquella calle familiar. Poco a poco, fue siendo más consciente del segundo par de pasos que repiqueteaban a su espalda (lo cual no resultaría raro si no siguieran un ritmo perfectamente uniforme) y reprimió un escalofrío de miedo; Alizeh sentía que, últimamente, cada vez le resultaba más fácil caer presa de la paranoia. Gracias al cielo, las luces de la botica ya resplandecían más adelante. Enseguida, la muchacha echó a correr.

Una campanilla repiqueteó al abrir la puerta de madera y la multitud que abarrotaba la tienda casi la devuelve al exterior de un empujón. A aquellas horas, la botica solía estar vacía y Alizeh no pudo evitar notar que el típico aroma a salvia y azafrán que inundaba el ambiente había sido sustituido por los fétidos vapores de una letrina sucia o del vómito añejo. La joven contuvo la respiración mientras se ponía a la cola e intentaba resistir el impulso de sacudirse la nieve de las botas en la alfombra que cubría el suelo.

Los clientes se gritaban obscenidades, se empujaban y se peleaban por reclamar su espacio para proteger algún brazo facturado o una nariz rota. A algunos les brotaba sangre carmesí de la coronilla o de la boca. Un hombre le enseñaba al boticario el diente ensangrentado que le había arrancado a un niño de la cabeza, cuando otro había decidido que sería buena idea darle un mordisco.

Alizeh apenas creía lo que veían sus ojos.

Aquellas personas no necesitaban a un boticario, sino un buen baño y un médico. Suponía que eran demasiado necios o estaban demasiado borrachos como para saber que allí no encontrarían la ayuda que buscaban.

—Bueno, ya está bien —bramó una voz enfadada por encima del ruido de la multitud—. Fuera de aquí todo el mundo. Salid de mi tienda antes de que...

Se oyó el súbito estruendo de un cristal al romperse cuando unos viales cayeron al suelo. La misma voz atronadora retomó sus gritos con una nueva retahíla de epítetos mientras la inquietud de la muchedumbre crecía hasta formar una verdadera estampida cuando el hombre blandió un bastón y amenazó con azotarlos a todos, además de entregarlos a las autoridades por escándalo público.

Alizeh se apretó como pudo contra la pared y logró confundirse tanto con su entorno que, cuando la horda por fin abandonó la tienda, el boticario casi no se percató de su presencia.

Pero solo casi.

—Lárgate —ladró, al tiempo que avanzaba hacia ella—. Fuera de mi tienda. Fuera. No eres más que otra de esos salvajes...

—Señor... por favor... —Alizeh se encogió contra la pared—. Solo quiero comprar un poco de pomada y algunas vendas. Os lo agradecería enormemente si pudierais ayudarme.

El boticario se quedó petrificado con aquella expresión enfadada todavía grabada en el rostro. Era un hombre esbelto, alto y enjuto, que tenía la piel de un color marrón oscuro y lucía una tosca mata de pelo negro. Apenas se resistió a dedicarle un bufido a la joven. Sus ojos inquisitivos estudiaron la chaqueta remendada pero limpia de la muchacha, así como su cabello bien cuidado. Al final, tomó una profunda bocanada de aire para tranquilizarse y se alejó de Alizeh.

—Muy bien, ¿qué necesitáis? —Se metió tras el mostrador principal y la contempló con unos enormes ojos tan negros como la tinta—. ¿Qué es lo que os ocurre?

La joven apretó los puños, se los metió en los bolsillos e intentó sonreír. Sus labios eran la única parte de su rostro que no estaba cubierta y, en consecuencia, era el punto en el que los demás se fijaban al hablar con ella. El boticario, en cambio, parecía estar decidido a mirarle fijamente a los ojos... o al lugar que sus ojos deberían ocupar.

Por un segundo, Alizeh no supo qué hacer.

Era cierto que, en lo que se refería a su apariencia, los jinn eran prácticamente indetectables. De hecho, su sorprendente parecido físico con los seres de arcilla era lo que los convertía en una amenaza aún mayor, puesto que recelar de ellos solo por su aspecto era una tarea difícil. Los Acuerdos de Fuego habían intentado establecer una manera de abordar aquellos problemas;

sin embargo, bajo la aparente paz que reinaba en la superficie, bullía un malestar generalizado entre la población. Era un odio arraigado hacia los jinn, nacido de su supuesta asociación con el diablo, que no se disiparía tan fácilmente. El hecho de mostrarles a personas desconocidas uno de sus claros rasgos identificativos le provocaba un pavor paralizante, puesto que nunca sabía cómo iban a reaccionar. A menudo, la gente no se preocupaba por ocultar el desprecio que sentía hacia ella y Alizeh no solía tener la energía suficiente como para lidiar con esa cuestión.

—Solo tengo un par de magulladuras en las manos... y algunas ampollas —susurró la joven—. Si pudiera darme vendas limpias y recomendarme una pomada, se lo agradecería de corazón, señor.

El boticario hizo un ruidito, como si chistase, y dio unos cuantos toquecitos con los dedos sobre el mostrador antes de darse la vuelta para escudriñar las altas estanterías de madera que ocupaban toda la pared y albergaban remedios desconocidos dentro de numerosas botellitas de cristal selladas.

—¿Y qué hay de vuestro cuello, señorita? Me refiero a ese corte profundo.

Sin querer, Alizeh se tocó la herida.

—¿Di... disculpe?

—Tenéis una laceración en la base de la garganta; seguro que sois consciente de ella. Y la incisión os debe de doler, señorita. Si no me equivoco, la herida debería estar caliente al tacto y... —se acercó para estudiarla— Sí, parece que está un poco inflamada. Debemos evitar que se produzca una infección grave.

Alizeh se quedó paralizada, presa del pánico.

El chico fesht había utilizado un tosco cuchillo sucio. Ella lo había visto con sus propios ojos y lo había examinado de cerca, ¿por qué no se dio cuenta de que podría acarrear secuelas? Bien cierto era que se había sentido indispuesta y dolorida durante todo el día y que dichas sensaciones la habían acompañado a lo largo de la jornada como una única molestia generalizada, a pesar de haber tratado de hacerles caso omiso. Nunca tuvo oportunidad de identificar la raíz de cada una de sus dolencias.

Alizeh cerró los ojos con fuerza y se aferró al mostrador para tranquilizarse. Apenas tenía opción de permitirse nada por entonces y, mucho menos, podía permitirse ponerse enferma. Si caía presa de la fiebre (si era incapaz de trabajar), se quedaría de patitas en la calle, donde lo más seguro era que acabara muerta en alguna zanja. Aquella realidad tan desalentadora era lo que la impulsaba a seguir adelante cada día: sus instintos más primarios le exigían que sobreviviera.

—¿Señorita?

Ah, el diablo siempre elegía el momento idóneo para hacerle una visita.

DIEZ

K amran aguardaba entre las sombras de un local cerrado, con la capucha de la capa ondeando al viento y golpeándole la cara como las coriáceas alas de un murciélago. La nieve había amainado y se había transformado en lluvia, y el príncipe, que prestaba atención al sonido de las gotas al tamborilear contra el toldo sobre su cabeza, observó cómo el agua impactaba contra la escarcha, arrastrada a la deriva calle abajo. Dejó pasar unos largos instantes mientras los montículos de nieve cedían y se derretían a sus pies.

No debería haber ido hasta allí.

Tras su encuentro, el rey solicitó hablar en privado con Kamran para hacerle unas cuantas preguntas más acerca de la criada sospechosa, y el príncipe estuvo más que encantado de darle todo tipo de detalles, pues sentía que la preocupación de su abuelo validaba sus sentimientos. De hecho, el propio rey le pidió a Kamran que continuase con sus pesquisas para localizar el paradero de la muchacha, dado que Zal también se había sentido intranquilo al escuchar una versión más detallada de los sucesos de aquella mañana. Envió al príncipe a la ciudad para que cumpliese con una serie de obligaciones (tendría que visitar al muchacho fesht, entre otras) y para que supervisase la situación en las calles.

Por supuesto, Kamran se comprometió a ello.

Una tarea que lo mantuviese ocupado era precisamente lo que necesitaba en ese momento, ya que le permitiría evadirse de sus propios pensamientos y de la carga que acompañaba a toda la información que su abuelo le acababa de ofrecer. Además, en cualquier caso, el príncipe ya había tomado la decisión de ir a ver con sus propios ojos aquella turba que mencionaba el rey; quería comprobar personalmente la conmoción que había causado y ser testigo de las consecuencias de sus actos.

Al final, el resultado había sido nefasto.

No, no debería haber ido hasta allí en absoluto.

Lo primero que hizo fue visitar al muchacho sin hogar, que se hospedaba en las dependencias de los magos, en la Plaza Real. El rey le había dejado claro a Kamran que ignorar al muchacho después de lo sucedido solo le haría aparentar haberse comportado de manera precipitada y con una enorme falta de premeditación. Según Zal, el pueblo no solo esperaba que Kamran demostrase una compasiva preocupación por el chico, sino que no veía la hora de que ese reencuentro tuviera lugar. Como, en cualquier caso, el príncipe tenía que reunirse con los magos, la visita no supondría una excesiva pérdida de tiempo.

No obstante, acabó siendo un encuentro de lo más irritante.

Resultó que el muchacho se había salvado de las garras de la muerte por la mera intervención de la magia. Aquel descubrimiento, que, en otras circunstancias habría supuesto un alivio, fue una noticia, cuanto menos, desalentadora para el príncipe, puesto que los magos habían dado por hecho que aquellas habían sido sus órdenes..., y escasas (por no decir nulas) eran las ocasiones en las que se le ofrecía la asistencia de la magia a alguien que no perteneciera a la familia imperial.

Aunque Ardunia era un reino de vasta extensión, la magia era una sustancia excepcional y difícil de conseguir. Como la obtención de aquel mineral inestable extraído de las montañas suponía un enorme riesgo, este solo se comercializaba en diminutas y valiosas cantidades, que se distribuían exclusivamente bajo decreto real. La llamada de auxilio de Kamran había sido interpretada como una excepción a la regla y había añadido un nuevo matiz de significado a la forma en la que el príncipe se había comportado con el golfillo. Desde luego, aquel sería un acontecimiento que perduraría en la memoria colectiva.

El joven dejó escapar un suspiro al recordar la magnitud de sus actos.

Aunque el muchacho todavía se estaba recuperando, se las arregló para encogerse de miedo cuando Kamran entró en su habitación. El niño retrocedió tanto como le permitió la cama en la que descansaba, debatiéndose por escapar de su inesperado salvador. Ambos lo sabían: sabían que la estampa en la que habían quedado atrapados era una farsa. Kamran no era ningún héroe y no se había forjado una amistad entre ellos.

De hecho, la única emoción que el pequeño despertaba en el príncipe era la ira.

Por medio de la meticulosa difusión de una tanda de nuevos rumores, la corona estaba buscando concienzudamente distorsionar la historia de aquel pillo callejero. El rey Zal decidió que sería más complicado conseguir convencer al público de que el príncipe había hecho bien en salvar a un niño asesino, así que alteraron el relato para excluir el detalle de la joven criada herida. Aquel aspecto molestó a Kamran más de lo que debería, puesto que, en su humilde opinión, el granuja no merecía las molestias que se habían tomado por salvarlo ni los cuidados que estaba recibiendo ahora.

Kamran se acercó a la cama con precaución e interpretó el miedo que estalló en los ojos del chico como una pequeña victoria. Aquel impulso fue todo lo que necesitó para darle rienda suelta a su frustración, que le otorgaba sentido a su visita. Si el príncipe se veía obligado a comparecer ante aquel niño impresentable, entonces aprovecharía la oportunidad para exigir que ofreciera respuestas a sus innumerables preguntas.

Por todos los ángeles, vaya si tenía preguntas.

—*Avo, kemem dinar shora* —dijo con tono sombrío. «Primero, quiero una explicación»—. ¿Por qué me rogaste que no te entregara a las autoridades?

El muchacho sacudió la cabeza.

—*Jev man* —exigió. «Respóndeme».

Volvió a negar con la cabeza.

Kamran se puso en pie con un movimiento brusco y entrelazó las manos a su espalda.

—Ambos sabemos cuál es la verdadera razón por la que estás aquí y no me voy a olvidar de ella tan fácilmente. No tengo ningún interés en disculpar tu comportamiento solo porque hayas estado a las puertas de la muerte. Habrías estado dispuesto a asesinar a una joven solo para robarle la mercancía que llevaba consigo...

—*Nek, nek hejjan...* —«No, no, alteza...».

—Y estabas dispuesto a acabar con tu propia vida para evitar someterte a un juicio... para evitar acabar en manos de las autoridades y pagar el precio de tu inmoralidad. —La ira apenas contenida refulgió en los ojos de Kamran—. Explícame por qué lo hiciste.

Por tercera vez, el muchacho sacudió la cabeza.

—Tal vez deba entregarte a las autoridades ahora mismo. Tal vez dispongan de métodos más efectivos para obtener respuestas.

—No, alteza —dijo el chico en su lengua materna. Tenía las mejillas tan hundidas que sus ojos marrones parecían enormes—. No haréis eso.

Kamran abrió ligeramente los ojos, sorprendido.

—Cómo te atrev...

—Todos creen que me salvasteis la vida porque sois una persona compasiva y buena. Si me enviáis a las mazmorras ahora, vuestra imagen se resentiría, ¿no creéis?

—Yo sí que te salvé, granuja desagradecido.

—*Han.* —«Sí». El muchacho casi sonrió, pero su mirada era extrañamente distante—. *Pet ¿shora?* —«Pero ¿por qué?»—. Cuando me recupere, me devolverán a las calles. De vuelta a la vida que llevaba antes.

Kamran sintió una inoportuna punzada en el pecho, como un chispazo de culpa. Era del todo consciente del tono afilado que había adquirido su voz cuando dijo:

—No entiendo por qué preferirías morir antes que ir a prisión.

—No, no lo entendéis, alteza. —El pelirrojo evitaba la mirada del príncipe—. He visto lo que les hacen a los chicos como yo en ese sitio. Que te entreguen a las autoridades es un destino mucho peor que la muerte.

Kamran se enderezó y frunció el ceño.

—¿Qué significa eso? ¿Cómo puede ser peor que la muerte? Las prisiones del imperio no son tan deficientes como insinúas. Como mínimo, recibirías una comida al día...

El muchacho sacudía la cabeza con mayor vehemencia. Parecía tan agitado que Kamran temió que saliera corriendo de la habitación.

—De acuerdo... Ya es suficiente —concluyó el príncipe a regañadientes. Después suspiró—: ¿Por qué no me cuentas qué sabes de la chica?

El pequeño se quedó petrificado, desarmado al oír la tan inesperada pregunta.

—¿Que qué sé de ella? No la conocía de nada, alteza...

—Entonces, ¿cómo fuisteis capaces de entenderos? ¿Hablas ardano?

—Muy poco, alteza.

—Aun así, hablaste con ella.

—Sí, alteza —respondió, confundido—. La joven hablaba feshtún.

Aquella fue una revelación tan sorprendente que Kamran no tuvo tiempo de ocultar la expresión que se apoderó de su rostro.

—Pero ningún miembro del servicio que trabaje en la capital habla esa lengua.

—Disculpadme, alteza, pero no sabía que conocierais a todos y cada uno de los empleados de la capital.

Ante aquel comentario, Kamran se vio invadido por un ataque de ira de tan desmesurada intensidad que creyó que le partiría el pecho en dos. Tuvo que esforzarse por controlar sus palabras:

—Tu insolencia es digna de admirar.

El muchacho sonrió con picardía y Kamran resistió el deseo de estrangularlo.

Aquel fesht pelirrojo tenía la habilidad única de desatar en Kamran súbitos y perturbadores ataques de ira... de una ira de la variedad más peligrosa. El príncipe conocía muy bien sus debilidades y rezó por que su mente apaciguara aquella reacción, puesto que sabía que era de lo más irracional. Después de todo, no había razón por la que asustar al crío; no cuando podría ofrecerle la información que necesitaba para ir tras la pista de aquella criada tan engañosa.

—Te ruego que me ayudes a comprender la situación —pidió Kamran sin demostrar ninguna emoción—. Aseguras que una criada de escasa educación (una joven que seguramente debe ser analfabeta), de algún modo, habló contigo en feshtún. Aseguras que te dio un pedazo de pan y tú no...

—Os equivocáis, alteza. Dije que me ofreció pan, no que me lo haya dado.

Kamran apretó los dientes. Aquella era la segunda vez que el chico lo interrumpía.

—No creo que haya una gran diferencia. *Dar* y *ofrecer* son dos palabras intercambiables.

—No, alteza. Me dijo que me acercara a las cocinas de la Mansión Baz si alguna vez necesitaba un poco de pan para comer.

Kamran se vio invadido por un instante de triunfo.

—Entonces te mintió —aseguró el príncipe—. Conozco la Mansión Baz y esa joven no trabaja allí. De hecho, por si todavía no te habías dado cuenta de ello, creo que hay algo que debes saber: esa joven ni siquiera es una criada.

—Os equivocáis, alteza —respondió el pelirrojo, sacudiendo la cabeza.

Pero qué niño más impertinente, grosero y sinvergüenza. Kamran comprendió que ya no le importaba que el crío hubiera estado a punto de morir. Parecía encontrarse lo suficientemente bien como para comportarse con la osadía de una descarada rata callejera. ¿No le daba vergüenza dirigirse a un miembro de la familia real con tan poco respeto? A pesar de todo... había logrado captar la atención de Kamran, que se sentía extrañamente incapaz de tratar mal a aquel diablillo precoz.

Omid. Se llamaba Omid.

Era el hijo de unos agricultores que cultivaban azafrán en el sur. Sus padres habían acabado en prisión al no poder hacer frente a los impuestos que les correspondía pagar tras una mala cosecha. Ellos alegaron en una queja formal (Kamran había procurado rescatar el informe de su juicio) que los impuestos eran recaudados en base a una cantidad fija en vez de ajustarse a un porcentaje e insistieron en que, de haber pagado aquella cantidad, su familia habría muerto de hambre, dado que la cosecha de la temporada había sido muy escasa. Aunque rogaron clemencia ante el tribunal, contrajeron una fiebre pulmonar en prisión y murieron días después, dejando así al muchacho librado a su suerte.

Doce años, dijo que tenía. Tan solo doce años.

—No sé si es que eres demasiado listo o demasiado necio como para llevarme la contraria de tan buena gana —le había comentado Kamran.

—Pero, alteza, vos no visteis sus manos —insistió Omid—. Yo sí las vi.

El príncipe se limitó a fruncir el ceño.

Tenía tanta prisa por dejar atrás a aquel muchacho insufrible, que Kamran había vuelto a olvidar presentarles sus respetos a los honorables sacerdotes y sacerdotisas, pero un corrillo de magos lo interceptó cuando abandonaba el edificio. Fueron parcos en palabras (como era de esperar) y, como pago por sus servicios, no aceptaron más que unos minutos de tiempo de Kamran antes de depositar un paquetito en sus manos. El joven les dio las gracias profusamente, pero se encontraba tan saturado y tenía sus ideas en tan poco orden que se obligó a guardar aquel regalo inesperado para abrirlo más adelante.

El paquete quedaría olvidado en el bolsillo interior de la capa de Kamran durante unos cuantos días.

La charla con Omid lo había alterado tanto que, desde las dependencias de los magos, el príncipe fue directo a la Mansión Baz, hogar de una tía lejana de él. Sabía exactamente dónde se encontraban las cocinas; había pasado una gran parte de su infancia en la Mansión Baz y había escapado muchas veces escaleras abajo para tomar un tentempié a medianoche. Se planteó la posibilidad de entrar por la puerta principal y preguntarle a su tía sin rodeos por la criada, pero enseguida recordó el aviso que le había dado su abuelo. Cada uno de sus actos estaría sometido a un intenso escrutinio.

Kamran buscaba a la joven por diversas razones (entre las que cabía destacar la confirmación de que Ardunia estaba destinada a entrar en guerra), pero no creyó que precipitarse y hacer correr la voz entre la gente de a pie fuera una buena idea.

De cualquier modo, a Kamran se le daba bien esperar.

Era capaz de mantener una misma postura durante horas sin cansarse, dado que había sido entrenado para hacerse prácticamente indetectable a su antojo. No le suponía ningún problema ver las horas pasar mientras aguardaba en un callejón para atrapar a un criminal y menos cuando su objetivo era proteger al imperio o librar a sus súbditos de las maquinaciones de una muchacha sin rostro...

Era mentira.

Bien cierto era que, para él, el sospechoso comportamiento de la criada suponía un claro indicio de que podía ser una espía tulaní. Pero, al mismo tiempo, podría estar equivocado y le preocupaba la poca predisposición que demostraba a la hora de aceptar aquella posibilidad. No, una motivación oculta lo llevaba a ir tras ella, y esa era la verdad irrefutable que tan solo estaba comenzando a admitir: había algo en aquella muchacha que le había dejado huella.

Era algo que no conseguía quitarse de la cabeza.

Aquella joven que aparentaba ser una criada pobre y humilde había hecho gala de una clemencia que Kamran no era capaz de comprender y de una compasión que, ante todo, lo enfurecía por su falta de consistencia. Aparentemente, la joven se había infiltrado en su imperio para causar estragos. ¿Por qué demostraría ser la más benevolente entre los implicados en los sucesos de aquella mañana? ¿Por qué hizo que él se sintiera indigno?

No, no tenía ningún sentido.

Tras años de entrenamiento, el príncipe había aprendido a reconocer hasta la más mínima inconsistencia en sus oponentes; identificaba cualquier debilidad que pudiera explotar y manipular rápidamente. Kamran era consciente de sus propios puntos fuertes y, en ese caso, no tenía forma de negar el acierto de su intuición. Kamran había identificado las contradicciones en el comportamiento de la muchacha en cuanto posó sus ojos en ella.

Sin duda, la joven ocultaba algo.

Había querido demostrar que, tal y como él creía, la joven era una mentirosa. Ansiaba descubrir cuál de las dos teorías que manejaba era la correcta: ¿sería una espía manipuladora o una niña rica superficial que solo pretendía jugar a los disfraces?

En cambio, al final, acabó en la situación en la que se encontraba en aquel momento.

Había pasado tanto tiempo allí, de pie en medio de la oscuridad, que la turba había comenzado a dispersarse y las calles estaban plagadas de los cuerpos borrachos y soñolientos de los que no se habían atrevido a arrastrarse de vuelta a casa. El príncipe permitió que el frío lo abrazase hasta que le temblaron todos los huesos, hasta que no sintió nada salvo el enorme vacío que se abría con un bostezo en su interior.

Kamran no quería ser rey.

No quería que su abuelo muriera, ni tampoco deseaba casarse con una desconocida, engendrar a un heredero o dirigir un imperio. Aquel era un secreto que casi nunca se permitía compartir, ni siquiera consigo mismo: Kamran no quería la vida que se veía obligado a vivir. La muerte de su padre había supuesto un duro golpe para el príncipe, pero es que ni siquiera conseguía concebir un mundo sin su abuelo. No se creía capaz de liderar el imperio solo y tampoco sabía en quién confiar. A veces ni siquiera sabía con seguridad si hacía bien en fiarse de Hazan.

Para no pensar en ello, Kamran utilizó su propia ira, la crispación que el muchacho fesht desataba en él o el recuerdo del engañoso carácter de la criada para distraerse. La realidad era que se había visto obligado a regresar a casa en contra de su voluntad y que ahora estaba huyendo de sí mismo, de la contradictoria carga que suponía el privilegio y de las responsabilidades que otros habían depositado sobre sus hombros. En momentos como ese, siempre le consoló pensar que, al menos, era un hábil soldado y un líder competente... pero, aquel día, incluso esa seguridad se había visto refutada. Al fin y al cabo, ¿de qué servía un líder que no podía fiarse de sus propios instintos?

La joven criada había demostrado ser mejor que Kamran.

Además de haber probado que estaba totalmente equivocado, también le hizo ver que era una persona con más fallos de los que pensaba. Cuando la joven por fin salió al callejón tras la Mansión Baz, el príncipe la reconoció enseguida, aunque ahora disfrutaba del privilegio de estudiarla con mayor atención. El enrojecido corte que tenía en la garganta enseguida captó la atención del muchacho, quien trazó las elegantes líneas del cuello de la chica y la delicada curva de sus hombros. Se fijó en su postura por segunda vez desde aquella mañana y comprendió que su porte difería en gran medida del de una criada corriente. Demostraba cierta gracilidad incluso al mantener la cabeza alta, al estirar la espalda y al elevar el rostro para beber de los rayos del sol.

Kamran no entendía nada.

Si no era una espía o una joven de clase alta, podría ser la hija caída en desgracia de alguna familia adinerada o, incluso, la bastarda de algún caballero; circunstancias como esas explicarían la elegancia de su postura y su dominio del feshtún. Pero ¿cómo iba a caer tan bajo una joven bien educada y de buena familia? El muchacho dudaba de que fuera posible. Los escándalos de los miembros de la alta sociedad siempre acababan siendo la comidilla de todo el mundo y, si una muchacha con tal trayectoria hubiera terminado formando parte del servicio de su tía, Kamran, sin duda, se habría enterado.

En cualquier caso, era imposible estar seguro de nada.

Luchó en vano por ver el rostro de la joven, pero solo tuvo oportunidad de estudiar su boca. Pasó más tiempo de lo que le gustaría admitir contemplando sus labios; era plenamente consciente del porqué de su comportamiento. Kamran había llegado a la terrorífica conclusión de que la joven, muy seguramente, era hermosa. Aquel pensamiento fue tan inesperado que casi pierde de vista su objetivo. Cuando la muchacha se mordió el labio sin previo aviso, el príncipe tomó aliento y se sobresaltó.

Parecía preocupada.

La observó mientras ella escaneaba el callejón, con un paquetito apretado contra el pecho. El joven recordó lo que Omid había dicho acerca de las manos de la chica, así que decidió estudiarlas con más detenimiento y su orgullo recibió un súbito revés, al igual que su frágil conciencia. Las manos de la chica estaban tan magulladas que sus heridas eran visibles incluso desde la estratégica posición de Kamran en la distancia. Contemplar su piel era doloroso. Estaba roja. Llena de ampollas. En carne viva.

No cabía duda de que eran las manos de una criada.

Kamran se echó hacia atrás ante el impacto de la verdad. Se había obsesionado tanto con demostrar que la chica era una mentirosa... Había anticipado con tanta emoción el momento en el que destaparía su malas intenciones... Y, al final, se había desenmascarado a sí mismo.

Él era el villano de toda aquella historia, no ella.

Además de haber sido fiel a la promesa que le había hecho a Omid, la joven también se había asegurado de tener algo de comida preparada. Cada vez era más evidente que el muchacho sin hogar era la persona a quien ella esperaba ver en el callejón.

En un mismo día, la joven ya había conseguido en dos ocasiones que los remordimientos ahogaran a Kamran. Le había hundido la mano en el pecho para destrozar alguna parte esencial de su ser, y todo ello sin ser consciente siquiera de la existencia de Kamran. ¿De veras era tan débil como para que una desconocida lo desarmara sin esfuerzo? ¿Era él una persona tan indigna acaso?

Y no solo eso: ¿cómo le iba a explicar a su abuelo tan bochornoso desenlace? Las sospechas infundadas que Kamran tan despreocupadamente había defendido ante su abuelo no habían hecho más que alimentar sus preocupaciones y, ahora, la arrogancia del príncipe supondría una clara demostración de su propia estupidez, además de cierta inestabilidad mental que le daría aún más peso al temor que el futuro de su nieto infundía en el rey. Un día era todo cuanto Kamran había necesitado para convertirse en un hazmerreír y ahora deseaba que lo tragase la tierra.

Aquel único pensamiento se repetía una y otra vez como un estribillo en su cabeza, cuando Hazan por fin dio con él.

ONCE

—¿Señorita?

El boticario se aclaró la garganta una vez más y Alizeh se sobresaltó. Al alzar la vista, vio que el hombre le estaba mirando las manos y las escondió con un rápido movimiento.

—No hay duda de que no estáis bien, señorita. De hecho, estáis sufriendo un tremendo dolor, por lo que parece. —Tras unos instantes, la muchacha encontró la mirada del boticario, que añadió en voz baja—: No tenéis nada que temer. Si queréis que os ayude, tendré que ver vuestras heridas.

Alizeh volvió a pensar en sus deberes; se recordó que su seguridad dependía del hecho de que fuera capaz de levantarse al día siguiente para ponerse a limpiar más suelos y confeccionar más vestidos. Pero si aquel hombre veía su sangre transparente y se daba cuenta de que era una jinn, entonces podría negarse a atenderla. Si la echaba de su tienda, se vería obligada a acudir a la botica que se encontraba al otro lado de la ciudad... Y, aunque no era un imposible, sería una hazaña complicada y supondría un gran esfuerzo; además, necesitaría otro día entero para prepararlo todo.

Alizeh suspiró. No tenía demasiadas opciones.

Con un doloroso esfuerzo, retiró las empapadas vendas improvisadas y apoyó las manos desnudas sobre el mostrador con las palmas hacia arriba para que el boticario se las examinase.

El hombre se quedó sin aliento al verlas.

Alizeh trató de valorar sus heridas con el ojo crítico al que debería estar recurriendo él: contempló la piel en carne viva y hecha jirones, los dedos cubiertos de ampollas y la sangre, que la mayoría confundía con el agua. La piel de sus palmas, que por lo general era pálida, ahora tenía un color rojo chillón y palpitaba a causa del dolor. Necesitaba volver a cubrirse las manos desesperadamente y apretar los puños para luchar contra el insoportable dolor.

—Ya veo —comentó el boticario y Alizeh interpretó sus palabras como una señal para retirar las manos. La joven aguardó, tensa ante la posibilidad de un arrebato de hostilidad, pero el boticario no la insultó ni le pidió que abandonara la tienda.

Poco a poco, Alizeh se permitió bajar levemente la guardia.

El hombre ni siquiera pronunció una sola palabra más mientras seleccionaba unos cuantos productos, guardaba diferentes cantidades de hierbas medicinales en saquitos de arpillera y cortaba tiras de lino para cubrirle las heridas. Mientras el cuerpo le iba entrando en calor y la nieve de sus botas se derretía en un charquito a sus pies, la muchacha se vio embargada por una ola de gratitud. Aunque no vio los ojos que la espiaban a través de la ventana, no tardó en sentir cómo la taladraban. Experimentó ese miedo tan específico y perturbador que se siente cuando una se siente observada, pero es incapaz de demostrarlo.

Alizeh tragó saliva.

Cuando el boticario regresó por fin a su lugar ante el mostrador, portaba una cestita llena de ingredientes, que pasó a triturar con un mortero hasta producir una pasta espesa. Después, sacó lo que parecía ser una brocha de debajo del mostrador.

—Por favor, tomad asiento. —Señaló uno de los taburetes altos que formaban una fila frente al mostrador—. Y prestad atención a lo que voy a hacer, señorita. Tendréis que seguir los mismos pasos en casa.

Alizeh asintió con la cabeza, agradecida, al tiempo que dejaba caer su cuerpo cansado sobre el asiento tapizado. Temía no volver a levantarse nunca.

—Hacedme el favor de extender las manos.

La joven obedeció. Siguió cada uno de los movimientos del boticario con atención mientras le aplicaba un ungüento de color azul intenso en las palmas. Bastó una sola capa para que el alivio inmediato de la pomada calmante casi consiguiera que se le saltaran las lágrimas.

—Tendréis que mantener las heridas limpias —explicó el boticario— y cambiaros los vendajes cada dos días. Ahora os enseñaré la mejor manera de aplicarlos.

—Entendido, señor —exhaló y cerró los ojos con fuerza cuando el hombre le envolvió las manos con varias tiras limpias de lino, cruzándolas entre sus dedos. No recordaba la última vez que se había sentido tan relajada.

—No está bien —dijo él en voz baja.

—¿El vendaje? —Alizeh alzó la vista—. Oh, no, señor, yo creo que...

—¡Esto! —replicó al tiempo que alzaba una de las manos de la joven y la colocaba bajo la luz de una de las lámparas. Incluso estando parcialmente vendada y embadurnada de ungüento, la imagen que ofrecía su mano era desoladora—. Os hacen trabajar demasiado, señorita. No está bien.

—Ah. —Alizeh volvió a clavar la vista en el mostrador—. No me supone ninguna molestia.

La ira era evidente en la voz del boticario cuando dijo:

—Os matan a trabajar por lo que sois. Porque podéis soportar un esfuerzo mayor. Un cuerpo humano no sería capaz de aguantar tales cargas de trabajo y se aprovechan de vos porque pueden. Debéis ser consciente de ello.

—No os equivocáis —coincidió Alizeh, solemne—. Pero sabed que me siento afortunada de tener trabajo, señor.

—Podéis llamarme Deen. —Tomó otra brocha y le aplicó a la muchacha un ungüento diferente en el corte del cuello. Alizeh suspiró al notar cómo el medicamento se extendía por su piel y cerró los ojos cuando el dolor amainó hasta desaparecer por completo.

Pasaron unos instantes antes de que Deen se aclarase la garganta y dijera:

—¿Sabéis una cosa? Creo que nunca había visto una criada que llevara su snoda puesta de noche. —Alizeh se quedó petrificada y el boticario lo notó. Cuando ella no respondió, el hombre susurró—: Tal vez, por esa razón, no habéis visto el enorme hematoma que se extiende por vuestra mejilla.

—Vaya... —Alizeh alzó una de sus manos recién vendadas para tocarse el rostro—. Yo...

No se había dado cuenta de que la snoda no llegaba a cubrirle todo el cardenal. Por ley, las amas de llaves no tenían permitido azotar al servicio, pero Alizeh nunca se había topado con una que obedeciera aquella norma y sabía que perdería su trabajo si le confesaba la verdad al boticario.

La muchacha permaneció en silencio.

—Si os quitarais la snoda, señorita, podría evaluar la gravedad de la herida —sugirió Deen con un suspiro.

—No —objetó Alizeh demasiado deprisa—. Es decir... Agradezco vuestra preocupación, pero estoy bien.

Tras unos largos minutos, Deen murmuró:

—Como deseéis. Pero cuando acabe de curaros, tendré que pediros que regreséis en una semana para comprobar la evolución de vuestras heridas y asegurarme de que no haya riesgo de infección.

—Por supuesto, señor —titubeó y añadió—: Quiero decir, Deen, señor.

El boticario sonrió.

—En cualquier caso, si en algún momento padecéis fiebre, llamad de inmediato a un médico.

Alizeh respondió con un asentimiento de cabeza. Ni siquiera el pago recibido a cambio de cinco vestidos sería suficiente para contratar los servicios de un médico, pero comentárselo al boticario no tenía ningún sentido.

Deen había pasado a aplicarle el vendaje del cuello (justo el adorno perfecto que necesitaba para atraer la atención que prefería evitar), cuando este intentó entablar conversación con la muchacha una vez más:

—Esta es una herida de lo más curiosa, señorita. Sobre todo, si se tienen en cuenta las contradictorias habladurías que han estado volando por la ciudad durante todo el día.

Se quedó helada.

Racionalmente, sabía que no había hecho nada malo, pero la única razón por la que Alizeh había acabado en aquella ciudad era porque se había visto obligada a escapar después de que trataran de ejecutarla. Raro era el momento en el que la joven bajaba la guardia. Nunca dejaba de preocuparse.

—¿Qué habladurías son esas, señor?

—Del príncipe, por supuesto.

Alizeh se relajó casi de inmediato.

—Vaya —dijo—. Pues yo creo que no he oído nada.

Deen le estaba asegurando el vendaje cuando respondió con una carcajada:

—Con todos mis respetos, señorita, ha sido tal el revuelo, que solo una persona dura de oído se lo habría perdido. El imperio entero está hablando acerca del regreso del príncipe a Setar.

—¿Ha vuelto? —Los ojos de Alizeh, ocultos bajo la snoda, se abrieron como platos. Como hacía muy poco tiempo que había llegado a la ciudad, la muchacha no había oído más que rumores acerca del huidizo heredero al trono. Vivir en Setar suponía residir en el corazón del imperio, en la capital de Ardunia. Los vecinos que llevaban toda una vida allí conocían al príncipe desde su más tierna infancia y lo habían visto crecer. Alizeh mentiría si dijera que no sentía curiosidad por la familia real, pero, a diferencia de otras personas, ella no permitía que su vida girase en torno a la realeza.

Fue entonces cuando, con un súbito destello de comprensión, los acontecimientos del día comenzaron a cobrar sentido.

Aquello explicaba los eventos que la señora Sana había mencionado... además del baile que se avecinaba. ¿Cómo no iba a necesitar la señorita Huda cinco vestidos nuevos? ¿Cómo no iba la duquesa Jamilah a exigirles que limpiaran todas y cada una de las estancias de la Mansión Baz? La duquesa era una prima lejana del rey y se rumoreaba que mantenía una estrecha relación con el príncipe.

Quizás esperaba que él la visitara.

—Así es. Ha regresado a casa y por la puerta grande, ¿no creéis? Ya ha planeado un baile y otras tantas celebraciones. Por supuesto —continuó con una sonrisa sardónica—, eso a la gente como nosotros no nos incumbe. Me temo que no tendremos el placer de ver el interior del palacio o el salón de baile.

Alizeh respondió a la sonrisa de Deen con otra igual. A menudo anhelaba disfrutar de momentos como aquellos: deseaba tener la oportunidad de hablar con los vecinos de la ciudad como si fuera una más. Nunca se había sentido libre de hacerlo, ni siquiera cuando era una niña.

—No, supongo que no —coincidió en voz baja y sin dejar de sonreír mientras se volvía a sentar y se tocaba la venda limpia del cuello. Ya se sentía mucho mejor y la oleada de alivio y gratitud que inundaba su pecho le estaba empezando a soltar la lengua a niveles insospechados—. Aunque, para ser sincera, creo que no llego a comprender por qué se está armando tanto revuelo.

—¡Vaya! —La sonrisa de Deen se hizo más amplia—. Y eso, ¿por qué?

Alizeh titubeó.

La muchacha siempre tenía muchas cosas que decir, pero, como le habían impedido expresar sus ideas una y otra vez, le resultaba difícil luchar contra el impulso de guardar silencio.

—Supongo... supongo que me intriga saber el motivo por el que se debería permitir tal despilfarro solo para celebrar el regreso del príncipe. ¿Por qué nunca nos preguntamos de dónde sale el dinero con el que se pagan esas fiestas?

—Disculpadme, señorita —intervino Deen entre risas—. Pero no estoy seguro de comprender a qué os referís.

Alizeh se relajó al oír el sonido de la risa del boticario y su propia sonrisa se hizo también más intensa.

—Bueno. ¿No es verdad que los impuestos que pagamos la gente de a pie son los que financian esas fiestas reales a las que ni siquiera tenemos permitido asistir?

Deen, que estaba recogiendo la tela de las vendas en un rollo, se quedó paralizado al instante y alzó la vista para mirar a Alizeh con una expresión inescrutable.

—El príncipe ni siquiera hace acto de presencia —continuó ella—. ¿Qué tipo de príncipe no se relaciona con los círculos de la alta sociedad? Recibe numerosas alabanzas y no hay duda de que la gente le aprecia, pero la única razón por la que lo estiman es por su linaje, su título y sus circunstancias. Porque, inevitablemente, acabará siendo rey.

—Supongo que tenéis razón... Sí, tal vez —coincidió el boticario, frunciendo el ceño.

—¿Acaso se merece tal aprecio, entonces? ¿Por qué debería tener derecho a disfrutar del cariño y la devoción de sus súbditos si apenas lo conocen? ¿No creéis que el desdén que demuestra por la gente de a pie apesta a arrogancia? ¿Por qué no le ofende a nadie su prepotencia?

—No lo sé, señorita —vaciló Deen—. Aunque me atrevería a asegurar que el príncipe no es para nada arrogante.

—¿Entonces es un pretencioso? ¿Un misántropo?

Alizeh no parecía ser capaz de dejar de hablar una vez que hubo dado rienda suelta a su lengua. Se estaba divirtiendo tanto que deberían haberle saltado todas las alarmas, debería haber recordado que era mejor guardar silencio. Sin embargo, había pasado tanto tiempo desde la última vez que mantuvo una conversación con alguien, que Alizeh, que siempre se había visto obligada a refrenar su propia inteligencia, se había cansado de mantener la boca cerrada. En realidad, la muchacha era una excelente interlocutora y echaba tremendamente de menos intercambiar ideas y ejercitar la mente.

—¿No creéis que la misantropía es un indicio de la maldad que asola el espíritu y el corazón de una persona? —continuó—. Quizá la lealtad y el deber, así como una sensación generalizada de... de fascinación, diría yo..., podrían llevar a los súbditos reales a pasar por alto tales defectos, pero esa generosidad ensalza al proletariado, no al príncipe. Sin duda, demuestra una actitud de lo más cobarde al ponerse a la cabeza de su pueblo como si fuera una criatura mitológica y no un hombre, ¿verdad?

La sonrisa de Deen terminó por desaparecer al oír aquellas palabras y su mirada se volvió fría. Con un terrible presentimiento, Alizeh comprendió la gravedad de su error... pero ya era demasiado tarde.

—¡Caramba! —exclamó el boticario tras aclararse la garganta. Ahora parecía ser incapaz de mirarla—. Nunca había oído a nadie hablar así y es mucho más inesperado al venir de alguien que cubre su rostro con una snoda. —Volvió a carraspear—. ¡Vaya que no! Sois de lo más locuaz.

Alizeh sintió que su cuerpo se tensaba.

Debería haberlo sabido. En numerosas ocasiones había descubierto que era mejor evitar hablar más de la cuenta o con demasiada sinceridad. Era consciente de ello y, sin embargo..., Deen se había mostrado compasivo y ella había confundido su actitud con camaradería. De inmediato, se juró a sí misma que nunca cometería aquel error de nuevo, pero, por el momento... por el momento no había nada que hacer. Ya no tenía manera de retractarse.

El miedo le constriñó el corazón.

¿La delataría ante las autoridades? ¿La acusaría de traición?

Deen se alejó ligeramente del mostrador y empaquetó los productos que Alizeh necesitaba en silencio, aunque estaba claro que no se fiaba de la joven. El hombre irradiaba suspicacia.

—El príncipe es un buen hombre —dijo el boticario con tono seco—. Es más: si ha estado tanto tiempo lejos de casa, ha sido porque estaba defendiendo nuestra tierra, no por gusto, señorita. No es un borracho ni un mujeriego que se pasa el día por ahí, y eso ya es más de lo que se puede decir de otros.

»Además, nosotros no somos quiénes para decidir si merece o no su posición. Estamos en deuda con cualquier persona que defienda nuestra vida con la suya. Supongo que tenéis razón al decir que es bastante reservado, pero no creo que se le deba crucificar por su silencio. No es algo muy común, ¿verdad? —Deen alzó la vista para mirarla—. Solo Dios sabe cuánta gente se beneficiaría de aprender a morderse la lengua.

Una ola de calor le atravesó el corazón a Alizeh. Sintió una vergüenza tan inmensa que casi acabó con el frío que siempre la asolaba y bajó la mirada, incapaz de mantener el contacto visual con aquel hombre por más tiempo.

—Sin duda —murmuró—. Lo que he dicho ha estado fuera de lugar.

Deen hizo caso omiso de sus palabras. Estaba calculando el precio de su compra en una hoja de papel.

—Hoy mismo —dijo el boticario—, el príncipe le ha salvado la vida a un niño sin hogar... Fue esta misma mañana... Se lo llevó en brazos...

—Disculpadme, señor. Ha sido error mío. No dudo de su heroísmo...

—Serán seis piezas de cobre y dos tonces, por favor.

Alizeh tomó una profunda bocanada de aire, sacó su monedero y lo sacudió con cuidado para ofrecerle al boticario la suma que le debía. ¡Seis piezas de cobre! La señorita Huda le había pagado ocho por el vestido.

Deen había seguido hablando.

—¡Y era un muchacho fesht, nada menos...! El diablillo tenía el pelo tan rojo que se podría ver desde la luna. Fue un gesto de lo más misericordioso, teniendo en cuenta los muchos problemas que nos dan los sureños. Nadie sabe por qué lo hizo, pero el muchacho trató de quitarse la vida en mitad de la calle y el príncipe lo salvó.

Alizeh dio tal sacudida que se le cayó la mitad del dinero al suelo. El pulso se le aceleró al agacharse para recoger las monedas; sentía el galopar de su propio corazón en la sien.

Cuando por fin consiguió dejar el dinero sobre el mostrador, la muchacha respiraba con dificultad.

—¿El fesht trató de suicidarse? —Deen asintió con la cabeza mientras contaba las monedas—. Pero ¿por qué? ¿Qué es lo que le hizo el príncipe?

El hombre alzó la vista bruscamente y dijo:

—¿Cómo que qué hizo?

—O sea, quería decir... ¿Qué hizo el príncipe para ayudarlo?

—Ah, claro —dijo el boticario con una expresión más relajada—. Bueno, pues alzó al muchacho en volandas, ¿sabéis? Y pidió ayuda. Unos cuantos buenos samaritanos acudieron enseguida. Si no hubiera sido por el príncipe, el joven habría fallecido, no me cabe duda.

Alizeh comenzó a sentirse indispuesta.

Clavó la vista en un tarro de cristal que había en uno de los rincones del establecimiento y, más concretamente, en el enorme crisantemo que guardaba en su interior. Los sonidos perdían y ganaban intensidad a su alrededor.

—... es solo un rumor, pero algunas personas dicen que el chico había atacado a una criada. —Deen había seguido hablando—. Le puso un cuchillo al cuello y le rebanó la garganta, no como...

—¿Dónde está él ahora? —preguntó Alizeh.

—¿Ahora? —repitió el boticario, sorprendido—. No sabría decirle, señorita. Supongo que estará en palacio.

—¿Han llevado al muchacho fesht a palacio? —Alizeh frunció el ceño.

—¡Ah, no! El chico está con los magos, en la Plaza Real. No me cabe duda de que estará allí un buen tiempo.

—Gracias, señor —se apresuró a decir la muchacha—. Estoy en deuda con vos por haberme ayudado. —Se levantó, volvió a la realidad y trató de serenarse—. Me temo que debo marcharme ya.

Deen no respondió, pero sus ojos volaron hasta la garganta de Alizeh, hasta el vendaje que acababa de colocarle alrededor del cuello.

—Señorita —dijo al final—, ya es muy tarde. ¿Por qué no os quitáis la snoda?

Alizeh fingió no haberle entendido. Pronunció otra despedida forzada y salió tan decidida en dirección a la puerta que casi se olvida de llevarse la compra que acababa de hacer. Después, abandonó el establecimiento como una exhalación. Con las prisas ni siquiera se dio cuenta de que el tiempo había cambiado.

Dejó escapar un jadeo.

Se había metido de lleno en una tormenta de agua helada y la lluvia que azotaba las calles procedió a ensañarse con su rostro y su cabeza descubierta. En un segundo, Alizeh quedó calada hasta los huesos. Mientras hacía equilibrio con los paquetes que llevaba en brazos e intentaba apartarse la snoda empapada de los ojos, la muchacha chocó sin previo aviso con un desconocido. Dejó escapar un grito, con el corazón desbocado en el pecho, y, de puro milagro, atrapó al vuelo todos los paquetes antes de que cayeran al suelo. Alizeh se dio por vencida y dejó de luchar contra la snoda para volar a través de la noche. Avanzó casi tan deprisa como sus pies se lo permitían.

No dejaba de pensar en las palabras del diablo.

Hubo una vez un hombre que
Una serpiente en cada hombro portaba.
Si a las sierpes proveía de sustento
El tiempo para su maestro no pasaba.

No se sabía de qué se alimentaban
Ni cuando a los niños hubieron hallado.
Sin cerebro, con el cráneo partido en dos,
En el suelo yacían desmadejados.

Recordaba la visión, la pesadilla que Iblís le había enviado durante la noche...

Todas las señales estaban claras ahora: el hombre encapuchado de la plaza, la ausencia del muchacho ante la puerta de las cocinas, el demonio que le susurraba acertijos en el corazón...

Aquel rostro le pertenecía al príncipe.

¿De quién iba a ser, si no? Tenía que ser el príncipe; era aquel esquivo joven quien iba por ahí matando a niños. O, quizá, tan solo lo intentaba. ¿Habría tratado de asesinar al muchacho sin éxito? Cuando Alizeh había dejado al chico fesht, no parecía en peligro de querer acabar con su propia vida.

¿Qué le habría hecho el príncipe?

Las pisadas de Alizeh repiqueteaban contra los resbaladizos adoquines al volver corriendo, desesperada, a la Mansión Baz. Últimamente, la muchacha apenas tenía tiempo ni de respirar, así que mucho menos iba a tratar de resolver un acertijo del mismísimo diablo. Le daba vueltas la cabeza y las botas se le resbalaban una y otra vez. La lluvia caía con tanta fuerza que apenas veía por dónde iba, así que ni siquiera vio la mano que salió disparada de la oscuridad para agarrarla de la muñeca.

Alizeh soltó un alarido.

DOCE

Kamran no miró a Hazan cuando este apareció en mitad de lo que rápidamente se estaba convirtiendo en una furiosa tormenta, sino que se decidió por mantener la vista clavada en una franja de adoquines mojados que brillaba bajo la anaranjada luz de las farolas. La lluvia, que cada vez caía con más violencia, se llevaba por delante a todo aquel que se cruzase en su camino, mientras que el vengativo viento aullaba al pasar entre los transeúntes y arrancaba cenefas de escarcha de una arboleda.

Ignorar el frío recibimiento de Kamran no era propio de Hazan, puesto que, como el consejero era consciente de su posición privilegiada (y como sabía que el príncipe en rara ocasión le prestaba atención), disfrutaba cada vez que se le presentaba la oportunidad de hacer rabiar a su viejo amigo, cosa que ocurría con frecuencia.

La suya era, sin dudas, una amistad de lo más inusual.

Los unía un genuino vínculo fraternal aunque estuviese cubierto por una fina capa de aspereza. Sin embargo, como los pilares de su camaradería estaban tan influenciados por la diferencia de clases que los separaba, a Kamran no solía pasársele por la cabeza la idea de preguntar a Hazan por su día. Puesto que se conocían desde niños, el príncipe asumía que sabía todo lo que tenía que saber sobre su consejero y nunca se había parado a reflexionar acerca de dicho error o a considerar la posibilidad de que un subordinado pudiera contar con tantas facetas distintas como su superior.

Sin embargo, a raíz de la extendida proximidad entre ambos, al menos Kamran había aprendido a interpretar el lenguaje oculto tras los silencios de su consejero.

El hecho de que Hazan no hubiese dicho nada al guarecerse bajo la maltrecha marquesina fue lo primero que hizo que Kamran se pusiese en alerta. Hazan confirmó las sospechas del príncipe un instante después, cuando cambió el peso de su cuerpo de un pie al otro.

—Dejaos de tonterías —sentenció, tratando de hacerse oír por encima de la lluvia—. ¿Qué habéis descubierto?

—Pues que teníais razón —replicó Hazan con expresión lúgubre.

Kamran desvió la vista hacia la farola y contempló cómo la llama azotaba la jaula de cristal que la contenía con su lengua de fuego. Se sintió repentinamente descompuesto.

—No suelo equivocarme, consejero. ¿Por qué os aflige eso esta noche?

En vez de responder, Hazan metió la mano en el bolsillo de su chaquetón para recuperar un pañuelo y ofrecérselo al príncipe, quien lo aceptó sin decir palabra.

Kamran examinó la tela con los dedos y recorrió los delicados bordes de encaje con la yema del pulgar. El tejido era de una calidad mucho mejor de lo que creyó en un principio y tenía un motivo bordado en una de las esquinas en el que no se había fijado hasta ese momento. Se esforzó por distinguir cada detalle del diseño bajo la pobre luz de la farola; parecía ser un pequeño insecto alado... sobre el que pendía una corona real.

El príncipe frunció el ceño.

La pesada tela no estaba húmeda ni sucia y Kamran le dio la vuelta en sus manos, incapaz de creer que la sangre de la muchacha hubiese manchado una pieza como aquella. No obstante, quizá lo más curioso fue que, según iba avanzando el día, Kamran se sentía cada vez más intrigado por su misteriosa dueña.

—Alteza.

Kamran había vuelto a estudiar el bordado en un intento por descubrir qué tipo de insecto desconocido representaba, cuando dijo:

—Adelante, continuad. Asumo que habéis descubierto algo terrible, ¿no es así?

—En efecto.

El príncipe por fin posó la mirada en Hazan con un nudo en el pecho. Kamran acababa de reconciliarse con la posibilidad de que la chica fuese inocente y tanta incertidumbre no hacía más que sembrar el caos en su mente.

—Explicaos, por favor. —Kamran soltó una risa forzada—. ¿Acaso es una espía tulaní? ¿O una mercenaria, tal vez?

—La información que ha llegado a mis oídos es de lo más desalentadora, alteza —insistió Hazan con una mueca.

Kamran se preparó para lo que estaba a punto de contarle, tomó una profunda bocanada de aire y sintió que el frío le inundaba los pulmones. Por un extraordinario instante, experimentó un dolor agudo que solo sería capaz de describir como una punzada de decepción que le dejó aturdido y perplejo.

—Os preocupáis demasiado —dijo el príncipe con fingida indiferencia—. Sin duda, la situación está lejos de ser perfecta, pero, al menos, ahora le sacamos ventaja a la chica. Sabemos quién es y cómo encontrarla. Todavía podemos truncar cualquiera de sus retorcidas maquinaciones.

—No es una espía, alteza. Ni tampoco una mercenaria. —Hazan no parecía disfrutar al llevarle la contraria.

—¿Entonces es una asesina? ¿Una traidora?

—Alteza...

—Dejad de andaros por las ramas. Si no es una espía ni una asesina, ¿por qué estáis tan agitado? ¿Qué podría...?

Con un repentino «¡uf!» de su consejero, Kamran recibió un codazo en el estómago que, por un segundo, lo dejó sin aliento. Se incorporó justo a tiempo para oír el súbito chapoteo del agua de un charco y el sonido de unas pisadas que se alejaban por los resbaladizos adoquines.

—Pero ¿qué demonios...?

—Disculpadme, alteza —dijo Hazan con voz ahogada—. Un rufián me ha envestido; no pretendía...

Kamran ya había abandonado la seguridad de la marquesina. Lo más seguro era que se hubieran topado con un borracho, pero los sentidos del príncipe estaban más agudizados que de costumbre y su intuición le pedía de rodillas que fuese a investigar.

Hacía tan solo una hora, había llegado a la conclusión de que era un inepto y, aunque haber estado en lo cierto con respecto a la chica le reconfortaba ligeramente, ahora le preocupaba lo sencillo que le había resultado dudar de su propio buen juicio.

Había hecho bien en no fiarse de la joven, ¿verdad?

Entonces, ¿por qué se había sentido decepcionado al descubrir que, al fin y al cabo, no era trigo limpio?

Kamran era consciente de que su mente había quedado totalmente agotada tras el escabroso viaje emocional en el que se había embarcado aquel día y concluyó que estaría dispuesto a lanzarse de cabeza contra un muro antes que perder otro segundo más diseccionando sus emociones. En ese momento, decidió que nunca volvería a reprimir los mismos instintos que ahora trataban de hacerle ver que algo no encajaba.

Se adentró cautelosamente en la noche; la lluvia fresca le corría por el rostro mientras escudriñaba sus alrededores en busca del culpable.

Una sombra desdibujada. Allí estaba.

Supo que había cazado a la persona a quien perseguía cuando, por un instante, su silueta quedó iluminada por una de las farolas.

Era una chica.

Y, aunque la había visto durante solo un segundo, la reconoció al instante. Vio la snoda que llevaba puesta y la venda que le rodeaba el cuello...

Kamran se quedó petrificado.

No se lo podía creer. ¿Había invocado a la muchacha con el mero poder de sus pensamientos? Se vio embargado por una sensación de triunfo momentáneo, seguida de una inmediata agitación.

Algo iba mal.

Se movía de manera frenética y poco premeditada. Corría bajo la lluvia como si estuviera aterrorizada y alguien la persiguiese. Kamran no tardó en seguirla, sin dejar ni por un momento de escanear sus alrededores en busca del agresor que estaría acosándola, a pesar de que ella se mantuvo en su punto de mira. Un nuevo movimiento, una figura oculta tras la cortina de agua que caía del cielo, captó la atención del príncipe. La silueta se tornó ligeramente más nítida, pero Kamran apenas logró distinguir los rasgos del hombre cuando extendió la mano y asió a la muchacha por el brazo.

La joven dejó escapar un alarido y Kamran actuó sin pensar. El mismo instinto que lo llevó a lanzarse hacia adelante fue el que luego le animó a agarrar al atacante para lanzarlo al suelo. Después, desenvainó la espada y se acercó a él, pero en el momento justo en el que alzó el arma, el muy cretino desapareció.

Era un jinn.

No habría necesitado más que aquella única demostración antinatural para sentenciarlo a muerte... pero ¿era posible ejecutar a un hombre al que no había manera de atrapar?

Kamran maldijo en voz baja y envainó la espada.

Cuando se dio la vuelta, se encontró con que la joven estaba a tan solo unos pasos de él, con las ropas empapadas. Los cielos no les habían dado tregua, pero la muchacha seguía intentando avanzar a duras penas con paso rápido, mientras cargaba con una pila de paquetes en un brazo. Se veía obligada a detenerse cada pocos pasos, puesto que la snoda mojada se le pegaba a la cara. Kamran apenas veía nada que no estuviese a un palmo de sus narices, por lo que le parecía imposible que ella viese algo con una pieza de tela empapada sobre los ojos.

—Señorita, no pretendo importunaros —anunció—, pero os convendría retiraros la snoda por vuestra propia seguridad.

La joven se quedó petrificada al oírlo, al oír el sonido de su voz.

Animado por su reacción, Kamran tomó la decisión de acercarse a ella, puesto que no solo estaba abrumado de preocupación, sino que sentía una inmensa curiosidad que crecía con cada segundo que pasaba. Según reducía el espacio que los separaba, se le ocurrió que el más mínimo movimiento podría asustarla y lograr que se escabullese sin pensárselo dos veces por alguna callejuela, así que avanzó con sumo cuidado.

Sin embargo, no sirvió de nada.

No había dado más de dos pasos en su dirección cuando la muchacha huyó, pero, con las prisas, se resbaló y se pegó tal golpe contra el adoquinado que todos los paquetes que llevaba acabaron desperdigados a su alrededor.

Kamran se apresuró a ponerse a su lado.

Se le había descolocado la snoda, de manera que la tela mojada le bloqueaba las fosas nasales y le impedía respirar. Con un solo movimiento, la joven se la arrancó del rostro y jadeó en busca de aire. Por su parte, Kamran pasó los brazos bajo las axilas de ella para ayudarla a incorporarse.

—Mis... mis paquetes —dijo con voz entrecortada mientras que las gotas de lluvia le salpicaban los párpados cerrados, la nariz y la boca. Se lamió el agua de los labios y tomó aire, pero no abrió los ojos ni cedió ante la presión de encontrar la mirada de Kamran. Tenía las mejillas sonrosadas por el frío y sus pestañas eran tan negras como los cabellos de color azabache que le caían alrededor del rostro en húmedos tirabuzones y se le pegaban al cuello.

Kamran apenas podía creer lo afortunado que había sido.

La reticencia de la joven a abrir los ojos le regaló una oportunidad única para estudiarla con detenimiento y sin temor a cohibirse. La muchacha que se había convertido en una gran incógnita desde el momento en que la conoció ahora estaba entre sus brazos, a escasos centímetros de su rostro, y... ¡por todos los demonios! Era incapaz de dejar de mirarla.

Sus facciones eran distintivas a la par que suaves y parecían haber nacido del cincel de un artista. El diseño exquisito de su rostro la convertía en la mismísima belleza personificada. Aquel descubrimiento fue tan surrealista que Kamran perdió el hilo de sus pensamientos, puesto que demostraba, una vez más, que había estado equivocado. Tenía la ligera sospecha de que la joven era agraciada, sí..., pero aquello era quedarse corto.

Era hermosa.

—No os preocupéis por los paquetes —la tranquilizó con suavidad—. ¿Os habéis hecho daño?

—No, no... —Lo apartó de sí como si estuviese ciega, ya que seguía negándose a abrir los ojos—. No puedo marcharme sin ellos, por favor...

Por mucho que lo intentó, Kamran fue incapaz de encontrar una explicación para el comportamiento de la chica.

Sabía a ciencia cierta que no era ciega, a pesar de que ahora intentase fingir que lo era por razones que escapaban a su comprensión. Todas y cada una de las veces que se había topado con ella, había dejado a Kamran con la boca abierta y, justo cuando comenzaba a resignarse, la joven se tiró al suelo sin avisar, por lo que el príncipe apenas tuvo un par de segundos de margen para sujetarla y evitar que sus rodillas impactaran contra el pavimento. Ella se alejó de Kamran sin prestarle la más mínima atención, ni siquiera cuando se lanzó a tantear el suelo sucio en busca de sus pertenencias sin preocuparse por que sus faldas se hundieran en uno de los charcos sucios de la calle.

Entonces él se fijó en los vendajes.

Tenía las manos prácticamente inmovilizadas bajo las vendas; apenas podía mover los dedos, por lo que no era ninguna sorpresa que le costase cargar con todos aquellos paquetes.

Kamran se apresuró a recogerlos todos y se los guardó en el morral que portaba. No quería gritar para hacerse oír por encima de la lluvia por miedo a asustarla, así que se agachó para ponerse a su altura y le dijo al oído:

—Tengo vuestros paquetes, señorita. Podéis estar tranquila.

La sorpresa, además de la cercanía de la voz de Kamran y la sensación de su aliento cálido contra la mejilla, fue lo que le dio el empujoncito que necesitaba.

Alizeh jadeó.

Abrió los ojos y Kamran se quedó de piedra.

Se contemplaron durante apenas unos segundos, que al príncipe se le antojaron eternos. Los ojos de la joven eran del color azul argénteo de la luna invernal y estaban enmarcados por unas mojadas pestañas negras como el alquitrán. Nunca había visto a nadie como ella y, con un arrebato de sangre fría, comprendió que nunca nadie estaría a su altura.

De pronto, un movimiento repentino captó su atención: una gota de lluvia cayó sobre la mejilla de la muchacha y viajó a toda velocidad hasta alcanzar sus labios. Sobresaltado, se dio cuenta de que no se había fijado hasta ese momento en el cardenal que le recorría la mandíbula.

Kamran estudió la descolorida magulladura que formaba la silueta desdibujada de una mano durante lo que muy probablemente fue más tiempo del necesario. ¿Acaso no había reconocido la naturaleza de la marca al instante y por eso lo había considerado una mera sombra sin importancia? Cuanto más la miraba, más fuerte le latía el corazón y más rápido se le incendiaban las venas. De pronto, se vio embargado por un alarmante instinto asesino.

A ella, tan solo le dijo:

—Estáis herida.

La joven no respondió.

Temblaba y estaba empapada de pies a cabeza. Kamran tampoco estaba nada cómodo, pero por lo menos contaba con la ventaja de portar una pesada capa de lana con capucha que lo protegía. Ella solo llevaba una chaquetilla fina y no tenía un sombrero o un pañuelo con el que cubrirse. Aunque Kamran sabía que debería llevarla hasta su casa para asegurarse de que no enfermara por culpa del inclemente tiempo, se sentía incapaz de mover un solo músculo. Ni siquiera conocía el nombre de la joven, pero se había quedado prendado de ella, atrapado en una especie de trance que lo llevaba a actuar como un necio. Por segunda vez en lo que iba de la noche, la muchacha se lamió el agua de los labios, atrayendo así la mirada de Kamran hacia su boca. Si cualquier otra joven hubiera hecho un gesto como aquel ante su presencia, lo habría interpretado como una forzada demostración de coquetería. Pero en ese caso...

En algún momento, había leído que los jinn sentían una particular atracción por el agua. Quizá no se podía resistir a paladear el agua de lluvia, al igual que él no se podía resistir a mirarle los labios.

—¿Quién sois? —susurró Kamran.

La joven alzó el rostro al oírle y sus labios se entreabrieron para dibujar una expresión de sorpresa. Cuando aquellos enormes y relucientes ojos lo contemplaron, comprendió que el príncipe parecía confundirla tanto como ella lo confundía a él. A Kamran le alivió descubrir que ambos se sentían igual de perplejos.

—¿Os importaría decirme vuestro nombre al menos? —preguntó.

Ella sacudió la cabeza despacio y con cierta inseguridad. Kamran continuaba paralizado. Era algo inexplicable, pero tenía la sensación de haber quedado anclado a ella. Salvó una distancia micrométrica entre ellos, atraído por una fuerza que escapaba sin remedio a su comprensión. Lo que hacía escasos minutos habría sido una locura, ahora se le antojaba perfectamente lógico: necesitaba saber lo que sentiría al estrecharla entre sus brazos, al disfrutar del aroma de su piel, al recorrer sus labios con los dedos o al posar en su cuello un beso tan delicado como el roce de una pluma y tan efímero como un recuerdo olvidado.

Pero la muchacha se desvaneció.

Kamran tropezó hacia atrás y cayó en un charco. Le latía el corazón a toda velocidad. Trató de recomponer sus ideas en vano, puesto que a duras penas sabía por dónde empezar, pero se quedó allí plantado hasta que, un par de minutos después, Hazan llegó corriendo y sin aliento.

—¡No os encontraba por ningún lado! —le recriminó—. ¿Acaso os ha tendido una emboscada una banda de criminales? Dios bendito, ¿estáis herido?

Kamran se rindió por completo, se tendió sobre el suelo adoquinado y permitió que la humedad, el frío y la noche lo absorbieran. Tenía la sensación de que se había quedado helado en un abrir y cerrar de ojos y se sentía repentinamente febril.

—Señor, no creo que sea una buena idea sentarse aquí, en med...

—Hazan.

—Decidme, alteza.

—¿Qué me ibais a contar acerca de la muchacha? —Kamran alzó la vista hacia el cielo y contempló las estrellas a través del laberinto de ramas que formaban los árboles por encima de su cabeza—. Dijisteis que no es una espía ni tampoco una mercenaria, una asesina o una traidora. Así que, entonces, ¿qué es?

—Alteza, quizás deberíamos volver a palacio. —Estaba claro que Hazan, que lo miraba con ojos entrecerrados a causa de la lluvia, pensaba que el príncipe había perdido la cabeza—. Sería mejor esperar y hablar mientras tomamos una taza caliente de...

—¡Hablad! —exigió al haber perdido la paciencia—. O haré que os castiguen con unos buenos latigazos.

—La chica... Es decir, los magos... dicen...

—No os molestéis en seguir. Blandiré yo mismo el látigo.

—Dicen que porta hielo en la sangre, alteza.

Kamran se quedó inmóvil. Un intenso dolor le constriñó el pecho y se levantó más deprisa de lo que pretendía antes de dejar la mirada clavada en la oscuridad.

—Hielo...

—Así es.

—¿Estáis seguro de que es cierto?

— Me temo que sí.

—¿Quién más lo sabe?

—Solo el rey, alteza.

—El rey... —Kamran inspiró hondo.

—Ya sabéis que él también sospechaba de las intenciones de la muchacha, por lo que solicitó que le mantuviese informado acerca de mis averiguaciones. Os lo habría comunicado a vos antes, alteza, pero hay mucho por hacer, como ya imaginaréis. —Se detuvo por un instante—. Os confieso que nunca había visto al rey tan alterado.

El príncipe se oyó decir:

—Es una noticia terrible, sin duda.

—Se ha decidido que irán en su busca para arrestarla mañana por la noche. —Hizo otra pausa—. Para ser exactos, partirán cuando ya sea noche cerrada.

—Mañana... —Kamran había desviado la mirada hacia el único punto de luz que se distinguía en el horizonte. No se sentía ligado a su propio cuerpo—. ¿Cómo es que lo han decidido con tan poca antelación?

—El rey fue quien dio la orden de apresarla, alteza. Debemos actuar con la máxima premura y rezar para que nadie llegue hasta ella antes que nosotros.

Kamran asintió con la cabeza.

—Casi parece una muestra de intervención divina que lograseis identificarla tan pronto, ¿no creéis? —Hazan se las arregló para ofrecerle una rígida sonrisa—. ¿Cómo nos íbamos a fijar en una criada oculta tras una snoda? Nunca la habríamos encontrado si no hubiese sido por vos. Sin duda, habéis impedido que el imperio se enfrentase a la pérdida de innumerables vidas, alteza. El rey Zal se mostró de lo más sorprendido al comprender que vuestro instinto siempre había estado en lo cierto. Estoy convencido de que él mismo os felicitará cuando os reunáis.

Kamran no respondió.

El príncipe cerró los ojos durante el tenso silencio que se extendió entre ellos y permitió que la lluvia azotara su rostro.

Hazan vaciló:

—¿Os habéis enfrentado a algún asesino antes? Tenéis el aspecto de haber participado en una ardua pelea, alteza.

Kamran se colocó dos dedos sobre los labios y silbó. En escasos segundos, su caballo, una bestia magnífica, los alcanzó al galope y se detuvo en seco ante su dueño. Kamran apoyó un pie en uno de los estribos y se impulsó para sentarse sobre la resbaladiza silla de montar.

—¿Alteza? —Hazan gritó para que lo oyera por encima del rugido del viento—. ¿Os habéis encontrado con alguien durante mi ausencia?

—No. —Kamran agarró las riendas y le dio un ligero toque con el talón a su montura—. No he visto a nadie.

TRECE

Alizeh había infringido, por lo menos, siete leyes desde que huyó del príncipe. De hecho, en aquel preciso instante, estaba cometiendo otra ilegalidad al atreverse a entrar en la Mansión Baz sin volverse visible. Las consecuencias ante una ofensa como aquella eran severas: si la cazaban materializándose, la colgarían al amanecer.

Sin embargo, sentía que no tenía otra opción.

Alizeh se apresuró a refugiarse junto al hogar, se quitó el chaquetón y se desató las botas. Retirarse cualquier artículo de ropa, por muy insignificante que fuese, era un acto que estaba reservado para los miembros de las clases sociales más altas y, aunque no corriera el riesgo de recibir un castigo por haberse sacado la snoda, como criada tenía terminantemente prohibido quitarse cualquier pieza de ropa esencial en las zonas comunes.

Nada de quitarse chaquetones o pañuelos y mucho menos los zapatos.

Alizeh tomó aire y se recordó que, a ojos de los seres de arcilla, ella era invisible. Albergaba la ligera sospecha de que había un par de jinn trabajando en la Mansión Baz, pero no tenía manera de confirmarlo, puesto que no se le permitía hablar con nadie y, además, ningún miembro del personal se habría atrevido a arriesgar su puesto de trabajo para hacerle saber que no estaba sola. Si se topaba con alguien, tenía la esperanza de que la otra persona estuviese dispuesta a mirar hacia otro lado.

Alizeh se acercó aún más al fuego, en un intento por que tanto el empapado chaquetón que llevaba como sus botas se secasen. Aunque tenía un vestido de repuesto, no contaba más que con una chaqueta y un par de zapatos, y conseguir que se secasen durante la noche dentro del mohoso armario de su alcoba era tarea imposible. No obstante, si no salía de la residencia en todo el día, no necesitaría el chaquetón... al menos, no hasta que llegase la hora de acudir a su cita con la señorita Huda. Aquella idea la reconfortó.

Cuando el chaquetón estuvo relativamente seco, Alizeh deslizó los brazos dentro de las mangas, pero la sensación de humedad hizo que se le tensara todo el cuerpo. Le habría gustado dejar la pieza junto al fuego durante toda la noche, pero no iba a arriesgarse a que quedara a la vista de todos. Después, acercó las botas a las llamas hasta que temió que acabaran chamuscadas.

Un repentino escalofrío casi logró que se le cayeran los zapatos dentro del hogar. Para combatir el frío y con el objetivo de que dejaran de temblarle las manos y de castañetearle los dientes, apretó la mandíbula y se concentró en inspirar profundamente. Cuando se sintió capaz de soportarlo, se volvió a poner las botas, a pesar de que seguían empapadas.

Solo entonces se permitió deslizarse contra la estructura del hogar cuando le cedieron las piernas.

Con un suspiro, se despojó del manto de invisibilidad que había conjurado y, como ya estaba completamente vestida, sabía que no la castigarían por tomarse un descanso junto al fuego. Alizeh cerró los ojos antes de apoyar la cabeza contra los ladrillos del hogar. ¿Se permitiría pensar en lo que acababa de vivir esa noche? No se creía capaz de hacerle frente, pero...

Habían salido tantísimas cosas mal.

Seguía preocupada por las injurias que había pronunciado ante el boticario, aunque también por el hombre que, sin duda, la había atacado en un intento por robarle los paquetes que llevaba. Sin embargo, ante todo, la inquietaba el príncipe, quien había mostrado con ella una consideración pasmosa que rozaba el absurdo. ¿Cómo la habría encontrado? ¿Por qué se habría molestado en ayudarla? El joven la había tocado tal y como el diablo había predicho en la pesadilla que la había asolado la noche anterior...

Pero *¿por qué lo había hecho?*

¿Qué lo habría llevado a posar sus manos sobre ella de esa manera? Y lo que era peor: si iba por ahí asesinando niños, entonces ¿cómo era posible que demostrase tantísima compasión por una mera criada?

Alizeh dejó caer la cabeza entre sus manos vendadas, que le ardían.

Los ungüentos habían dejado de hacer efecto y el dolor había regresado con una intensidad desmedida. Si se permitía pensar en la pérdida de sus paquetes, aunque fuera por un instante, estaba segura de que caería fulminada por un ataque al corazón.

Seis piezas de cobre.

Había empleado casi todos sus ahorros en aquella medicina, así que tendría que aceptar encargos adicionales para comprar más. No obstante, Alizeh no creía que fuese a ser capaz de recuperarse con la suficiente premura como para volver al trabajo sin las pomadas del boticario. Además, los cinco vestidos de la señorita Huda tendrían que estar listos pronto, puesto que las celebraciones reales no esperarían por nada ni por nadie.

La suya era una tragedia fácil de explicar: sin trabajo, costearse las medicinas era una tarea imposible, y, sin medicinas, Alizeh no podría trabajar. La situación le rompía el corazón en mil pedazos. La desesperanza le había ganado la batalla. Reconoció las diminutas punzadas de las lágrimas que amenazaban con caer y tragó saliva para mitigar el ardor que le atenazaba la garganta.

Las penurias de su vida de pronto se convirtieron en obstáculos infranqueables.

Desde un primer momento, fue consciente de que aquellos pensamientos que la embargaban eran de lo más infantiles, pero ya no le quedaban fuerzas para luchar contra lo que le había rondado por la cabeza desde hacía innumerables noches: ¿por qué no podía ella tener padres y contar con un refugio seguro junto a su familia como el resto? ¿Por qué tuvo que nacer con aquella maldición en los ojos? ¿Por qué tenía que soportar torturas y muestras de odio por la mera forma en la que su cuerpo había sido forjado? ¿Por qué habían sometido a su pueblo a la tragedia de ser condenado junto al diablo?

Durante años, antes de que el derramamiento de sangre entre jinn y seres de arcilla diese comienzo, los primeros habían construido reinos en las tierras más inhóspitas y en los lugares con climas más brutales... y todo por mantenerse alejados de la civilización de arcilla. Su único deseo era vivir en paz y llevar una existencia tranquila, casi invisible. Sin embargo, los seres de arcilla concluyeron que tenían el derecho divino (si no el deber) de masacrar a quienes ellos consideraban vástagos del diablo. Así, dieron caza a los jinn durante milenios y no descansaron hasta librar a la tierra de su existencia.

Su pueblo había pagado un altísimo precio por los delirios de los seres de arcilla.

En momentos de debilidad, Alizeh anhelaba vengarse y permitir que la ira resquebrajara la jaula de autocontrol que la mantenía serena. Ninguna de las amas de llaves que se habían atrevido a azotarla habría podido con ella si las hubiera plantado cara. Alizeh contaba con unas habilidades (fuerza, potencia, velocidad y resistencia) con las que ninguno de los seres de arcilla que la habían sometido podría nunca llegar a soñar.

Pero ¿de qué le valía todo eso?

Sabía que la violencia injustificada nunca era el camino. La ira no canalizada no era más que aire caliente que se esfumaba tan pronto como había aparecido. Había sido testigo de esa realidad innumerables veces. Los jinn habían tratado de burlar las leyes, de blandir sus habilidades natas sin prestar atención a las restricciones que los seres de arcilla habían impuesto, pero todos sus intentos habían acabado desembocando en puro sufrimiento. A diario, colgaban a decenas de jinn en las plazas para que los cadáveres ondearan al viento como estandartes, mientras que a otros tantos los quemaban vivos, los decapitaban o los destripaban.

El sacrificio individual no servía de nada.

Unir fuerzas era la única vía que tenían los jinn de conseguir implantar verdaderos cambios, pero vivían en una era en la que se habían visto obligados a huir del hogar de sus ancestros para desperdigarse por el mundo en busca de trabajo, refugio y anonimato, y aquella tarea se les antojaba imposible. Nunca habían contado con grandes ejércitos y, aunque sus ventajas físicas les habían sido de gran ayuda a la hora de protegerse, habían perdido a miles de los suyos en los últimos siglos. Reunir a los pocos jinn que quedaban por el mundo del día a la noche era algo inviable.

El fuego chisporroteó en el hogar de ladrillo y las llamas lamieron el aire con urgencia. Alizeh se secó los ojos.

Rara era la ocasión en la que se permitía pensar en la crueldad del mundo. A diferencia de otras personas, a ella poner su sufrimiento en palabras no le reconfortaba, puesto que detestaba desenterrar los cadáveres que pesaban sobre sus hombros y que la acompañaban allá donde iba. No, Alizeh era de aquellas que no se atrevían a pensar demasiado en su pesar por miedo a ahogarse en las profundidades de un mar de emociones. El dolor y el cansancio de esa noche la habían debilitado, por lo que se encontraba indefensa ante las cavilaciones tan deprimentes que, una vez fugadas de su prisión, no regresarían a su descanso eterno sin oponer resistencia.

Ahora lloraba desconsoladamente.

A Alizeh no le cabía la menor duda de que era capaz de sobrevivir a largas horas de arduo trabajo y de perseverar ante cualquier penuria a la que su cuerpo se enfrentara. La gota que colmó el vaso de la joven no fue el peso del trabajo o el dolor que sentía en las manos, sino la soledad, la ausencia de una mano amiga, la carencia que, día tras día, la asolaba al verse desprovista del consuelo que un corazón amable era capaz de ofrecer.

Lo que hizo que se desmoronara fue la pena.

Aquel era el precio que todavía seguía pagando con pedazos de su alma por el fallecimiento de sus padres. Aquel era el miedo con el que estaba obligada a convivir e iba acompañado del tormento que suponía ser incapaz de fiarse de otras personas. Ni siquiera confiaba en el más amable de los tenderos, puesto que incluso él podría decidir llevarla de cabeza a la horca.

Alizeh nunca se había sentido tan sola.

Volvió a frotarse los ojos y, por enésima vez en aquel día, rebuscó en el interior de sus bolsillos para tratar de encontrar su pañuelo. Al principio, no le había dado demasiada importancia a la ausencia de la pieza, pero ahora empezaba a preocuparse y cada vez estaba más convencida de que lo había perdido para siempre, que no solo lo había dejado por ahí descuidado.

El pañuelo había pertenecido a su madre.

Era el único objeto personal que Alizeh había conseguido rescatar intacto de entre las cenizas de su antigua casa. Los recuerdos que le quedaban de la espantosa noche en la que perdió a su madre eran tan extraños como terribles. Eran extraños porque recordaba haber experimentando lo que de verdad era el calor por primera vez en su vida. A su vez, eran terribles porque, ante el rugido de las mismísimas llamas que habían devorado a su madre, a Alizeh solo le había entrado sueño. Todavía se acordaba de sus gritos y del pañuelo húmedo con el que le había cubierto el rostro a su hija.

Apenas tuvieron tiempo de escapar.

Llegaron de noche, cuando su madre, la única familia que le quedaba con vida, ya estaba en la cama. Ni que decir tiene que habían tratado de escapar juntas, pero una de las vigas de madera del techo les cayó encima y las dejó inmovilizadas. De no haber sido por la contusión que sufrió en la cabeza, aquella noche su madre habría tenido la fuerza suficiente como para levantar el travesaño.

Alizeh gritó y gritó durante horas.

Gritó durante lo que se le antojó una eternidad, pero la casa estaba tan bien escondida que no contaban con ningún vecino alrededor que pudiera haber oído sus súplicas. Alizeh, que no se separó ni por un segundo del cuerpo de su madre mientras este se consumía, tomó el pañuelo bordado de la mano inerte de su progenitora y cerró el puño a su alrededor para protegerlo.

La joven se quedó junto al cadáver de su madre hasta que se hizo de día. Si la viga que la inmovilizaba no hubiese terminado por desintegrarse, Alizeh se habría quedado allí para siempre y habría acabado muriendo de deshidratación junto al carbonizado cuerpo de su madre. Sin embargo, salió de ese infierno sin un solo rasguño, con la piel impoluta, las ropas echas jirones y el pañuelo, que ahora era su única posesión, intacto.

Por segunda vez en su vida, la joven había salido ilesa del contacto con las llamas y se preguntó, como tantas otras veces, si el hielo que le recorría las venas llegaría a valer la pena de verdad en algún momento.

De pronto, se sobresaltó al oír que la puerta de atrás se agitaba.

Alizeh ni siquiera se atrevió a respirar al ponerse de pie. Se pegó a la pared e intentó apaciguar los latidos de su corazón desbocado. En su fuero interno, sabía que no tenía nada que temer bajo la protección de la imponente vivienda, pero tenía los nervios a flor de piel y estos no aceptarían ningún tipo de razonamiento lógico. Cuando regresó a la Mansión Baz, había estado tan preocupada por alcanzar cuanto antes el hogar que había olvidado cerrar la puerta de la cocina con llave.

¿Sería demasiado arriesgado enmendar su error ahora?

Alizeh no tardó más de un segundo en tomar una decisión: voló hasta la puerta y echó el pestillo justo cuando la persona que se encontraba al otro lado había empezado a girar el pomo. Cuando el mecanismo se detuvo en seco, se dejó caer contra la puerta, embargada por el alivio y con las manos apretadas contra el pecho.

Apenas tuvo tiempo de recuperar el aliento.

Cuando el desconocido llamó a la puerta, la joven se llevó un tremendo sobresalto, puesto que esperaba que hubiera desistido al no poder entrar. Miró a su alrededor en busca de cualquier miembro del servicio que estuviese a la espera de alguna entrega, pero no apareció nadie. Tan solo le bastó echar un vistazo al reloj para darse cuenta de que cualquier persona con un mínimo de juicio estaría ya en la cama. Tendría que vérselas ella sola con algún rezagado que ahora, desamparado, buscaba un refugio donde resguardarse de la lluvia. Verse obligada a negarle asilo le rompió el corazón a Alizeh, puesto que entendía demasiado bien la desesperación que seguramente sentía, pero sabía que no le quedaba otra opción si no quería acabar de patitas en la calle junto a la persona al otro lado de la puerta.

Quienquiera que fuera lo intentó de nuevo y, esa vez, ella sintió cómo los golpes hacían que la puerta se tambaleara. Clavó la espalda contra la madera para que se mantuviese en su sitio. Dejó de llamar por un breve segundo, pero:

—¿Hay alguien ahí? Os ruego que me perdonéis, pero tengo que entregar unos paquetes con la mayor premura.

Alizeh se quedó de piedra.

Había reconocido su voz de inmediato; no le cabía duda de que tardaría en olvidarla. El príncipe la había desarmado con un par de palabras amables, la había despojado de toda compostura con apenas unas sílabas. Incluso entonces no se le escapaba lo extraño de su reacción, puesto que sospechaba que sentir tal conmoción al escuchar la voz de otra persona no era algo normal, pero tenía un tono rico y melódico que sentía en lo más profundo de su ser cada vez que el joven hablaba.

—¿Hola? —Volvió a llamar a la puerta.

—Podéis dejar lo que debáis entregar tras la puerta, señor —dijo Alizeh una vez que se hubo recompuesto.

Cuando el príncipe volvió a hablar, su voz sonaba distinta, más suave.

—Os ruego que me perdonéis, pero no puedo hacer eso, señorita. Traigo unos paquetes muy importantes y temo que la lluvia los estropee.

Por un segundo, Alizeh consideró la posibilidad de que estuviera tratando de engañarla: seguro que venía a arrestarla por haber recurrido ilegalmente a la evanescencia. No había otra explicación viable.

¿Quién se iba a creer que el príncipe de Ardunia decidiría capear aquel diluvio con el único propósito de entregar personalmente un par de paquetes sin importancia a una criada de poca monta de la Mansión Baz? ¡Y a altas horas de la noche, por si fuera poco!

No, no tenía ningún sentido.

—Por favor, señorita —insistió—. Solo quiero devolverle estos paquetes a su dueña.

El pánico hizo que los sentidos de Alizeh se agudizaran. Cualquier otra persona se habría sentido halagada al recibir tales atenciones, pero ella no podía evitar mostrarse recelosa, dado que no solo dudaba de sus intenciones, sino que, además, no tenía ni la más remota idea de cómo había sabido dónde encontrarla, dado que no había pronunciado más que un par de palabras en su presencia.

La muchacha tragó saliva y cerró los ojos con fuerza.

Pensándolo bien... ¿acaso importaban las circunstancias si con ello conseguía recuperar los paquetes que tanto necesitaba? Aquellos bienes significaban todo para Alizeh; sin ellos, el futuro a corto plazo auguraba ser desastroso, cuanto menos. Si el príncipe había venido con el único objetivo de torturarla, ¿qué era lo que pretendía conseguir? Debería saber que Alizeh era capaz de defenderse perfectamente.

En cualquier caso, la razón oculta por la que el diablo le había mostrado el rostro del joven era lo que más inquietaba a la muchacha.

Quizás había llegado el momento de descubrirlo.

Alizeh tomó una profunda bocanada de aire y descorrió el pestillo de la puerta, que, al abrirse, crujió y trajo consigo una cortina de lluvia arrastrada por el viento. Se apresuró a hacerse a un lado y le permitió al príncipe pasar, puesto que, como sospechaba, estaba empapado de pies a cabeza. El joven tenía los brazos firmemente cruzados sobre el pecho y la capucha de su capa le ensombrecía el semblante casi por completo.

El joven cerró la puerta de la cocina tras de sí y Alizeh retrocedió un par de pasos. Se sentía terriblemente expuesta sin la snoda, a pesar de que sabía que ya no tenía mucho que esconder después de que el príncipe hubiese visto su rostro descubierto y, por ende, sus extraños ojos.

Qué se le iba a hacer. Estaba tan acostumbrada a esconderse que le resultaba difícil romper el hábito.

El príncipe se quitó el morral sin mediar palabra y se lo ofreció a Alizeh.

—Dentro están vuestros paquetes. Espero no haberme dejado ninguno.

A Alizeh le temblaban las manos.

¿De verdad había venido en su busca solo por hacerle un favor?

Aunque trató de mostrarse tranquila al abrir la bolsa, no confiaba en haber cumplido su objetivo. Sacó los paquetes de uno en uno y se los fue colocando en una pila sobre la curvatura del brazo. Si bien habían visto tiempos mejores, todos habían llegado sanos y salvos.

Alizeh no pudo contenerse y dejó escapar un suspiro de alivio. Las lágrimas volvieron a anegar sus ojos, pero parpadeó para deshacerse de ellas y se recompuso antes de devolverle al príncipe su morral.

Este se quedó petrificado cuando se dispuso a aceptarlo.

Parecía haberse quedado mirando fijamente a la joven, pero Alizeh no se habría atrevido a afirmarlo con seguridad, puesto que gran parte de su rostro permanecía oculto.

—Vuestros ojos acaban de... —susurró y sacudió la cabeza ligeramente, como si buscara aclararse las ideas—. Podría jurar que acaban de cambiar de color.

Alizeh se alejó aún más y se aseguró de que un par de muebles se alzasen entre ellos como barrera. No había manera de tranquilizar a su desbocado corazón.

—Permitidme expresar mi más sincera gratitud. No creo que seáis consciente del incalculable valor de vuestro gesto. No sé ni por dónde empezar a daros las gracias. Estoy en deuda con vos, señor.

A la joven se le crispó el gesto.

¿Debería haberse dirigido a él tratándole de «alteza»?

Gracias a los cielos, no tuvo la impresión de que el príncipe se lo hubiera tomado como una ofensa, puesto que se retiró la capucha y mostró su rostro desnudo por primera vez.

Alizeh jadeó y dio un paso atrás, con tan mala suerte que chocó con una silla.

Se sintió tan avergonzada que ni siquiera logró reunir el valor de mirarlo a los ojos.

La muchacha había visto el rostro del joven en una pesadilla, pero tenerlo en carne y hueso ante ella cambiaba las tornas por completo: en persona y gracias a la luz del fuego, que iluminaba las angulosas líneas de su rostro, sus facciones eran sobrecogedoras. Tenía unos penetrantes ojos del color del carbón y su piel olivácea parecía brillar con un tono dorado. De hecho, todo él parecía resplandecer de una forma casi sobrenatural, como si su silueta estuviese recortada por una luz que brotaba de algún punto inidentificable por la muchacha.

El joven dio un paso hacia Alizeh.

—Al principio eran azules —explicó en voz baja—. Después, pasaron a ser marrones y, luego, plateados. Vaya, ahora vuelven a ser marrones.

La muchacha se puso en guardia.

—De nuevo al azul.

—Parad, os lo suplico.

Él sonrió y dijo:

—Ahora comprendo por qué nunca os quitáis la snoda.

—Eso no podéis saberlo a ciencia cierta. —Alizeh bajó la vista.

—Tenéis razón. —Alizeh captó un tono divertido en su voz—. Supongo que no.

—Espero que paséis una buena noche —dijo la muchacha antes de darse la vuelta para marcharse.

—Aguardad, os lo ruego.

Alizeh se detuvo en seco, con el cuerpo orientado hacia la puerta. Todo cuanto quería hacer era subir con los paquetes a su habitación para hacerse una cura con esos milagrosos emplastos. El dolor le recorría la palma de las manos y la garganta.

Se tocó la frente con el dorso de la mano.

Que su piel estuviera tibia al tacto significaba que su temperatura corporal era más alta de lo normal, aunque le tranquilizaba saber que, en aquel preciso instante, barajaba varias explicaciones lógicas para ello.

Se dio la vuelta lentamente y miró al príncipe a los ojos.

—Os ruego que me disculpéis por no poder atenderos a estas horas de la noche —murmuró—. No me cabe duda de que, siendo tan comprensivo, entenderéis la difícil situación en la que me encuentro. Apenas dispongo de un par de horas de sueño antes de que nos llamen de nuevo al trabajo y, por eso, debo regresar a mis aposentos con la máxima premura.

El príncipe pareció quedar sorprendido al oír aquello, puesto que dio un paso atrás.

—Por supuesto —concedió con voz suave—. Disculpadme.

—No hay nada por lo que debáis pedir perdón —aseguró Alizeh antes de ofrecerle una meticulosa genuflexión.

—Por supuesto —dijo él, todavía conmocionado—. Buenas noches.

Alizeh dobló una esquina y, con el corazón desbocado, aguardó en la oscuridad hasta oír el sonido de la puerta trasera al abrirse y cerrarse. Cuando estuvo segura de que el príncipe se había marchado, regresó en silencio a la cocina para echar el pestillo de la puerta y arrojó un puñado de ceniza sobre las brasas del hogar.

Solo entonces se dio cuenta de que no estaba sola.

CATORCE

El sueño se llevó al príncipe de mala gana y, aun así, aquel demonio escurridizo se negó a tenerle demasiado tiempo dormido. Kamran se despertó antes del amanecer y con la cabeza tan despejada que se sorprendió a sí mismo, puesto que había entrado y salido de la cama antes de que el sol llegase a rozar el horizonte. Aunque era cierto que su cuerpo estaba cansado, tenía la mente bien despierta. De hecho, no había parado ni por un segundo durante la noche: cada sueño era más febril que el anterior y su imaginación volaba desenfrenada.

¿Y si la muchacha le había lanzado una maldición?

Estaba más que claro que ella no era consciente de lo que le había hecho; no podía culparla por haber logrado despojarle de sus facultades, pero aquella era la manera más elegante con la que Kamran contaba para explicar los sentimientos que se habían adueñado de él. No era el deseo primario de poseer físicamente a la joven lo que lo empujaba a actuar y tampoco era tan necio como para creer estar enamorado de ella, pero, a pesar de todo, no conseguía dar con la raíz del problema. Aquella era la primera vez en su vida que otra persona lo consumía de tal manera.

Iban a ejecutar a la joven.

Que su propio abuelo hubiera dado la orden de acabar con su vida se le antojaba como la mayor de las tragedias.

Por supuesto, el príncipe era una de las pocas personas al tanto de dicha información. Tanto él como Hazan conocían la profecía que auguraba la llegada de una criatura con hielo en las venas. Generación tras generación, la profecía había pasado entre los dirigentes del Imperio arduniano a lo largo de la historia, por lo que el rey Zal había considerado que era su deber explicarle a su nieto qué esperar en caso de que se tuviese que enfrentar a lo que se les había augurado. Hacía ya tiempo que su abuelo le había contado que, en el día de su coronación, Kamran recibiría dos visitas.

La primera sería la de un mago.

La segunda, la del diablo.

Este le ofrecería un trato cuyas condiciones no debería aceptar bajo ningún concepto. El mago, según le había dicho su abuelo, le ofrecería una predicción.

Cuando Kamran le preguntó al rey por lo que le había sido vaticinado a él, Zal se mostró extrañamente reticente y se limitó a explicar que el mago le advirtió de la llegada de un terrible adversario, una criatura demoniaca con hielo en las venas. Al parecer, aquel enemigo contaba con unos aliados tan poderosos que su mera existencia terminaría por suponer la caída en desgracia del monarca.

Cegado por la ira, el príncipe le prometió a su abuelo enseguida que recorrería toda Ardunia en busca de aquel monstruo y que se aseguraría de derrotar a la bestia y ofrecerle al rey su cabeza ensartada en una pica.

«No tenéis de qué preocuparos», le tranquilizó su abuelo con una sonrisa. «Yo mismo me encargaré de acabar con la bestia».

Kamran cerró los ojos y suspiró.

Entonces, se mojó el rostro meticulosamente para completar su ablución matutina. Le parecía imposible que el terrible monstruo que lo había asolado durante la infancia y la hermosa joven con la que se había encontrado la noche anterior fuesen uno.

Se secó con una toalla y se aplicó un poco de aceite de azahar en el cuello y en la cara interna de las muñecas. Después, inspiró profundamente para que aquel embriagador aroma lo inundase y relajase su cuerpo al caldearle el pecho y reducirle las pulsaciones.

Exhaló lentamente.

Estaba tan poco familiarizado con los sentimientos que ahora le embargaban que, por un momento, llegó a cuestionar el estado de su propia salud, puesto que, tal vez, sí que estaba enfermo de verdad. Tan siquiera era consciente de cómo había llegado hasta sus aposentos la noche anterior, tras haber recorrido a caballo y como en un trance la tempestuosa oscuridad que lo separaba de su hogar. En primera instancia, la belleza de la joven lo había dejado sin palabras, y eso que las condiciones de su encuentro, bajo la escasa iluminación de la feroz tormenta, no eran de lo más favorecedoras. Sin embargo, al contemplar su rostro iluminado por la luz del hogar, había recibido un duro golpe del que no tenía esperanza de recuperarse.

Y lo que era peor... Lo que era aún peor: la muchacha lo fascinaba.

Kamran se descubrió fascinado por las contradicciones de la joven, por las decisiones que tomaba e, incluso, por la manera en la que se movía.

Pero ¿quién era ella en realidad? ¿De dónde provenía?

La razón por la cual había acabado ante la puerta de la Mansión Baz la noche anterior se había emborronado después de que su juicio hubiese quedado vapuleado. Llegó allí con la esperanza de hacer grandes avances al dar el paso de hablar con ella. Sí, quería devolverle los paquetes, pero algo más lo empujaba a hacer aquella visita tan poco premeditada. Era una motivación que lo avergonzaba profundamente, pero, si el intercambio hubiese dado sus frutos, habría estado dispuesto a traicionar al rey y al imperio. En vez de convertirse en el próximo monarca de Ardunia, se habría visto reducido a un necio de los de la peor calaña.

Kamran había ido en busca de la chica para avisarla.

Había ido tras ella para decirle que huyese, que recogiese sus cosas, desapareciese y encontrase un lugar seguro donde esconderse durante un tiempo...o, quizá, para siempre. Aun así, cuando contempló su rostro, comprendió que no podía pedirle que se marchara. No, la muchacha era inteligente y, sin duda, le haría muchas preguntas. ¿Por qué habría de confiar en él?

Apenas había tenido tiempo de asimilar todas aquellas conclusiones cuando la joven, ni corta ni perezosa, lo despachó.

Cabía la posibilidad de que no lo hubiera reconocido, dado que, en cierto momento, lo había llamado «señor», pero algo le decía que le habría tratado de la misma manera aunque hubiera sabido que estaba ante un príncipe.

La verdad fuera dicha, tampoco tenía ninguna importancia.

Kamran era conocedor de la decisión que su abuelo había tomado con respecto a la joven e ir en contra de la voluntad del rey habría supuesto un acto de traición. Si alguien lo hubiera descubierto, su cabeza habría acabado rodando en menos de lo que canta un gallo. Por eso, fue todo un milagro que el coraje hubiese abandonado a Kamran.

Quizá lo milagroso fue haber recuperado la cordura.

No conocía de nada a la joven y no entendía por qué la idea de sentenciarla a muerte le revolvía tanto el estómago. Lo único que sabía con certeza era que, como mínimo, debía tratar de encontrar una alternativa... Sin duda, era imposible que una humilde criada resultara ser la mismísima criatura demoniaca rodeada de aliados poderosos de cuya existencia había quedado el rey advertido hacía ya tantísimos años.

No, estaba convencido de que habían cometido un error.

El ayuda de cámara de Kamran aún no se había despertado, así que terminó de vestirse él solo y, después, para sorpresa y espanto del personal de servicio, se escabulló escaleras abajo para birlar una taza de té de las cocinas antes de abandonar el palacio.

Tenía que hablar con su abuelo.

Kamran llevaba viviendo en el palacio real toda su vida y, aun así, nunca se cansaba de la majestuosidad de los paisajes que lo rodeaban, como los acres y acres de terreno ocupados por jardines perfectamente cuidados y los vastos huertos de granadas. En su opinión, el momento idóneo para disfrutar de las siempre hermosas vistas era cuando comenzaba a amanecer, cuando el mundo todavía estaba en silencio. Entonces, el joven se detuvo y se llevó la taza de té humeante a los labios.

Se encontraba ante un espejismo de reluciente inmensidad: los casi dos kilómetros de terreno que se extendían bajo sus pies eran, en realidad, un estanque de apenas ocho centímetros de profundidad. Una repentina corriente de aire barrió la superficie del agua, que se arremolinó alrededor de sus botas formando delicadas olitas cuyo bienvenido murmullo calmó la mente cansada de Kamran como un bálsamo.

Tomó otro trago de té.

Admiró las imponentes arcadas a cielo abierto y las numerosas columnas de exquisita manufactura que descansaban en el fondo de las aguas poco profundas que lo rodeaban. En la delicada mampostería blanca de las estructuras, había coloridas incrustaciones de gemas y teselas que ahora se beneficiaban del floreciente sol de la mañana. La ardiente luz se refractaba en las gemas de engaste biselado y diseminaba un prisma infinito de colores por los terrenos adormilados. A través de los amplios arcos, se derramaban más rayos dorados, que bañaban en oro el agua bajo los pies de Kamran y le daban al estanque el aspecto de un lingote líquido.

Al joven se le solía pasar por alto la belleza que poblaba su vida, aunque no siempre era así. En cierto modo, la belleza era un consuelo.

Kamran se terminó el té y pasó un dedo por el asa de cristal para permitir que la taza se balanceara mientras continuaba su camino. La salida del sol venía acompañada del revuelo del servicio; a su alrededor fue apareciendo todo un ejército de rostros cubiertos por snodas, que se movían afanosamente con recipientes y bandejas.

Algunos portaban cestas de granadas que mantenían en precario equilibrio sobre la cabeza o bajo el brazo. Otros llevaban fuentes de plata cargadas de baklava y delicadas uvas con miel o de enormes pilas de pan persa, cuya masa plana y rectangular tenía la longitud de un sitar. Decenas de criados portaban flores, todo tipo de ramos, y pasaban al lado del joven a toda prisa con los brazos llenos de fragantes tallos. Además, había quienes se encargaban de procurar cuencos de cobre con lustrosas hojas de té o platos de oro repletos de imponentes montañas de albahaca, menta y estragón. Y todo un desfile de snodas cargaba con incontables sacos de arroz.

Una repentina corazonada agarró a Kamran del pescuezo y lo dejó inmóvil como una estatua.

Hasta que se dio la vuelta.

Había más y más viandas; más y más personas. No dejaban de llegar miembros del servicio con bandejas, cestas, soperas, canastos y platos. Piezas enteras de queso feta pasaban rodando a su lado; también carritos de castañas demasiado cargados. Había pilas de pistachos de un color verde intenso, bandejas llenas de azafrán y mandarinas, torres de melocotones y un despliegue de ciruelas. Tres miembros del servicio lo adelantaron con un descomunal panal de miel que goteaba como una pegajosa masa de cera que abarcaba el ancho de un portón.

El tráfico de empleados no paraba de crecer a cada segundo.

Llegaban más cajas, más cestos, más sacos y más carretillas. Más y más trabajadores se movían con apremio de acá para allá.

Era de locos.

Aunque en palacio siempre había cierto bullicio, los niveles de actividad que estaban sucediéndose en aquel momento eran, ciertamente, inusuales. El servicio nunca comenzaba su jornada tan temprano... ni tampoco solía haber tanto ajetreo...

Kamran jadeó y se le resbaló la taza de té, que se rompió al impactar contra el suelo.

Se estaban preparando para un baile.

No se lo podía creer. Su abuelo le había asegurado que lo más seguro era que no confirmaría la fecha de la celebración hasta dentro de una semana como mínimo... pero los preparativos demostraban que el rey había tomado una decisión sin consultarla con él.

De hecho, había tomado la decisión por él.

Kamran sentía su propio pulso en la garganta. Era consciente de lo que aquello significaba; sabía que lo había hecho a propósito. No era más que un subterfugio recubierto con una pátina de benevolencia. El rey Zal no estaba dispuesto a esperarlo ni un segundo más, así que había optado por obligarlo a encontrar esposa.

Pero ¿por qué?

Cuando se encaminó, casi corriendo, hacia los aposentos del rey, aquella pregunta le taladraba la cabeza incesantemente y con un ritmo tan constante como el latido de un corazón.

En cuanto hubo llegado allí, no se lo pensó dos veces.

Llamó a la puerta de su abuelo con tanta educación como pudo, dio un paso atrás cuando abrieron de par en par e ignoró al criado que lo recibió antes de adentrarse en la estancia, habiendo olvidado los argumentos que tenía preparados para defender a la muchacha a raíz de toda aquella... aquella...

Entonces, dobló una esquina y se dio de bruces con el rey en su vestidor.

Kamran se detuvo en seco, jadeando a causa de la frustración apenas contenida. Hizo una reverencia ante el rey, quien le pidió que se levantara con un movimiento de la mano.

El príncipe obedeció y, luego, retrocedió.

Sacar el tema a colación no serviría de nada hasta que el rey se hubiera adecentado y, en cualquier caso, el ayudante de cámara de su abuelo, un hombre llamado Risq, todavía seguía con él en el vestidor para ayudarlo a ponerse su larga túnica de terciopelo. Aquel día, el rey Zal vestía un conjunto escarlata con hombreras de flecos. Risq le abotonó la solapa dorada que recorría la parte central de la túnica y le colocó una banda de tela azul plisada sobre el pecho, que procedió a asegurar con un pesado fajín perlado de intrincado diseño. A este, a su vez, lo cerró con un único broche central: una estrella de ocho puntas.

Vestir al rey era un proceso de agónica lentitud.

Requería capas y capas de ropa y una infinita cantidad de detalles. También se esperaba que el propio Kamran demostrase cierto grado de ostentación a la hora de escoger un atuendo, pero, como no solía dejarse ver y las ocasiones en las que tenía que aparecer en un acto público eran contadas, con frecuencia solían ahorrarle tanta formalidad. Al ver al rey entonces, Kamran comprendió con incipiente pánico que, algún día y al igual que su abuelo, él también tendría que soportar esa práctica tan tediosa.

El príncipe apretó los puños y los relajó de inmediato.

El rey solo dejó marchar a su ayudante cuando este le colocó todas y cada una de sus condecoraciones, los arneses de perlas y la insignia real (una miniatura de la difunta esposa del rey Zal, Elaheh) que debía descansar sobre su corazón, en el lugar de honor. Entre sus manos, el abuelo de Kamran sostenía su elaborada corona, que era lo suficientemente pesada como para matar a un hombre de un solo golpe.

Kamran dio un paso al frente y apenas tuvo tiempo de separar los labios para hablar cuando el rey alzó una mano y dijo:

—Sí, sé que habéis venido para hacerme cambiar de idea.

El muchacho se quedó helado.

Por un momento, no sabía a ciencia cierta a qué asunto se refería su abuelo.

—Así es, majestad —coincidió con cautela—. Sin duda, mi intención es intentarlo.

—Entonces, me temo que voy a tener que decepcionaros. He tomado una decisión: la muchacha supone una amenaza y, por tanto, debemos atajar el problema de inmediato.

La inminencia del baile se esfumó de la mente de Kamran en un abrir y cerrar de ojos.

Se limitó a contemplar el rostro de su abuelo durante una fracción de segundo: tenía los ojos de un color marrón claro, la piel sonrosada y el cabello, la barba y las pestañas blancos. Amaba a aquel hombre y lo respetaba sobremanera. Kamran había admirado al rey Zal durante toda su vida, puesto que siempre lo había considerado un modelo a seguir a la hora de actuar de acuerdo a la justicia y la grandeza. Todo lo que el joven quería (lo que deseaba con toda su alma) era estar de acuerdo con aquel soberano tan extraordinario y apoyarlo sin reservas, pero, por primera vez, se mostraba reticente a aceptar la decisión de Zal.

Por primera vez, le surgieron dudas.

—Majestad —susurró Kamran—. La muchacha no ha cometido ningún crimen. No ha hecho nada que pudiera suponer una amenaza para el imperio.

El rey Zal rio, con los ojos muy abiertos a causa de la gracia que le hizo el comentario de su nieto.

—¿Que no ha hecho nada para amenazar al imperio? ¿Os parece poco que sea la única heredera al trono de un reino milenario cuyas tierras hoy forman parte de nuestro imperio? Esa chica es la mismísima definición de la palabra *amenaza*.

—¿Dis... disculpad? —farfulló Kamran, tan sorprendido que se había quedado helado.

—Veo que no habéis conseguido atar cabos. —La sonrisa de Zal se hizo más pequeña—. La joven no es una mera criada.

Kamran tenía la sensación de haber recibido una puñalada asestada con una hoja roma. Sabía que había cierto aspecto de la muchacha que no terminaba de encajar, pero aquello...

—¿Cómo estáis tan seguro de que es quien vos creéis?

—No olvidéis, jovencito, que he estado buscando a esa criatura desde el mismísimo día en el que me convertí en rey. De hecho, hubo una ocasión en la que estuve seguro de haberla encontrado; la di por muerta hace años. Descubrir que sigue viva fue toda una sorpresa para mí, pero si el hielo recorre sus venas, no hay duda de que es ella.

El príncipe frunció el ceño. Tenía mucho que asimilar.

—Decís que es la única heredera al trono de un antiguo reino, pero eso significaría que...

—Exacto, sí. Su pueblo la considera una reina —confirmó su abuelo.

—¿Por qué nunca me habíais contado esto? —jadeó Kamran—. ¿Por qué no me dijisteis que había otros reinos en Ardunia?

Zal se llevó dos dedos a la sien en un gesto de repentino cansancio.

—Desaparecieron hace miles de años. No son como nosotros, Kamran; ellos no se apoyan en una línea de sucesión generacional. Aseguran que la tierra escoge a sus monarcas, que los marca con el inconmensurable frío que una vez se vieron obligados a soportar. Se dice que el hielo solo elige a los más fuertes entre los suyos, puesto que muy pocas personas podrían resistir la brutal sensación de vivir con escarcha en las entrañas. —Hizo una pausa—. Espero que ahora comprendas que la joven no es en absoluto del montón.

—En cualquier caso... Os ruego que me disculpéis, pero la muchacha parece no tener ni la más mínima idea de quién es.

Ahora pertenece al estrato social más bajo y pasa los días trabajando de sol a sol. ¿No creéis que...?

—¿Que puede que desconozca su verdadera identidad? ¿Que no sea consciente de lo que es capaz?

—Creo que es una posibilidad, sí. No parece que tenga familia... Quizá nadie llegó a decírselo...

El rey Zal soltó otra carcajada, aunque sonó apenado.

—El hielo corre por las venas de la muchacha —insistió, sacudiendo la cabeza—. Es un fenómeno tan poco común que lo veneran, a pesar del daño que inflige a quien lo sufre. Es un tipo de poder que deja marca, hijo. No me cabe duda de que la muchacha debe de haber confirmado su identidad en sus propias carnes...

—Majestad...

—Pero, claro, claro. ¡Pongámonos en ese supuesto para que os quedéis tranquilo! Pongamos que estáis en lo cierto y que no sabe quién es. ¿Qué pasaría entonces? —El rey colocó las manos bajo la barbilla—. Si no os inquieta que otros también la estén buscando, entonces no estáis prestando suficiente atención. Varias comunidades de jinn continúan demostrando cierta agitación y esto afecta a nuestro imperio. Muchos de ellos están tan ciegos como para creer que el resurgimiento de un antiguo mundo es la única forma que tenemos de progresar.

Kamran apretó los dientes. No apreciaba en absoluto la condescendencia con la que su abuelo se estaba dirigiendo a él.

—Estoy al tanto de esos asuntos, ciertamente —aseguró con voz impasible—. Con todos mis respetos, me gustaría recordaros, abuelo, que he pasado más de un año alejado de mi hogar mientras supervisaba a nuestras tropas y conozco de primera mano los acontecimientos que ahora relatáis. No es la amenaza lo que escapa a mi comprensión, sino vuestra estrategia. Si atacáis de forma preventiva a una joven inocente... ¿no sería peor el remedio que la enfermedad? ¿Qué ocurriría si se descubriera que hemos tomado medidas en su contra? ¿No sembraría aún más caos?

El rey Zal guardó silencio durante un momento.

—Es un plan arriesgado, sin duda —coincidió al final—. Pero no es una decisión que haya tomado a la ligera. Si la joven llegase a reclamar su título, a pesar de los Acuerdos de Fuego, lo más probable sería que todo su pueblo jurase servirla en base a la mera lealtad milenaria que los de su raza tienden a demostrar. Se olvidarían de los Acuerdos en menos de lo que tardasen en encender una antorcha. Los jinn que pueblan Ardunia formarían un ejército y el resto de la población civil organizaría una revuelta. Un levantamiento sembraría el caos por todo el territorio. La paz y la seguridad desaparecerían durante meses... puede que incluso durante años... por el mero afán de los jinn de perseguir un sueño imposible.

Kamran comprendió que comenzaba a molestarse, por lo que se obligó a mantener la calma.

—Con todos mis respetos, majestad, si la idea de que rompan los Acuerdos con tanta facilidad no os resulta descabellada, ¿no creéis que deberíamos preguntarnos qué es lo que los hace tan frágiles? Si los jinn que viven entre nosotros requieren tan poco incentivo para alzarse y jurarle lealtad a otra persona... ¿no sería más urgente considerar el descontento que los llevaría a comenzar una revolución? Tal vez, si tuviesen más razones para sernos leales, entonces no...

—Vuestro idealismo es de lo más romántico, diplomático e ingenuo —le interrumpió el rey—. ¿Acaso no entendéis el motivo por el que firmé los Acuerdos? Adelantarme a la profecía fue la única razón por la que me mostré tan desesperado a la hora de tender puentes entre nuestras razas. Mi objetivo era cohesionar ambos grupos para que los jinn no se pusiesen del lado del primer monarca que apareciese...

—Disculpadme —intervino Kamran, que contuvo su ira—, pero pensaba que los Acuerdos habían sido redactados para instaurar la paz en el imperio y poner fin de una vez por todas al innecesario derramamiento de sangre que...

—Y eso es precisamente lo que hice —bramó el rey Zal, que no se molestó en replicar el tono de voz de su nieto—. No podéis negármelo, porque lo habéis visto con vuestros propios ojos. Desde el día en que nacisteis, me habéis visto dedicar hasta la última gota de esfuerzo a servir a nuestro pueblo. He sudado sangre, sudor y lágrimas para evitar la guerra, evadir la tragedia y proteger nuestro legado.

»No me cabe la menor duda de que, algún día, seréis un gran rey, Kamran. Pero todavía hay mucho que se os escapa y otro tanto que debéis tratar de anticipar. Vos qué opináis: ¿diríais que tal alzamiento podría llegar a tener éxito?

—¿Acaso importa? —preguntó el príncipe casi gritando. El rey Zal alzó el mentón y dejó escapar un grito ahogado, por lo que Kamran se disculpó, bajo la vista y se recompuso antes de continuar—: ¿De veras importa que tengan opción de vencer? ¿No creéis que exigirles a vuestros súbditos que se sometan ante vos a regañadientes es más peligroso que una revuelta, majestad? Además, ¿no coincidís conmigo en que un monarca no debería conformarse con la endeble lealtad de un pueblo que se limita a ganar tiempo, a la espera de encontrar el momento perfecto para darle rienda suelta a su descontento y sublevarse? ¿No sería más sensato dialogar con ellos ahora para calmar su ira y así evitar que estallasen más adelante?

—Tenéis un don para convertir los argumentos más claros y lógicos en inútiles al llevarlos al esoterismo extremo —observó su abuelo con voz fría—. Aunque vuestros apasionados razonamientos sean dignos de admiración, no servirían de nada ante las inclemencias del mundo real. No estamos discutiendo los derechos del pueblo, muchacho, sino que hablamos del sentido común. Lo que se busca es evitar una masacre tan terrible que nos haga tener pesadillas para el resto de nuestros días.

»Ante todo, me sorprende que vos, que heredaréis el trono en poco tiempo, os planteéis la posibilidad de permitir que otra monarquía nazca dentro de vuestro propio reino. —Su abuelo dudó por un instante y estudió el rostro de Kamran—. Entiendo que habéis conocido a la chica, ¿verdad? ¿Habéis hablado con ella?

El príncipe se puso tenso y se le crispó un músculo de la mandíbula.

—Sí —concluyó el rey—, justo lo que me temía.

—No la conozco personalmente, majestad. Solo he oído hablar de ella y de forma puntual. Mis razonamientos no tienen nada que ver con...

—Sois joven —le interrumpió su abuelo— y, como tal, estáis en todo vuestro derecho a dejaros llevar por la insensatez. Sin duda, a vuestra edad, es normal cometer errores, enamorarse de una cara bonita y pagar un alto precio por tal disparate. Pero, en este caso, Kamran... No sería una mera insensatez ni un disparate. En este caso, os convertiríais en un hazmerreír. Nada bueno puede surgir de una alianza con la joven. Os di una orden muy clara: debéis buscar una esposa...

Un instante de locura llevó a Kamran a pronunciar las siguientes palabras:

—Bueno, la joven tiene sangre real, ¿no es así?

El rey Zal se puso en pie y abandonó su trono con una agilidad inusual para su avanzada edad. Estampó la maza dorada que portaba en la mano contra el suelo reluciente. Kamran nunca había visto a su abuelo tan enfadado ni tampoco tan dispuesto a dar rienda suelta a su temperamento, y aquella transformación le heló la sangre. En ese momento, al príncipe no le pareció estar en presencia de un hombre, sino que se sintió ante un rey; un monarca que había estado al mando del imperio más grande del mundo durante casi un siglo.

—¿Cómo os atrevéis a gastar una broma de tan mal gusto sobre una criatura que está destinada a orquestar mi caída en desgracia?

—preguntó con la respiración entrecortada mientras contemplaba a su nieto con mirada intimidante.

Kamran tragó saliva.

—Os ruego que me disculpéis. —Las palabras tenían la consistencia de la ceniza en su garganta.

El rey Zal tomó una profunda bocanada de aire y todo su cuerpo se estremeció al tratar de mantenerse sereno. A ojos del príncipe, pasaron siglos antes de que el monarca regresase al trono.

—Ahora quiero que me respondáis con sinceridad —exigió su abuelo en voz baja—. Dado que sois consciente de la grandeza de Ardunia: decidme si sois capaz de imaginar un futuro en el que la victoria de un alzamiento sea un desenlace viable.

—No, me resulta imposible —respondió Kamran después de haber bajado la vista.

—A mí también —coincidió el rey—. ¿Cómo esperarían ganarnos la batalla? Nuestro imperio se consolidó hace mucho tiempo, nuestras tropas son fuertes y tenemos numerosas bases militares diseminadas a lo largo y a lo ancho del territorio. Nos embarcaríamos en una guerra larga y sangrienta que no llevaría a ningún lado. ¿Cuántas vidas acabarían perdiéndose a causa de una revolución inalcanzable?

Kamran cerró los ojos y su abuelo continuó:

—¿Estaríais dispuesto a sacrificar la paz de la que disfrutan millones de personas y a ver morir a miles de inocentes... solo para salvar la vida de una muchacha? ¿Por qué razón? ¿Por qué habríais de perdonarle la vida cuando ya sabemos en qué se convertirá? ¿Cuando ya sabemos lo que hará? Mi querido muchacho, te verás obligado a tomar este tipo de decisiones una y otra vez hasta que la muerte se lleve tu alma consigo. Espero no haberte inducido a pensar nunca que esta sería una tarea sencilla.

El silencio se extendió entre ellos.

—Majestad, mi intención nunca ha sido cuestionar vuestra sabiduría ni desestimar la profecía que os ofrecieron los magos —explicó el príncipe al final—. Mi único objetivo era plantear la opción de esperar a que la joven se convierta en el enemigo del que se os advirtió.

—¿Vos esperaríais a que el veneno hiciera estragos en vuestro cuerpo antes de tomar el antídoto que siempre habéis tenido en la mano?

Kamran clavó la vista en el suelo y no ofreció respuesta alguna.

El príncipe tenía mucho que decir, pero la conversación se le antojaba inviable. Pedirle a su abuelo que fuese indulgente con la persona que, según los magos, acabaría por derrocarlo era un caso perdido.

Si la joven hiciese el más mínimo movimiento contra el rey Zal, la posición de Kamran sería clara y actuaría sin pensárselo dos veces: defendería a su abuelo hasta la muerte.

El problema estaba en que Kamran no creía que la chica tuviese la más mínima intención de arrebatarle el trono, dadas sus circunstancias en ese momento. Asesinarla en su condición de inocente se le antojaba un acto lo suficientemente retorcido como para desintegrarle el alma.

Aun así, sabía que no podría pronunciar aquellas palabras sin correr el riesgo de ofender al rey o perder el escaso respeto que su abuelo sentía por él. Nunca habían discutido de una forma tan intensa ni habían discrepado tanto en ningún asunto de gran importancia.

Pero Kamran se sentía obligado a intentarlo al menos una vez más.

—¿No podríamos, quizá, considerar la opción de... contenerla en algún lugar? ¿Esconderla del resto?

El rey Zal ladeó la cabeza.

—¿Os referís a apresarla?

—No... no quería decir eso exactamente, pero... tal vez podríamos animarla a marcharse, a que viviese en otro lugar...

Las facciones de su abuelo se convirtieron en una máscara carente de emoción.

—¿Por qué no lo entendéis? La joven no puede quedar libre. Mientras esté en libertad, acabarán por encontrarla, la apoyarán y la convertirán en el símbolo de la revolución. Por eso, mientras yo sea rey, no permitiré que campe por ahí a sus anchas.

Kamran volvió a posar la vista en el suelo.

Sintió que un intenso dolor lo atravesaba: era la afilada hoja del fracaso. De la pena. Sentenciarían a la joven a muerte por su culpa, porque había tenido la osadía de fijarse en ella y ser tan vanidoso como para denunciar lo que había visto.

—Se encargarán de la muchacha esta noche —sentenció el rey—. Y mañana por la noche, escogeréis una esposa.

Kamran alzó la vista por un instante con el semblante desencajado.

—Majestad...

—No volveremos a tratar este tema nunca más.

QUINCE

En el sedoso resplandor de una ventana iluminada por el sol, Alizeh captó un movimiento seguido de un susurro: era el batir de unas alas, similar al sonido que hacen las briznas de hierba al mecerse con el viento y al rozar unas con otras para después separarse. Aquella preciosa mañana, a Alizeh le habían encargado limpiar las ventanas de la Mansión Baz y, comparado con las tareas del día anterior, aquel trabajo era prácticamente un lujo.

El sonido de las alas se incrementó de improviso y un cuerpecito diminuto se precipitó contra el cristal con un suave ¡plic!

Alizeh lo espantó con la mano, pero el insecto repitió el mismo revoloteo dos veces más. Se aseguró de estar sola antes de llevarse un dedo a los labios y susurrar:

—No hagas ruido y no te alejes de mí.

La luciérnaga obedeció y se posó con cuidado en la curvatura del cuello de la joven, donde replegó las alas y escondió la cabeza bajo su vestido.

Alizeh hundió una esponja en el cubo de agua, la retorció para retirar el exceso de líquido y continuó frotando el cristal lleno de manchas. Al haberse aplicado otra capa de ungüento en las manos y en el cuello la noche anterior, el dolor que sentía aquella mañana era mucho más manejable. De hecho, con la salida del sol, el pavor que se había adueñado de ella tras lo sucedido la tarde anterior se esfumó. A Alizeh le resultaba mucho más sencillo asegurar que sus temores eran, cuanto menos, infundados al ver los cielos despejados y no sentir esos agónicos pinchazos en las manos.

Se prometió a sí misma que aquel día todo sería más sencillo.

No se enfrentaría a la repulsa del boticario ni tendría que preocuparse por el príncipe, quien solo buscaba hacerle un favor al devolverle los paquetes. No pensaría en el pañuelo que había perdido, puesto que no le cabía la menor duda de que acabaría encontrándolo y, habiendo recuperado los ungüentos, tampoco tendría que temer por su salud. También, decidió que el diablo se podía ir al infierno.

Todo iría a mejor.

Aquella noche tenía una cita en casa del embajador lojano. Le habían encargado diseñar y confeccionar cinco vestidos, a cambio de los cuales esperaba recibir un total de cuarenta piezas de cobre, que equivalían a casi medio joyel.

Por todos los cielos, Alizeh nunca había visto semejante fortuna en persona.

Su mente ya había comenzado a volar y a imaginar todas las puertas que una cantidad de dinero como aquella le podría abrir. Su mayor anhelo era afianzar una cartera de clientes lo suficientemente amplia como para poder dedicarse a la costura con regularidad, puesto que era su única vía de escape para abandonar la Mansión Baz. Si era cauta y se fijaba un presupuesto ajustado, tenía la esperanza de poder permitirse alquilar una habitación para ella sola donde nadie la molestase, quizás en alguna zona poco poblada a las afueras de la ciudad.

Se emocionó solo de pensarlo.

Hallaría la manera de conseguirlo. Mantendría la cabeza gacha, trabajaría duro, y algún día sería libre y dejaría atrás aquel lugar y a aquellas personas.

Dudó por un segundo, con la esponja apoyada contra el cristal.

Alizeh no podía evitar pensar en lo extraño que le resultaba trabajar como criada. Siempre había sabido que quería dedicar su vida al servicio de los demás, pero no de aquella manera.

Todo apuntaba a que la vida incluía cierto grado de ironía.

Alizeh había sido educada para actuar como una líder, para tender puentes y liberar a su pueblo de la triste existencia que se habían visto obligados a llevar.

Hubo un tiempo en el que había estado destinada a reconstruir a una civilización entera.

La dolorosa escarcha que recubría el interior de sus venas era un antiguo fenómeno que se creía perdido desde hacía milenios. Alizeh apenas conocía una fracción de las supuestas habilidades que poseía, puesto que, aunque el hielo que helaba sus entrañas tenía un poder inherente, no podría acceder a él hasta alcanzar la mayoría de edad e, incluso entonces, no tendría manera de doblegarlo sin la ayuda de una antigua magia que yacía enterrada en el interior de la cordillera Arya, allí donde sus ancestros habían erigido su reino por primera vez.

Y, aun así, todavía seguiría necesitando un reino.

Era tan absurdo que casi le entraban ganas de echarse a reír, incluso a pesar de que también le partía el alma.

En cualquier caso, habían pasado al menos mil años desde que había nacido el último jinn con hielo en la sangre, lo que significaba que la existencia de Alizeh era, cuanto menos, milagrosa. Los cuchicheos acerca de los extraños y fríos ojos de la joven habían comenzado a extenderse entre los jinn como cualquier otro rumor hacía casi dos décadas y, desde entonces, Alizeh había cargado sobre sus tiernos hombros con unas expectativas que no cesaban de crecer. Como sus padres sabían que su hija no estaría a salvo hasta cumplir los dieciocho años, la apartaron del ruidoso mundo que tanto la necesitaba y la ocultaron durante tanto tiempo que los rumores terminaron por acabar reducidos a cenizas por no disponer de un sustento que avivara las llamas.

A Alizeh también la olvidaron poco tiempo después.

Todas las personas que llegaron a conocerla fueron asesinadas y Alizeh, que no tenía aliados ni un reino ni magia o recursos, comprendió que lo mejor que podía hacer con su vida era limitarse a sobrevivir.

Ya no ambicionaba otra cosa que no fuera pasar inadvertida y llevar una vida tranquila. En sus momentos más optimistas, Alizeh soñaba con irse a vivir a un paraje remoto de la campiña, donde criaría un rebaño de ovejas. Las esquilaría con la llegada de la primavera y utilizaría la lana para tejer una alfombra tan larga que diese la vuelta al mundo. Aquel era un sueño tan sencillo como inalcanzable, pero le ofrecía cierto consuelo cuando necesitaba evadirse.

La joven se prometía a sí misma que las dificultades no durarían para siempre y que cada día la situación iría a mejor, aunque fuese poco a poco.

En realidad, ya había empezado a ver una mejoría.

Por primera vez en años, Alizeh no estaba sola. La luciérnaga presionó su cuerpecito contra el cuello de la muchacha, como para recordarle que estaba allí, a su lado.

Alizeh sacudió la cabeza.

Y la luciérnaga volvió a presionarse contra su piel.

—Sí, ya lo sé. Me has dejado bien claro que quieres que te acompañe fuera —dijo en apenas un susurro—, pero, como bien podrás ver, no se me permite abandonar la casa según se me antoje.

Casi daba la impresión de que la había entristecido. La luciérnaga languideció contra su cuello y se frotó los ojos con una de sus patitas.

La criatura se había colado en la Mansión Baz la noche anterior, aprovechando el diminuto espacio de tiempo que tardó el príncipe en abrir y cerrar la puerta de atrás. Voló a toda velocidad hasta alcanzarla y se lanzó contra la mejilla de Alizeh con toda la fuerza de su cuerpecito.

Hacía tanto tiempo que no veía una luciérnaga que, en un primer momento, le costó reconocer a la criatura. Sin embargo, cuando logró identificarla, se sorprendió a sí misma al esbozar una sonrisa de oreja a oreja.

Alguien le había enviado una luciérnaga.

Era un comunicado.

Pero ¿de quién? No tenía forma de saberlo, aunque no fue porque el insecto no hubiese puesto todo su empeño en tratar de hacerse entender. El pobre bichito llevaba intentando arrastrarla al exterior desde que había dado con ella.

Un lazo muy especial ligaba a los jinn con las luciérnagas, dado que, a pesar de no poder comunicarse de manera directa, compartían un entendimiento único entre las dos especies. Las luciérnagas eran para los jinn lo que otros animales eran para los seres de arcilla: eran compañeras queridas, amigas fieles y camaradas en la batalla.

Por ejemplo, Alizeh sabía que esta luciérnaga en particular era una amiga, que el insecto sabía quién era ella y que quería llevarla hasta su dueño. Lo malo era que ni la luciérnaga ni su jinn parecían comprender las limitaciones a las que estaba sometida la libertad de Alizeh.

Suspiró.

Mientras disfrutaba de las vistas panorámicas, se recreó en sacarle brillo a cada uno de los delicados cristales hasta que ya no se atrevió a dedicarles más tiempo. Casi nunca tenía la oportunidad de detenerse a admirar la belleza de Setar, por lo que se permitió disfrutar del paisaje: contempló la nevada sierra escarpada de Istanez que se alzaba en la lejanía y estudió las colinas verdes y heladas que se extendían a lo largo de su falda. Un gran número de ríos estrechos fracturaban el terreno, mientras que los valles, coloreados de azul turquesa y agua de lluvia, estaban flanqueados por kilómetros y kilómetros de campos de azafrán y rosales.

La muchacha había nacido en el extremo norte de Ardunia, en la provincia de Temzil. Era una región fría, situada a gran altitud, y parecía quedar tan cerca de las estrellas que Alizeh solía pensar a menudo que podría llegar a tocarlas. Echaba de menos su hogar con toda su alma, pero tampoco sería justo negarse a reconocer el esplendor de Setar.

De pronto, sin previo aviso, las campanas repicaron.

Era mediodía; la mañana había llegado oficialmente a su fin. El sol se había colocado discretamente en la cúspide del horizonte y Alizeh lo contempló a través del cristal de la ventana, maravillada ante la alegre calidez con la que bañaba el reino.

La muchacha estaba de un humor excepcionalmente bueno.

Admitió que le había venido bien llorar la noche anterior, puesto que parte de la presión que le comprimía el pecho había desaparecido. Sentía que se había quitado un peso de encima y, aquella mañana, se encontraba mejor de lo que se había sentido en muchísimo tiempo...

La esponja se le escapó de entre los dedos sin previo aviso, cayó con un golpe sordo dentro del cubo de agua jabonosa y le manchó de agua sucia la snoda que se acababa de poner limpia. La joven se secó las manos en el delantal con nerviosismo y se acercó todo lo que pudo a la ventana.

Alizeh no podía creer lo que estaba viendo.

Se tapó la boca con la mano, puesto que se vio abrumada por una ola de absurda felicidad y estaba casi segura de no tener derecho a sentir tal emoción. Aquel granujilla fesht casi le había rajado la garganta, ¿por qué se alegraba tanto de verle? Ah, no tenía respuesta para aquella pregunta, pero tampoco le importaba.

Era todo un milagro que estuviese allí.

Alizeh lo contempló mientras él recorría el camino hasta la mansión, sorprendida una vez más por su mata de cabello pelirrojo y por su altura, tan prematura para su edad. El chico le sacaba una cabeza a Alizeh y eso que, como mínimo, era cinco años más joven que ella. Le resultaba asombroso que el muchacho creciese tan siquiera cuando apenas tenía qué llevarse a la boca.

El chico llegó hasta la bifurcación que dividía el camino, pero, cuando debería haber ido por la izquierda, decidió continuar por la derecha sin pensárselo dos veces y su desconcertante decisión lo llevó directo a la entrada principal. Una vez que su llamativa figura hubo desaparecido del todo de la vista de Alizeh, la alegría que sentía se esfumó.

¿Por qué había ido a la puerta de entrada?

Le había indicado que se acercase a las cocinas, no al edificio principal. Si se daba prisa y se excusaba diciendo que iba a por más agua, tal vez lograría alcanzarlo a tiempo. Sin embargo, si el muchacho se encontraba con alguien en la puerta principal, no solo le azotarían por su insolencia... sino que la despedirían a ella por haberle prometido algo de pan.

Alizeh se sentó en el suelo mientras se le aceleraba el corazón solo de pensar en aquella posibilidad.

¿Había sido culpa suya? ¿Debería haberle dado más detalles al chico? Pero ¿qué niño callejero estaría tan loco como para pensar que le dejarían entrar a una propiedad de tales dimensiones por la puerta principal?

Dejó caer la cara entre las manos.

La luciérnaga agitó las alas contra el cuello de la muchacha, como si le estuviese haciendo una pregunta que consideraba obvia.

Alizeh sacudió la cabeza y le explicó la situación en voz baja:

—Ah, no pasa nada. Es solo que estoy bastante segura de que me pondrán de patitas en la calle... ocurrirá de un momento a otro.

Al oír aquello, el insecto despertó de su letargo, echó a volar y se lanzó contra el cristal de nuevo.

¡Plic! ¡Plic!

Alizeh no pudo evitar sonreír a regañadientes.

—No es algo bueno, bobalicona.

—¡Niña! —ladró una voz familiar. Alizeh se quedó de piedra—. ¿Me oyes, niña?

En un santiamén, la luciérnaga se coló por el puño de una de las mangas de Alizeh, subió volando por su brazo y se estremeció contra su piel.

La muchacha, que seguía sentada en el asiento de la ventana saslediza, se giró despacio para hacerle frente a la señora Amina, quien se las había arreglado para cernirse sobre ella incluso desde el suelo.

—¿Sí, señora?

—¿Con quién estabas hablando?

—Con nadie, señora.

—Te he visto mover los labios.

—Estaba tarareando una canción, señora. —Alizeh se mordió el labio. Quería decirle algo más, ofrecerle una mentira más consistente, pero tenía más miedo que nunca de decir algo que no debía.

—Uno de los requisitos de tu posición es ser invisible —dijo el ama de llaves con tono mordaz—. No se te permite tararear, hablar o mirar a nadie. Mientras trabajes, sobre todo en los pisos superiores, deberás ser como una sombra. ¿Te ha quedado claro?

—Sí, señora —respondió con el corazón en un puño.

—Baja de ahí ahora mismo.

De pronto, Alizeh sintió que le pesaba todo el cuerpo. Bajó por la inestable escalerilla de madera como si estuviera en trance, con el pulso cada vez más frenético. Cuando llegó a la altura del ama de llaves, mantuvo la vista clavada en el suelo.

—Disculpadme —murmuró con la cabeza gacha—. No volverá a ocurrir.

—Eso espero. —Alizeh se preparó para recibir lo que parecía una bofetada inevitable, pero la señora Amina se aclaró la garganta de improviso y añadió—: Tienes un visitante.

Alizeh levantó la vista muy lentamente.

—¿Cómo decís?

—Te reunirás con él en la cocina. Tienes quince minutos.

—Pero... quién...

—No te regalaré ni un minuto más, ¿entiendes?

—S-sí. Sí, señora.

La señora Amina se marchó y dejó a Alizeh allí sin aliento. No se lo podía creer. ¿Cómo iba a tener un visitante? ¿Se referiría al muchacho fesht? Tenía que ser él.

Pero... ¿cómo habían permitido que un niño sin hogar entrase en la mansión de una duquesa? ¿Y cómo le habían concedido una audiencia con la criada que ocupaba el escalón más bajo del escalafón social dentro y fuera de la propiedad?

Por todos los cielos, la curiosidad la estaba matando.

Alizeh no fue hasta la cocina con paso tranquilo, sino que echó a correr mientras se llevaba la manga a la boca.

—Parece que, después de todo, no me echaran de aquí —susurró sin apenas atreverse a mover los labios—. ¿No crees que es una buenísima noticia? Y ahora tengo...

Las palabras murieron en su boca y ralentizó el paso cuando se dio cuenta de que ya no sentía el contacto de las patitas de la luciérnaga en su brazo ni tampoco el roce de sus alas contra la piel. Echó un vistazo dentro de la manga de sus ropajes.

—¿Dónde te has metido? —susurró.

La luciérnaga se había esfumado.

DIECISÉIS

El sol se alzaba orgulloso en el cielo claro y despejado del mediodía. La tormenta de la noche anterior había limpiado la ciudad de Setar por completo y, a diferencia del estado en el que se encontraba la mente de su príncipe, ahora estaba fresca y despejada.

Kamran le dedicó un suspiro al sol y lo maldijo por su brillo y su belleza. A lo largo de sus dieciocho años de vida, el joven había experimentado numerosas rachas de mal humor, pero en aquel momento se sentía excepcionalmente volátil.

No obstante, el príncipe no era un joven cruel.

Nunca se le ocurriría hacer gala de sus sentimientos más oscuros ante una audiencia, así que se marchó del palacio y se adentró en el bosque Surati, cuyos enormes árboles rosados parecían sacados de un mundo de ensueño. Aquel era uno de los lugares favoritos del príncipe puesto que no solo era hermoso, sino que le concedía cierta privacidad al contar con un único punto de acceso: un acantilado desde el que había que saltar para llegar al bosque y que, con frecuencia, solía conducir a la muerte a quien se atrevía a cruzarlo.

A Kamran nunca le importó demasiado correr ese riesgo.

Tan solo llevaba consigo un tapete rojo con estampados sobre el que se tumbó en cuando lo hubo extendido sobre el suelo nevado del bosque. Contempló impasible la grandiosidad de la arboleda, compuesta por troncos y hojas del mismo tono rosa fluorescente. Aunque la reciente capa de nieve había ocultado la manta de musgo verde que cubría la tierra, la blancura infinita le regalaba una belleza gélida a la escena.

Kamran cerró los ojos cuando la brisa le acarició el rostro y le desordenó un par de lustrosos mechones de cabello negro. Oyó el dulce gorjeo de una pareja de pájaros cantores y el zumbido de una libélula poco común. Quizás el halcón que sobrevolaba el bosque por encima de los árboles solo viese a un joven descansando, pero la humilde hormiga sabría que no debía subestimarlo, puesto que percibía el violento temblor que manaba de sus extremidades y se infiltraba por el lecho de tierra.

No, la ira de Kamran era incontenible.

Por esa razón, no fue ninguna sorpresa que nada ni nadie le molestara mientras estaba allí tumbado, indefenso en medio del terreno inexplorado. Serpientes, arañas, escarabajos, leopardos de las nieves, insectos grandes y pequeños, así como los osos pardos y blancos sabían que a un joven príncipe siempre había que darle espacio. No había mayor repelente que la ira y el bosque se agitaba, alarmado.

Aquel fue el día en el que Kamran comenzó a dudar de todo.

Cuando abandonó los aposentos de su abuelo por la mañana, no sintió más que tristeza, pero, con el paso de las horas, al no dejar de pensar, la ira se aferró a él como una enredadera. La desilusión era lo que le carcomía cada vez que revivía algún recuerdo de su abuelo, cada vez que había descrito al rey como un hombre justo y benevolente. Detrás de cada una de las decisiones que el rey Zal había tomado en pos del bien común... ¿había primado, en realidad, su propia seguridad?

Incluso en aquel momento oía la voz de su abuelo en la cabeza...

«De hecho, hubo una ocasión en la que estuve seguro de haberla encontrado; la di por muerta hace años».

Kamran no se paró a cuestionar sus palabras cuando su abuelo pronunció aquella afirmación, pero, ahora que disponía de tiempo para repasar cada momento de la conversación que habían tenido, la diseccionó para analizarla en detalle.

¿Qué había querido decir cuando admitió que le había sorprendido descubrir que la muchacha seguía viva? ¿Acaso ya había intentado acabar con su vida antes?

Dijo que había sido hacía años.

Estaba seguro de que la joven no podía ser mucho mayor que Kamran, así que ¿a qué conclusión le faltaba llegar? ¿A la de que su abuelo había intentado asesinar a una niña?

El príncipe se incorporó y se pasó las manos por el rostro.

Si lo pensaba fríamente, se daría cuenta de que las circunstancias eran, cuanto menos, extraordinarias.

Los magos habían vaticinado la hostilidad de la muchacha y ese era un detalle que no debía tomarse a la ligera. Los labios de los sacerdotes y las sacerdotisas estaban impregnados de una magia brutal y vinculante antes incluso de que se les permitiese tomar los votos, de forma que eran físicamente incapaces de mentir. Por eso, sus profecías constituían el alimento de las leyendas.

No se habían equivocado ni una sola vez.

Pero por mucho que tratase de adecuar su corazón al doloroso contexto de la situación, al príncipe le resultaba imposible justificar el asesinato de una inocente. Ponerle fin a la vida de una joven por el mero hecho de existir era algo incomprensible para él.

Por todas esas razones, una vez evaluado el encuentro con su abuelo, Kamran consideró de vital importancia que su corazón y su mente se reconciliasen. Sentía la desesperada necesidad de ponerse de parte de su abuelo, quien había demostrado un amor incondicional y una lealtad sin reservas por Kamran durante sus dieciocho años de vida. El príncipe podría llegar a aceptar las imperfecciones de su abuelo: le perdonaría todo si consiguiese demostrar que la chica era una amenaza, tal y como aseguraba el rey. Con esa idea en mente, el príncipe trató de encontrar consuelo en el desarrollo de un plan de acción.

Se encargaría de buscar pruebas.

Se demostraría a sí mismo que ella estaba conspirando contra la corona, que tenía intención de desencadenar una masacre e incitar un levantamiento.

No era, en absoluto, un planteamiento descabellado.

Cuantas más vueltas le daba al asunto, más inverosímil le parecía a Kamran que la muchacha desconociera su verdadera identidad.

Su abuelo debía estar en lo cierto en ese aspecto. ¿Cómo se explicaría, si no, que hiciese gala de tal finura, elegancia y modales, además de hablar varios idiomas? Había recibido una educación digna de la realeza, sin duda. ¿Se habría degradado socialmente hasta casi desaparecer para pasar inadvertida? Puesto que sus extraordinarios ojos eran una prueba indiscutible de su identidad, ¿ocultaba su rostro tras una snoda para que no quedasen a la vista de los demás?

¡Por todos los demonios! Kamran no sabía qué pensar.

¿Quién llevaría una farsa así a tales extremos? La chica trabajaba cada día para ganarse el sustento a costa de fregar los suelos y limpiar los retretes de una mujer noble cuya familia estaba por debajo de ella en la escala social.

Al abandonar los aposentos de su abuelo embargado por una tremenda inquietud, se había calado la capucha, se había cubierto el rostro con la cota de malla y se había dirigido sin pensárselo dos veces al centro de la ciudad.

Estaba decidido a encontrar un remanso de lógica en aquel mar de locura y tenía la impresión de que los paquetes de la muchacha ofrecerían una ruta directa en su cruzada por aclararse las ideas.

La noche anterior, Kamran reconoció el sello que había en cada uno de ellos: los había comprado en la botica. A la mañana siguiente llegó a la conclusión de que quizá la muchacha había tenido una reacción desmedida ante el posible extravío de su compra. Cayó en la cuenta de que era de lo más extraño que se hubiese puesto tan histérica ante la idea de perder un puñado de hierbas medicinales, puesto que eran unos artículos que podría volver a adquirir con facilidad.

Tal vez no contenían meros ungüentos y se le estaba escapando algo.

Los paquetes podrían serle de gran ayuda a la hora de demostrar que había orquestado algún perverso ardid o que estaba involucrada en una insidiosa conspiración, de tal forma que, con la verdad a la luz, por fin la señalarían como una amenaza indiscutible para el imperio. Quizá todavía no fuera demasiado tarde para dar con la forma de ayudar al rey en su cruzada contra la joven, y eso lo tranquilizaba.

Por eso había salido del palacio.

Sería tan sencillo como encontrar la botica, hacerse pasar por un corregidor e interrogar al propietario. Le dijo que estaba pasando por cada establecimiento para investigar un supuesto crimen que se había cometido durante las festividades de la pasada noche y arrinconó al pobre hombre para sonsacarle hasta el más mínimo detalle acerca de los clientes a los que había atendido.

Aunque se centró en una clienta en particular.

—Señor, debo confesar que no os entiendo —había dicho el boticario con nerviosismo. Era un hombre enjuto, de pelo negro y piel marrón, que se llamaba Deen—. La joven únicamente compró lo que yo le recomendé para tratar sus heridas, nada más.

—¿Y qué fue lo que le recomendasteis?

—Ah —dudó por un instante mientras hacía memoria—, ¡Ah, sí! Bueno, le ofrecí dos ungüentos distintos. Presentaba diversas lesiones, señor. Ambos medicamentos alivian el dolor y protegen contra las infecciones, si bien no actúan de la misma manera. Son bastante comunes. En realidad, eso fue todo: sí, compró los ungüentos y... y vendas de lino.

Ungüentos y vendas de lino.

¿De verdad se había dejado caer de rodillas en una calle sucia para rescatar un poco de medicina y un par de vendas que apenas costarían más que un par de piezas de cobre?

—¿Estáis completamente seguro de lo que decís? —insistió Kamran—. ¿No compró nada más... algo de más valor? ¿No adquirió algún producto particularmente caro o valioso?

Al oír aquello, la tensión que agarrotaba el cuerpo de Deen pareció esfumarse. El boticario miró con curiosidad al hombre que ocultaba su rostro tras una cota de malla (aquel hombre a quien creía un corregidor) y, con una sorprendente calma, explicó:

—¿Acaso tiene precio el remedio cuando se sufre un tremendo dolor, señor? ¿No adquiere la cura un valor incalculable?

Kamran se las arregló para hablar con indiferencia cuando dijo:

—¿Me estáis diciendo que la muchacha estaba sufriendo?

—No me cabe la menor duda. No se quejó en ningún momento, pero sus heridas eran graves y le llevaban supurando un día entero. He atendido a numerosos hombres que entraban a mi tienda llorando por lesiones mucho más leves.

Kamran recibió cada una de esas palabras como una puñalada.

—Disculpadme —dijo Deen con delicadeza—, pero supongo que sabréis que, como snoda, lo más seguro es que trabaje principalmente a cambio de cobijo. Muy pocos miembros del servicio pasan por mi tienda, ya que la mayoría no recibe más de tres tonces a la semana además del alojamiento. Solo Dios sabe cómo se las arregló para reunir las piezas de cobre con las que me pagó —Deen vaciló—. Os estoy explicando todo esto porque vos me lo habéis preguntado, pero si la muchacha se marchó de aquí habiéndose llevado algo de más valor, entonces...

—Ya entiendo —intervino el príncipe en tono cortante.

Sentía tanto odio y tanta vergüenza hacia sí mismo que se le revolvió el estómago. Dejó de prestar atención a Deen, que continuó parloteando para ofrecerle a Kamran una serie de detalles que ya no tenía ganas de escuchar. No quería saber si la joven era simpática o trabajaba duro, como parecía ser el caso. Prefería no escuchar a Deen describir el cardenal que le recorría la mandíbula o exponer, con todo lujo de detalle, las razones por las que sospechaba que quien la había contratado la maltrataba.

—Fue muy agradable —había continuado el boticario—. Me sorprendió lo bien que hablaba para ser una snoda y, además, parecía muy nerviosa; se asustaba enseguida. Aunque... quizá fue culpa mía. Creo que fui demasiado duro con la pobre muchacha. Hizo un par de comentarios... y yo... —Deen no terminó la frase y miró por la ventana.

Kamran se puso alerta al oír aquello.

—¿Qué dijo?

Deen sacudió la cabeza.

—No fue nada, solo trataba de entablar una conversación. Me temo que la asusté. Salió de aquí tan rápido que no tuve oportunidad de prepararle las brochas que necesitaría para aplicar los ungüentos, aunque supongo que no supondrá un problema que use las manos si se las lava bien...

Un intenso pitido, que ahogó cualquier otro sonido y le nubló la visión, tronó en los oídos de Kamran.

Los árboles color magenta del bosque Surati recobraron su nitidez con agónica lentitud y la realidad se fue materializando a su alrededor, como un aluvión de sensaciones individuales:

Kamran notó las ásperas fibras del tapete rojo sobre el que descansaban su cabeza y sus manos y, también, sintió el peso de la espada contra su torso. Después, captó el silbido del viento al agitar los matorrales y el tonificante aroma invernal de los pinos inundó sus fosas nasales.

Kamran pasó un dedo por la nieve, tal y como haría con el glaseado de una tarta. Estudió por un segundo el resplandeciente pedazo de nieve que le cubría la yema del dedo, se lo metió en la boca y tiritó un poco al sentir cómo la escarcha se deshacía en su lengua.

En ese preciso instante, un zorro rojo emergió como una exhalación de entre la nieve, arrugó el hocico y se sacudió para quitarse los copos que le cubrían los ojos antes de volver a adentrarse en el manto que cubría la tierra. Poco después, apareció un quinteto de ciervos en la lejanía. La manada se detuvo en seco a unos cuantos metros de distancia y los animales lo miraron con unos enormes ojos que, sin duda, se preguntaban qué hacía Kamran allí.

Habría respondido a su pregunta si la hubieran verbalizado.

Les habría dicho que había ido al bosque en pos de una vía de escape. Quería huir de su propia mente y de aquella vida suya tan peculiar. Les habría explicado que la información que sería un antídoto para él había resultado ser un veneno.

Iban a asesinarla.

El príncipe lo entendía, pero no encontraba la manera de aceptar que iban a condenar a muerte a aquella joven, la misma que había demostrado piedad ante un muchacho que trató de acabar con su vida y que, a pesar de haber nacido para ser reina, se ganaba la vida fregando suelos para no recibir nada más que vejaciones como agradecimiento. La había tildado de loca por haberse derrumbado al perder unos paquetes que apenas valían un par de piezas de cobre, pero no se había parado a pensar que, quizá, esas pocas piezas eran todo cuanto poseía en el mundo.

Kamran expulsó todo el aire de los pulmones y cerró los ojos.

La joven en absoluto tenía el aspecto de una criminal. Supuso que encontraría otras vías a través de las cuales investigar su trayectoria, pero sus infalibles instintos le aseguraban de antemano que no merecería la pena. Lo había sabido antes incluso de concluir su misión previa, pero se negaba a aceptar la realidad: independientemente de lo que dijera la profecía y, aunque la versión de la joven que existía en aquel momento no merecía morir, Kamran estaba atado de pies y manos.

Para colmo, él era el responsable de que la situación hubiese acabado así.

El mayor deseo de la muchacha era mantener un perfil bajo y Kamran había sellado su destino al ponerla en el punto de mira. Se arrepentiría de ello hasta el fin de sus días.

En aquel preciso instante, el príncipe se vio embargado por tal cantidad de emociones que se descubrió incapaz de moverse... No se atrevía a dar un paso. Si se movía el más mínimo ápice, estaba convencido de que se desmoronaría, y, si eso ocurría, acabaría prendiéndole fuego al mundo.

Kamran abrió los ojos.

Una solitaria hoja rosada cayó de un árbol, siguiendo una ociosa trayectoria en espiral hasta aterrizar sobre la nariz del príncipe. Se la quitó de la cara y le dio vueltas sobre sí misma.

Se echó a reír, embargado por un arrebato de locura.

DIECISIETE

N o estaban solos.

La cocinera, que se había quedado petrificada con el cuchillo de carnicero en alto, contemplaba intrigada a la extraña pareja de aliados que se había sentado con nerviosismo ante la mesa de la cocina. Tres miembros del servicio se asomaban tras una esquina, de manera que sus cabezas parecían tomates ensartados en una brocheta. Unos cuantos criados más los espiaban desde las puertas y otros aminoraban el paso cuando pasaban por allí. Todo el mundo aguardaba impaciente a que comenzasen a hablar.

Alizeh no les echaría en cara que sintiesen curiosidad.

Ella misma se había quedado estupefacta ante el giro de los acontecimientos. Apenas había intercambiado un par de palabras con el chico fesht, pero en cuanto se hubieron saludado efusivamente, se dieron cuenta de que la mitad del servicio se había reunido en la cocina para mirarlos embobados. A Alizeh no le importó demasiado, puesto que, allí sentados el uno frente al otro mientras se dedicaban sonrisas tímidas, sentía una enorme dicha que no estaba acostumbrada a experimentar.

—*Et mist ajeeb, nek? Hef nemek vot tan sora.* —«Me resulta de lo más extraño no veros los ojos, ¿sabéis?».

Alizeh sonrió.

—*Han. Bek nemekketosh et snoda minseq cravito.* —«Lo sé. Pero no se me permite quitarme la snoda mientras trabajo».

Al oír aquel intercambio indescifrable, gran parte de los presentes soltaron un sonoro suspiro de frustración y retomaron sus respectivas tareas. Alizeh miró de reojo a los pocos que no se habían marchado y después comprobó el reloj de arena que descansaba sobre la mesa y que marcaba los quince minutos que tenía para hablar con el muchacho. La arena se deslizaba ininterrumpidamente de uno de los extremos de cristal al otro y cada grano perdido alimentaba su pavor. Dudaba de que hubiera muchos miembros del servicio (si era que había alguno siquiera) que hablase feshtún en Setar, pero Alizeh no pensaba basar sus acciones en una afirmación infundada.

Tendrían que andarse con cuidado.

Volvió a posar la mirada en el fesht, que se había beneficiado en gran medida de las atenciones de los magos. El aseo regular y la buena alimentación lo habían transformado por completo. Bajo la capa de mugre que previamente lo cubría, se ocultaba un talludo niño de mejillas sonrosadas y, ahora, cuando le mostraba su sonrisa, Alizeh sabía que era genuina.

Aquel descubrimiento la reconfortó sobremanera.

En feshtún, la joven dijo:

—Me gustaría hacerte miles de preguntas, pero me temo que disponemos de un tiempo limitado. ¿Cómo te encuentras, joven amigo? Tienes muy buen aspecto.

—Estoy bien, señorita. Muchas gracias por preguntar. Diría lo mismo de vos, pero no veo vuestro rostro. —Alizeh ahogó una carcajada—. Aunque me alegro de que os hayan curado las manos. —Hizo intención de acercarse para verla mejor, pero enseguida se alejó con un movimiento brusco y se puso lívido—. Veo que os hice daño en el cuello, señorita. Lo siento muchísimo.

—No, es un rasguño sin importancia —susurró.

—Es mucho más que eso, señorita —El muchacho se sentó más recto—. De hecho, hoy he venido aquí a compensaros por lo que hice.

Alizeh sonrió, embargada por el complejo afecto que sentía por el chico.

—Discúlpame, pero mi curiosidad les ha ganado la partida a mis modales y me obliga a preguntar: ¿cómo has conseguido convencerles de que te dejaran entrar por la puerta principal?

El muchacho sonrió de oreja a oreja al oír aquello y le mostró una dentadura que todavía era grande para su rostro.

—¿Os resulta sorprendente que hayan dejado entrar a un escurridizo ladronzuelo sin escrúpulos?

La sonrisa de Alizeh brilló con tanta intensidad como la del fesht.

—Sí. Eso es exactamente lo que quería decir.

Por alguna razón, aquella respuesta pareció complacer al chico, aunque, quizá, solo se sentía aliviado al comprobar que la joven no tenía ninguna intención de pasar por alto el terrible suceso que había entretejido sus vidas.

—Bueno, resulta que ahora soy alguien importante, ¿sabéis? Al fin y al cabo, el príncipe me salvó la vida. Y el mismísimo rey dijo que le aliviaba saber que había sobrevivido. Estaba muy pero que muy aliviado. Está todo por escrito.

—¡Vaya! —Alizeh lo miró perpleja. Apenas creía nada de lo que le estaba contando, pero su entusiasmo le resultaba encantador—. Debes de estar la mar de contento.

Él asintió.

—Me preparan huevos para desayunar casi todas las mañanas, así que no me puedo quejar. Pero hoy he venido a veros para compensaros por lo que hice, señorita.

—Como ya habías mencionado —apuntó con un asentimiento de cabeza.

—Así es —dijo, levantando un poco más de la cuenta la voz—. ¡He venido a invitaros a una fiesta!

—Ya veo...

Alizeh lanzó una mirada nerviosa hacia la cocina, que ahora casi estaba vacía. Afortunadamente, la mayoría de los mirones se habían dispersado, puesto que habían perdido la esperanza de oírlos hablar en ardano. Alizeh y el muchacho estaban solos, a excepción de algún criado que pasaba por las cocinas. Por su parte, la señora Amina seguro que andaba demasiado ocupada con sus propias tareas como para perder el tiempo con un par de donnadies.

—¡Cielos, una fiesta! Qué amable por tu parte... —Alizeh titubeó antes de fruncir el ceño—. Me temo que no sé cómo te llamas.

El muchacho se inclinó hacia adelante y cruzó los brazos sobre la mesa.

—Me llamo Omid, señorita. Omid Shekarzadeh. Nací en Yent, en la provincia de Fesht, y no me avergüenza decirlo.

—Pero ¿por qué no habrías de estar orgulloso? —se sorprendió Alizeh—. He oído hablar mucho de Yent. ¿De veras es tan hermosa como la describen?

Omid la miró sorprendido durante unos instantes, como si pensase que la joven estaba loca.

—Os pido perdón, pero todo cuanto oigo acerca de Fesht y sus ciudades últimamente son comentarios que no debería repetir en presencia de una señorita.

—Ah, pero eso pasa porque hay demasiados idiotas por el mundo, ¿no crees? —dijo con sonrisa traviesa—. Y habrá muchos que ni siquiera han puesto un pie en Fesht.

Omid abrió los ojos como platos y rio por la nariz.

—La última vez que visité el sur, yo todavía era muy pequeña —continuó Alizeh—, así que mis recuerdos están algo borrosos. Sin embargo, mi madre me contó que el aire de Yent huele a azafrán... y que los árboles son tan altos que el peso los vence, pero que siguen creciendo de todas maneras, de forma que sus ramas se extienden por el suelo. Me dijo que las rosas se cultivan tan cerca de los ríos que, cuando el fuerte viento estival arranca las flores de sus tallos, los pétalos caen dentro de la corriente y perfuman el agua al quedar a remojo. Me contó que ninguna bebida se podía comparar con la deliciosa agua de rosas de aquellos ríos cuando se la disfrutaba con el propósito de combatir el calor del verano.

Omid asintió lentamente.

—*Han* —coincidió ella—. Vuestra madre tenía razón.

El chico se recostó en la silla y colocó las manos sobre el regazo. Tardó un segundo en volver a alzar la vista y, cuando lo hizo, en sus ojos brillaba una emoción incontenible.

—Siento muchísimo que tuvieras que abandonar tu hogar —ofreció Alizeh con suavidad.

—Gracias, señorita. —Omid inspiró hondo—. Da gusto oíros hablar de mi tierra. Todo el mundo nos odia y piensa que Fesht está lleno de burros y palurdos. A veces pienso que mi vida allí no fue más que un sueño. —Hizo una pausa—. Vos tampoco sois de Setar, ¿verdad?

—En efecto —confirmó con sonrisa tensa.

—¿Vuestra madre vive con vos aquí o tuvisteis que dejarla atrás?

—Ah... —Alizeh desvió la mirada y la clavó en la desgastada mesa de madera rústica antes de decir con suavidad—: Sí, mi madre está aquí conmigo, aunque vive en mi corazón.

—*Mizon* —replicó Omid, que acompañó sus palabras con un golpe en la mesa cargado de emoción.

Alizeh alzó la vista.

Mizon era una palabra del feshtún que no tenía una traducción directa, pero que se utilizaba para expresar la indescriptible emoción que nace de la mutua comprensión entre dos personas en un momento inesperado.

—*Mizon* —repitió Omid con solemnidad—. Yo también llevo a mi madre en el corazón.

—Mi padre también la acompaña—añadió Alizeh, y sonrió suavemente al tiempo que se tocaba la frente con dos dedos y los dejaba en el aire.

—El mío igual. —El chico imitó el gesto con ojos llorosos: se llevó dos dedos a la frente antes de alzarlos en el aire—. *Inta sana zorgana le pav wi·saam.* —«Que sus almas se eleven hasta alcanzar la cima más alta».

—*Inta ghama spekana le luc nipaam* —respondió Alizeh. «Y que destierren sus penas a lugares remotos».

Aquel era un intercambio muy común entre los ardunianos, un rezo al que se recurría cuando se recordaba a los difuntos.

Alizeh apartó la mirada y centró su atención en el reloj de arena. No iba a ceder ante el llanto. Apenas les quedaban un par de minutos y no iba a permitir que la tristeza se los arrebatara, por lo que se sorbió la nariz y dijo con tono alegre:

—Volvamos al tema de la fiesta. ¿Cuándo piensas celebrarla? Me encantaría salir a dar un paseo contigo a media tarde, pero me temo que no se me permite abandonar la Mansión Baz durante el día. Quizá podríamos buscar algún claro en el bosque a última hora. ¿Qué te parece celebrar un pícnic a la luz de la luna?

Para su enorme sorpresa, Omid se rio.

—No —dijo el muchacho, sacudiendo la cabeza con vehemencia—. Estoy hablando de una fiesta de verdad, señorita. —Dejó escapar otra carcajada—. Me van a permitir asistir al baile que se celebrará mañana como invitado especial del rey.

Entonces, sacó un pesado pergamino bañado en oro de uno de sus bolsillos y lo dejó desenrollado sobre la mesa.

—¿Veis? Lo dice aquí. —Le dio un par de toquecitos—. Ahí dice que puedo llevar a un acompañante al baile real.

Omid sacó dos pergaminos más y los desplegó ante ella. Eran dos invitaciones numeradas, escritas a mano con una recargada caligrafía y marcadas con el sello real. Cada una era de carácter individual.

Omid empujó la invitación que le sobraba por encima de la mesa para ofrecérsela.

Con sumo cuidado, Alizeh levantó el pesado pergamino y lo estudió largo y tendido antes de mirar al muchacho.

Se había quedado boquiabierta.

—¿Acaso pone otra cosa, señorita? —preguntó Omid al cabo de un momento. Echó un vistazo a la invitación—. No sé mucho ardano, pero creo que es correcto, ¿no?

Alizeh estaba tan perpleja que apenas lograba articular palabra.

—Perdóname —consiguió decir al final—. Me temo que todavía no... ¡Vaya! —jadeó y se cubrió la boca con una mano vendada—. ¿Es esta la razón por la que te dejaron entrar por la puerta principal? ¿Por eso te permitieron hablar conmigo? Tú me... Santo cielo. ¿Entonces son de verdad?

—¿Estáis contenta, señorita? —Omid le dedicó una amplia sonrisa, como si estuviese orgulloso de sí mismo—. En un primer momento, no me permitieron llevar acompañantes, pero hacía varios días que intentaba dar con un modo de enmendar mi error, ¿sabéis? Y, entonces —chasqueó los dedos—, ¡todo encajó!

»Por eso, cuando me hicieron otra visita, les dije que estaba muy agradecido, pero que, a mis doce años, no era más que un niño y tenían que entender que un niño no puede asistir a un baile sin un adulto que lo acompañe. Les pedí que, por favor, me diesen otra o no podría ir. ¿Os podéis creer que no cuestionaron mi petición en absoluto, señorita? ¡No dijeron ni pío! Me temo que los consejeros del rey son un poco ingenuos.

Alizeh levantó el pergamino y examinó de cerca el sello de lacre.

—De modo que... sí que son de verdad. Nunca habría imaginado...

En aquel momento se enfrentaba a todo un abanico de reacciones ante tamaña sorpresa, pero, quizá, lo más impactante para ella fue darse cuenta de que, a pesar de todas obligaciones que la retenían en la Mansión Baz, sí que tenía la posibilidad de acudir al baile. Los eventos reales no solían dar comienzo hasta las nueve o las diez de la noche, lo cual significaba que Alizeh tendría tiempo de sobra para salir de la mansión sin ninguna prisa. Tendría que sacrificar una noche entera de sueño, pero no sería la primera vez que lo hacía... y ese sería un precio que estaría más que dispuesta a pagar.

De hecho, ni siquiera tendría que decirle a nadie a dónde iba, puesto que no tenía ningún amigo y nadie se percataría de su ausencia, por mucho que se prolongase. Salir de la propiedad sin ser vista también habría sido más complicado de estar alojada en el ala del servicio, donde las alcobas compartidas no daban cabida a los secretos.

Aunque tampoco tenía por qué mantenerlo en secreto.

Si bien dudaba de que se le diera demasiada prioridad a una snoda a la hora de repartir las invitaciones a un evento real, técnicamente, Alizeh no estaba cometiendo ninguna ilegalidad al asistir al baile. Sin embargo, tenía la ligera sospecha de que el resto de los asistentes no se tomaría demasiado bien que una de las criadas más prescindibles y de menor rango de la Mansión Baz estuviera invitada al baile real. En realidad, sería toda una sorpresa que no acabasen odiándola por puro despecho, pero...

Alizeh frunció el ceño.

Si a Omid lo habían dejado entrar en la propiedad gracias a las invitaciones, la señora Amina debía estar al tanto de todo. Deberían haberle informado del asunto, puesto que era ella quien tenía la última palabra. El ama de llaves podría haberle negado la entrada al muchacho o haber impedido que Alizeh hablara con él, todo ello sin que nadie la cuestionara. ¿Debería interpretar aquellos quince minutos que la mujer les había concedido como una autorización táctica para asistir al baile? ¿Estaría tratando de tener un gesto de amabilidad con ella?

Alizeh se mordió el labio; no se atrevería a asegurarlo.

En cualquier caso, la incertidumbre no impidió que la muchacha comenzase a soñar despierta. Una velada así sería un regalo único para cualquiera, pero sobre todo para alguien como Alizeh, que llevaba años sin ser la invitada de nadie.

En verdad, hacía tanto que no participaba en una actividad por puro entretenimiento que le resultaba hasta doloroso pensar en ello. Concluyó que aquella sería una experiencia única, puesto que no solo sería una velada emocionante se mirase por donde se mirase, sino que, además, disfrutaría del baile de la mano de un amigo con quien podría llegar a compartir secretos y cuchicheos. Alizeh se conformaría con quedarse apartada y disfrutar de la velada sin participar: admiraría los vestidos de las invitadas y los relucientes detalles que conformaban aquel mundo lleno de vida, ajeno a la monótona realidad de su día a día. Acudir al evento sería todo un privilegio.

Sería de lo más entretenido.

—¡Y comeremos delicados manjares durante toda la noche! —Omid no había dejado de hablar—. Habrá un gran surtido de frutas, pasteles y frutos secos y... ¡madre mía! Seguro que prepararán arroz glutinoso, brochetas de carne y todo tipo de guisos y encurtidos. Se dice que el cocinero de palacio es toda una leyenda, señorita. No me cabe duda de que será una magnífica celebración, con música, bailes...

El muchacho titubeó y las palabras murieron en sus labios.

—Espero... espero que os deis cuenta de que esta es mi forma de pediros perdón por mi ofensa —añadió con voz vacilante—. Mi madre no habría estado orgullosa de lo que hice aquella mañana y no he dejado de pensar en ello desde entonces. No tengo manera de expresar lo mucho que me avergüenzo de haber intentado robaros.

—¿Y no te avergüenzas de haber intentado matarme? —inquirió Alizeh con una leve sonrisa.

Ante aquella pregunta, Omid se ruborizó tanto que incluso la punta de sus orejas adquirió un tono escarlata.

—Pero, no iba a asesinaros, señorita, os lo juro. No se me habría ocurrido. Yo solo... —Tragó saliva—. Es que... tenía tantísima hambre, ¿sabéis? No era capaz de pensar con claridad... Fue como si un demonio me hubiese poseído...

Alizeh posó una de sus manos vendadas sobre una de las del muchacho, que estaba cubierta de pecas, y le dio un ligero apretón.

—No pasa nada. El demonio se ha marchado y acepto tu disculpa.

—¿En serio? —Omid alzó la vista.

—Claro.

—¿Así, sin más? ¿No me pediréis que os suplique perdón de rodillas ni nada?

—No, no hace falta que te pongas de rodillas —rio—. Aunque... ¿puedo hacerte una pregunta algo impertinente?

—Lo que deseéis, señorita.

—Lo que te voy a decir no va a sonar bien y te ruego que me disculpes porque no es mi intención ofenderte, pero... me resulta de lo más extraño que los hombres del rey hayan aceptado tu petición sin poner ninguna pega. Los miembros de la alta sociedad deben de estar luchando a muerte por asistir al baile. No creo que ofrecerte dos invitaciones sea moco de pavo.

—Tenéis razón, señorita, no me cabe duda. Pero, como ya os he dicho, ahora soy una persona bastante importante. Me necesitan.

—¿Cómo?

—Creo que voy a servirles de trofeo —explicó con un asentimiento—. Soy el vivo testimonio de lo ocurrido, señorita.

Alizeh comprobó sorprendida que la voz de Omid no transmitía arrogancia alguna, sino una discreta sabiduría, que no era en absoluto propia de alguien de su edad.

—¿Que serás un trofeo? —repitió, a pesar de que comenzaba a comprenderlo—. ¿Te refieres a que serás un trofeo para el príncipe?

—Exactamente, sí.

—Pero ¿para qué necesitaría el príncipe un trofeo? ¿Acaso no tiene suficiente con su propia posición?

—No sabría qué decirle, señorita. Creo que solo quieren que le recuerde a la gente que el imperio es misericordioso, ¿entiende? Lo que buscan es contar la historia del heroico príncipe y la rata callejera que llegó del sur.

—Ya veo. —Alizeh perdió parte de su entusiasmo—. Pero ¿lo fue? —Tras un instante, aclaró—: Heroico, quiero decir.

—Si le soy sincero, no sabría qué responder, señorita —confesó con un encogimiento de hombros—. Cuando me salvó la vida, yo ya estaba casi muerto.

Alizeh se quedó en silencio, aplacada al recordar que aquel niño tan alegre y entusiasta había tratado de quitarse la vida. La muchacha buscó algo que decir a continuación, pero vaciló.

—¿Señorita?

Alizeh lo miró.

—¿Sí?

—Es que... acabo de darme cuenta de que no me habéis dicho vuestro nombre.

—¡Vaya! —dijo, sobresaltada—. Es verdad.

Durante un largo tiempo, se las había arreglado para vivir sin la necesidad de confiarle su nombre a nadie. Ni siquiera la señora Amina le había exigido que se lo dijera... Prefería captar su atención con un «¡oye, tú!» o llamándole «niña». Pero, en fin, ¿qué daño podría hacer que Omid supiese cómo se llamaba? Ya no había nadie escuchándolos.

—Me llamo Alizeh —reveló en voz baja.

—Alizeh —repitió el muchacho, como si quisiese comprobar la sensación de su nombre en la boca—. Grac...

—¡Se acabó! —La señora Amina les arrebató el reloj de arena que descansaba sobre la mesa—. Ya es suficiente. Se han acabado vuestros quince minutos. Ya puedes volver al trabajo.

Alizeh recuperó el pergamino a la velocidad del rayo y se lo guardó en la manga con la pericia de una ladrona experimentada. Después, se levantó de un salto e hizo una genuflexión.

—Por supuesto, señora.

Se atrevió a lanzar una mirada en dirección al lugar donde se encontraba Omid y asintió con la cabeza de manera casi imperceptible, pero cuando se dispuso a regresar a toda prisa al vestíbulo, el muchacho gritó:

—*¡Minda! Setunt tesh.* —«¡Mañana! A las nueve en punto»—. *¡Manotan ani!* —«¡Nos veremos allí!».

La señora Amina puso la espalda recta y clavó los brazos a ambos lados de su cuerpo, furiosa.

—Que alguien le muestre a este niño la salida. ¡De inmediato!

Enseguida, aparecieron dos lacayos con los brazos extendidos como si tuviesen la intención de sacarlo de allí por la fuerza, pero Omid demostró no tenerles ningún miedo. El sonriente muchacho se escabulló con los pergaminos contra el pecho mientras decía:

—*Bep shayn aneti, ¿eh? Wi nek snoda.* —«Poneos algo bonito, ¿vale? Y dejad la snoda aquí».

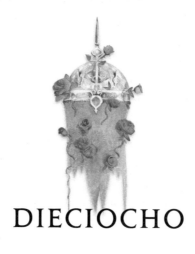

DIECIOCHO

Kamran echó la cabeza hacia atrás y contempló el mosaico azul que decoraba el gabinete de guerra para admirar la intrincada geometría del techo abovedado y aprovechar para darle un poco de espacio a su torturado cuello dentro de la rígida túnica que llevaba puesta.

El príncipe había accedido a vestir aquella camisa únicamente porque su ayuda de cámara le había asegurado que estaba hecha de pura seda y, solo por eso, había asumido que la túnica sería más cómoda que cualquier otra de sus prendas formales. ¿No se suponía que la seda era el tejido más suave y silencioso del mundo?

¿Cómo se explicaba que la prenda que llevaba ahora puesta fuese tan atroz?

Kamran no comprendía por qué la condenada túnica era tan rígida o por qué hacía tanto ruido cada vez que se movía.

Tenía claro que su ayuda de cámara era un cretino.

Había tardado horas, pero su reciente arrebato de ira amainó lo suficiente como para llevarlo de vuelta a casa. La frustración seguía bullendo a fuego lento y de manera constante en su interior, pero cuando la furia dejó de nublarle la vista, Kamran analizó su situación y llegó a la conclusión de que la única manera que tenía de continuar con el día era centrarse en lo que sí estaba bajo su control. De lo contrario, temía pasar cada segundo restante contemplando el reloj con mirada iracunda hasta que estuviese seguro de que la joven había muerto.

No podía permitírselo.

Al príncipe se le ocurrió que, para exorcizar sus demonios, retomar la batalla contra un viejo enemigo sería una mejor idea. Por eso, le pidió a Hazan que reuniera a unos cuantos oficiales de alto rango. Quedaban muchos temas por tratar acerca de la creciente tensión con Tulán, y Kamran tenía la esperanza de dedicar el resto del día a desarrollar una estrategia en el gabinete de palacio. Estaba seguro de que el trabajo lo calmaría.

Pero no podría haber estado más equivocado.

Por si hubiese tenido bastante con el aberrante comienzo del día, Kamran estaba condenado a pasarlo rodeado de incompetentes, un hatajo de imbéciles cuya única tarea consistía en cometer fallos a la hora de vestirlo, guiarlo y aconsejarlo tanto en los asuntos exteriores como en los domésticos.

Todos y cada uno de ellos eran unos mentecatos.

En aquel preciso momento, estaba escuchando a uno de ellos. El Imperio arduniano contaba con un consejero de defensa de lo más inútil y, ahora, aquella criatura grasienta no solo estaba interviniendo en la reunión, sino que su incesante parloteo no permitía que ninguna persona más sensata que él lo contradijera.

—No hay duda de que la relación con Tulán es preocupante en ciertos aspectos —decía el consejero, que dispensaba cada palabra con un una parsimonia tan tediosa que Kamran desearía poder estrangularlo—. Sin embargo, la situación está más que controlada y, puesto que nuestro querido príncipe no ha tenido oportunidad de personarse en el campo de batalla cuando se tomaron estas medidas, me gustaría recordaros, alteza, que el servicio de inteligencia arduniano fue quien se encargó de asegurar el ascenso de varios de los oficiales tulaníes de mayor rango y que ahora podemos contar con ellos para que nos informen acerca de cualquier noticia que pueda ser relevante para sus aliados ardunianos...

Kamran cerró los ojos por un segundo y apretó los puños para evitar darse de cabezazos contra la pared o arrancarse la túnica del cuerpo. A causa de la reunión, lo habían obligado a cambiarse de ropa en favor de un atuendo formal; era una de las costumbres más ridículas de los tiempos de paz. Al haber pasado casi una década alejados del campo de batalla, los líderes de Ardunia, que antaño fueron legendarios y ahora vivían aletargados, habían dejado de tener en cuenta la importancia de aquellas cumbres militares y los habían degradado a todos con sus decisiones.

Además de ser el príncipe de Ardunia, Kamran era uno de los cinco tenientes generales que dirigían las tropas de cien mil soldados cada una que conformaban el ejército de campo arduniano, y se tomaba muy en serio su cargo.

Cuando ascendiese al trono, también heredaría el cargo de su abuelo como capitán general del ejército imperial, y el inminente ascenso de Kamran suponía una molestia para muchos, puesto que lo consideraban demasiado joven para un rango de tamaña categoría. Su padre debería haber sido quien recibiese dicho título, sí, pero poco podía hacer el príncipe ante lo que le había deparado el destino. Escapar de su futuro era una tarea tan imposible como la de reanimar a los muertos. La única opción que tenía era trabajar duro (y hacer gala de su inteligencia) para demostrar su valía.

Por ese y por muchos otros motivos era por lo que sospechaba que sus camaradas habían rechazado la desmedida propuesta de Kamran; por poco lo habían tachado de niñato ignorante al atreverse a sugerir que se embarcaran en un ataque preventivo en territorio tulaní.

A Kamran le daba igual lo que pensasen.

Si bien era cierto que aquellos hombres contaban con el beneficio de su madurez, así como de décadas de experiencia con las que apoyar sus ideas, también habían pasado los últimos años de paz en total inactividad, puesto que preferían holgazanear en enormes mansiones, abandonar a su esposa e hijos para echarle unas cuantas monedas a las prostitutas y embotarse la mente con opio.

El príncipe, mientras tanto, se había preocupado por leer los informes semanales que les enviaban desde cada división.

En total, había cincuenta divisiones repartidas por todo el imperio y cada una estaba formaba por diez mil soldados y liderada por un general cuyo trabajo consistía, entre otras obligaciones, en recopilar informes semanales basados en los principales hallazgos de los batallones y regimientos.

Quien recibía cada uno de esos cincuenta informes no eran los superiores directos sino el consejero de defensa, que se encargaba de leer todos los materiales y de transmitir la información pertinente al rey y a sus cinco tenientes generales. Tenía que revisar cincuenta informes llegados desde distintos puntos del imperio y cada uno tenía una extensión de cinco páginas.

En total, debía analizar doscientas cincuenta páginas a la semana.

Al final de cada mes, la suma, que ascendía a miles de páginas de información esencial, acababa en manos de un adulador, un hombre en quien el rey confiaba y en el que se apoyaba por su supuesto pensamiento crítico y formación.

Esa era precisamente la gota que colmaba el vaso para Kamran.

Que la información clave acabase en manos del consejero de defensa era una antigua práctica que se implantó durante la guerra para liberar a los altos mandos de la obligación de pasar horas revisando cientos de hojas de informes y que, así, contasen con un tiempo que podría resultar esencial. Hubo un tiempo en el que había tenido sentido recurrir a esa costumbre. Pero Ardunia llevaba siete años en paz y el resto de los tenientes no se molestaban en leer los informes por sí mismos, sino que confiaban en un consejero que se volvía más y más inútil con cada día que pasaba.

Hacía ya tiempo que Kamran había decidido eludir aquella práctica tan poco efectiva, puesto que prefería leer los informes completos por sí mismo, en vez de confiar en las interpretaciones del consejero.

Si alguno de los presentes se hubiera molestado en leer los testimonios que llegaban desde múltiples puntos del imperio, habría visto lo mismo que Kamran: que las observaciones de cada una de las divisiones eran tan fascinantes como preocupantes y que, en conjunto, dibujaban un panorama muy poco prometedor acerca de las relaciones de Ardunia con el reino austral de Tulán. Desafortunadamente, todos hacían caso omiso de los informes.

Kamran apretó los dientes.

—Por supuesto —continuó parloteando el consejero—, alimentar ciertas rivalidades con otras naciones poderosas suele resultar beneficioso, puesto que ofrecer un enemigo común siempre ayuda a estrechar lazos entre los ciudadanos y el imperio y le recuerda a la gente que debería estar agradecida por la seguridad que le brindan tanto la corona como el ejército... Una institución a la que sus hijos le dedicarán cuatro años de su vida y cuyas decisiones han sido más que acertadas en el último siglo gracias a la supervisión de nuestro misericordioso rey.

»Nuestro príncipe ha recibido una bendición divina al heredar los frutos de un reino que ha estado en incansable construcción desde hace milenios. Sin duda, el imperio que está destinado a heredar es ahora tan magnífico que se alza como el reino más vasto dentro de los confines del mundo conocido al haber logrado derrocar a decenas de enemigos y haberles asegurado un muy merecido periodo de paz a sus millones de habitantes.

Por todos los ángeles, aquel hombre se negaba a cerrar el pico.

—¿Acaso no está confirmado todo lo que digo? —añadió el hombrecillo—. Tenemos pruebas de que, además de contar con un diestro liderazgo, Ardunia también se sirve de la sabiduría colectiva de sus dirigentes. Nuestro único deseo es que su alteza, el príncipe, comprenda con el tiempo que sus experimentados mayores, que a su vez son sus más humildes siervos, no han hecho otra cosa que trabajar con diligencia para tomar decisiones calculadas y bien razonadas siempre que fuese necesario, dado que somos perfectamente conscientes de que...

—Ya basta —interrumpió Kamran, levantándose con tal ímpetu que casi tira la silla al suelo.

Aquello era una locura.

No iba a pasar ni un segundo más aguantando la tortura de aquella prenda que más bien parecía un cilicio y tampoco escucharía ni una sola más de sus insípidas excusas.

El consejero lo contempló pausadamente con unos ojos vacíos que brillaban como cuentas de vidrio.

—Os ruego que me disculpéis, alteza, per...

—Ya basta —repitió Kamran en tono iracundo—. Dejad de parlotear y de exhibir vuestra insufrible majadería. No pienso escuchar ni una más de las ridiculeces que salen por vuestros labios...

—¡Alteza! —exclamó Hazan, que se puso en pie de un salto. Le lanzó a Kamran una mirada asesina entremezclada con una urgente advertencia, pero el príncipe, que solía contar con un control más firme de sus facultades, fue incapaz de recobrar la suficiente entereza como para que le importase su reacción.

—Sí, ya lo sé —continuó Kamran, sin apartar la vista de los ojos del consejero—. Habéis dejado bien claro que me creéis demasiado joven e ingenuo. Sin embargo, no soy tan joven e ingenuo como para pasar por alto vuestras mal disimuladas muestras de agresividad pasiva o vuestros débiles intentos por aplacar mis más que legítimas preocupaciones. Ya no sé cuántas veces voy a tener que recordároslo, caballeros —miró al resto de los presentes—, pero hace tan solo una semana que regresé de un viaje de dieciocho meses en el que he recorrido el imperio. Además, también acompañé recientemente a nuestro almirante en una peligrosa travesía, durante la cual la mitad de sus hombres casi mueren ahogados después de que nuestro navío colisionara con una barrera invisible cerca de la frontera con Tulán. Cuando llegamos a Ardunia, encontramos restos de magia en el casco de la nave —los consejeros jadearon y murmuraron— y creo que tal hallazgo afecta a todos los aquí presentes. El conflicto con Tulán comenzó hace ya siglos y me temo que nuestros oficiales a cargo se han acostumbrado a que dichas asperezas fueran una constante. Cualquiera diría que, tan pronto como dirigís la mirada hacia el sur, se os nubla la vista —comentó el príncipe con tono mordaz—. No me cabe la menor duda de que los diálogos con Tulán se os antojan ya tan familiares como vuestras visitas diarias al retrete...

Sus palabras arrancaron un par de quejas y gritos de indignación, pero Kamran los ignoró y alzó la voz para hacerse oír por encima del escándalo:

—De hecho, os habéis familiarizado tanto con la situación que ya no veis la clara amenaza que supone. ¡Permitidme que os refresque la memoria, caballeros! —Kamran dio un puñetazo en la mesa para reinstaurar el orden en medio del caos—. En los últimos dos años, hemos capturado a sesenta y cinco espías tulaníes que, a pesar de haber sido sometidos a una intensa coacción, no revelaron más que un par de datos muy concretos acerca del interés que tienen por nuestro imperio. Tras incontables esfuerzos, llegamos a la conclusión de que buscan un producto de valor, alguna materia prima que esperan extraer de nuestras tierras y, según los informes más recientes, todo apunta a que cada vez están más cerca de su objetivo...

Se desencadenó otra tanda de protestas después de aquella declaración y Hazan, que estaba rojo como un pimiento, tenía el aspecto de estar dispuesto a estrangular al príncipe de un momento a otro por su descaro.

—Permitidme que os diga, caballeros, que este estilo de diálogo me agrada mucho más —bramó Kamran para hacerse oír—, y os recomendaría que descargaseis vuestra ira en mí con mayor frecuencia para que así pueda responderos haciendo lo propio. Al fin y al cabo, como estamos hablando sobre asuntos bélicos, ¿no deberíamos dejar la delicadeza a un lado? Os confieso que cuando os andáis con rodeos, encuentro vuestro comportamiento tan aborrecible... —alzó aún más la voz—, tan aborrecible como tedioso, y eso me lleva a preguntarme si os escondéis tras los juegos de palabras para disfrazar vuestra ignorancia...

—¡Pero, alteza! —exclamó Hazan.

Kamran encontró los ojos de su consejero y le hizo frente a la ira apenas contenida del único hombre en la sala por quien sentía un mínimo de respeto. El pecho del príncipe se hinchó al hacerle frente al esfuerzo de tomar aire para recomponerse.

—¿Qué sucede, consejero?

La voz de Hazan prácticamente vibraba de furia cuando respondió:

—Acabo de darme cuenta de que requiero inmediatamente de vuestra ayuda para resolver un tema de suma importancia, alteza. ¿Puedo pediros que me acompañéis afuera para discutir el tema crucial que nos compete?

Kamran perdió todas las ganas de discutir de un plumazo.

Enfrentarse a aquella horda de imbéciles dejaba de tener gracia si el resultado era que Hazan sufriría una apoplejía.

—Como deseéis, consejero —concedió con una inclinación de cabeza.

Los demás oficiales estallaron en un airado alboroto cuando ambos abandonaron la estancia.

Hazan no pronunció una sola palabra hasta que no hubo arrastrado al príncipe hasta sus aposentos y, una vez allí, no cerró la puerta hasta que no quedó ni un solo miembro del servicio dentro con ellos.

Si Kamran hubiese estado de mejor humor, quizá se habría reído al ver la mirada enajenada de Hazan.

El rostro del joven casi se había vuelto morado.

—Pero ¿qué demonios os pasa? —preguntó con una peligrosa calma—. Algunos de los oficiales estaban a kilómetros de aquí, pero les ordenasteis abandonar sus respectivos puestos porque se os antojó reunirlos en lo que vos considerasteis una asamblea imprescindible... ¿Y todo para acabar saltándoles a la yugular? ¿Os habéis vuelto loco? Os perderán el respeto antes de que tengáis oportunidad de reclamar el trono, cosa qu...

—¿Os importa si pido que nos preparen un té? Estoy sediento. —Kamran agitó una campanilla sin darle oportunidad de responder, por lo que Hazan balbuceó ante tal insolencia.

—¿Que queréis un té? ¿Ahora? —Al consejero lo agarrotaba la ira—. Desearía retorceros el pescuezo, alteza.

—No tenéis suficientes agallas para hacerlo, Hazan. No os engañéis.

—Creo que me subestimáis.

—No, simplemente soy consciente de que, muy en el fondo, os encanta vuestra posición y apuesto a que no sois capaz de imaginar una vida sin mí.

—Estáis muy equivocado, alteza. Imagino una vida sin vos cada segundo del día.

—Pero no habéis negado que disfrutáis de vuestra posición —apuntó Kamran con las cejas arqueadas.

Se produjo un breve y tenso silencio antes de que Hazan, muy a su pesar, dejase escapar un suspiro. Aquel sonido, que no tardó en ir seguido de un epíteto, rebanó la tensión que había crecido entre ellos.

—Vamos, Hazan —dijo el príncipe—. Estoy seguro de que veis algo de lógica en mis argumentos. Son unos idiotas. Muy pronto, Tulán vendrá a por nosotros y se darán cuenta de lo ciegos que han estado cuando ya sea demasiado tarde.

Hazan sacudió la cabeza.

—Esos hombres a quienes vos llamáis «idiotas» conforman la red que mantiene vuestro imperio en pie y le juraron lealtad a Ardunia antes de que nacierais. Saben mucho más acerca de vuestra propia historia que vos mismo y merecen un mínimo de respeto...

Hubo un repentino toque en la puerta y Hazan interrumpió su discurso para abrir y arrebatarle al criado la bandeja de té antes de que este tuviese oportunidad de entrar en la estancia. Después, cerró la puerta con el pie, colocó la bandeja sobre una mesita, sirvió dos tazas y continuó:

—Adelante, venga. Estaba haciendo una fantástica observación y vos os disponíais a interrumpirme.

Kamran rio y dio un rápido trago de té, antes de soltar una maldición.

—¿Por qué está tan caliente?

—Disculpad mi atrevimiento, alteza, pero siempre había soñado con el día en que vuestra lengua sufriese una lesión irreparable. Veo que mis plegarias por fin han obtenido respuesta.

—Por todos los cielos, Hazan. Debería enviaros al paredón. —El príncipe sacudió la cabeza y dejó la taza de nuevo sobre la mesita—. Os ruego que me lo expliquéis —pidió, al tiempo que se giraba para hacerle frente a su consejero—. Decidme: ¿por qué soy yo quien acaba siendo tildado de necio, cuando resulta que soy la única voz de la razón?

—Sois un necio porque actuáis como tal, alteza —declaró Hazan sin inmutarse—. Deberíais saber que no conseguiréis nada vilipendiando a vuestros iguales o a vuestros subordinados. Por mucha razón que tengáis, esa no es la manera de proceder. Y tampoco es momento de buscarse enemigos en vuestro propio bando.

—Sí, pero ¿cuándo será buen momento? ¿Un poco más tarde, quizá? ¿Mañana? ¿Os encargaréis de fijar la fecha y la hora?

Hazan apuró el contenido de su taza.

—Os habéis propuesto interpretar el papel de un ridículo príncipe caprichoso y no pienso tolerar tal insensatez.

—Ay, dejadlo estar.

—¿Cómo decís? No esperaba esto de vos, alteza.

—Me temo que esperar algo de mí fue vuestro primer error.

—¿De verdad creéis que no sé por qué hoy no dejáis de buscar enfrentamientos allá donde vais? Porque estáis muy equivocado. Estáis enfurruñado porque el rey tiene intención de celebrar un baile en vuestro honor y os ha encomendado escoger a una esposa de entre todo un abanico de mujeres hermosas, educadas e inteligentes... pero vos preferís decantaros por la única joven que está destinada a asesinar a vuestro abuelo. —Hazan negó con la cabeza—. Oh, cuán profundo es vuestro sufrimiento.

Kamran, que se había inclinado para alcanzar la tetera, se detuvo en seco con el brazo en el aire.

—¿Os burláis de mí, consejero?

—Me he limitado a ofreceros una observación incuestionable.

Kamran corrigió su postura y el té quedó olvidado.

—Pero esa evidencia que para vos es tan clara a mí me retrata como un ser insensible. Decidme: ¿me consideráis incapaz de sentir dolor? ¿Acaso no soy digno de experimentarlo?

—Con todos mis respetos, alteza, no creo que sepáis lo que es sufrir de verdad.

—¿En serio? —Kamran se reclinó en su asiento—. ¡Pero qué sabio sois, consejero! ¿Habéis entrado en mi mente? ¿Habéis explorado mi alma?

—Ya basta —murmuró Hazan, que había alejado la mirada del príncipe—. Vuestro comportamiento es absurdo.

—¿Absurdo? —repitió Kamran, al tiempo que alzaba su taza—. ¿Eso es lo que opináis? Una joven va a ser asesinada esta noche, Hazan, y será por culpa de mi propia arrogancia.

—Sonáis como un mentecato pagado de sí mismo.

Kamran esbozó una sonrisa atormentada.

—¿Y? ¡Es la pura verdad! ¿Acaso no me obcequé en dudar de una pobre criada? ¿Acaso no la consideré tan incapaz de algo tan básico como tener la decencia de demostrar clemencia ante un niño hambriento que envié a nuestros hombres para que fueran tras ella y dictaminaran la naturaleza de su sangre?

—No digáis tonterías —intervino Hazan, aunque el príncipe se dio cuenta de que había hablado sin demasiada convicción—. Sabéis que no es una situación tan simple y que va más allá de vuestra persona.

Kamran sacudió la cabeza.

—La he sentenciado a muerte; no me lo podéis negar. Por eso os mostrasteis tan reacio a revelarme su verdadera identidad aquella noche. Incluso entonces, erais consciente de lo que había desencadenado.

—Sí. Es cierto. —Hazan se pasó una mano por el rostro. De pronto, parecía cansado—. Y, después, os vi con ella en mitad de la calle. Sois un pésimo mentiroso. —Kamran alzó la cabeza lentamente y se le aceleró el pulso—. Tal y como lo oís —murmuró Hazan—. ¿Acaso pensabais que no sería capaz de encontraros en plena tormenta? No estoy ciego y, por desgracia, tampoco sordo.

—Sois de lo más habilidoso —comentó Kamran con voz suave—. Admito que no sospechaba que mi consejero tuviese dotes para el teatro. Supongo que cambiaréis de profesión muy pronto.

—Estoy muy a gusto donde estoy, gracias. —Hazan le lanzó una mirada asesina—. Aunque creo que debo ser yo quien os felicite, alteza, puesto que el papel que representasteis aquella noche fue impecable.

—Está bien. Ya basta —exigió el príncipe, cansado—. He soportado suficientes regañinas por hoy. Estoy seguro de que ambos estamos hartos de tanta hostilidad.

—En cualquier caso, no encontraréis la manera de hacerme creer que os preocupáis por la muchacha por la mera bondad de su corazón... o por la del vuestro, para qué engañarnos. Hasta cierto punto, entendería que su inocencia os conmoviera y podríais llegar a convencerme de ello, sí. Pero, al mismo tiempo, también estáis librando una guerra en vuestro interior y os habéis visto catapultado a este estado a causa de una ilusión que vos mismo habéis creado. No conocéis de nada a la joven, pero si algo sabemos de ella es lo que nuestros reputados magos han vaticinado: que está destinada a encabezar el levantamiento que derrocará a vuestro abuelo. Con todos mis respetos, alteza, no debería resultaros demasiado difícil posicionaros en lo que concierne a este tema.

Kamran enmudeció y entre ellos se extendió un ensordecedor silencio.

Al final, Hazan suspiró y dijo:

—Os confesaré que no vi su rostro aquella noche tan bien como vos, pero asumo que la muchacha es muy hermosa.

—No —respondió el príncipe.

Hazan emitió un ruidito extraño, parecido a una risa.

—¿No? ¿Estáis seguro?

—Eso ahora no importa, aunque, si la hubieseis visto, me entenderíais.

—Creo que no será necesario. Permitidme que os recuerde, alteza, que mi trabajo como consejero de asuntos interiores consiste en protegeros. Mi principal cometido es asegurar que la corona esté a salvo y mi único objetivo es manteneros con vida y proteger vuestros intereses...

Kamran soltó una estrepitosa carcajada, que sonó desencajada hasta para el propio príncipe.

—No os engañéis, Hazan. No habéis protegido mis intereses.

—Protegeros implica eliminar cualquier amenaza para la corona. No importa cuán hermosa o atenta sea la joven. Os lo recordaré una vez más: no la conocéis. No habéis intercambiado más que un par de palabras con ella... no tenéis forma de saber cuál es su historia, qué intenciones tiene o de qué llegaría a ser capaz. Debéis desterrarla de vuestros pensamientos.

Kamran asintió y estudió las hojas de té que se habían depositado en el fondo de su taza.

—¿Os dais cuenta, consejero, de que lo único que consigue mi abuelo al acabar con la vida de la joven es asegurar que su recuerdo quede grabado a fuego en mi mente?

Hazan soltó todo el aire que tenía en los pulmones para expulsar su clara frustración.

—¿Veis cómo os controla? Esa joven es vuestra mayor enemiga. Su mera existencia supone un riesgo para vuestra vida y vuestra integridad. Y, aun a sabiendas de eso... miraos: os comportáis como un niño. Me temo que os haya decepcionado descubrir que vuestra situación actual es típica y predecible, pues muchos antes que vos la han sufrido. No sois el primer hombre que pierde la cabeza por una cara bonita ni tampoco seréis el último.

»¿No os da miedo, alteza? ¿No os aterroriza pensar en lo que podríais hacer por ella (y las consecuencias que eso acarrearía para vos) si abandonase los límites de vuestra imaginación? Pensad en qué pasaría si la tuvieseis a vuestro lado en carne y hueso. ¿Acaso no veis que se convertiría en una terrible debilidad?

El corazón de Kamran dio un vuelco ante la mera idea de estrecharla entre sus brazos. La joven tenía todo lo que Kamran buscaba, si bien de manera inconsciente, en quien sería su futura reina: no solo era bella, sino que era elegante y, además de eso, también era fuerte y compasiva. La había oído hablar lo suficiente como para estar seguro de que no solo había recibido una buena educación, sino que también era inteligente y orgullosa, sin caer en la arrogancia.

¿Por qué no debería admirarla?

Aun así, Kamran no buscaba salvarla por motivos egoístas. Al príncipe le daba igual que Hazan no lo creyera: salvar a la joven era una decisión que trascendía a su persona.

Puesto que acabar con su vida...

Acabar con su vida ahora, cuando ella era inocente, le parecía una solución tan estúpida como dispararle flechas a la luna. Una luz como la suya no se apagaría tan fácilmente y, además, ¿sería un triunfo como aquel digno de ser celebrado cuando no lograría más que sumir el mundo un poco más en la oscuridad?

¿Le asustaba ver que la joven se había apoderado del control de sus emociones en muy poco tiempo? ¿Le aterrorizaba ser consciente de los límites que estaría dispuesto a cruzar por aquella joven si llegasen a conocerse mejor o de saberse dispuesto a sacrificarlo todo por ella?

El príncipe se quedó sin aliento.

No, no solo estaba asustado: estaba aterrorizado; sentía una agitación febril. Desear a esa joven en particular de entre todas las muchachas del reino era una locura. Incluso en la privacidad de su mente, aquella confesión lo dejó conmocionado, pero ya no podía negar lo que sentía.

¿Le daba miedo?

—Sí —susurró.

—Entonces es mi deber asegurarme de que la joven deje de ser un problema tan pronto como sea posible —concluyó Hazan con voz queda.

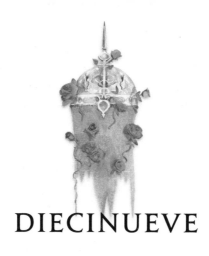

DIECINUEVE

L a señora Amina era una mujer de lo más extraña.

Aquella era una apreciación a la que Alizeh no dejaba de darle vueltas mientras avanzaba a tientas por la oscuridad, con la cabeza gacha para protegerse del tempestuoso viento de otra noche de frío que calaba hasta los huesos. Iba de camino hacia Finca Follad, la imponente residencia del embajador lojano, para lo que, sin duda, sería la cita más importante de su corta trayectoria como modista. Durante el trayecto, reprodujo los muchos incidentes extraños que se habían sucedido durante el día, pero, sobre todo, reflexionó acerca de la volátil ama de llaves, que era quien lo había permitido todo.

Alizeh se había propuesto salir de la Mansión Baz a última hora de la tarde con la idea de que la señora Amina no notase su ausencia, puesto que, aunque la joven no estaba infringiendo ninguna regla al dejar la propiedad una vez finalizada su jornada, seguía mostrando cierta reticencia a la hora de dar explicaciones acerca de lo que hacía en su tiempo libre, en especial si quien preguntaba era la propia ama de llaves. La mujer la había amonestado en tantas ocasiones por darse aires de importancia que Alizeh temía que la señora Amina considerara que, con sus encargos como modista, buscaba vivir por encima de sus posibilidades.

Aunque no era mentira.

Alizeh se había quedado patidifusa cuando la señora Amina se había acercado a ella cuanto estaba a punto de salir por la puerta, con una mano en el pomo y la otra alrededor del asa del modesto bolso de viaje que ella misma había confeccionado. Alizeh no era más que una resuelta niñita de tres años cuando se sentó por primera vez en el banco de un telar y aposentó su diminuto trasero entre los cálidos cuerpos de sus padres. Había sido testigo de cómo sus habilidosos dedos hacían magia incluso sin seguir ningún patrón y, por eso, les había exigido que le enseñaran a usarlo.

Cuando su madre murió, Alizeh se impuso un firme estoicismo y obligó a sus temblorosos dedos a trabajar. Durante aquel periodo de oscuridad fue cuando diseñó el bolso de viaje que llevaba consigo a todos lados y que contenía su material de costura, además de sus preciosos (aunque escasos) objetos personales. Como estaba hecho con tela de alfombra, cada vez que encontraba un lugar donde dormir, deshacía el bolso y lo dejaba en el suelo junto a su camastro para utilizarlo como una improvisada alfombrilla que le aportaba una bienvenida calidez a cada estancia.

Cuando llegó a la Mansión Baz, también lo llevaba con ella.

Aquella noche, el ama de llaves había estudiado a Alizeh cuando salía por la puerta y, mientras la evaluaba de pies a cabeza, sus inquisitivos ojos se habían detenido ostensiblemente en el bolso de la joven.

—No te estarás escapando, ¿verdad? —preguntó la señora Amina.

—No, señora —se apresuró a responder.

La mujer dibujó el fantasma de una sonrisa.

—Imagino que preferirás esperar a que pase el baile de mañana por la noche.

Alizeh ni siquiera se atrevió a respirar ante aquel comentario; menos aún, a responder. Se quedó quieta durante tanto tiempo que su cuerpo comenzó a temblar, y la señora Amina rio. También sacudió la cabeza.

—Eres una muchacha de lo más singular —comentó con voz queda—. Percibes las espinas de la rosa, pero nunca su flor.

El corazón de Alizeh martilleó dolorosamente contra su pecho.

El ama de llaves contempló a la joven durante un par de segundos más antes de que su expresión mutara; sus cambios de humor eran tan predecibles como las fases de la luna.

—Más te vale no olvidar ahogar el fuego antes de irte a la cama —concluyó con todo seco.

—Por supuesto, señora. Me aseguraré de ello.

La señora Amina giró sobre sus talones, salió pisando fuerte de la cocina y dejó sola a Alizeh, que se adentró en el frío de la noche con la cabeza trabajando a toda velocidad.

Ahora, la joven caminaba con precaución, asegurándose de mantenerse dentro del haz de luz de los faroles en todo momento, puesto que el tamaño de su bolso de viaje no solo era difícil de manejar, sino que llamaba la atención cuando menos lo necesitaba.

La muchacha no solía tener ni un momento de tranquilidad cuando se encontraba sola, pero siempre lo pasaba peor por las noches. La mayor parte del tiempo, una mujer joven de su posición se veía obligada enfrentarse a las peores circunstancias si no tenía a nadie que velara por su seguridad o su bienestar. Era una presa fácil para ladrones y sinvergüenzas y podía caer en las garras de cualquier asaltante con más frecuencia que otras personas.

Con el tiempo, Alizeh había aprendido a lidiar con ello y había descubierto formas de protegerse tomando una serie de medidas sencillas, pero era perfectamente consciente de que eran sus múltiples cualidades físicas las que la habían salvado del peor de los destinos a lo largo de los años. Pese a que no le resultaba difícil imaginar la cantidad de mujeres jóvenes que habrían sufrido golpes mucho más duros de los que ella podría llegar a concebir, aquel conocimiento le servía de escaso consuelo.

El repentino gorjeo de un chotacabras, sucedido por el ulular de un búho real, desgarró el silencio de la noche. Alizeh se estremeció.

¿En qué había estado pensando?

Ah, sí, en la señora Amina.

Alizeh llevaba trabajando ya casi cinco meses en la Mansión Baz y, en todo ese tiempo, el ama de llaves la había tratado tanto con una inesperada amabilidad como con una impactante crueldad. Se había asegurado de abofetearla por las más mínimas infracciones, pero nunca se le olvidaba procurarle el agua que le había prometido. La mujer amenazaba a la joven constantemente, encontraba fallos hasta en el más impecable de los trabajos y la obligaba a repetir sus tareas una y otra vez hasta que todo estuviese perfecto. Pero, al mismo tiempo y sin razón aparente, le había concedido a la criada más prescindible del servicio un encuentro de quince minutos con un invitado de dudosa reputación.

Alizeh no sabía qué opinión tenía acerca de la mujer.

Se dio cuenta de que sus cavilaciones eran singulares... Le resultaba raro reflexionar acerca de la extraña ama de llaves, quien seguramente incluso se considerase extraña a sí misma. Sin embargo, el ambiente de aquella noche era más silencioso de lo que Alizeh preferiría y el frío no era lo único que hacía que le temblaran las manos. El insidioso aunque certero miedo que la joven sentía por la oscuridad había dejado de ser una mera molestia para convertirse en una sensación perturbadora en escasos minutos y, al no contar con nada que la distrajese salvo los sucesos de la noche anterior, se vio obligada a dejar que sus preocupaciones la embargaran mientras se mantenía alerta.

Aquella segunda tarea le resultó más complicada de lo que habría preferido. La muchacha se sentía aletargada y sus ojos le pedían a gritos que los cerrase ante el incesante azote del invierno contra las mejillas. La señora Amina la había hecho trabajar hasta casi desfallecer desde que Omid la visitó, como si pretendiese contrarrestar de inmediato aquella muestra de generosidad con un castigo. Era como si la mujer hubiese percibido su felicidad y se hubiese comprometido a devolverla a la realidad.

Por desgracia, la señora Amina no había logrado su objetivo por muy poco.

Cuando la jornada llegó a su fin, Alizeh había acabado tan hecha polvo que se sobresaltó al mirar por la ventana y descubrir que ya era de noche. Habiendo pasado la mayor parte del día en el piso de arriba, apenas se había dado cuenta de que el horizonte había ido absorbiendo al sol; incluso ahora, mientras iba dejando atrás un remanso de luz artificial tras otro, no se explicaba cómo el día se había pasado tan deprisa y tampoco sabría decir qué ventura había acontecido.

La estela luminosa que había dejado la visita de Omid se desvaneció tras las innumerables horas de esfuerzo físico. Además, la tristeza que la aparente partida de su luciérnaga desencadenó no hizo más que empeorar la situación. Ante su ausencia, Alizeh comprendió que había depositado una desmedida esperanza irracional desde el momento en que el insecto había hecho su aparición. Haber perdido a la criatura de una forma tan repentina le había llevado a pensar que la luciérnaga se había topado con ella por casualidad y que, al darse cuenta de su error, la había dejado atrás para retomar su búsqueda desde cero.

Era una verdadera pena, puesto que Alizeh se moría de ganas por conocer a la persona que la enviaba.

Alcanzó el final del camino que separaba la Mansión Baz de la Finca Follad de forma abrupta. En su ensimismamiento, la joven no había sido consciente de lo rápido que había cubierto la distancia que debía recorrer. Alentada por la inminente promesa de luz y calor y superada por la impaciencia, se encaminó hacia la entrada del servicio.

Alizeh dio un par de fuertes pisotones para recuperar la sensibilidad en los pies antes de llamar con dos golpes a la imponente puerta de madera. Vagamente, se preguntó si sus nuevos ingresos serían suficientes para comprar un ovillo de lana con el que confeccionarse un chaquetón en condiciones.

Tal vez, incluso le daría para hacerse un gorro.

Alizeh se colocó el bolso de viaje entre las piernas y cruzó los brazos con firmeza sobre el pecho. Con el tiempo que hacía, era mucho más incómodo quedarse quieta. Si bien era cierto que ella tenía una temperatura corporal más baja de lo normal, aquella era una noche inusualmente gélida. La muchacha alzó la vista, contempló la abrumadora magnitud de la Finca Follad y recorrió con la mirada la nítida silueta del edificio, que se recortaba como un bajorrelieve sobre el cielo nocturno.

Alizeh sabía que no era en absoluto típico encontrar una hija ilegítima que se hubiese criado en una familia de alta cuna como aquella, pero se rumoreaba que el embajador lojano era un hombre fuera de lo común y que se preocupaba por la señorita Huda tanto como por el resto de sus hijos. A pesar de que la muchacha no se atrevía a confiar en la veracidad del rumor, no le dio más importancia. No había conocido a la señorita Huda y Alizeh estaba segura de que las opiniones infundadas acerca de la joven no marcarían ninguna diferencia en el momento presente:

Alizeh era afortunada de poder estar allí.

La señorita Huda era la persona más próxima a la alta sociedad de entre sus clientas y la única razón por la que le había encargado un vestido era porque, un día, su dama de compañía, una mujer llamada Bahar, había parado a Alizeh en la plaza central para hacerle un cumplido por el drapeado de sus faldas. En aquel momento, Alizeh había visto una oportunidad y no había dudado en aprovecharla: se apresuró a informar a la joven que, en sus ratos libres, trabajaba como modista y ofrecía sus servicios a unos precios de lo más atractivos. Poco después, la mujer le había encargado diseñar el vestido que llevaría el día de su boda y la señorita Huda, su señora, se había quedado prendada de la pieza durante la ceremonia.

Alizeh inspiró hondo para tranquilizarse. Había recorrido un largo y tortuoso camino hasta conseguir una oportunidad como aquella y no pensaba desperdiciarla.

Volvió a llamar a la puerta con más energía, y, esa vez, abrieron de inmediato.

—Ya va, niña. Te había oído la primera vez —refunfuñó la señora Sana—. Entra, venga.

—Buenas noches, señora, solo pret... ¡Oh! —Alizeh exclamó, sorprendida. Algo, una piedrecita quizá, le había golpeado la mejilla. Recorrió el cielo con la mirada para comprobar si había comenzado a granizar.

—¿A qué esperas? Entra —insistió la mujer mientras agitaba la mano—. Hace un frío de mil demonios y estás haciendo que se nos vaya el calor.

—Claro, por supuesto. Disculpadme, señora. —Alizeh se apresuró a cruzar el umbral, pero su instinto la obligó a mirar atrás una última vez para escudriñar la oscuridad.

Se vio recompensada.

Un único puntito de luz ardía en medio de la noche ante sus ojos. Se movió como un rayo para volver a impactar contra su mejilla.

¡Vaya!

¡No era granizo, sino una luciérnaga! ¿Sería la misma que la había acompañado? ¿Qué probabilidades había de toparse con dos luciérnagas distintas en tan poco tiempo? Sin duda, era bastante complicado.

Y allí...

Abrió los ojos de par en par. ¿Qué era eso que había allí, junto a aquel enorme seto? ¿Había captado un ligero movimiento?

Alizeh se dio la vuelta para hacerle una pregunta a la luciérnaga, pero no tuvo oportunidad de formularla, puesto que se quedó de piedra, con los labios separados para formar una interrogación.

Apenas podía creérselo.

Aquella elusiva criatura había vuelto a desaparecer. Alizeh, frustrada, retomó su análisis de las sombras para intentar discernir algo a través del velo de la oscuridad por segunda vez.

En aquel segundo intento, no vio nada.

—Si me obligas a pedirte que entres una sola vez más, niña, te juro que te echaré a la calle y acabaré con tus tonterías.

Alizeh se apresuró a cruzar el umbral, sobresaltada, y ahogó un escalofrío cuando el calor del interior envolvió su cuerpo helado.

—Disculpadme, señora... Juraría haber visto...

La señora Sana, que la miraba con el ceño fruncido, apartó a la muchacha de su camino de un empujón y cerró la puerta sin preocuparse por no aprisionarle los dedos.

—Adelante —exigió el ama de llaves—. ¿Qué habías visto?

—Nada —se apresuró a decir, mientras tomaba su bolso de viaje en brazos—. Perdonadme. Pongámonos manos a la obra.

VEINTE

La noche había caído demasiado pronto.

Kamran yacía tendido sobre la cama, con las sábanas carmesíes enrolladas alrededor de sus extremidades, y ataviado exclusivamente con un ceño fruncido. Aunque estaba con los ojos abiertos, tenía la mirada perdida y el cuerpo laxo, como si estuviese sumergido en una bañera llena de sangre.

Verlo era todo un espectáculo.

El océano de seda borgoña que lo envolvía resaltaba los tonos broncíneos de su piel. Además, la meticulosa colocación de las lámparas de la estancia conseguía que el brillo dorado que emitían esculpiese los contornos de su cuerpo, de forma que el joven recordaba más a una estatua que a una criatura de carne y hueso. En cualquier caso, Kamran no se habría percatado de esos detalles ni aunque se hubiera molestado en prestarles atención.

No había sido él quien había elegido esas sábanas ni tampoco las lámparas.

No había escogido la ropa de su ropero o el mobiliario de la estancia. Los únicos objetos que verdaderamente consideraba suyos eran las espadas que él mismo había forjado y que siempre llevaba consigo.

Todo lo demás era una mera herencia. Cada copa, cada joya, cada broche y cada par de zapatos tenía un precio, unas expectativas que otros habían depositado en él. Conformaban un legado. A Kamran, que siempre se había visto obligado a obedecer, nunca le habían dado la opción de elegir, pero no se lo tomaba como un destino particularmente cruel, puesto que no era una vida difícil. Había tenido sus altibajos, por supuesto, pero Kamran no era dado a fantasear con cuentos de hadas. No era tan iluso como para pensar que sería más feliz siendo un campesino y tampoco soñaba con vivir una vida sencilla con una mujer de baja alcurnia y escasa inteligencia.

No se había parado a cuestionar en ningún momento la existencia que llevaba, dado que le permitía vivir sin limitaciones. Jamás le había faltado nada y, por esa razón, nunca se dignó a rebajarse y sentir algún tipo de deseo, que era el pasatiempo de los hombres pobres, de aquellos que únicamente contaban con su imaginación para combatir las injusticias del mundo.

Kamran no tenía deseo alguno.

Mostraba poco interés por la comida, de la que siempre disponía en abundancia, y contemplaba los bienes materiales con desdén, ya que nunca se había topado con un objeto fuera de lo común. Si el oro, las joyas o cualquier otro artículo excepcional le hubiese llamado la más mínima atención... no tendría que haber hecho más que pedírselo a Hazan y este se lo habría conseguido en un abrir y cerrar de ojos. Pero ¿qué valor tenían aquellas baratijas? ¿A quién pretendía impresionar con tales fruslerías?

A nadie.

Detestaba conversar, puesto que, en su día a día, se enfrentaba a un constante flujo de visitantes e invitaciones. Eso sin contar con los cientos de miles (si no millones) de personas a lo largo y a lo ancho del imperio que hacían cola para hablar con él.

En cuanto a las mujeres...

Las mujeres eran el menor de sus anhelos. ¿Qué había de atractivo en una unión que no supusiera ningún reto? Cualquier mujer en edad de casarse estaría más que dispuesta a emparejarse con él, incluso aunque la elegida lo encontrase sumamente despreciable.

Bien podría considerar a las mujeres como sus mayores hostigadoras.

Lo perseguían y lo arengaban en masa siempre que, por orden del rey, se veía obligado a darles pie a ello. Un escalofrío le recorría el cuerpo cada vez que recordaba las escasas ocasiones en las que había acudido a la corte o a algún evento social en el que requiriesen su presencia. Sus burdos intentos por aparentar ser más bellas, al igual que su ambición mal disimulada, lo asfixiaban. Kamran carecía de la estupidez necesaria como para desear a alguien que no buscase más que quedarse con su dinero, su poder y su título.

Se le revolvía el estómago solo de pensarlo.

Hubo un tiempo en el que contempló la posibilidad de buscar compañía en otros estratos de la sociedad, pero enseguida comprendió que nunca lograría encajar con una mujer que no contase con una buena educación y, como resultado, concluyó que tendría que conformarse con sus iguales. Kamran no tenía paciencia para lidiar con ignorantes, independientemente de su procedencia, y, en su opinión, ni siquiera la más extraordinaria de las bellezas podría compensar el tener que soportar una cabeza hueca. Había aprendido esa lección estando en la flor de la juventud, cuando todavía era tan necio como para dejarse llevar por una cara bonita.

Desde entonces, Kamran no había hecho más que decepcionarse cuando tenía que lidiar con la sucesión de jovencitas que cada uno de sus lisonjeros tutores le presentaba. Como no contaba ni contaría nunca con el tiempo ilimitado necesario para hacer una criba de acuerdo a sus requisitos entre las hordas de mujeres que lo pretendían, había reprimido cualquier expectativa en cuanto al matrimonio que pudiese haber tenido sin dilación. Haber echado por tierra la posibilidad de encontrar una joven con la que hubiera sido feliz le había allanado el terreno a la hora de aceptar su propio destino: el rey y su madre se encargarían de encontrar a una esposa que fuera conveniente para él. Incluso en el tema de las relaciones, había aprendido a no esperar nada de nadie y a resignarse a lo inevitable.

A resignarse al deber.

Por eso, era toda una pena que el objeto del primer y único deseo del joven estuviese ahora (miró el reloj para asegurarse), en efecto, muy probablemente, muerta.

Kamran salió a rastras de la cama, se puso una bata y se acercó a la bandeja que el consejero había depositado antes sobre una mesita. Habían dejado el sencillo juego de té allí abandonado hacía horas: lo conformaban una tetera de plata, dos tacitas de té y un cuenco de cobre lleno de dentados terrones de azúcar recién cortados. Incluso habían añadido un platito pintado a mano rebosante de gruesos dátiles.

Kamran alzó su taza de la bandeja y tanteó su peso en la mano. Era del tamaño de su palma, habían moldeado el vidrio para que recordara a un reloj de arena y no tenía un asa, puesto que estaba pensada para que se la sostuviese por el borde. Acunó la taza dentro del puño y rodeó la diminuta silueta del objeto con dedos laxos. Se preguntó si debería aplicarle un poco más de presión, si debería aplastar la delicada taza con la mano y si el cristal se rompería y le haría cortes en la piel. Quizá le vendría bien el dolor.

El príncipe dejó escapar un suspiro y, con cuidado, colocó la taza sobre la bandeja.

Después, se sirvió un té frío, se puso un terrón de azúcar entre los dientes y se lo bebió de un solo trago; lo único que combatía el vigorizante y amargo sabor del líquido era el terrón que se iba disolviendo poco a poco en la boca. Se limpió una gota de té de los labios con la lengua, se sirvió otra taza y comenzó a dar lánguidas vueltas por sus aposentos.

Se detuvo ante la ventana y contempló la luna durante un largo rato. También se tomó aquella segunda taza de té frío de un solo trago.

Ya casi eran las dos de la mañana, pero Kamran no tenía ninguna esperanza de lograr dormir. No se atrevía a cerrar los ojos. Le daba miedo pensar en lo que podría aparecer en sus sueños, en la pesadilla que lo asolaría durante la noche.

En realidad, se lo había buscado él solito.

Les había pedido a sus hombres que no le contasen nada. No había querido saber cómo iban a apresarla y prefería que no le avisaran en cuanto hubiesen cumplido con su cometido.

Como era evidente, Kamran no se había parado a considerar que dejar todos los detalles a merced de su imaginación sería mucho peor.

Tomó una profunda bocanada de aire.

Y se sobresaltó al oír que alguien llamaba a su puerta con unos repentinos golpes llenos de furia.

VEINTIUNO

E l estrepitoso fuego chisporroteaba con alegría en la lumbre. En realidad, crepitaba con tanto regocijo que Alizeh sintió una envidia de lo más extraña por los maderos encendidos. A pesar de que llevaba tres horas en una habitación al resguardo del frío (como le confirmó el reloj que anunciaba que acababa de pasar la medianoche) no había conseguido librarse del hielo que atería su cuerpo. En ese momento, contemplaba con avidez las llamas que lamían la madera calcinada, pero estaba tan cansada que acabó por cerrar los ojos.

El crepitar del fuego era de lo más reconfortante, a la par que extraño, puesto que sus crujidos y chasquidos recordaban al sonido de una corriente de agua. Si no hubiese sabido que tenía un fuego a su lado, Alizeh habría jurado que lo que oía no era sino el suave y rítmico golpeteo de la lluvia, un *staccato* percutido contra el techo de su alcoba.

Se descubrió a sí misma cavilando acerca de lo curioso que era que dos elementos tan diferentes en esencia tuviesen un sonido idéntico.

Aunque Alizeh llevaba unos cuantos minutos esperando a que la señorita Huda se probase otro vestido, no era una gran molestia, ya que el fuego le hacía compañía y la velada estaba siendo bastante agradable.

La señorita Huda había resultado ser toda una sorpresa.

La puerta se deslizó con un quejido y Alizeh abrió los ojos de golpe antes de apresurarse a corregir su postura. La joven en cuestión acababa de entrar a la estancia y llevaba puesto el vestido que, con un poco de suerte para Alizeh, sería el último que se probaría aquella noche. La señorita había insistido en probarse todos y cada uno de los artículos de ropa que tenía en su haber, en un intento por demostrar algo que ya había dejado claro hacía horas.

Por todos los cielos, aquel vestido en particular era horrendo.

—¡Lo sabía! —exclamó la señorita Huda mientras señalaba a Alizeh con el dedo—. ¿Lo veis? Sé que odiáis este vestido por cómo apretáis la mandíbula y no os podéis ni imaginar lo acertado que es vuestro desprecio ante una monstruosidad tan tremenda como esta. ¿Veis cómo me tratan? ¿Comprendéis mi sufrimiento?

Alizeh se acercó a la señorita y caminó a su alrededor con paso pausado mientras examinaba el vestido desde todos los ángulos.

La joven enseguida comprendió por qué la señorita Huda le había concedido la oportunidad de confeccionarle unos cuantos atuendos a pesar de que era una modista carente de renombre. En realidad, a los pocos minutos de conocerla, Alizeh había asimilado todo cuanto necesitaba saber.

Desde luego, había resultado ser un gran alivio saber qué requería.

—¿A que parezco una morsa enredada en una red? —decía la señorita—. Ni uno solo de mis vestidos me sienta bien, ¿sabéis? O me quedan pequeños o me aprietan hasta cortarme la respiración; parezco una cerdita empolvada con zapatillas de seda. Podría escaparme y unirme al circo, porque me atrevería a decir que me aceptarían sin pestañear —bromeó—. A veces creo que madre lo hace a propósito por el mero placer de sacarme de quicio...

—¿Me permitís haceros un comentario? —la interrumpió con tono cortante.

La señorita Huda se detuvo, pero sus labios se quedaron entreabiertos por la sorpresa. Alizeh no podía culparla. Como snoda, apenas estaba a un escalón de ser catalogada como la peor escoria de la sociedad; la propia Alizeh no se creía su atrevimiento.

El calor inundó las mejillas de la muchacha.

—Os ruego que me disculpéis —continuó en voz más baja—. No pretendía ser descortés, pero habéis pasado toda la velada desacreditándoos y menospreciando vuestro aspecto y yo os he escuchado sin intervenir en ningún momento, por lo que ahora temo que interpretéis mi silencio como un respaldo a tales afirmaciones. Permitidme que os deje mi postura clara y sin ambigüedades: vuestras críticas no solo se me antojan injustas, sino que considero que son del todo infundadas. Os ruego que no volváis nunca a compararos de una manera tan poco favorecedora con un animal de circo.

La señorita Huda la miró sin pestañear siquiera, mientras su asombro alcanzaba su cénit. Tampoco pronunció una sola palabra, para la enorme consternación de Alizeh.

Sintió un revoloteo de nervios en el estómago.

—Me temo que os he dejado conmocionada —susurró—, pero, en mi opinión, tenéis una figura exquisita. Que os hayan convencido por completo de lo contrario me dice que habéis sido víctima del trabajo de modistas mediocres que no se preocuparon por evaluar vuestra silueta y recomendaros prendas que se adecuaran a ella. Es más, apuesto a que la solución a vuestros problemas es bastante sencilla.

En respuesta, la joven señorita acabó soltando un suspiro exagerado, se dejó caer sobre un diván y cerró los ojos para protegerse de la brillante luz del candelabro que pendía sobre su cabeza. Se cubrió el rostro con un brazo al tiempo que se le escapaba un solitario sollozo.

—Si de veras es tan sencillo como decís, entonces debéis rescatarme —imploró—. Madre nos encarga vestidos idénticos en distintos colores a mis hermanas y a mí, a pesar de que es más que consciente de que mi figura dista por completo de la de las demás. Siempre me compra vestidos de colores horrendos y volantes espantosos y yo no me puedo permitir contratar los servicios de una modista de renombre con mi presupuesto personal, pero tampoco me atrevo a contarle una palabra a padre, puesto que, si madre se entera, no haré más que empeorar la situación que vivo en casa. —Dejó escapar otro sollozo—. Ahora no tengo nada que ponerme para el baile de mañana y seré el hazmerreír de Setar, como siempre. ¡No os hacéis una idea del tormento al que me tienen sometida!

—No hay de qué preocuparse —la tranquilizó Alizeh con dulzura—. Estoy aquí para ayudaros, así que no os alteréis. Venid aquí y os explicaré la solución en un periquete.

Con histriónica reticencia, la señorita Huda arrastró los pies hasta la tarima circular que se alzaba en medio del vestidor y por poco se cae de bruces al tropezar con las exuberantes faldas de su vestido.

Alizeh le dedicó un amago de sonrisa a la señorita Huda cuando esta se subió a la pequeña plataforma. Las dos deberían de rondar la misma edad. La joven le devolvió una sonrisa tan débil como la suya.

—Os juro que no veo cómo podría salir a flote de la situación. Estaba convencida de que tendría tiempo de sobra para encargar un nuevo vestido para el baile, puesto que aún quedaban semanas para que se celebrase... pero ahora que está a la vuelta de la esquina, madre insiste en que mañana por la noche —fingió una arcada al bajar la vista para mirar el vestido— lleve esto. Dice que ya lo ha pagado y que si no me lo pongo es porque soy una desagradecida; además, ha empezado a amenazarme con retirarme la paga si no dejo de lloriquear.

Alizeh contempló a su clienta durante un par de segundos.

Aunque llevaba toda la noche estudiándola, apenas había pronunciado una sola palabra desde su ingreso en la Finca Follad hacía ya tres horas.

Según avanzaba la velada y gracias a los comentarios despreocupados y a las anécdotas que contaba la señorita, cada vez era más evidente para Alizeh que la joven había recibido un trato cruel y carente de compasión a lo largo de su vida, no solo por las desafortunadas circunstancias de su nacimiento, sino por todos los rasgos que su familia tachaba de irregulares. Ocultaba su dolor con poco éxito tras un velo de sarcasmo y una muy mal lograda máscara de indiferencia.

Alizeh abrió su bolso de viaje de un tirón.

Con cuidado, se aseguró un alfiletero alrededor de la muñeca, se ató a la cintura el cinturón bordado donde guardaba sus utensilios y desenrolló la cinta métrica entre las manos que todavía llevaba vendadas.

Alizeh sabía que la incomodidad de la señorita Huda no se limitaba a sus vestidos, sino que también tenía mucho que ver con su propio cuerpo; por esa razón, la joven llegó a la conclusión de que no conseguiría nada si la señorita no recuperaba la confianza en sí misma primero.

—Olvidémonos por un momento de vuestra madre y hermanas, ¿os parece? —Alizeh esbozó una amplia sonrisa—. Primero, permitidme que os diga que tenéis una piel preciosa, con...

—¡En absoluto! —replicó automáticamente la señorita Huda—. Madre dice que mi piel se ha tornado demasiado oscura y que debería lavarme el rostro más a menudo. También dice que tengo la nariz demasiado grande y los ojos demasiado pequeños.

Fue todo un milagro que Alizeh no perdiera la sonrisa ni siquiera cuando la rabia agarrotó cada centímetro de su cuerpo.

—¡Válgame! —exclamó, intentando no sonar disgustada—. Qué cosas más raras os dice vuestra madre. Si me lo permitís, yo creo que vuestras facciones están bien proporcionadas y que vuestra tez es herm...

—¿Acaso estáis ciega? —interrumpió la señorita Huda con gesto de desaprobación—. Os pido que no me mintáis a la cara porque lo considero un insulto. No tenéis que regalarme los oídos para ganaros el sustento.

A Alizeh se le escapó una mueca de dolor al oír aquello.

La señorita estuvo demasiado cerca de herir el orgullo de Alizeh al insinuar que estaría dispuesta a engañarla por un par de monedas, pero no iba a permitir que ese tipo de comentarios le afectaran. No, ella sabía lo que implicaba tener miedo... lo que implicaba tener tanto miedo que incluso te asustaba la esperanza o el riesgo de caer en la decepción. A veces, las personas se volvían ariscas a causa del dolor. Era algo de esperar; un síntoma del miedo.

Alizeh era consciente de ello y, por eso, trató de explicarse de nuevo con delicadeza:

—Únicamente he mencionado vuestra radiante piel porque lo primero que quería comentaros era que la suerte os ha sonreído esta noche. El tono rico y brillante de este vestido es de lo más favorecedor.

La señorita Huda frunció el ceño y estudió el vestido verde que la cubría.

La pieza estaba confeccionada con tafetán de seda tornasolado, una tela de brillo iridiscente que, dependiendo de la luz, tenía un tono esmeralda o verde bosque. Alizeh nunca habría escogido aquel tejido para la joven (para el próximo vestido, utilizaría una tela con más movimiento, quizá se decantaría por el terciopelo), pero, por el momento, tendría que arreglárselas con el tafetán, que quedaría precioso una vez que le diese una segunda vida. Por otra parte, aunque estaba claro que la señorita Huda seguía teniendo sus dudas, parecía estar más dispuesta a escuchar lo que Alizeh tuviese que decir.

Era un avance.

—Para el siguiente paso, permitidme pediros que pongáis la espalda recta. —Con suma delicadeza, Alizeh movió a la joven para que quedase frente al espejo.

—Ya tengo la espalda recta —afirmo la señorita Huda sin comprender.

Alizeh se obligó a sonreír y se subió a la tarina, con la esperanza de que la muchacha estuviese lo suficientemente cómoda con ella para que le permitiese tomarse ciertas libertades. Después, sin demasiados miramientos, presionó la palma de la mano contra la parte baja de la espalda de la señorita Huda.

La muchacha dio un grito ahogado, pero echó los hombros hacia atrás, sacó pecho y estiró la columna. En un movimiento reflejo, también alzó la barbilla y se contempló a sí misma en el espejo con gesto de sorpresa.

—Acabamos de empezar y ya parecéis otra. Sin embargo, como ya habéis apreciado, el vestido tiene un estilo muy recargado. Tenéis una figura escultural, señorita. Contáis con hombros amplios, senos generosos y una cintura bien marcada. Las frivolidades y restricciones de las tendencias actuales han estado ocultando vuestra belleza natural. Todos estos adornos y volantes —señaló el vestido con un amplio movimiento de la mano— están pensados para acentuar la silueta de una mujer menos voluptuosa. Como vuestra figura ya cuenta con esos atractivos, los exagerados detalles que decoran los hombros y el pecho terminan por ser abrumadores. De ahora en adelante, os recomendaría no hacerles demasiado caso a las últimas tendencias; es más aconsejable centrarse en aquellas siluetas que complementen vuestra figura.

Antes de que la señorita Huda tuviese oportunidad de contradecirla, Alizeh desgarró el cuello alto del vestido, de manera que un par de botones salieron volando. Uno de ellos golpeó el espejo con un ruidito sordo.

Alizeh había comprendido que la señorita Huda había sufrido tanto por culpa de los comentarios de su madre, que recurrir ahora a las palabras no serviría de nada. Después de haber permitido que la joven se desahogara durante tres horas mientras ella escuchaba en silencio, había llegado el momento de prescribirle una cura para el dolor.

Alizeh sacó un par de tijeras del cinturón y, tras pedirle a la boquiabierta señorita que se quedase muy muy quieta, cortó las costuras interiores de las enormes y abullonadas mangas. Retiró la tela sobrante del cuello del vestido e hizo una abertura de hombro a hombro antes de utilizar un descosedor para retirar con cuidado los volantes que le cubrían el corpiño y abrir los pliegues que comprimían el pecho de la joven. Con un par de tijeretazos más, arrancó el polisón plisado del vestido para permitir que las faldas no constriñeran las caderas de la joven. Después, con tanta meticulosidad como pudo reunir a pesar de tener los dedos vendados, Alizeh procedió a fruncir, plisar y asegurar con alfileres el vestido de la joven, que ahora tenía una silueta completamente distinta.

Alizeh había transformado el cuello alto y elaborado de la pieza en un sencillo escote barco. Para el rediseño del corpiño, redujo los pliegues que le comprimían el pecho para que acentuaran el punto más estrecho de su cintura y también redujo las monstruosas mangas abullonadas hasta convertirlas en unas estilizadas mangas tres cuartos sin ningún adorno. Además, simplificó el fruncido de las faldas y ajustó la seda para eliminar los ceñidos volantes y darle una caída pulcra y simple alrededor de las caderas.

Cuando por fin hubo acabado, dio un paso atrás.

—¡Vaya! —susurró la señorita Huda, que se había cubierto la boca con la mano—. ¿Acaso sois una bruja?

Alizeh sonrió.

—No necesitabais todos esos adornos, señorita. Como podéis ver, tan solo he retirado las distracciones que hacían que el vestido fuese demasiado recargado.

La señorita Huda se quedó sin fuerza cuando por fin cedió ante lo que Alizeh trataba de explicarle. Ahora, contemplaba su reflejo con cauto optimismo mientras recorría las líneas del vestido con los dedos, los mismos que después se llevó al rostro para trazar la curva de uno de sus pómulos.

—Tengo un aspecto de lo más elegante —murmuró—. Ya no parezco una morsa enredada en una red. Pero ¿qué clase de magia habéis utilizado?

—La magia no ha tenido nada que ver, os lo aseguro. Vuestra elegancia siempre ha estado ahí, señorita. Es una pena que os hayan atormentado tanto y durante tanto tiempo como para llevaros a pensar lo contrario.

Alizeh no habría sabido decir a qué hora abandonó por fin la Finca Follad, pero había acabado tan cansada que incluso estaba empezando a marearse. Había pasado, como mínimo, una hora desde que había mirado un reloj por última vez, por lo que, si sus cálculos eran correctos, deberían ser casi las dos de la madrugada. Apenas disfrutaría de un par de horas de sueño antes de que sonase la campana que anunciaba el comienzo de la jornada.

Se le cayó el alma a los pies.

Alizeh se obligó a mantener los ojos abiertos mientras avanzaba a duras penas e incluso se detuvo a pellizcarse las mejillas cuando el embotamiento le hizo ver dos lunas en el cielo.

Portaba el bolso de viaje con sumo cuidado para protegerlo de las inclemencias del frío helador, puesto que contenía el vestido verde de la señorita Huda; Alizeh se había comprometido a terminar los arreglos antes del baile. Bahar, la dama de compañía de la señorita, pasaría a recogerlo a las ocho de la tarde, una hora antes de que Alizeh terminase su jornada de trabajo.

La muchacha suspiró al recordar ese detalle y se detuvo para seguir con la mirada la nube de vaho congelada que su aliento dibujaba en la oscuridad.

Alizeh le había tomado todas las medidas a la señorita Huda, quien le había pedido que diseñara los cinco vestidos restantes como ella mejor considerase. Aquel era un regalo envenenado, puesto que, si bien le daba total libertad artística para crearlos, también depositaba toda la responsabilidad sartorial sobre sus hombros.

Al menos contaba con la ventaja de no tener que entregarlos hasta dentro de una semana. Con todas las tareas que tendría que completar al día siguiente, ya se veía incapaz de encontrar un momento libre para preparar su propio vestido para el baile, aunque, como ella no sería el centro de las miradas, le consolaba saber que daría igual lo que se pusiese... lo cual era de agradecer.

En ese momento, Alizeh oyó un ruido inusual.

Sonaba extraño porque no era propio de la noche; le recordó al chirrido de un guijarro al salir despedido después de impactar con un zapato, al sonido de algo o alguien que se escabulle a toda prisa.

No le hizo falta más.

Todo rastro de somnolencia abandonó el cerebro de la muchacha cuando la adrenalina comenzó a correrle por las venas y le agudizó los sentidos. Alizeh no se atrevió a perder el paso; no se arriesgaría a acelerar o a aminorar el ritmo. Se recordó a sí misma en silencio que un sonido como aquel lo podría haber causado cualquier animal o un insecto de gran tamaño. Podría incluso habérselo atribuido al viento si hubiese habido algún tipo de brisa.

Alizeh no tenía evidencia alguna para justificar la repentina y estremecedora sensación que le embargaba salvo por la vocecilla que la alertaba de que alguien la estaba siguiendo. No perdía nada haciéndole caso a su instinto más primario. Si el precio a pagar era hacer el ridículo, que así fuera.

Alizeh no iba a correr ningún riesgo a esas horas de la noche.

La muchacha alzó el bolso de viaje y lo abrió de un plumazo con tanta despreocupación como fue capaz de aparentar. Sin dejar de caminar, se ató el alfiletero alrededor de la muñeca izquierda, retiró una considerable cantidad de puntiagudos alfileres y se colocó un par de agujas entre los nudillos. Después, sacó las tijeras de sastre y las sostuvo con fuerza en la mano derecha.

A los pocos minutos, oyó una serie de pasos tenues, casi imperceptibles.

Alizeh tiró el bolso al suelo mientras el corazón le latía desbocado en el pecho, plantó los pies en el suelo y respiró hondo para obligarse a mantener la calma.

Después, cerró los ojos y agudizó el oído.

Captaba más de un par de pisadas. ¿Cuántas eran? Cuatro. Cinco.

Eran seis.

¿Quién enviaría a seis hombres tras una criada indefensa? Se le aceleró el pulso y comenzó a pensar a toda velocidad. Quien estuviera detrás de aquella emboscada debía de saber quién era ella y el precio que le habían puesto a su cabeza. Seis hombres habían recibido órdenes de interceptarla en plena noche y habían dado con ella cuando solo había recorrido la mitad del camino que la separaba de la Mansión Baz, lejos de la seguridad de su dormitorio.

¿Cómo habían sabido dónde encontrarla? ¿Cuánto tiempo llevaban siguiéndole el rastro? ¿Qué más habían averiguado sobre ella?

Alizeh abrió los ojos.

Estaba tan alerta que todo su cuerpo se tensó antes de que la calma y la firmeza la inundaran de inmediato. Seis figuras encapuchadas y vestidas de negro de pies a cabeza se acercaron lentamente hasta ella desde todos los ángulos.

Alizeh pronunció una silenciosa plegaria, puesto que sabía que tendría que pedir perdón antes de que la noche llegara a su fin.

Los asaltantes la tenían completamente rodeada cuando la muchacha rompió el silencio con una sola palabra:

—¡Esperad! —Las seis figuras se detuvieron a causa del asombro—. No me conocéis de nada —susurró—. No me cabe duda de que sentís total indiferencia por mi persona y que no me guardáis ningún tipo de rencor. Sé que os limitáis a cumplir órdenes al venir a por mí esta noche. Soy consciente de ello.

—Cierra el pico —intervino uno de ellos con voz ronca—. Acabemos con esto de una vez, si tan comprensiva eres. Tenemos otros asuntos que atender y todas esas cosas.

—Os ofrezco una amnistía —anunció la joven—. Os doy mi palabra de que, si os marcháis ahora, os perdonaré la vida. Dejadme tranquila y no os haré daño.

Las risotadas de los hombres inundaron la noche cuando rieron a coro en respuesta.

—¡Pero bueno! ¡Será caradura! —gritó otro—. Será toda una pena acabar contigo esta noche, guapita, pero te prometo que seremos rápidos.

Alizeh cerró los ojos por un momento al sentir una oleada de decepción.

—Entonces, ¿declináis mi oferta formalmente?

—Así es, su real majestad —se burló otro de los asaltantes mientras hacía una exagerada reverencia—. No necesitamos tu clemencia.

—Que así sea —concluyó la muchacha con suavidad.

Alizeh respiró profundamente, abrió las tijeras que tenía en la mano derecha y arremetió contra el primer asaltante. Le lanzó el afilado instrumento y, cuando agudizó el oído para saber si había acertado (ahí, se oyó un súbito alarido), un segundo hombre se abalanzó sobre ella. La muchacha saltó, se dio la vuelta mientras se recogía las faldas y le atizó una patada tan potente en la mandíbula que la cabeza del hombre salió despedida hacia atrás. Se le partió el cuello justo a tiempo para que la joven tuviese oportunidad de enfrentarse a su tercer oponente, a quien le arrojó una aguja de bordado con el objetivo de clavársela en la yugular.

Falló el tiro.

El individuo soltó un rugido, se arrancó la aguja mientras desenvainaba una daga y cargó en su dirección con una furia desatada. Alizeh no perdió el tiempo y se precipitó hacia él para clavarle un codo en el bazo antes de golpearle repetidas veces en la garganta con el puño en el que sostenía con sumo cuidado los alfileres y las agujas del alfiletero para perforarle la piel una vez tras otra. Cuando hubo acabado con el tercer asaltante, había enterrado todas las agujas de las que disponía en su cuello.

El hombre cayó al suelo con un golpe seco.

Los agresores cuarto y quinto fueron juntos a por ella, armados con sendas cimitarras relucientes. Alizeh no huyó, sino que corrió en su dirección y, cuando estaba a escasos centímetros de ellos, se invisibilizó, agarró a cada uno del brazo en el que portaban el arma, les rompió la muñeca y los hizo dar una vuelta de campana para que cayeran de espaldas en el suelo. Entonces, volvió a materializarse, les confiscó las espadas curvas y se dejó caer sobre una rodilla para clavarle simultáneamente a cada uno su propia arma en el pecho.

El sexto hombre apareció justo a su espalda, pero ni siquiera tuvo tiempo de pestañear antes de que la muchacha se diera la vuelta y lo atrapara por la garganta sin previo aviso.

Lo alzó en el aire con una sola mano y le oprimió el cuello para arrebatarle la vida poco a poco.

—Te recomiendo que me cuentes quién os envía —susurró.

El hombre, que empezaba a ponerse morado, emitió un sonido ahogado y sacudió la cabeza con gran esfuerzo.

—Tú has sido el último en atacarme —comentó en voz baja—, lo cual significa que eres el más listo o eres el más débil. En cualquiera de los dos casos, me serás útil. Si eres el más listo, entonces sabrás que no debes vértelas conmigo. Si eres el más débil, tu cobardía me permitirá manejarte a mi antojo.

—Yo no... —habló con voz atragantada—, no entiendo.

—Vuelve con tu maestro y dile que no quiero problemas. Dile que se tome lo que ha pasado hoy aquí como una advertencia.

Dicho eso, soltó al hombre, que tuvo la mala suerte de retorcerse el tobillo al impactar con el suelo. Soltó un alarido y se irguió a duras penas entre resuellos.

—Fuera de mi vista antes de que cambie de parecer —exigió Alizeh con suavidad.

—Claro, señorita. En-enseguida, señorita.

Entonces, el matón se alejó renqueando, tan rápido como se lo permitía su pierna herida.

Alizeh no se permitió soltar el aire de sus pulmones hasta que el hombre no hubo desaparecido de su vista. Miró a su alrededor, contempló los cuerpos que yacían en mitad de la calle y suspiró.

La joven no disfrutaba arrebatándole la vida a la gente.

Para ella, la muerte de un ser vivo no era algo que tomarse a la ligera, puesto que no solo era un asunto complicado y agotador, sino que la llenaba de una profunda tristeza. A lo largo de los años, Alizeh siempre había tratado de limitarse a herir a quien la atacara, en vez de recurrir al asesinato. Había intentado apelar a la negociación una y otra vez. Siempre trataba de mostrar clemencia.

Todos acababan riéndose de ella.

Alizeh había aprendido por las malas que una mujer desprotegida, de constitución menuda y bajo nivel social nunca supondría una amenaza digna de respeto para sus enemigos. Siempre la trataban como si fuera estúpida e inútil. Para ellos, la bondad solo simbolizaba debilidad. Pocos comprendían que la naturaleza compasiva de Alizeh no nacía de una delicada ingenuidad, sino que provenía del sufrimiento más feroz. La muchacha no buscaba recrearse en las pesadillas que la asolaban, sino que se esforzaba por dejarlas atrás día tras día. Aun así, ni una sola persona había aceptado su misericordia. Nadie había renegado de su lado más oscuro para ofrecerle a Alizeh un descanso del suyo propio.

Así que ¿qué otra opción tenía?

Con gran pesar, arrancó las tijeras de sastre del pecho de uno de aquellos pobres desgraciados y limpió el filo contra la tela de su chaquetón antes de devolverlas al bolso de viaje. Escaneó el adoquinado en busca de su aguja de bordado y después recuperó todos y cada uno de los alfileres que le había clavado al otro asaltante en la garganta, con cuidado de limpiarlos bien antes de guardarlos.

¿Se veía obligada a cambiar de ciudad otra vez? ¿Tendría que volver a construirse una nueva vida?

¿Tan pronto?

Suspiró una vez más y se tomó su tiempo para adecentarse las faldas antes de recuperar el bolso de viaje y cerrarlo con un chasquido.

Alizeh estaba tan cansada que no se veía capaz de recorrer la corta distancia que la separaba de la Mansión Baz, pero...

El camino se extendía ante ella y solo contaba con sus propios pies para recorrerlo.

No disponía de un par de alas ni de un carruaje o una montura. Y, aunque no había ningún coche de caballos cerca, tampoco tenía dinero suficiente como para costeárselo.

La muchacha tendría que arreglárselas ella solita, como siempre hacía.

Pondría un pie delante del otro y avanzaría pasito a pasito. Trataría de concentrarse únicamente en caminar hasta que llegase a la Mansión Baz. Para entonces, todavía tendría que ahogar el fuego, pero eso no supondría un problema. Encontraría la manera de sacarlo todo adelante. Quizás entonces por fin sería capaz de...

Se le entrecortó la respiración.

Un diminuto puntito de luz centelleó ante sus ojos por una milésima de segundo.

Alizeh parpadeó lentamente. Tenía los ojos secos por la falta de sueño. Por todos los cielos, estaba demasiado cansada como para aguantar tantas tonterías.

—Os pido que dejéis de ocultaros —exigió, frustrada—. Ya me he hartado de vuestros jueguecitos. Salid de donde quiera que estéis o dejadme tranquila, os lo ruego.

Una silueta se materializó ante ella una vez que hubo pronunciado aquellas palabras. No consiguió discernir su rostro a causa de las sombras, pero era un hombre joven, que se apresuró a hincar una rodilla en el suelo ante ella y luego pronunció con suavidad:

—Por supuesto, majestad.

VEINTIDÓS

Kamran se preguntó si estaría perdiendo la cabeza.

¿A quién demonios se le ocurriría llamar a su puerta a altas horas de la noche? Si resultaba que el palacio había sido asediado, sin duda lo habría sabido, ¿verdad? ¿No debería haber oído cierto revuelo o una mayor conmoción? Tampoco había visto nada fuera de lo común al asomarse por la ventana hacía unos minutos.

A pesar de ello, Kamran se vistió a toda prisa y, cuando ya estaba poniéndose las botas, los golpes de la puerta ganaron una súbita intensidad. Aunque sabía que no era buen momento para la autocomplacencia, se abrochó el cinturón de la espada alrededor de la cintura tomándose su tiempo, puesto que era una costumbre que tenía tan arraigada que no se la saltaría ni ante una situación extrema.

Cuando el príncipe por fin se hubo acercado a la puerta, apenas tuvo oportunidad de abrir una rendija antes de que su visión se oscureciera de improviso. Alguien le cubrió la cabeza con un saco, mientras que otra persona le agarró de los brazos para retorcérselos a la espalda hasta hacerle daño.

Kamran gritó, paralizado momentáneamente a causa de la sorpresa y la confusión antes de volver al mundo real y echar la cabeza hacia atrás con la fuerza necesaria para romperle la nariz a la monstruosa figura que lo inmovilizaba. El hombre, que rugió de furia, mantuvo un agarre firme; el príncipe solo había conseguido empeorar su situación, puesto que el segundo asaltante se apresuró a apretar el cierre de la capucha alrededor de su cuello para ahogarlo.

Kamran boqueó en busca de aire, pero se topó con el sabor del cuero: le habían metido una piedra en la boca desde fuera de la capucha y después la habían asegurado con una tira de tela que enrollaron alrededor de su cráneo. El joven trató de gritar y de escupir la improvisada mordaza, pero acabó dejando escapar un ahogado ruidito de protesta. Decidió cambiar de plan: se lanzó en todas direcciones y se revolvió tanto como fue capaz, pero ambos hombres lo tenían bien sujeto, y, mientras uno le forzaba los brazos hasta llevárselos a una posición antinatural, el otro le unía las manos para inmovilizárselas.

El príncipe enseguida comprendió que aquellos hombres solo tenían órdenes de raptarlo, puesto que, si hubiesen querido acabar con él, ya lo habrían hecho.

Ese detalle le daba a Kamran cierta ventaja.

Su cometido era mantenerlo con vida... pero, para Kamran, su propia vida valía muy poco y estaba más que dispuesto a sacrificarla en favor de su libertad.

De hecho, se moría de ganas por enzarzarse en una pelea.

El príncipe había pasado el día entero luchando por contener la ira y mantener a raya la tormenta que se había desatado en su pecho. Por eso, los dos asaltantes le habían dado la oportunidad perfecta para desfogarse.

Pensaba desatar toda su rabia contra ellos.

Kamran tomó impulso y lanzó la pierna hacia atrás con todas sus fuerzas para golpear en la entrepierna al hombre que lo inmovilizaba. Este lanzó un aullido y la distracción le permitió al joven zafarse de su agarre y disponer del margen suficiente como para hacer palanca, aprovechar el momento para embestir al segundo hombre con el hombro y darle un rodillazo. Apenas tardó un par de segundos en liberarse las muñecas puesto que sus asaltantes no habían tenido oportunidad de afianzar sus ataduras, pero, como Kamran seguía sin ver nada, se dedicó a lanzar golpes a ciegas, sin importarle a quién aporreaba o cuántas costillas magullaba por el camino.

Cuando consiguió quedar a una distancia segura de ellos, Kamran se arrancó la capucha que le cubría la cabeza y desenvainó su espada sin vacilar. Parpadeó para adaptarse a la repentina luminosidad y llenar los pulmones de aire.

Avanzó hacia sus atacantes con la más suma calma, mientras aprovechaba para evaluarlos: uno era bastante grande, mientras que el otro tenía una constitución media. Ambos estaban agazapados, respiraban con dificultad y sangraban profusamente por la boca y la nariz.

El más corpulento de los dos se abalanzó sobre el príncipe sin previo aviso, pero Kamran giró sobre sí mismo con elegancia y aprovechó el propio peso del hombre para lanzar al pobre desgraciado por encima del hombro y tirarlo al suelo. El asaltante aterrizó sobre la espalda, que emitió un sonoro crujido cuando el impacto no solo le arrancó el aire de los pulmones, sino que, probablemente, también le desencajó un par de vertebras de la columna.

El príncipe aferró la empuñadura de su espada con más fuerza y fue en busca del segundo agresor, que lanzó una mirada nerviosa en dirección al cuerpo postrado de su compañero (quien le superaba en tamaño) antes de mirar al príncipe a los ojos.

—Piedad, alteza —suplicó el hombre mientras alzaba las dos manos—, no queríamos haceros daño. Solo cumplíamos órdenes...

Kamran agarró al hombre por el pescuezo y le clavó la punta de la espada en el cuello hasta hacerlo sangrar. El hombre gimoteó.

—¿Quién os envía? —demandó el príncipe—. ¿Qué queréis de mí?

El patán se limitó a sacudir la cabeza y Kamran aumentó la presión del filo que descansaba sobre su gaznate.

—Por favor, alteza, no... —suplicó tras haber cerrado los ojos.

—Os exijo que me digáis quién os envía —vociferó el príncipe.

—He sido yo.

Kamran soltó al hombre de inmediato y retrocedió tan apresuradamente como si le hubieran prendido fuego. El asaltante se desplomó y el príncipe se dio la vuelta con lentitud, puesto que la conmoción casi había inhabilitado por completo su motricidad. Una gota de sangre se deslizó por el filo de su espada y cayó sobre una de sus botas.

Los ojos de Kamran se encontraron con los de su abuelo.

—Venid conmigo inmediatamente —ordenó el rey—. Tenemos mucho de qué hablar.

VEINTITRÉS

Alizeh contempló boquiabierta a la figura que se inclinaba ante ella.

—Os ruego que me disculpéis —susurró el desconocido—. Mi intención no era más que mantenerme cerca en caso de que necesitaseis ayuda... aunque, ha quedado más que claro que os las arregláis bien sola. —Su sonrisa resplandeció incluso en la penumbra—. Mi luciérnaga, en cambio, parece haberse encariñado con vos e insiste en reclamar vuestra atención siempre que encuentra la oportunidad.

—Entonces, ¿la luciérnaga es vuestra?

El desconocido asintió.

—No suele ser tan desobediente, pero siempre que os ve, parece olvidarse de mi existencia por completo y por eso lleva dos días persiguiéndoos, a pesar de que le pedí que os dejara tranquila. La primera vez que me desobedeció fue cuando os conocisteis en la Mansión Baz: atravesó la puerta de las cocinas como una exhalación a pesar de que yo se lo había prohibido expresamente. Os ruego que nos disculpéis si su comportamiento impulsivo os ha causado alguna molestia.

Alizeh lo contempló fijamente y con mirada perpleja.

—¿Quién sois? ¿De qué me conocéis? Y ¿cómo sabíais que iba a necesitar ayuda esta noche?

El desconocido esbozó una amplia sonrisa que iluminó la noche con su blancura. Después, extendió una mano enguantada en la que sostenía un pequeño orbe de cristal del tamaño de una canica.

—Antes que nada, os he traído esto.

Alizeh se quedó de piedra.

Había reconocido aquel objeto enseguida: era una nosta, que recibía su nombre de la palabra *confianza* en tulaní antiguo. Decir que eran tremendamente difíciles de conseguir era quedarse corto. La última vez que había visto una, todavía era una niña; creía que habían acabado desapareciendo con el paso del tiempo.

La tomó de las manos del desconocido con sumo cuidado.

Solo se había fabricado un número muy reducido de nostas a lo largo de la historia, al requerir el uso de una magia ancestral que solo los magos eran capaces de conjurar. Los padres de Alizeh solían decirle que la magia de Tulán era diferente, más fuerte que la de Ardunia, puesto que el imperio austral, a pesar de ser pequeño, disponía de una concentración más elevada de aquel mineral en sus montañas y, en consecuencia, contaba con un mayor número de magos entre sus habitantes. Muchos jinn se habían refugiado en Tulán durante los primeros años de las Guerras de Arcilla por esa misma razón: algo había en las montañas que los atraía, que los reconfortaba con su poder.

Al menos, eso era lo que Alizeh había escuchado.

La opinión generalizada aseguraba que si alguna nosta circulaba por territorio arduniano, era robada y provenía de Tulán. Servían como recuerdo de una infinidad de batallas perdidas.

Alizeh no encontraba una explicación para que aquel extraño hubiera dado con un objeto tan especial.

—¿Es para mí? —preguntó sorprendida, tras posar la vista en él.

—Por favor, consideradlo como una muestra de mi lealtad, majestad. Llevadla siempre con vos para que nunca tengáis que preguntaros quiénes son vuestros enemigos.

La muchacha sintió que se le llenaban los ojos de lágrimas a causa de una inesperada emoción.

—Gracias —susurró—. No sé qué decir.

—Entonces, permitidme el atrevimiento y aceptad mis disculpas. Habéis sufrido durante años en completa soledad y sin saber que muchos os buscábamos desde la discreción de las sombras. No sabéis el alivio que supone haberos encontrado.

—¿No trabajáis solo?

—No, en absoluto. —Le dedicó otra fugaz sonrisa, aunque fue una más apagada que las anteriores—. No supe de vuestra presencia aquí en Ardunia hasta hace poco, majestad, y, mientras esperaba, ansioso, el momento idóneo para acercarme a vos, os seguí la pista para ayudaros en caso de necesitar protección.

A medida que le explicaba la situación, la nosta irradiaba un agradable calorcillo. Sabía que, ante la más mínima mentira, el orbe se convertiría en un témpano de hielo. La mente de Alizeh trabajaba a tal velocidad que apenas encontraba el momento de tomar aliento.

—Levantaos —murmuró. El hombre obedeció y, al erguirse, descubrió que su figura era mucho más amplia de lo que había sospechado en un principio—. Por favor, dejadme veros a la luz.

Avanzó hasta quedar iluminado por el brillo de una farola, que hizo que su cabello pálido y sus ojos claros parecieran arder. El desconocido iba·bien vestido y aseado; sus ropas estaban confeccionadas con tela de buena calidad y el chaquetón de pelo de camello que lo cubría estaba hecho a su justa medida. De no haber sido por la nosta, la muchacha no le habría creído cuando había asegurado que estaba de su lado. Tenía el aspecto de llevar una vida demasiado acomodada.

Alizeh no sabía muy bien qué pensar de él.

Pero, cuanto más lo miraba, más detalles nuevos iba descubriendo. Era apuesto, aunque no contaba con una belleza al uso, sino que su rostro estaba compuesto por una infinidad de diminutas imperfecciones que, en conjunto, lo hacían atractivo.

Tenía el aspecto de ser imbatible.

Le resultaba extraño, pero sus rasgos le recordaban ligeramente a los de Omid: tenía la piel de color cobrizo y una generosa cantidad de pecas le salpicaba la piel. Lo único que le diferenciaba de un nativo del sur era la palidez de su cabello.

Alizeh tomó una profunda bocanada de aire para estabilizarse.

—Supongo que no recordaréis a mi madre —comentó el joven con voz queda—, pero formaba parte de la corte. Para cuando se instauraron los Acuerdos de Fuego y los jinn por fin tuvieron la oportunidad de unirse a la corte con total libertad, mi madre estaba tan acostumbrada a ocultar su verdadera naturaleza que continuó manteniendo su identidad en secreto.

La muchacha comenzó a atar cabos. Mientras la nosta le calentaba la mano, comprendió que la historia le resultaba familiar.

—Durante una de las muchas veladas que pasó en la corte —continuó el joven—, dio la casualidad de que mi madre oyó a la difunta reina mencionar una profecía y entonces supo qu...

—¿Una profecía? —Alizeh lo interrumpió con el ceño fruncido—. ¿Queréis decir que hay una profecía que habla de mí?

El joven se detuvo de inmediato. Pasaron los minutos y no pronunció palabra.

—¿Señor? —le instó Alizeh para que continuara.

—Aceptad mis más sinceras disculpas, majestad. —Sonaba preocupado—. No era consciente de que desconocíais ese detalle.

El corazón de Alizeh había comenzado a latir a toda velocidad.

—¿De qué detalle habláis?

—Me temo que debo volver a pediros que me disculpéis, puesto que esa es una historia larga de contar y esta noche no disponemos del tiempo suficiente para ello. Una vez que hayamos concretado el plan que seguiremos para poneros a salvo, os prometo que os lo explicaremos todo en mayor detalle. Me temo que si hoy dejo mis aposentos durante más tiempo del necesario, se percatarán de mi ausencia.

La nosta ardió de nuevo.

—Ya veo —suspiró Alizeh.

Una profecía. ¿Habrían estado al tanto sus padres de ella? ¿Acaso esa era la verdadera razón por la que se había visto obligada a permanecer oculta? ¿Por eso toda aquella persona que formase parte de su vida acababa siendo asesinada?

El joven continuó con su explicación:

—Permitidme que os diga que hubo un tiempo, no hace mucho, en el que mi madre fue íntima amiga de vuestros padres. Ella era sus ojos dentro de los muros del palacio y visitaba vuestro hogar con frecuencia para hacerles llegar la información que fuese capaz de recopilar en la corte. De vez en cuando, yo la acompañaba. No espero que os acordéis de mí, majestad...

—No —susurró la joven, embargada por la sorpresa—. No puede ser verdad. ¿Sois vos quien me enseñó a jugar a las tabas?

El sonriente joven metió la mano en uno de sus bolsillos y le ofreció una avellana por respuesta.

Una repentina y dolorosa emoción se adueñó de su cuerpo y se vio inundada por un alivio tan inmenso que apenas lograba delimitar sus dimensiones.

Estaba a punto de romper a llorar.

—He permanecido cerca de los círculos de la familia real, tal y como hizo mi madre, para mantenerme al tanto de cualquier noticia que pudiera llevarme hasta vos. Cuando descubrí que seguíais viva, me dispuse a elaborar un plan destinado a llevaros a un lugar seguro. ¿Hago bien en asumir que habéis recibido una invitación para asistir al baile mañana por la noche?

Alizeh, todavía presa de la estupefacción, se mantuvo en silencio por un instante.

—¿El baile? —preguntó por fin—. ¿Fuisteis vos...? ¿Habéis...?

El desconocido sacudió la cabeza.

—Fue el muchacho quien tuvo la idea de invitaros. Yo simplemente aproveché la oportunidad y le eché una mano. Tendremos ventaja en ese contexto.

—Me temo que me habéis dejado sin palabras —confesó con suavidad—. No puedo sino daros las gracias, señor. No sé qué más decir ahora mismo.

En un gesto de buena voluntad, Alizeh se quitó la snoda.

El joven la miró detenidamente y dio un paso atrás. La contempló con los ojos abiertos de par en par con lo que parecía ser una expresión cautelosa. La muchacha vio cómo se esforzaba por estudiarla con disimulo y casi se echó a reír.

Comprendió demasiado tarde que le había puesto entre la espada y la pared. Estaba convencida de que el joven creía que la muchacha estaba dispuesta a someterse a una concienzuda evaluación.

—Sé que no es fácil mirarme a los ojos —comentó con delicadeza—. Son así por culpa del hielo, aunque no alcanzo a comprender la relación entre ellos. Si no me equivoco, en realidad, mis ojos son marrones, pero con frecuencia suelo experimentar un dolor agudo en la cabeza, como si se me congelase el cráneo sin previo aviso. Creo que son las arremetidas del frío las que los despojan de su color natural. Al menos, eso explicaría los cambios de color. Espero que no os resulte una molestia.

El joven la estudió como si tratase de grabar su imagen en la memoria y, después, se apresuró a apartar la vista para mirar al suelo.

—Vuestro aspecto no me causa extrañeza, majestad.

La nosta se caldeó.

Alizeh sonrió y se volvió a poner la snoda.

—Habéis comentado que estáis organizando los preparativos para llevarme a un lugar seguro... ¿Qué queréis decir con eso? ¿A dónde tenéis planeado llevarme?

—Me temo que no os lo puedo decir. Por ahora, es mejor que conozcáis los mínimos detalles posibles en caso de que nuestro plan se vaya al traste y acaben capturándoos.

La nosta le confirmó una vez más que decía la verdad.

—Decidme entonces cómo encontraros.

—No tratéis de encontrarme. Lo más importante ahora es que asistáis al baile mañana por la noche. ¿Necesitaréis ayuda para llegar a palacio?

—No, diría que no.

—Magnífico. Mi luciérnaga irá a por vos cuando sea el momento. Podéis contar con ella para que os lleve hasta allí. Ahora, tendréis que disculparme, majestad —hizo una reverencia—, pero me temo que me he retrasado más de lo esperado y ahora he de marchar. Además, os he contado más detalles de los que debería.

Se dio la vuelta para marcharse.

—Esperad —rogó ella con suavidad mientras le agarraba del brazo—. ¿Me diréis al menos vuestro nombre?

Clavó la vista en las manos vendadas de la joven durante un momento que pareció eterno y, cuando alzó la vista, dijo:

—Me llamo Hazan, majestad. Sabed que daría mi vida por vos.

VEINTICUATRO

Abrumado por la confusión y lo traicionado que se sentía ante lo ocurrido, Kamran no pronunció ni una sola palabra durante el largo paseo que dio con su abuelo. Se prometió a sí mismo que no sacaría conclusiones precipitadas hasta que hubiese escuchado todo cuanto el rey tuviese que decirle, pero, con cada minuto que pasaba, se le hacía más y más complicado ignorar la rabia que bullía en su interior, puesto que no parecía que se estuviesen dirigiendo hacia los aposentos reales como Kamran había asumido en un primer momento y no tenía ni la más remota idea de a dónde podría estar conduciéndolo.

Ni en un millón de años se le habría ocurrido pensar que el rey enviaría a un par de mercenarios a sus aposentos en mitad de la noche.

¿Por qué lo había hecho?

¿Qué había ocurrido para que, de la noche a la mañana, su relación tomase un giro tan cruel? ¿Tan demencial?

Por suerte, el rey no lo mantuvo a ciegas por mucho más tiempo.

El frío y la oscuridad crecían a medida que avanzaban, pero a Kamran cada vez le resultaban más familiares y alarmantes los enrevesados pasillos por los que su abuelo le guiaba. Kamran había deambulado por aquellas zonas en contadas ocasiones, dado que pocas eran las veces en las que se veía en la necesidad de visitar las mazmorras de palacio.

Una descarga de pánico impactó contra su columna vertebral y se ramificó hasta extenderse por sus extremidades.

Su abuelo caminaba unos cuantos pasos por delante de él y el príncipe oyó el quejido que emitió una jaula de metal al abrirse antes de contemplar su primitivo diseño. Descubrir que habían encendido tres antorchas en previsión de su visita supuso ya de por sí una tremenda conmoción para Kamran, pero, además, la escasa iluminación que obligaba a los burdos y maltratados recovecos de aquella siniestra estancia a salir a la luz lograba confirmar que el horror que estaba viviendo era real.

El rítmico goteo de algún líquido desconocido que caía sobre el suelo que los separaba y el olor a podredumbre y humedad que inundaba sus fosas nasales intensificaron sobremanera el miedo y la confusión que Kamran sentía.

Se había adentrado en una pesadilla.

Al fin, el rey Zal se dio la vuelta para quedar cara a cara con su nieto, y el príncipe, que incluso en aquella situación debería haberse inclinado ante su soberano, permaneció inmóvil.

Tampoco envainó la espada.

El rey contemplaba ahora esa misma arma y estudiaba la insolencia del joven con quien compartía las sombras de las mazmorras. Kamran fue consciente de que su abuelo apenas era capaz de ocultar la rabia contenida que le anegaba la mirada, aunque tampoco se preocupaba por disimular su indignación.

Que el semblante del joven reflejase esa misma sucesión de emociones no era ninguna sorpresa.

—Como vuestro rey —dijo el anciano con frialdad—, os acuso de haber cometido traición...

—¿Traición? —bramó Kamran—. ¿Por qué motivo me acusáis de ser un traidor?

— ... y os condeno a permanecer preso en las mazmorras reales durante un periodo de tiempo indefinido. Solo podréis abandonar vuestra celda para cumplir con vuestro deber, siempre bajo una estricta vigilancia y con la promesa de regresar de inmediat...

—¿Me condenaréis sin darme la oportunidad de defenderme en un juicio justo, majestad? ¿Sin ofrecerme una prueba que confirme vuestras acusaciones? ¿Habéis perdido la cabeza?

El rey Zal jadeó y alzó la barbilla ante el insultante comentario de su nieto. Tardó unos cuantos segundos en contestar:

—Soy vuestro rey y, como tal, he decretado que vuestra culpabilidad es tan flagrante que no merecéis disfrutar del derecho a un juicio. Sin embargo, como vuestro abuelo —añadió con inusitada calma—, os ofrezco la posibilidad de defenderos durante este breve encuentro.

»Si demostráis ser incapaz de probar vuestra inocencia en el tiempo del que disponemos, les ordenaré a los guardias que os apresen de inmediato. Si insistís en resistiros a aceptar este veredicto que tan dispuesto he estado a modificar pese al carácter abyecto de vuestro crimen, me obligaréis a impartiros el castigo que de verdad os corresponde para que recibáis una honorable muerte por la espada a primera hora de la mañana. Sabed que, aunque todavía no se ha decidido el emplazamiento, dejaremos vuestro cuerpo decapitado clavado en una pica durante siete días y siete noches para que todo el imperio sea testigo de vuestra afrenta.

La declaración del rey Zal fue tan demoledora que su efecto, tras su paso, dejó en Kamran una estela de dolor capaz de cortarle el aliento.

Había convertido su cuerpo en una mera carcasa.

Su abuelo, el mismo hombre que lo había criado, que le había enseñado casi todo cuanto sabía y que había sido un ejemplo a seguir para él desde su más tierna infancia... ¿ahora amenazaba con ejecutarlo? Que el rey tratase a un miembro de su familia con semejante crueldad era, cuanto menos, impactante, pero aún más sorprendente era no tener ni la más mínima idea de lo que había desencadenado tal desenlace.

¿A qué traición se refería?

Por un breve instante, se preguntó si habría sido el consejero de defensa quien lo había acusado, pero a Kamran le resultaba difícil creer que aquel grasiento hombrecillo tuviese el poder de convicción necesario como para inspirar tales niveles de ira en su abuelo. Si acaso el consejero hubiera presentado alguna queja ante el rey, seguramente se la habrían trasladado al príncipe a plena luz del día; le habrían llamado la atención y lo habrían despachado con una mera advertencia para que se comportara.

Pero aquella reacción...

Aquella reacción era diferente. El rey había solicitado los servicios de dos hombres armados para ir a buscarlo a sus aposentos en mitad de la noche. Aquella era una respuesta desmedida si pretendía ser un castigo por el comportamiento infantil que había demostrado en el gabinete de palacio.

¿Verdad?

Un tenso silencio creció entre ellos y se extendió durante un largo minuto que obligó a Kamran a aceptar el peor de los desenlaces. A pesar de ser el príncipe, Kamran era, ante todo, un soldado, y aquella no era la primera vez que se enfrentaba a semejante brutalidad.

—Os confieso que no sé cómo defenderme ante semejante acusación carente de fundamento, majestad —dijo, obligándose a parecer tranquilo—. Ni siquiera estos momentos de silencio me han servido de inspiración para encontrar una razón lógica por la que me creeríais capaz del crimen que me atribuís. No trataré de justificar algo que escapa a mi comprensión.

El rey Zal soltó una carcajada áspera e iracunda, una exclamación de incredulidad.

—¿Entonces vais a negar por completo cualquier tipo de alegato que se presente en vuestra contra? ¿Ni siquiera haréis el esfuerzo de defender vuestra causa?

—No dispongo de causa alguna que defender —aseguró Kamran con tono cortante—. No tengo ni la menor idea de por qué me habéis traído hasta aquí o por qué enviasteis a aquellos hombres para prenderme como si fuera un animal. Os ruego que me lo expliquéis, ¿cuál es mi traición? ¿En qué momento me las he arreglado para lograr semejante proeza?

—¿Seguís insistiendo en haceros el ignorante? —bramó el rey, aferrando con fuerza la maza dorada en la mano derecha—. ¿Incluso ahora os atrevéis a insultarme a la cara?

A Kamran se le tensó la mandíbula.

—Veo que habéis tomado la decisión de posicionaros en mi contra. Que os neguéis a decirme qué crimen he cometido me lo demuestra. Si tanto deseáis encerrarme, que así sea. Os ofreceré mi cabeza en una bandeja de plata. No temáis, pues no me resistiré, majestad. No me opondré a las órdenes de mi rey.

El príncipe terminó por envainar la espada y hacer una reverencia. Permaneció en esa posición, con la vista clavada en el sucio y maltratado suelo de piedra de las mazmorras, durante lo que le pareció un siglo, aunque lo más seguro era que solo pasaran un par de minutos. O, tal vez, unos poco segundos.

Cuando el rey Zal volvió a hablar, su voz era una octava más suave.

—La muchacha no está muerta —explicó.

Kamran alzó la mirada. Se vio sacudido por un repentino mareo que lo despojó de la capacidad de formar palabras durante unos instantes.

—¿No la habéis asesinado?

El rey Zal contempló al príncipe con un gesto impasible.

—Ha sido una sorpresa para vos.

—Desde luego. Estoy tremendamente sorprendido —confesó el joven antes de titubear—: Aunque admitiré que no comprendo la naturaleza de este sinsentido. Si bien es verdad que descubrir la razón por la que cambiasteis de idea con respecto a la joven me causa una enorme curiosidad, majestad, también me inquieta no saber a ciencia cierta si tendré que construir un hogar dentro de estas grotescas paredes. En este preciso momento, la emoción que acapara mi atención por completo es la segunda.

El rey suspiró, cerró los ojos y se presionó las yemas de los dedos contra las sienes.

—Envié a seis hombres en su busca esta noche, pero la chica no ha muerto.

Poco a poco, los petrificados engranajes que componían el cerebro de Kamran se pusieron a trabajar. Tenía motivos para excusar el oxidado estado de su mente: era tarde, estaba cansado y había estado demasiado ocupado tratando de defenderse de un ataque sorpresa organizado por su propio abuelo hacía apenas unas horas. Aun así, se preguntó por qué le habría llevado tanto tiempo darse cuenta de lo que sucedía.

Cuando el rompecabezas cobró sentido, se quedó sin aliento por completo.

Kamran cerró los ojos al sentirse embargado por la renovada ira (por la indignación) que hervía en su interior. Cuando habló, recurrió a un tono de voz tan frío que apenas se reconoció a sí mismo.

—Creeis que yo la avisé de vuestras intenciones.

—Mucho más que eso: creo que la ayudasteis a escapar.

—Me repugnan vuestras insinuaciones, majestad. ¡Es absurdo!

—Tardasteis en abrir la puerta de vuestros aposentos cuando mis hombres fueron a por vos —comentó Zal—, lo cual me lleva a preguntarme si, tal vez, os interrumpimos mientras regresabais a hurtadillas. Os sacaron a rastras de vuestra habitación en mitad de la noche y, aun así, aquí estáis: vestido de pies a cabeza y bien armado. ¿Acaso esperabais que fuera a creer que estabais en la cama?

Kamran rio ante aquel comentario. Rio como un loco.

—¿Os atrevéis a jurar lo contrario? —demandó el rey.

El príncipe le lanzó una mirada cargada de violencia a medida que el odio recorría cada centímetro de su cuerpo.

—Que me parta un rayo si miento. Es insultante a la par que asombroso que me creáis capaz de un comportamiento tan vil. Lograréis que pierda los estribos.

—Estabais decidido a salvarle la vida.

—¡Tan solo os pedí que consideraseis la posibilidad de perdonar a una inocente! —gritó Kamran, que se había cansado de refrenar su temperamento—. Aquello no fue más que un mero llamamiento en pos de la más básica de las decencias. ¿De verdad me consideráis una persona tan necia como para oponerme a un decreto formal emitido por el rey de mi propio imperio? ¿Me creéis tan inconsciente? ¿Tan pusilánime?

Por primera vez en su vida, Kamran vio vacilar a su abuelo. El anciano abrió y cerró la boca como si luchase por encontrar las palabras adecuadas.

—Tenía... tenía mis dudas —confesó el rey Zal por fin—, puesto que demostrabais una preocupación desmedida por la muchacha. También me enteré de que montasteis un espectáculo con el consejero de defensa. Os recuerdo que es uno de los patriarcas de la Casa Ketab, y, por mucho que lo despreciéis abiertamente, el sermón que le disteis fue, cuanto menos, sedicioso...

—¿Y por eso enviáis a dos hombres armados a mis aposentos? ¿Por eso me encarceláis de manera indefinida sin tan siquiera someterme a juicio? ¿Ibais a poner en riesgo mi vida por un mero malentendido... por una conjetura? ¿Os parece una reacción apropiada ante vuestras preocupaciones, majestad?

El rey Zal se dio la vuelta y apoyó dos dedos sobre sus labios cerrados. Parecía estar absorto en sus pensamientos.

Kamran, por su parte, temblaba de furia.

De pronto, el desarrollo de los sucesos acontecidos aquella noche se le antojó tan inverosímil que, sin prestar demasiada atención, se preguntó si habría perdido la cabeza.

Bien era cierto que había barajado la posibilidad de rebelarse contra la imposición de su abuelo para encontrar esposa. También era verdad que, en un arrebato de locura temporal, había pensado en avisar a la joven y había fantaseado con salvarle la vida. Pero, en el fondo, Kamran siempre supo que aquellos delirios silenciosos nacían de las emociones más pasajeras; la superficialidad de sus sentimientos no podía competir contra el profundo arraigo de la lealtad que sentía por el rey, por su hogar y por sus antepasados.

El imperio era su prioridad.

A Kamran nunca se le habría pasado por la cabeza organizar un contraataque para truncar los planes de su abuelo por una joven a la que apenas conocía; no cuando lo enfrentaría al hombre que había sido más como un padre para él que su propio progenitor cuando tuvo oportunidad.

Una traición como aquella... nunca habría dado sus frutos.

El rey volvió a hablar después de un tiempo:

—Kamran, debéis entenderme. La muchacha estaba preparada e iba armada. Las heridas que presentaban mis hombres apuntan a que tiene acceso a unas armas punzantes de los más inusuales, las cuales debe haber recibido de un tercero con acceso a un arsenal bien provisto. La profecía aseguraba que la joven contaba con aliados muy poderosos...

—Y asumisteis que uno de esos aliados era yo.

El rostro de Zal se ensombreció.

—Sí, no me dejasteis otra opción al comportaros de una forma tan ridícula e infantil y demostrar un ferviente deseo por perdonarle la vida a la joven a pesar de ser consciente de que podría acarrear mi muerte. Por no hablar de lo improbable que es que la joven derrotara a seis hombres armados sin ninguna ayuda. Asesinó a cinco de ellos a sangre fría y solo le perdonó la vida al último para que sirviese de advertenc...

—¡Por el amor de Dios, la joven es una jinn! —exclamó Kamran, que apenas era capaz de respirar a causa del nudo que le comprimía el pecho—. Está destinada a reinar, por no mencionar que cuenta con habilidades sobrenaturales que incrementan su fuerza y su velocidad y le permiten desaparecer a su antojo. No me cabe la menor duda de que, al igual que yo, ha recibido clases de defensa personal desde que era pequeña. ¿Acaso no me creéis capaz de defenderme del ataque de seis rufianes, majestad? ¿Os habíais parado a considerar ese detalle? ¿No? ¿En serio pensabais que asesinar a una reina sería una tarea sencilla?

El rey Zal empalideció súbitamente.

—¡Vais a heredar el imperio más extenso que existe dentro de los confines del mundo conocido! —gritó su abuelo—. Crecisteis en un palacio, acompañado de los más excelsos tutores y maestros. La muchacha es una huérfana, una criada sin estudios que ha pasado la mayor parte de su vida viviendo en la calle...

—Se os olvida, majestad, que vos mismo afirmasteis que no era una muchacha cualquiera —siseó Kamran—. Es más: yo os puse sobre aviso. Os dije que la joven hablaba feshtún. Desde un primer momento, compartí con vos mis sospechas acerca de sus habilidades y su inteligencia. La vi reducir al niño callejero como si fuese una ramita en vez de un árbol entero. La he oído hablar y os aseguro que es ingeniosa a la par que elocuente, lo cual es peligroso para una muchacha que porta una snoda...

—Os diré que parecéis saber mucho acerca de esa jovencita, a pesar de la vehemencia con la que negáis defenderla.

Un arrebato de furia atravesó a Kamran de cabo a rabo y lo envistió con tal virulencia que lo dejó totalmente desprovisto de calor. Su paso lo había dejado helado.

Entumecido.

El príncipe clavó la vista en el suelo y trató de respirar con normalidad. No podía creerse que estuvieran teniendo aquella conversación; no se veía capaz de hacerle frente a la mirada recelosa de su abuelo durante mucho más tiempo.

Toda una vida de lealtad olvidada en un abrir y cerrar de ojos.

—La subestimasteis —susurró Kamran—. Deberíais haber enviado a veinte hombres en su busca. Deberíais haber sospechado de que contaría con ciertos recursos para defenderse. Fuisteis vos quien cometió un error, pero, en vez de asumir la culpa, considerasteis más oportuno acusar a vuestro nieto. ¡Con qué facilidad me condenáis! ¿Acaso soy tan reemplazable para vos, majestad?

El rey Zal profirió un sonido que sonó como un resoplido de incredulidad.

—¿Acaso pensáis que disfruté al tomar aquella decisión? Hice lo que tenía que hacer, lo que consideré correcto dado que todos los indicios apuntaban de forma abrumadora a que vos habíais tomado partido. Si hubieseis ayudado a la muchacha esta noche, os habríais convertido en un traidor para la corona y para el imperio. Tuve la amabilidad de sentenciaros al más leve de los castigos y decidí encerraros aquí, donde, al menos, estaríais a salvo. Si se hubiera corrido la voz acerca de la traición entre nuestros súbditos, una turba no tardaría en venir a destriparos.

»¿Entendéis que es mi deber anteponer el imperio ante todo y ante todos, sin tener en cuenta cuán atroces sean las consecuencias? —preguntó el rey—. Deberíais ser más consciente que nadie. Habéis ido demasiado lejos, Kamran. —Zal sacudió la cabeza—. No concibo que me creyeseis capaz de sentir satisfacción alguna al saber que podríais haber tomado parte en el asunto; me niego a escuchar ningún otro de vuestros exagerados sinsentidos.

—¿Sinsentidos exagerados? —El príncipe abrió los ojos como platos—. ¿Me llamáis «exagerado» por ofenderme al descubrir lo dispuesto que estabais a condenarme? —Señaló en dirección a la fría y húmeda celda que tenía detrás—. ¿Y sin tener ni una sola prueba?

—Recordad que os di la oportunidad de defenderos en primer lugar.

—Por supuesto. Me permitisteis defenderme contra el violento ataque que su mismísima majestad organizó en mi contra...

—¡Se acabó! —ordenó el rey, en una octava más alta y con tono enfadado—. Me estáis acusando de ciertas cosas que no llegáis a comprender, hijo. Las decisiones que he tomado durante mi reinado, las medidas que me he visto obligado a imponer para proteger el trono, serían motivo suficiente como para alimentar vuestras pesadillas para toda la eternidad.

—Vaya, me espera un futuro de lo más halagüeño.

—¿Y ahora os atrevéis a mofaros de mí? —preguntó el rey con tono sombrío—. Me dejáis perplejo. Nunca en la vida os he inducido a pensar que vuestras obligaciones como soberano del imperio serían un camino de rosas y, mucho menos, una actividad placentera. De hecho, si no consigue acabar con vos, la corona hará todo cuanto esté en su mano para reclamaros en cuerpo y alma. El trono de Ardunia no está hecho para una persona débil. Encontrar la fuerza necesaria para sobrevivir a la tarea depende enteramente de vos.

—¿Y vos qué pensáis de mí, majestad? ¿Creéis que soy una de esas personas débiles?

—Sí.

—Ya veo.

El príncipe rio y se frotó el rostro con ambas manos antes de pasárselas por el pelo. De pronto, se sentía tan cansado que se preguntó si estaría soñando, si todo sería una extraña pesadilla.

—Kamran.

¿Qué era aquella sensación? ¿Por qué sentía una carga estática en el pecho y una comezón en la garganta? ¿Acaso lo consumían las llamas de la traición? ¿De la desilusión? ¿Por qué sentía unas repentinas ganas de echarse a llorar?

No pensaba derramar una sola lágrima.

—Os creéis que la compasión no acarrea ningún precio —continuó su abuelo con aspereza—. Pensáis que es fácil tomar la decisión de perdonarle la vida a una persona inocente y que, optar por lo contrario, no demuestra sino una falta de humanidad. Sin embargo, todavía no os habéis dado cuenta de que, si podéis permitiros el lujo de mostraros compasivo, es porque yo os he ahorrado ese sacrificio y he cargado con el peso de cada decisión cruel y falta de compasión necesarias para asegurar la supervivencia de los millones de súbditos que tenemos a nuestro cargo.

»Yo me he encargado de abrir el camino a través de la oscuridad para que vos pudierais disfrutar de la luz —sentenció el rey—. Yo he destruido a vuestros enemigos para que podáis reinar sin afrontar ninguna oposición. Aun así, ahora habéis decidido, ignorante de vos, odiarme por ello y malinterpretar a propósito mis motivaciones cuando, en el fondo, sabéis que siempre he actuado con el propósito de asegurar vuestro bienestar, vuestra felicidad y vuestro éxito.

—¿Habláis en serio, abuelo? —susurró Kamran—. ¿No me mentís?

—Sabéis que es verdad.

—En ese caso, os ruego que me expliquéis de qué manera pensabais asegurar mi bienestar al cortarme la cabeza.

—Kamran...

—Si ya no requerís mi presencia, me retiraré a mis aposentos, majestad. —El príncipe hizo una reverencia—. Esta ha sido una noche de lo más larga y tediosa.

Kamran ya se encontraba a medio camino de abandonar las mazmorras cuando su abuelo volvió a hablar:

—Esperad.

El príncipe titubeó y se le entrecortó la respiración.

—Decidme, majestad —respondió sin mirar atrás.

—Concededme un minuto más de vuestro tiempo, muchacho. Si de verdad queréis demostrar vuestra lealtad para con el imperio... —Kamran se giró bruscamente, con el corazón en un puño—, me gustaría encomendaros una tarea de suma importancia.

VEINTICINCO

Alizeh estaba arrodillada en un rincón del salón principal, con una mano petrificada sobre el cepillo con el que estaba limpiando y con el rostro tan pegado al suelo que casi era capaz de vislumbrar su propio reflejo en las lustrosas baldosas. Apenas se atrevía a respirar mientras escuchaba el tan familiar sonido del té al verterse en una taza, un borboteo que viajaba por el aire y que conocía tan bien como su propio nombre. A excepción del elixir que era para ella el agua, a Alizeh no le interesaban en demasía la comida ni la bebida, pero adoraba el té tanto como cualquier otro habitante de Ardunia. El ritual del té estaba tan arraigado en la cultura del reino que era considerado una actividad tan imprescindible como la de respirar incluso para los jinn y, por esa razón, la joven sentía un aleteo en el pecho ante la cercanía de una infusión.

Alizeh no debería haber estado en el salón, claro.

Le habían ordenado entrar a limpiar ese rincón en concreto después de que un pájaro de gran envergadura se colase por la ventana y defecase sobre el suelo de mármol.

No esperaba que la duquesa Jamilah estuviese presente en la estancia.

Desde luego, Alizeh no iba a meterse en problemas por hacer su trabajo, no, pero a la joven le preocupaba que la echaran sin miramientos y la enviaran a continuar con sus tareas en otro lugar si alguien descubría que se encontraba en la misma sala que la señora de la casa. Al servicio no se le permitía demorarse más de la cuenta en una estancia que estuviera ocupada por uno de los habitantes de la mansión. Debía completar sus tareas y marcharse con la máxima premura... pero Alizeh había pasado los últimos cinco minutos frotando el suelo impoluto.

Alizeh no quería irse de allí.

Nunca había visto a la duquesa Jamilah desde tan cerca y, aunque en ese preciso instante la mujer no estaba dentro de su campo de visión, la dama le inspiraba una mayor curiosidad con cada segundo que pasaba. Por debajo de las delicadas patas talladas de los rígidos sofás, Alizeh podía atisbar una franja horizontal de la silueta de la mujer. Cada cierto tiempo, la duquesa se levantaba sin previo aviso para volver a sentarse casi enseguida. Después, volvía a ponerse de pie... y cambiaba de asiento.

Alizeh estaba fascinada.

Vislumbró otro retazo del dobladillo del vestido de la mujer, así como un destello de sus zapatillas cuando se alzó por cuarta vez en cuatro minutos. Incluso a pesar de su limitada perspectiva, Alizeh se percató de que la duquesa llevaba un miriñaque bajo las faldas, cosa que era de lo más inusual y poco apropiado a una hora tan temprana. La duquesa Jamilah se había engalanado demasiado para ser las diez y media de la mañana y no tener ningún evento al que asistir. Sin lugar a duda, aquello significaba que esperaba visita.

A Alizeh le dio un vuelco el estómago al llegar a aquella aterradora conclusión.

Desde que el príncipe había llegado a Setar hacía dos días, el ama de llaves había hecho que el servicio trabajase prácticamente hasta la extenuación, de acuerdo con las órdenes que había dado la mismísima señora de la casa. Alizeh no pudo evitar preguntarse si había llegado el momento de recibir la tan anticipada visita... y si volvería a encontrarse con el joven.

Se apresuró a clavar la vista en el suelo.

El corazón se le había acelerado ante la mera idea de aquella posibilidad. Pero ¿por qué?

Alizeh no se había permitido pensar demasiado en el príncipe en los últimos días. Por razones que escapaban a su comprensión, el diablo le había advertido acerca del joven... y cada vez se sentía más desconcertada al tratar de descubrir por qué, puesto que lo que en un principio había aparentado ser un mal presagio, había resultado tener poco que ver con el príncipe: el joven no era un monstruo ni tampoco iba por ahí asesinando niños.

Si bien no se había fiado de los motivos que habrían llevado al joven a acercarse a Omid, la reciente visita del pequeño disipó los últimos vestigios de preocupación en Alizeh y, ahora que tenía pruebas, no dudaba de la buena voluntad del príncipe. Además de haberle ahorrado una pelea con la figura que se había ocultado entre las sombras, le había devuelto sus paquetes en mitad de una tormenta. Le daba lo mismo no saber cómo se las había arreglado para encontrarla: había decidido que no tenía sentido obsesionarse con aquella incógnita.

Las advertencias del demonio eran verdaderos acertijos.

Alizeh había aprendido que el único detalle consistente en la figura de Iblís era que nunca auguraba nada bueno. Cada una de sus breves y esporádicas visitas iba acompañada de un periodo de agitación y desgracia; en ese aspecto, al menos, la teoría de Alizeh se había confirmado.

No tenía la menor intención de torturarse pensando en lo demás.

En realidad, Alizeh estaba convencida de que el príncipe ya la habría borrado de su mente por completo y, de hecho, sería toda una sorpresa que el joven se acordase de su fugaz intercambio. Por el momento, Alizeh solo tenía que preocuparse por recordar un reducido número de rostros conocidos, pero el príncipe de Ardunia no tenía motivos para no olvidar a la pobre criada que había formado parte de su vida durante menos de una hora.

No, no importaba quién fuera a visitar a la duquesa. No debería importarla. Lo que captó la atención de Alizeh fue lo siguiente: el susurro de las faldas de la dama al rendirse al abrazo de un sillón más.

La mujer cruzó y descruzó los tobillos. Se sacudió el dobladillo del vestido, se acomodó las faldas para que el material luciera su mejor aspecto y, por último, apoyó los pies sobre la punta de los dedos, de modo que el borde de sus zapatillas de satén asomase por debajo del vestido y atrajera la atención hacia sus esbeltos y delicados pies.

Alizeh esbozó una sonrisa.

Si al final resultaba que la duquesa Jamilah sí que esperaba la visita del príncipe, entonces el comportamiento de la mujer era de lo más desconcertante. ¡La dama era la tía del príncipe! Y por poco le triplicaba la edad. Contemplar cómo una dama de alta alcurnia se veía reducida a un mundano manojo de nervios y pretensiones le resultaba tan entretenido como sorprendente. Además, demostraba ser la distracción perfecta para que Alizeh dejase de prestar atención a los caóticos pensamientos que bullían en su mente.

Estaba harta de lidiar con sus propios problemas.

La joven descansó el cepillo sobre el mármol pulido y luchó contra una repentina oleada de emociones. Para cuando había llegado a sus aposentos la noche anterior, solo contaba con tres horas de sueño antes de que la llamasen al trabajo, pero pasó dos de esas tres horas dando vueltas sin descanso en su catre. Incluso ahora, en su interior vibraba una ligera angustia que no tenía nada que ver con el intento de asesinato o con la sangre de cinco hombres que manchaba sus manos, sino que, más bien, nacía del recuerdo de aquel joven que se arrodilló ante ella en la oscuridad.

«Majestad».

Sus padres la advirtieron de que ese momento llegaría, pero, como habían transcurrido tantísimos años sin tener ni una sola noticia de los suyos, Alizeh había desistido y dejó de esperar. Durante el primer año que pasó sola tras la muerte de su madre, la joven sobrevivió a los largos días de desaliento gracias a la esperanza a la que se aferró con ambas manos: estaba convencida de que la encontrarían enseguida e irían a rescatarla. Si, en efecto, era una persona tan importante, ¿cómo no iba a aparecer alguien para protegerla?

Pero los días pasaban y nadie aparecía en su busca.

Cuando Alizeh tenía trece años, su casa se vio reducida a cenizas y no tenía amigos que le ofreciesen refugio. Hurgó entre los escombros de su hogar en pos de cualquier resto mutilado de oro o plata que pudiese vender por mucho menos de lo que de verdad valía, a cambio de los materiales de costura que todavía llevaba consigo.

Para evitar revelar su identidad, la joven fue cambiando de ciudad con cierta frecuencia, puesto que, durante aquel primer año cargado de esperanza, no se le ocurrió buscar trabajo como snoda. Lo que hizo fue ofrecer sus servicios como modista mientras se desplazaba en dirección sur con el paso de los años. Alizeh vivió en aldeas antes de vivir en pueblos. Luego, pasó de los pueblos a las villas y, de ahí, a las ciudades pequeñas. Aceptaba cualquier encargo que se le ofreciese, sin importar cuán nimio fuera, y dormía allí donde encontraba un lugar digno de confianza donde caer rendida. Su único consuelo era pensar que aquella pesadilla terminaría pronto y que sus salvadores no tardarían en llegar.

Pasaron cinco años y nadie acudió en su auxilio.

Nadie le ahorró ni un segundo de su sufrimiento ni se ofreció a guiarla hasta un lugar seguro al llegar a una nueva villa. Nadie le mostró el camino a través de la innavegable corriente de gente que inundaba las ciudades para alcanzar un riachuelo o un arroyo. Nadie la ayudó cuando estuvo a punto de morir de sed ni tampoco cuando la desesperación la llevó a beber agua del alcantarillado y acabó sufriendo una intoxicación tan grave que la dejó temporalmente paralizada.

Alizeh había yacido en una gélida cuneta durante dos semanas mientras todo su cuerpo se veía sacudido por violentas convulsiones. La poca energía de la que disponía, la empleó en volverse invisible y así evitar que cualquiera la hostigara en tamaño momento de debilidad. En ese momento, mientras contemplaba la luna argéntea, con los labios agrietados por el frío y la deshidratación, estuvo convencida de que moriría allí mismo; moriría sola y sin un techo bajo el que cobijarse.

Hacía mucho tiempo que había dejado de vivir con la esperanza de que alguien la rescatara. Ya nunca pedía ayuda, ni siquiera cuando se veía arrinconada por hombres y mujeres de la peor calaña… no cuando una infinidad de gritos de auxilio no habían recibido respuesta.

Alizeh había aprendido a depender únicamente de sí misma.

El suyo había sido un viaje tortuoso y solitario en pos de la supervivencia. Le parecía imposible que alguien la hubiese encontrado por fin y ahora se sentía desbordada tanto por la esperanza como por el miedo. Las dos emociones se alternaban con tanta frecuencia que habría jurado estar a punto de volverse loca.

¿Sería ingenuo por su parte el permitirse disfrutar, aunque solo fuera por un segundo, de la dicha que la inundaba?

En ese instante, cambió de posición y notó el peso de la nosta al moverse contra su pecho. Había escondido el orbe en el único lugar seguro que se le había ocurrido: se la metió dentro del corsé, donde el cristal pulido descansaba pegado a su piel. La nosta se caldeaba o enfriaba con cada una de las conversaciones que iban y venían como las mareas, y cada cambio de temperatura se convertía en un recordatorio de lo acontecido la noche anterior. La nosta había demostrado ser un verdadero tesoro en varios sentidos, puesto que, sin ella, habría comenzado a preguntarse si los recuerdos que tenía del joven que la ayudó no serían, en realidad, más que un sueño.

Había dicho que se llamaba Hazan.

Alizeh respiró hondo. Era todo un alivio que el muchacho recordara a sus padres, así como el hogar en el que la joven se había criado. Lograba que su pasado, al igual que el lugar que ocupaba el muchacho en su vida actual, de pronto se sintiera real y no un mero producto de su imaginación. Aun así, no solo se veía asolada por el optimismo y el recelo, sino que también había llegado a la conclusión de que no estaba del todo segura de querer que la encontraran, y eso la avergonzaba.

Hubo una época en la que Alizeh había estado lista para ese momento.

Desde que era una niña, la habían preparado para convertirse en una líder, en un coloso que le cambiaría la vida a su pueblo. Les construiría un hogar y los conduciría hasta un lugar seguro, hasta un lugar donde pudiesen vivir en paz.

Pero Alizeh ya no sabía quién era.

Alzó sus manos vendadas y las contempló como si no le pertenecieran, como si las viera por primera vez.

¿En qué se había convertido?

Se sobresaltó al oír un murmullo apagado de voces en la lejanía. Alizeh se había quedado tan absorta en sus pensamientos que no se percató de que la duquesa Jamilah había vuelto a cambiar de posición; tampoco oyó el repentino escándalo que se produjo ante la puerta principal.

Alizeh se agazapó hasta quedar tan pegada al suelo como fue capaz y observó la escena con curiosidad a través de los espacios vacíos que quedaban entre los muebles. La duquesa Jamilah era la viva imagen de un fingido desinterés: sostenía su taza de té como si estuviese distraída y exhaló un suspiro mientras hojeaba un artículo del *Daftar* (el periódico local de Setar) sin leer una sola palabra. Aquella publicación era famosa por estar impresa en un papel verde desteñido que había sido objeto de la curiosidad de Alizeh durante un largo tiempo. Nunca disponía del dinero suficiente para comprar un ejemplar, así que ahora estudiaba el periódico con los ojos entrecerrados en un intento por leer el titular del día, a pesar de que estaba bocabajo. Solo había tenido oportunidad de leer por encima algún artículo en contadas ocasiones, pero...

Alizeh se sobresaltó.

Al principio, oyó la voz del príncipe a lo lejos, pero enseguida se tornó nítida, acompañada del sonido que hacían sus botas al impactar contra el suelo de mármol. La joven se cubrió la boca con una mano, se encogió para evitar ser vista y se aferró al cepillo con la mano libre mientras se lamentaba por su propia estupidez.

¿Cómo se las iba a arreglar para escapar sin que se percataran de su presencia?

Sin previo aviso, el salón quedó abarrotado por un enjambre de criados que portaban bandejas de té y pastelillos. Uno de ellos se encargó de guardar el pesado chaquetón color verde musgo del príncipe (puesto que esa vez no llevaba capa) y un bastón dorado que nunca le había visto llevar consigo hasta ese momento. Entre los ajetreados miembros del servicio se encontraba la señora Amina, que seguramente se habría inventado una excusa para estar presente para la llegada del príncipe. Si el ama de llaves se daba cuenta de que Alizeh estaba en el salón, en presencia del joven, le daría una lección con una buena azotaina.

La muchacha tragó saliva.

No le cabía la menor duda de que la acabarían descubriendo. Para cuando concluyese la visita, todos y cada uno de los miembros del servicio de la casa señorial se pasarían por el salón bajo cualquier pretexto para echarle un vistazo al regio visitante.

Para la mala suerte de Alizeh, ella solo le veía las botas.

—Sí, gracias —contestó el joven cuando le preguntaron si quería una taza de té.

Alizeh se quedó paralizada.

La respuesta del príncipe llegó en un instante de perfecto silencio y sus palabras resonaron con tantísima claridad que Alizeh pensó en extender el brazo y acariciar cada letra. Su voz era tan profunda y rica en matices como la recordaba, pero utilizaba un tono diferente al de su último encuentro. No sonaba desagradable; al menos, no exactamente. Tampoco parecía demasiado complacido.

—Me temo que no he dormido bien esta noche —le explicaba a su tía—. Más de una taza de té nunca viene mal.

—¡Ay, querido! —exclamó la duquesa Jamilah sin aliento—. ¿Qué os ha ocurrido? ¿Acaso no estáis cómodo en palacio? ¿Preferís quedaros aquí, en vuestro antiguo dormitorio, durante un tiempo? Lo tengo todo prep...

—Sois de lo más considerada, querida tía —susurró—. Os lo agradezco, pero mis aposentos no suponen un problema. Disculpadme, no pretendía preocuparos; he hablado sin pensar. —Hizo una pausa—. Estoy seguro de que dormiré mejor esta noche.

—Si estáis seguro de ello...

—Así es.

Se hizo otra pausa.

—Retiraos —ordenó la duquesa con un tono de voz ligeramente más frío, por lo que Alizeh asumió que se lo decía a los criados que estaban presentes en la estancia.

A la muchacha se le aceleró el corazón: era su oportunidad. Si conseguía ponerse de pie a tiempo, podría mezclarse con los demás y pasar a otra sala, donde se mantendría ocupada con otra tarea. Al cargar con un cubo lleno de agua jabonosa y un cepillo, huir sin ser vista sería una pequeña hazaña, pero no había otra opción. Si no quería llegar al baile de aquella noche con un ojo hinchado y una mejilla amoratada, tendría que poner todo su empeño en que su plan saliera bien.

Alizeh se levantó de un salto, con tanto sigilo (y rapidez) como fue capaz de conjurar. La muchacha avanzó a toda prisa para alcanzar al resto del servicio, pero el agua caliente del cubo le iba salpicando la ropa... y temía que también acabara cayendo en el suelo.

Había echado la vista atrás durante una milésima de segundo para examinar la superficie marmórea en busca de algún rastro de agua, cuando resbaló con el mismísimo charquito que buscaba.

Alizeh jadeó y extendió los brazos para recuperar el equilibrio en un acto reflejo, pero lo único que consiguió fue empeorar más la situación, puesto que, con aquel súbito movimiento, el cubo se volcó y una ola de hirviente agua jabonosa acabó por empapar sus faldas... así como el suelo.

Horrorizada, dejó caer el cubo.

Estaba tan desesperada por escapar del salón que no prestó atención y se pisó el dobladillo mojado de la falda con la punta de una de las botas, de modo que se tropezó y se dio un golpe atroz en la rodilla al impactar con el mármol antes de tener tiempo de frenar su caída con las manos.

El dolor la atravesó y se ramificó a lo largo de su pierna; Alizeh, que no se atrevió a gritar, ahogó un alarido en los pulmones hasta convertirlo en un único quejido ahogado.

Le rogó a su cuerpo que se levantara, aunque fue en vano, ya que el dolor la atenazaba y apenas lograba pensar con claridad. De hecho, apenas podía respirar. Tenía los ojos anegados en lágrimas por la vergüenza y la angustia.

En otras ocasiones, Alizeh ya había tenido la sensación de encontrarse ante el día en el que prescindirían de sus servicios en la Mansión Baz, pero, en ese momento, estuvo segura de que era el fin. La echarían a la calle por lo que había hecho, justo cuando necesitaba contar con un lugar seguro donde prepararse para el baile...

—¡Pero serás descuidada, niña estúpida! —gritó la señora Amina, mientras se apresuraba hacia ella—. ¡Mira lo que has hecho! ¡Levántate de inmediato!

La mujer no esperó a que la joven tuviese oportunidad de moverse, sino que la agarró del brazo con brusquedad y tiró de ella hacia arriba. Alizeh, que no se atrevía a quejarse, emitió lo más parecido a un grito y dejó escapar un torturado gemido sin aliento.

—Lo... lo siento mucho, señora. Ha sido un acci...

El ama de llaves le dio un fuerte empujón en dirección a las cocinas e hizo que Alizeh se tropezara y que el dolor que sentía en la pierna herida se disparase.

La joven se apoyó contra la pared mientras que las excusas iban muriendo en su garganta.

—Lo siento en el alma.

—Quiero que limpies este estropicio, que recojas tus cosas y que te largues de esta casa. —La señora Amina estaba hecha una furia; Alizeh nunca la había visto así, con la respiración estremecida por la ira. La mujer alzó una mano como si quisiera darle una bofetada—. Has escogido el peor día para ser una torpe descerebrada, niña. Debería hacer que te dieran de latigazos por...

—Bajad esa mano.

La señora Amina se quedó inmóvil, sorprendida ante el inesperado sonido de la voz del joven. El ama de llaves dejó caer la mano con una exagerada lentitud al tiempo que se daba la vuelta y la confusión iba tomando forma en su mirada y en su lenguaje corporal.

—¿Dis... disculpadme, alteza?

—Alejaos de ella. —El príncipe habló con voz grave y amenazadora. Sus ojos refulgieron con un brillo negro tan insondable que la asustada Alizeh ni siquiera se atrevió a mirar al muchacho—. Vuestro comportamiento está fuera de lugar, señora. La ley arduniana prohíbe azotar al servicio.

A la señora Amina se le entrecortó la respiración antes de dejarse caer en una profunda genuflexión.

—Pero... alteza...

—No voy a repetirlo más. Alejaos de la muchacha o les ordenaré a mis hombres que os arresten.

La mujer profirió un repentino sollozo asustado y se apartó con torpeza para alejarse de Alizeh, cuyo corazón latía a tal velocidad que se sentía mareada y desfallecida, presa del pánico. El dolor, que hacía que la rodilla le palpitase sin descanso, la había dejado sin aliento. La muchacha no sabía muy bien dónde meterse. Tampoco encontraba un lugar donde posar la mirada sin sentirse incómoda.

De improviso, oyó el susurro de unas faldas.

—¡Ay, querido! —La duquesa Jamilah se acercó a toda prisa a su sobrino y lo agarró por ambos brazos—. Os ruego que no os preocupéis por eso. La culpa es mía por exponeros a tamaña muestra de ineptitud. Espero que me perdonéis por haberos sometido a una falta de cortesía como la de ahora y por haceros sentir incómodo...

—Malinterpretáis mi reacción, querida tía. Mi incomodidad, si es que puedo llamarla así, nace simplemente de la total desconsideración de vuestra ama de llaves por las leyes que rigen nuestro imperio, las mismas que cada uno de nosotros tenemos el deber de seguir en todo momento.

La duquesa profirió una suave risita nerviosa.

—Sois estricto a la hora de seguir los mandatos de nuestro gobierno y eso os honra, querido, pero estoy segura de que comprenderás que la señora Amina debe castigar a la muchacha... que solo estaba haciendo lo que consideraba oport...

El príncipe se dio la vuelta rápidamente y se desasió de las manos de su tía.

—Es increíble. ¿Me estáis diciendo que estaríais dispuesta a justificar semejante crueldad con respecto al trato que recibe vuestro servicio? La muchacha llevaba un cubo lleno de agua y se resbaló. La única que ha salido mal ha sido ella misma. ¿La echaréis a la calle por un mero accidente?

La duquesa Jamilah le dedicó una sonrisa tensa al príncipe y después miró al ama de llaves con gesto de desaprobación.

—Fuera de mi vista —dijo con acritud—. Y llevaos a la chica con vos.

La señora Amina palideció.

—Por supuesto, mi señora —dijo con una reverencia. Después, agarró a Alizeh del brazo y tiró de ella para que avanzase. La muchacha se tropezó al apoyar el peso sobre su pierna dolorida y se mordió la lengua hasta casi partírsela en dos para evitar que se le escapara un alarido.

La señora Amina fingió ofrecerle ayuda para atraer a la joven hacia sí y susurrarle en un siseo:

—Te partiría el cuello aquí mismo si pudiera. Que no se te ocurra olvidarte de lo que te digo.

Alizeh cerró los ojos con fuerza.

Mientras el ama de llaves la empujaba pasillo abajo, la voz de la duquesa Jamilah se iba debilitando con cada paso que daban.

—Tenéis un corazón digno de un héroe de leyenda —decía la duquesa—. Todos hemos oído los rumores acerca del momento en el que rescatasteis a aquel sucio niño del sur, claro, pero no esperaba que decidieseis defender a una snoda. Kamran, querido, sois demasiado bueno en comparación con el resto de nosotros. Venid, tomaremos el té en mi salón privado; allí estaremos más tranquilos y podremos reflexionar...

«Kamran».

Se llamaba Kamran.

No sabía muy bien por qué le aliviaba descubrir aquel detalle mientras la señora Amina la alejaba a rastras de él... y tampoco entendía por qué le importaba.

Quizá, consideró Alizeh, esa sería la razón por la que el diablo le había mostrado el rostro del joven. Tal vez quería advertirla acerca de ese momento. Tal vez se lo había mostrado porque aquel sería el último rostro en el que pensaría antes de que su vida se desmoronase.

Otra vez.

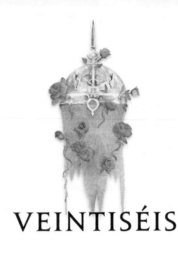

VEINTISÉIS

Kamran contempló a la joven sin inmutarse mientras la arrastraban entre empujones pasillo abajo. Por si los vendajes que le rodeaban el cuello y las manos no eran prueba suficiente de su identidad, el príncipe comprendió con cierto temor que había aprendido a reconocerla por la forma en la que se movía, por las curvas de su figura y por sus lustrosos rizos negros.

La tía de Kamran dijo algo que este no llegó a escuchar, pero le dio las gracias en un susurro distraído y permitió que lo condujese a otra estancia, cuyas características también le pasaron inadvertidas. Apenas lograba concentrarse en lo que le contaba su tía, de modo que asentía con la cabeza cuando le parecía apropiado y le ofrecía respuestas monosilábicas cuando le daba pie a ello.

En su interior, reinaba el caos.

¿Por qué no ofreces resistencia?, quería exclamar.

Bajo el cobijo de su propia mente, Kamran no había dejado de decirle a voz en grito a la muchacha lo que opinaba. Era capaz de matar a cinco hombres a sangre fría, pero permitía que esa monstruosa ama de llaves la tratara así de mal. ¿Por qué? ¿De veras no tenía más opción que trabajar como una criada de nulo estatus social y consentir que la tratasen como si fuera un despojo? ¿Además de permitir que la maltrataran? ¿Por qué no buscaba otro tipo de empleo?

¿Por qué?

Fue entonces cuando dejó de debatirse.

En realidad, la razón por la que sufría era la siguiente: Kamran entendía perfectamente por qué la muchacha se quedaba en la Mansión Baz. No solo hacía poco que había comprendido lo difícil que debía de ser encontrar empleo en el hogar de una familia noble para una jinn, sino que, además, su imaginación se había expandido con el paso de los días para ponerse en el lugar de la muchacha y descubrir el motivo exacto por el que buscaba trabajar en una casa señorial como la de la duquesa. También había comprendido la razón por la que nunca se atrevía a quitarse la snoda, ni siquiera en medio de una tormenta. Todo había cobrado sentido cuando se dio cuenta de que su vida estaba plagada de peligros. Kamran conocía a la muchacha desde hacía unos pocos días y ya habían tratado de acabar con su vida en tres ocasiones.

Tres intentos de asesinato.

Fue entonces cuando cayó en la cuenta de que la muchacha quería pasar inadvertida, pero no se sentía lo suficientemente segura como para vivir por su cuenta en la ciudad.

Aquellos dos deseos eran polos opuestos.

Formar parte del servicio no solo cubría las necesidades básicas de la muchacha, como el sustento o el cobijo. La propia snoda le permitía conservar el anonimato y los muros de la mansión que la mantenían a salvo ofrecían protección asegurada al contar con la guardia que protegía cada punto de acceso al edificio.

Para una joven de su posición, trabajar como una criada desprovista de identidad en una casa señorial bien protegida era una tapadera de lo más inteligente. No le cabía duda de que los frecuentes abusos que soportaba eran un precio que la muchacha estaba dispuesta a pagar a cambio de su seguridad.

A Kamran le hervía la sangre solo de pensarlo.

El té que había tomado se convirtió en ácido en sus entrañas. Por suerte, la despreocupada posición que habían adoptado sus extremidades disimulaba la tensión que le agarrotaba el cuerpo desde lo más profundo de su ser. Era como si sus músculos se estuvieran atrofiando poco a poco para adaptarse a su nueva piel, mientras que una silenciosa letanía de palabras malsonantes se encaramaba a sus labios incluso cuando sonreía.

—Me encantaría, gracias —murmuró a la vez que tomaba una segunda pasta hojaldrada de la bandeja que le ofrecía su tía. La colocó junto a su congénere y después dejó el plato de postre sobre una mesita baja. No tenía nada de hambre.

— ... estamos de lo más emocionados por el baile de esta noche —decía la duquesa—. La hija de una muy querida amiga mía asistirá a la velada y me gustaría present...

Kamran no encontraba la manera de explicar por qué sentía aquella apabullante necesidad de proteger a toda costa a la muchacha sin nombre, puesto que no era una damisela en apuros y tampoco era responsabilidad de él defenderla.

—¿Humm? —Su tía le estaba dando pie a responder—. ¿Qué me decís, querido? No será demasiada molestia para vos, ¿verdad?

—En absoluto —respondió sin apartar la vista de su taza de té—. Si en tan alta estima la tenéis, será un honor.

—¡Ay! —exclamó la mujer al tiempo que unía las manos con una palmada—. Sois un joven de lo más encantador, qué...

Aun así, Kamran estaba seguro de que llevar una vida como la suya debía de ser agotador al saberse fuerte e inteligente, pero tener que aceptar que otros la insultasen y vejasen día tras día. Si alguien se fijaba en la muchacha, era porque iba tras ella. Por todos los demonios, estaba harto de darle caza.

El príncipe había acudido a la Mansión Baz para espiarla.

Aquella no era la primera vez que trabajaba en secreto para el imperio y sabía que tampoco sería la última. Lo que odiaba en aquel momento no era el trabajo en sí, sino el carácter de la orden que había recibido.

Aunque Kamran dudaba de que la rabia y el desprecio que le causaba su abuelo acabaran por remitir, era consciente de que, de igual manera, estaba condenado a enterrar aquellos sentimientos y seguir adelante como si nada malo hubiese acontecido entre ellos. El príncipe nunca se atrevería a condenar las actitudes del rey o a menospreciar sus deberes. No tenía más opción que perseverar, por muy desagradable que fuese la encrucijada ante la que se encontraba.

— ... estoy pensando en ponerme un vestido de seda de color lavanda. —Su tía seguía hablando—. Aunque también tengo otro igual en color crema que es precioso y ese todavía no he tenido oportunidad de ponérmelo, así que quizá...

No había forma de hacer que el rey cambiase de opinión: los magos habían vaticinado que la muchacha contaría con aliados poderosos y, en consecuencia, el rey Zal estaba convencido de que alguien había debido de ayudar a la chica durante el ataque de la otra noche y ahora quería encontrar una pista que le condujese hasta esos misteriosos aliados. Su abuelo aseguraba que, si la joven contaba con un equipo de espías o sublevados, era de vital importancia averiguar cuanto pudieran en el menor tiempo posible.

—*Teníamos la esperanza de deshacernos de ella con la máxima discreción* —había explicado el rey—, *pero los sucesos de anoche constituyen un ligero obstáculo. Si tal y como suponemos, está relacionada con un ardid a mayor escala o cuenta con un ejército personal, entonces ahora sus aliados saben que alguien ha atentado contra su vida de forma deliberada.*

»*Si completamos nuestra misión con éxito en el segundo intento, los detalles acerca de su muerte correrán como la pólvora por todo el imperio y alimentarán los más despiadados rumores que darán pie a nuevas rencillas entre los jinn y los seres de arcilla. No podemos permitirnos desatar una guerra civil* —había insistido su abuelo—, *tendremos que esperar hasta que sepamos exactamente con quién trabaja y de qué son capaces sus aliados. No obstante, no debemos demorarnos demasiado.*

El príncipe no sabía cómo enmendar aquel conflicto que él mismo había desencadenado. La joven criada estaba destinada a ser su perdición y, por mucho que quisiera, no podía culpar a otros de la posición en la que se encontraba.

El suyo era un calvario que no tenía fin.

Kamran tomó una temblorosa bocanada de aire y se sobre-saltó al descubrir ante sí la inesperada figura de su tía, que sostenía una tetera. Para cuando comprendió lo que estaba suce-diendo, ya era demasiado tarde.

Lo miraba con una expresión extraña en el rostro.

El príncipe le dio las gracias en un susurro, le ofreció la taza vacía para que le sirviese otro té y se obligó a esbozar una sonrisa.

—Estoy seguro de que estaréis deslumbrante, independien-temente del vestido que elijáis. No hay nada que no os favorezca.

La duquesa sonrió de oreja a oreja.

Resultaba que los hombres del rey Zal habían estado siguién-dole el rastro a la joven sin descanso durante dos días y, aunque habían logrado recabar una gran cantidad de información, no encontraron ningún indicio de que la chica tuviera algún perver-so contacto.

—*Hay que encontrar la manera de acceder a los aposentos de la jo-ven* —había explicado el rey—. *Si esconde información comprometida, seguro que allí encontraremos las respuestas que buscamos. Sin embargo, como se encontrará en su dormitorio por las noches, el mejor momento para registrarlo será durante el día, mientras trabaja.*

—*Ya veo* —había respondido Kamran en voz baja—. *Y, por su-puesto, no podéis enviar a vuestros mercenarios a la Mansión Baz a plena luz del día.*

—*Entonces comprendéis mi posición. Tratar los intereses de la corona (y sus preocupaciones) con la máxima discreción es de vital importancia.*

Ya hemos arriesgado mucho al tenerla vigilada. Si se descubre que al go-
bierno le preocupa que una malvada jinn se mantenga oculta a plena vis-
ta, cundirá el pánico y nuestros súbditos se volverán los unos en contra de
los otros. Si le hacéis una visita a vuestra tía, no levantaréis sospecha al-
guna. Es más, la duquesa lleva tiempo queriendo veros por allí.

—*Tenéis razón. Dispongo de las cartas que me envía mi querida tía.*

—*Perfecto. Vuestro cometido será sencillo: encontrar una excusa para*
deambular por la casa solo y hallar los aposentos de la muchacha. Si veis
cualquier cosa remotamente fuera de lo común, hacédmelo saber.

Estaba ante un atolladero de lo más inusual.

Si Kamran se las arreglaba para actuar con cabeza y tenía un
poco de suerte, tal vez conseguiría cumplir su deber para con el
rey y ahorrarle un segundo intento de asesinato a la joven. Lo
único que tenía que hacer era demostrar que la joven trabajaba
codo con codo con un poderoso aliado. Pero el problema era que
el príncipe no estaba de acuerdo con la conspiración que estaba
urdiendo su abuelo. Kamran no creía que la muchacha hubiese
contado con ayuda a la hora de derrotar a aquella panda de ma-
tones a sueldo y, por ende, no estaba seguro de poder auxiliarla.
Su única esperanza era encontrar alguna evidencia con la que
frenar a su abuelo, sin importar cuán poco convincente resulta-
se ser.

Kamran oyó el agudo tintineo de la plata al chocar con la
porcelana cuando alguien le dio vueltas a su té con una cuchara.
Una vez más, se obligó a regresar al presente.

La duquesa Jamilah estaba sonriendo.

Se inclinó hacia el joven sin previo aviso y colocó una mano
sobre la de él. Resistirse a apartar la mano de inmediato con una
mueca fue toda una hazaña.

—Me doy cuenta de que tenéis muchas cosas en la cabeza
—dijo su tía con delicadeza—. No sabéis lo mucho que valoro
que hayáis venido a visitarme a pesar de estar tan ocupado como
para que no dejéis de pensar en vuestros deberes.

—Siempre es un placer veros, querida tía —ofreció Kamran de manera automática—. Solo espero que me perdonéis por no haber venido antes.

—Aceptaré vuestra disculpa siempre y cuando me prometáis que vendréis a verme con más frecuencia de ahora en adelante —concluyó con tono triunfante antes de reclinarse contra su asiento—. Echo muchísimo de menos teneros aquí conmigo.

Kamran le dedicó una sonrisa a su tía.

Era una de esas sonrisas genuinas que no solía esbozar y que nacía de un afecto proveniente de tiempos remotos. Su tía Jamilah era la prima mayor de su padre y había sido una figura materna más sólida para él que su propia madre. El príncipe había pasado innumerables días (meses, incluso) en la Mansión Baz a lo largo de su vida, por lo que no mentía al asegurar que le alegraba ver a su tía.

En cualquier caso, ya tampoco era lo mismo.

—Yo también echo de menos venir a veros —dijo mirando con ojos ciegos un lustroso cuenco lleno de caquis. Después, alzó la vista y preguntó—: ¿Qué tal os encontráis? ¿Os siguen doliendo las rodillas?

—Veo que os acordáis de los achaques de vuestra pobre tía. —La mujer no cabía en sí de felicidad—. Pero qué príncipe más considerado sois.

Kamran se negó a sí mismo el placer de soltar la carcajada que crecía en su pecho. Mentiría si dijera que no le divertía el efecto que tenían sus palabras sobre su tía, aunque la duquesa requería tan poco incentivo para lanzarse a cantar las alabanzas del joven que a veces se sentía abochornado.

—Mis rodillas ya están viejas —se limitó a decir—. Todo se desmorona cuando se llega a una cierta edad, así que no hay mucho que hacer. Pero no os preocupéis por mí ahora que me tenéis tan preocupada por vos. —Hizo una pausa—. ¿Os inquietan vuestros quehaceres del día a día? ¿O acaso hay algo más que os perturba?

Al principio, Kamran prefirió estudiar la filigrana que decoraba su taza de té antes que contestar.

—¿Estáis completamente segura de que la edad es la única culpable de nuestro deterioro? —preguntó por fin—. De ser así, me veo obligado a reflexionar. Tal vez, los dos tengamos la misma edad, querida tía, ya que me temo que yo también me estoy desmoronando.

De pronto, el semblante de la duquesa adoptó una expresión afligida. Le estrechó la mano.

—Ay, querido. Cómo me gustaría...

—Disculpadme. ¿Seríais tan amable de concederme una breve pausa? Me encantaría pasear por la casa durante un rato para desembarazarme de la nostalgia y llenar mi mente de nuevas estampas con las que recordar vuestra preciosa residencia.

—¡Faltaría más, querido! —La duquesa Jamilah dejó su taza sobre la mesa con más ímpetu del necesario—. Este hogar es tanto tuyo como mío. Sin embargo, espero que me perdonéis, pero no podré acompañaros. Como ya imaginaréis, con mis rodillas, me permito subir y bajar las escaleras solo cuando es estrictamente necesario.

—No os preocupéis. —El joven se levantó e inclinó la cabeza—. Por favor, quedaos en esta estancia tanto tiempo como queráis, que yo me volveré a reunir con vos enseguida.

Para sorpresa del joven, la mujer se las arregló para esbozar una sonrisa aún más amplia.

—Maravilloso. Me encargaré de que nos preparen un tentempié en vuestra ausencia. Todo estará dispuesto para cuando regreséis.

—No tardaré mucho —afirmó con un asentimiento de cabeza.

VEINTISIETE

L os intrigados sirvientes lo acechaban a cada paso que daba. Mientras deambulaba por las estancias de la Mansión Baz, Kamran no había parado de hacer ruido: iba abriendo puertas, recorría los pasillos sin ningún cuidado y dejaba su huella allí donde algo despertaba su interés. Se detenía bajo el dintel de las puertas con exagerado artificio, recorría con los dedos las intrincadas molduras de la pared, miraba con expresión melancólica por las ventanas y tomaba algún que otro libro de las estanterías para sostener las páginas encuadernadas en cuero contra su pecho.

Tal vez, Hazan había estado en lo cierto. Al príncipe se le daba de maravilla representar un papel cuando lo consideraba necesario.

Continuó con su actuación hasta que consideró que la mera naturaleza nostálgica de su paseo había quedado patente. No se convirtió en una sombra hasta que no se hubo asegurado de que había disipado cualquier sospecha que pudiese haber levantado entre los miembros del servicio.

Subió por las escaleras, sigiloso como un haz de luz.

El corazón, ese traidor que latía en su pecho, había comenzado a trabajar un poco más rápido de lo normal. A pesar de las terribles circunstancias en las que se encontraba, una parte de

Kamran estaba eufórica por descubrir más detalles acerca de la joven.

Su abuelo le había contado que la muchacha era huérfana, que llevaba viviendo en Setar desde hacía unos pocos meses y que su puesto como criada en la Mansión Baz estaba sujeto a un periodo de prueba que todavía no había finalizado. Por esa razón, no se alojaba en el ala del servicio ni tampoco tenía permitido interactuar o comunicarse con el resto de los trabajadores. No le habían ofrecido más que una vieja despensa en el piso más alto de la casa.

Una vieja despensa.

Se había quedado estupefacto al oír aquello, pero su abuelo se apresuró a tranquilizarlo, puesto que el hecho de que sus aposentos estuvieran aislados de los del resto le facilitaría a Kamran su cometido.

El rey malinterpretó la sorpresa del príncipe.

Mientras recorría otro tramo de escaleras, al joven le resultaba difícil imaginar el aspecto que tendría aquel cuartito. Era consciente de la extrema austeridad de los aposentos del servicio, pero no había contado con la posibilidad de que durmiese entre verduras en diferentes estados de descomposición. ¿Significaba eso que compartía habitación con los sacos de patata y los tarros de ajo encurtido? ¿Acaso no tenía la pobre más opción que dormir sobre las tablas húmedas y mohosas del suelo sin otra compañía que la de las ratas y las cucarachas? La joven trabajaba tan duro que casi se había arrancado toda la piel de las manos y, aun así... ¿ni siquiera se lo recompensaban con un recurso tan básico como una cama limpia?

A Kamran se le revolvió el estómago solo de pensarlo.

No quería pararse a considerar la mala imagen que aquellos detalles le daban a su tía, pero había algo mucho peor: él mismo no estaba seguro de haber actuado mejor si hubiese estado en su posición. El príncipe no sabía cómo trataban a los snodas en el palacio... y nunca se había parado a preguntar por su situación, si bien todavía estaba a tiempo de averiguarlo.

Para cuando se dio cuenta, Kamran había perdido la cuenta de los tramos de escaleras que había subido. ¿Habían sido seis? ¿Siete? Recorrer el mismo camino tortuoso que la joven tenía que recorrer al inicio y al final de su jornada le ponía los pelos de punta, por no hablar del tremendo mazazo que supuso para el joven descubrir lo alejada que vivía de cualquier otro ser vivo.

Por un instante, se preguntó si la muchacha preferiría vivir alejada de los demás. Desde luego, nadie estaría dispuesto a embarcarse en un trayecto como aquel para llegar al ático sin tener un motivo. Quizás, a ella le reconfortaba estar tan resguardada.

Aunque estaba seguro de que también se debía sentir tremendamente sola.

Kamran dudó cuando por fin se detuvo ante la puerta de la joven; sentía una desconcertante agitación en el pecho.

Aunque el príncipe ignoraba lo que encontraría en aquella despensa, al menos trató de prepararse para contemplar un ejemplo de la más miserable de las pobrezas. No le apetecía en absoluto husmear en la vida privada de la joven, así que cerró los ojos al abrir la puerta y le susurró una muda disculpa a su recuerdo.

Kamran no tardó en quedarse congelado en el umbral.

Con lo que se encontró fue con una habitación iluminada por una luz suave, perfumada por el embriagador olor de las rosas de Damasco. Aquel aroma, que provenía de una cestita de ganchillo que descansaba en una esquina, lo abrumó. El improvisado cuenco, como un popurrí casero, rebosaba de flores cuyos pétalos rosados se marchitaban lentamente.

Kamran se había quedado sin palabras.

Su diminuta alcoba (tan diminuta que, si se hubiese tumbado en el suelo, lo habría ocupado de palmo a palmo) era cálida y acogedora, bañada en perfume y rica en color. No había ni una sola cucaracha a la vista.

El joven quiso echarse a reír como un loco.

¿Cómo lo hacía? ¿Cómo se las arreglaba siempre para reducirlo a un estado tan embarazoso? Una vez más, había estado seguro de comprenderla (e incluso había llegado a sentir lástima por ella), pero había vuelto a recibir una lección de humildad al darse cuenta de su propia arrogancia.

No podía haber estado más equivocado al esperar encontrarse con la más miserable de las pobrezas.

La estancia estaba impoluta.

Había limpiado las paredes y los suelos tan concienzudamente que los tablones de madera no coincidían con la superficie negra y mohosa del lado de la puerta que daba al pasillo, puesto que no la había tocado. Una pequeña alfombra con un precioso estampado yacía en el suelo junto al modesto catre, que había cubierto con una colcha y una almohada de textura suave. Los pocos artículos de ropa con los que contaba estaban colgados de unos ganchos de colores (no, reparó en que eran clavos en torno a los que había enrollado hilos), mientras que guardaba toda una colección de diversos objetos dentro de una caja de manzanas vacía. En su mayoría, parecían ser materiales de costura. Sin embargo, también tenía un libro de título indescifrable que llamó la atención del joven e hizo que diese un paso para adentrarse en el cuartito de manera inconsciente. Entonces, la estancia completa entró dentro de su campo de visión y Kamran se percató cuando ya era demasiado tarde de la vela que ardía en un rincón que había permanecido oculta hasta ese momento.

Se quedó inmóvil de inmediato.

Sintió el tan conocido roce de una hoja helada que se presionaba contra su garganta, así como el tacto de una mano pequeña contra la espalda. Oyó el suave sonido de la respiración de la joven y, al percibir que no sonaba amortiguado, supo que no llevaba la snoda puesta.

Había debido de tomarla por sorpresa.

De pronto, la expectación que le agitaba el pecho se intensificó. Era una sensación de lo más extraña, puesto que, a pesar de que la muchacha sostenía un cuchillo contra su cuello, lo que sentía no era miedo, sino júbilo. Ella no debería estar en sus aposentos en ese preciso momento y Kamran no se había atrevido a confiar en que dispondría de otro momento a solas con ella.

Era todo un milagro: todavía no había apartado la mano de la espalda del muchacho y el pulso acelerado de la joven casi se hacía oír por encima del silencio.

—Hablad —exigió ella—. Decidme qué es lo que buscáis. Si respondéis con sinceridad, os doy mi palabra de que os dejaré marchar sin haceros ningún daño.

¿Debería sentirse avergonzado por que su corazón se desbocara al oír el suave sonido de su voz? ¿Debería preocuparse por no sentir nada más que placer al saberse a merced de la joven?

Demostraba ser una criatura fascinante, cuanto menos, al tener el atrevimiento de ofrecerse a perdonarle la vida a cambio de información. ¿Qué reinos estaría dispuesto a sacrificar si con ello consiguiera descubrir cada uno de los recovecos de su mente? Esa era la cuestión para el príncipe.

La joven le hincó más el cuchillo.

—Decidme la verdad u os cercenaré la garganta.

No dudó ni por un segundo de que estuviera dispuesta a hacerlo.

—Me han enviado hasta aquí para espiaros. He venido a registrar vuestra habitación con el objetivo de recabar información.

El arma se alejó de su cuello.

Kamran oyó el familiar sonido del metal al deslizarse contra el metal y comprendió que lo que había creído ser un cuchillo eran, en realidad, un par de tijeras. Casi se echó a reír.

Pero la joven no estaba del todo vestida.

Tenía el pelo suelto y se apartó con impaciencia y de un manotazo los largos rizos del color de la obsidiana que se le metían en los ojos plateados. Hipnotizado, Kamran contempló los sedosos mechones que le acariciaban los hombros desnudos, la delicada curva de su cuello y la suave piel expuesta de su pecho. Llevaba una camisa de corte peligrosamente bajo que se sujetaba solo por un corsé y, para el horror del joven, se dio cuenta de que lo había dejado sin aliento.

¡La joven no estaba vestida!

En realidad, tampoco estaba desnuda en absoluto: llevaba unas enaguas junto al corsé y se cubría la ropa interior, sin mucho éxito, con la mano en la que sujetaba el vestido empapado, mientras que en el puño derecho portada todavía las tijeras.

Se le había olvidado lo hermosa que era.

Fue una revelación que lo dejó fascinado, ya que había pasado más tiempo del que le habría gustado admitir pensando en ella y evocando su rostro cuando cerraba los ojos al irse a la cama. Se había creído incapaz de olvidar un solo rasgo de la muchacha y, aun así, algo se le debió de escapar, puesto que lo había vuelto a dejar pasmado y deseoso de estar cerca de ella, como una hambrienta polilla atraída por la luz del fuego.

A Kamran no le agradó el sentimiento que lo invadía en aquel momento. No disfrutaba de la desesperación tan característica que lo embargaba o del deseo tan potente que lo consumía. Nunca había experimentado algo así, nunca se había sentido así antes: abrumado por una fuerza particularmente poderosa que lo dejaba desorientado una vez que abandonaba su cuerpo.

Le hacía sentir débil.

—Daos la vuelta —ordenó la muchacha—. Debo terminar de vestirme.

Tardó unos instantes en asimilar lo que le pedía. Kamran tenía la cabeza patas arriba y, además, nunca nadie se había atrevido a darle órdenes, a excepción del rey. El príncipe se sentía como si alguien lo hubiera lanzado de cabeza dentro de un trágico mundo alternativo en el que vivía una vida completamente opuesta a la que tenía en realidad... y lo más sorprendente era que la idea no le disgustaba en absoluto.

Kamran obedeció sin rechistar, aunque, para sus adentros, se reprendió a sí mismo por la incomprensible reacción que había tenido ante la joven. Otras mujeres se habían presentado ante él con todo tipo de ropajes indecorosos: algunas llevaban vestidos de escotes tan exagerados que ni siquiera se molestaban en ponerse un corsé. Por no hablar de que el príncipe ya no era ningún niño. Estaba acostumbrado a contemplar mujeres hermosas. ¿Cómo se explicaba entonces que se sintiese tan abrumado ante la presencia de esta muchacha en particular?

—Conque habéis venido a espiarme —murmuró.

Kamran oyó el característico susurro de la tela y cerró los ojos. Era un caballero y no se le ocurriría imaginar qué aspecto tendría mientras se desnudaba.

Ni se le pasaría por la cabeza.

—Así es —respondió.

Se volvió a oír el roce de las ropas y algo cayó al suelo con un suave ruido sordo.

—Si, en efecto, me estáis diciendo la verdad, me pregunto por qué admitiríais tal cosa.

—Y yo me pregunto por qué dudáis de mí —replicó Kamran con una calma sorprendente—. Acabáis de amenazarme con rajarme la garganta si no os respondía con sinceridad.

—Entonces, vos más que nadie deberíais comprender que me mostrase desconfiada. No creo que sea ninguna sorpresa para vos descubrir que ninguna de las personas que te han precedido en esta posición han aceptado mis condiciones.

—¿Ha habido otros antes? —Sonrió para sus adentros—. ¿Tenéis por costumbre encontraros en posición de negociar con espías y asesinos?

—Con más frecuencia de la que me gustaría, de hecho. ¿Por qué...? ¿Pensabais que seríais el primero en demostrar interés por mí? —Hizo una pausa—. Ya podéis daros la vuelta.

Y así lo hizo.

La joven se había recogido el pelo y se había puesto un vestido limpio abrochado hasta el cuello. Pero no le sirvió de nada: la recatada pieza de ropa no mitigaba su belleza. Kamran se sintió completamente cautivado mientras recorría cada centímetro de su piel con la mirada, aunque se detuvo a admirar sus impresionantes ojos y la delicada curva de sus labios.

—No —coincidió con suavidad—. Apuesto que no soy el primero.

La muchacha lo estudió con detenimiento, tan impactada que, por un momento, ni siquiera pestañeó. Kamran le devolvió la mirada y contempló, fascinado, cómo un ligero rubor se extendía por sus mejillas. Entonces, la joven se dio la vuelta y entrelazó las manos.

¿Acaso la había puesto nerviosa?

—Os prometí que os dejaría marchar ileso a cambio de vuestra sinceridad—susurró—. No mentía cuando lo dije y seré fiel a mi palabra, pero debéis marcharos de inmediato.

—Os ruego que me disculpéis, pero no me moveré de aquí.

La joven alzó la vista rápidamente.

—¿Disculpadme?

—Accedí con gusto a confesaros mis intenciones a cambio de que me perdonarais la vida. Pero no os prometí en ningún momento que abandonaría mi tarea. Por supuesto, entenderé que no queráis estar presente mientras husmeo entre vuestras pertenencias... y sospecho que estaréis ansiosa por volver al trabajo. ¿Queréis que espere hasta que os hayáis marchado?

La joven entreabrió los labios, conmocionada, y abrió los ojos de par en par en una expresión de incredulidad.

—¿Estáis tan loco como dejan entrever vuestras palabras, señor?

—Esta ya es la segunda vez que me llamáis «señor» —apuntó con un atisbo de sonrisa en los labios—. Aunque mentiría si dijese que me importa.

—Vaya, entonces, ¿cómo preferís que me dirija a vos? Hacédmelo saber y me aseguraré de olvidarlo en un futuro, puesto que dudo de que nuestros caminos vuelvan a cruzarse.

—Sería toda una pena si ese fuese el caso.

—¿Cómo os atrevéis a decir eso cuando tenéis la intención de echarme de mi propio dormitorio para poder registrarlo? ¿Os reís de mí, *alteza*?

Kamran por poco se echó a reír.

—Veo que sabéis quién soy.

—Sí, creo que ambos conocemos perfectamente la identidad del otro. Yo estoy tan al tanto de vuestro legado como, sin duda, vos lo estáis del mío. —El príncipe perdió la sonrisa por completo y la joven preguntó, enfadada—: ¿De verdad me creíais tan mentecata? ¿Por qué, si no, iban a ordenar al príncipe de Ardunia que me espiara? Fuisteis vos quien envió a aquellos hombres la otra noche para que acabaran conmigo, ¿verdad? —Se dio la vuelta—. Me está bien empleado. Debería haberle hecho caso al diablo.

—Os equivocáis —intervino Kamran con cierta crispación.

—¿En qué? ¿Tratáis de sugerir que no tuvisteis nada que ver con mi intento de asesinato?

—No, yo no tuve nada que ver con eso.

—Pero estáis al tanto de lo ocurrido. ¿Acaso importa qué labios pronunciaron la orden? Estoy segura de que quien orquestó el asesinato fue un miembro de vuestra propia corona.

Kamran respiró hondo, pero guardó silencio. Todo cuanto dijera de ahí en adelante supondría una traición para el imperio. Su abuelo le había demostrado con gusto cuán dispuesto estaba a decretar que le cortaran la cabeza al príncipe y, a pesar de las continuas protestas de Kamran con respecto a su propia existencia, el muchacho prefería permanecer con vida.

—¿Pensáis desmentir mis acusaciones, alteza? —lo acorraló la joven—. ¿Cuánto hace que vuestros hombres me vigilan? ¿Desde cuándo lleva la corona demostrando un interés por mí?

—Sabéis que no puedo responder a ese tipo de preguntas.

—¿Estabais ya al tanto de mi identidad cuando vinisteis a la Mansión Baz en mitad de la noche para devolverme los paquetes?

Kamran apartó la mirada y vaciló:

—Es... es complicado... Al principio, no lo sabía...

—Por todos los cielos. Y yo que pensaba que solo tratabais de ser amable conmigo. —Dejó escapar una carcajada triste—. Supongo que debería haber sabido que nadie se ofrecería a hacer un favor como aquel sin conseguir a cambio una suculenta recompensa.

—Aquella noche no actué con segundas intenciones —siseó Kamran—. Os juro que no os miento.

—¿En serio?

—Así es —confirmó mientras luchaba por mantener la compostura.

—¿Y vos no queréis verme muerta?

—No.

—Entonces debe ser cosa del rey. Quiere asesinarme. ¿Acaso me considera una amenaza para el trono?

—Ya os he dicho que no puedo contestar preguntas como esas.

—¿No ofreceréis respuesta alguna? ¿No responderéis a las cuestiones que demuestran ser de tremenda relevancia para mi vida y mi bienestar? Y, en cambio, os arrogáis la libertad de sonreír, de tomarme el pelo y de hablarme como si me consideraseis vuestra amiga y no una despiadada adversaria. ¿Dónde ha quedado vuestro honor, alteza? Sospecho que lo habéis extraviado mientras veníais hasta aquí.

Kamran tragó saliva y tardó unos instantes en volver a hablar.

—No os lo tendré en cuenta si me odiáis —murmuró—. Y no voy a tratar de haceros cambiar de opinión. Mis deberes, al igual que mi posición, están ligados a ciertas limitaciones a las que solo puedo oponerme en la intimidad de mi propia mente.

»Permitidme compartir con vos un único detalle en mi defensa: no malinterpretéis mis intenciones —dijo, buscando la mirada de la joven con la suya—, no os deseo ningún mal.

VEINTIOCHO

A Alizeh le costaba respirar. La nosta emitía un intenso calor contra su piel: el príncipe no había pronunciado ni una sola mentira.

Debería haberse sentido reconfortada al saber que no quería causarle ningún daño, pero la muchacha no estaba en condiciones de pensar con la cabeza. El joven la había sorprendido con la guardia baja, fuera de sí. En contadas ocasiones se permitía enfadarse y nunca había llegado a estar tan enojada, pero aquel era un día excepcional que se hacía más y más cuesta arriba con cada minuto que pasaba.

La habían despedido sin miramientos.

Le pidieron que subiese a su dormitorio, recogiese sus cosas y abandonase los terrenos de la Mansión Baz con la máxima premura. Se las había arreglado para librarse de lo que parecía una inevitable azotaina solo porque por fin se había defendido y, de paso, había logrado dejar a la señora Amina aterrorizada. Alizeh llegó a la conclusión de que permitir que la maltrataran ya no tenía ningún sentido, pues la iban a echar de todas maneras. Claro que la joven ni siquiera le había puesto un dedo encima a la mujer. Se había limitado a levantar la mano para amortiguar el golpe y el ama de llaves por poco se desmayó.

La señora Amina no esperaba que la muchacha opusiese resistencia y la contundencia con la que su mano impactó contra el antebrazo de Alizeh fue tal que la mujer se hizo un esguince de muñeca.

Aunque había significado una victoria modesta, Alizeh pagaría un alto precio.

En el mejor de los casos, la señora Amina se negaría a escribirle una carta de recomendación, que podría resultar clave a la hora de encontrar otro trabajo en poco tiempo. En el peor de los casos, la mujer le haría saber a la duquesa Jamilah que Alizeh le había hecho daño en la mano y la dama alertaría a las autoridades para que la juzgaran por agresión.

A la joven le temblaban las manos.

Pero no solo temblaba de ira, sino que temía por su vida y por todo lo que había construido. Era la primera vez que contaba con la esperanza de escapar de aquella forma de vida, pero el propio Hazan le había advertido que cabía la posibilidad de que sus planes se fueran al traste. Alizeh debía ir al baile que se celebraba esa noche; era de vital importancia. Pero tendría que mantener un perfil bajo y eso significaba que necesitaba un vestido. A su vez, para confeccionar un vestido necesitaba tiempo y un lugar donde trabajar; un lugar seguro donde prepararse.

¿Dónde trabajaría en su vestido ahora?

Los sucesos del día empezaban a asfixiarla y se iban acumulando en su mente como el sedimento. El dolor de rodilla ya estaba remitiendo, pero todavía le afligía, y esa molestia sorda servía para recordarle que vivía un inagotable tormento.

Apenas tenía un momento de paz y sus demonios nunca la dejaban tranquila. Siempre estaba agotada, siempre, en tensión. Ni siquiera le permitían cambiarse de ropa cuando acababa con el vestido empapado y sucio sin que le echaran una reprimenda y ahora la dejarían de patitas en la calle en pleno invierno. Sofocaron el futuro que había ido construyendo granito a granito, ese diminuto rayo de luz que había logrado liberar del yugo de la oscuridad, sin pestañear.

Ahora el mundo se le antojaba tremendamente desolador.

Aunque le aterraba la idea de enfrentarse a las autoridades, sabía que, si la corona le seguía la pista, su vida estaba sentenciada. Si no descubría la manera de hacer que su plan para el baile saliese bien, no tendría más opción que abandonar Setar y comenzar una nueva vida en otro lugar, con la esperanza de que Hazan la volviese a encontrar.

Estaba a punto de romper a llorar.

Entonces, sintió un ligero movimiento y un roce, tan delicado como una pluma, que le llevó a alzar la vista hasta su brazo.

El príncipe la estaba mirando y sus ojos, tan negros como el alquitrán, brillaban bajo la luz de la vela. A pesar del momento tan crítico que estaba atravesando, Alizeh no pudo evitar quedarse embelesada. El suyo era un rostro que pocas veces una vería en medio de una multitud; era tan apuesto que dejaba a quien lo miraba sin aliento.

A la joven se le aceleró el corazón.

—Os ruego que me disculpéis —dijo el príncipe—. No pretendía disgustaros.

Alizeh apartó la vista y parpadeó para contener las lágrimas.

—Sois de lo más extraño —comentó—. A pesar de estar decidido a husmear entre mis pertenencias sin permiso y a negarme mi propia privacidad, demostráis ser todo un caballero.

—¿Se os haría más llevadera la situación si fuese grosero?

—No tratéis de distraerme con comentarios que no vienen al caso. —Alizeh se sorbió la nariz y se enjugó los ojos—. Sois perfectamente consciente de que os estáis comportando de manera extraña. Si de verdad quisieseis evitar disgustarme, os marcharíais de aquí de inmediato.

—No puedo hacer eso.

—Pero deberíais.

—No voy a marcharme —concluyó, agachando la cabeza.

—Hace apenas unos minutos habéis dicho que no me deseáis ningún mal. Si estabais siendo sincero, ¿por qué no me dejáis en paz?

—¿Qué pasaría si os dijera que vuestra seguridad depende de lo que encuentre durante mi investigación?

—Que no os creería.

—Y, sin embargo... vuestra seguridad sí que depende de lo que encuentre hoy aquí. —Esbozó el fantasma de una sonrisa.

La nosta irradió un calor tan intenso que Alizeh se estremeció antes de contemplar al príncipe con los ojos abiertos como platos.

—¿Me estáis diciendo que tenéis la intención de violar mi privacidad para salvaguardar mi integridad?

—Ese es un resumen de muy mal gusto —replicó él con una mueca.

—Pero apenas me conocéis. ¿Por qué se molestaría el príncipe de Ardunia en proteger a una desconocida que además es una enemiga para la corona?

El muchacho suspiró y demostró su frustración por primera ver desde que habían comenzado a hablar.

—Me temo que no dispongo de la forma adecuada de explicaros los motivos que me llevan a ayudaros.

—¿Y por qué no?

—La verdad os resultará inverosímil. Dudo de que vayáis a creer una sola palabra de lo que os diga.

Alizeh palpó el diminuto orbe de cristal de buena gana y se sintió más agradecida que nunca de contar con su presencia.

—Os ruego que lo intentéis de todos modos.

En un primer momento, el joven optó por guardar silencio.

Metió la mano en el bolsillo, sacó lo que parecía ser un pañuelo y extendió la mano para ofrecérselo.

Alizeh lo reconoció enseguida y dejó escapar un jadeo.

Al aceptar aquella tela que le resultaba tan familiar, una ola de estupefacción anegó su cuerpo. Ah, pensaba que lo había perdido. Pensaba que nunca volvería a verlo. La joven sintió tal alivio que, de pronto, se vio invadida por unas repentinas ganas de llorar.

—¿Cómo? ¿Cómo lo...?

—Os están dando caza por mi culpa —masculló el príncipe—. Cuando os vi desarmar al fesht aquella horrible y fatídica mañana, pensé que le habíais robado el uniforme a una criada inocente, puesto que me pareció más probable que fueseis una espía tulaní que una snoda. Al embarcarme en mis pesquisas, solo logré perjudicaros de la más indebida de las maneras.

Alizeh se tambaleó hacia atrás.

A pesar de que la nosta le calentaba la piel y verificaba cada una de sus palabras, a la joven le costaba creerle.

—Disculpadme —dijo el príncipe, que posó la mirada en sus propias manos—. A lo largo de los últimos días, he recibido información acerca de ciertos aspectos de vuestra vida y yo... —se aclaró la garganta educadamente— os tengo en alta estima. Puede que vos no sepáis mucho de mí, pero yo sé lo suficiente como para ser consciente de que el mundo y sus habitantes (entre los que me incluyo) os han tratado de forma detestable. Mi propósito es libraros de lo peor que está por venir, en la medida de mis posibilidades.

Alizeh se quedó quieta y trató de recomponerse tras recibir una repentina oleada de emociones. La joven había fallado en su intento por levantar un muro entre ellos: se sentía conmovida.

Había pasado muchísimo tiempo desde la última vez que alguien se había fijado en ella o la había considerado digna de ser tratada con un mínimo de amabilidad. ¿Qué vio el príncipe en ella para inspirar en él tal respuesta? Se moría de ganas por saberlo, por preguntárselo, pero su orgullo no se lo permitiría.

Por eso, clavó la mirada en la cabeza gacha del joven y lo contempló con atención.

Sus ojos recorrieron las espesas ondas satinadas de su cabello negro y los anchos hombros que llevaba cubiertos por el intrincado tejido de un jersey color marfil. El muchacho era alto y su perfecta postura reflejaba la confianza que tenía en sí mismo. Fue entonces cuando vio la esencia principesca que había en él: el porte de la nobleza y el honor. En aquel momento, era la elegancia personificada.

—Aseguráis tenerme en alta estima —repitió la joven en un susurro.

—Así es.

La nosta se caldeó.

—¿Y, en cierto modo, ahora queréis protegerme para cumplir algún tipo de penitencia?

Al oír aquello, el príncipe alzó la cabeza.

—Se podría decir así —confirmó con una sonrisa—. Aunque asegurar vuestro bienestar no me supone sufrimiento alguno, por lo que supongo que, una vez más, he vuelto a arreglármelas para actuar de manera egoísta.

Alizeh respiró hondo. Quería echarse a reír; quería romper a llorar. ¡Aquel día estaba resultando ser de lo más extraño!

—Si todo cuanto decís es cierto, alteza, ¿por qué no os marcháis? No tenéis motivo para registrar mis cosas. Regresad a palacio y contadle a Su Majestad aquello que consideréis más conveniente para lograr vuestro objetivo.

—Yo no he dicho que me hubiera enviado el rey.

—¿Acaso no es así?

—No puedo responder a eso.

Alizeh suspiró y habló mientras se daba la vuelta:

—Veo que estáis decidido a exasperarme.

—Mis disculpas. Tal vez deberíais volver al trabajo.

Ella se giró de nuevo para quedar frente a él, habiendo olvidado la ternura que había sentido momentos antes.

—¿Cómo os atrevéis a echarme de mi propio dormitorio? Un momento sois la persona más amable del mundo y, al siguiente, sois un tremendo fastidio. ¿Cómo lo conseguís?

El joven inclinó la cabeza.

—Sois la primera en creerme capaz de tal dicotomía. Por lo general, no presento unos cambios de humor tan drásticos como los que mencionáis, lo cual me obliga a pensar que el origen de vuestra frustración debe de ser otro.

Alizeh abrió los ojos de par en par ante tamaña acusación.

—¿Estáis sugiriendo que el problema es solo mío? ¿Creeis que tengo un carácter volátil?

—Con el debido respeto, permitidme que os recuerde que me disteis la bienvenida con la promesa de cortarme el cuello y, desde entonces, habéis estado al borde de las lágrimas en, al menos, dos ocasiones. En mi opinión, vuestro comportamiento es, cuanto menos, inestable.

—Creo que tengo derecho a experimentar todo un espectro de emociones y más aún cuando no habéis hecho más que alterarme los nervios con esa retahíla de impactantes revelaciones que habéis decidido sacar a la luz sin ninguna consideración —sentenció Alizeh con los puños apretados.

—Lo que yo pienso es que vuestra despreciable ama de llaves se percatará pronto de vuestra ausencia —comentó Kamran, que luchaba por contener una sonrisa—. Os ruego que retoméis vuestros quehaceres o temo que vuestro retraso os costará un alto precio. No os preocupéis por mí. —Recorrió la estancia con la mirada—. Yo también tengo una tarea de la que encargarme.

Alizeh cerró los ojos con fuerza.

Se moría por darle una buena sacudida. No le serviría de nada tratar de hacerle cambiar de idea.

Se alejó de él, se agachó con cierta dificultad para recoger el bolso de viaje desarmado que le hacía las veces de alfombra y dio un rápido tirón a las costuras para que el bolso recuperase su forma. Era consciente de que el príncipe no le quitaba ojo de encima, pero trató de ignorarlo tanto como fue capaz.

Enseguida pasó a retirar las pocas piezas de ropa que colgaban de los ganchos de la pared, entre las que se encontraba el vestido incompleto de la señorita Huda, y las dobló sobre la cama antes de guardarlas en el bolso. Después, tomó la caja de manzanas.

—¿Qué estáis haciendo?

La joven estaba volcando la caja para dejar que su contenido cayera dentro del bolso cuando sintió que el joven posaba una mano sobre su brazo.

—¿Por qué est...?

—No habéis querido escucharme —explicó, zafándose de su agarre—. Os pedí que os marcharais en varias ocasiones, pero os negáis a prestar atención o a explicarme vuestras intenciones con la suficiente claridad. Por eso, he decidido ignoraros.

—Podéis ignorarme cuanto queráis, pero ¿por qué estáis recogiendo vuestras pertenencias? ¿No os he explicado que tengo que inspeccionarlas?

—Vuestra arrogancia es asombrosa, alteza.

—Os vuelvo a pedir disculpas por las molestias que os haya causado mi persona. Por favor, volved a sacar vuestras cosas.

Alizeh apretó los dientes. Ardía en deseos de darle un puntapié.

—Van a prescindir de mis servicios en la Mansión Baz —anunció—. No puedo volver al trabajo. Dispongo de un tiempo muy limitado para abandonar las inmediaciones y una vez que deje la casa, tendré que apresurarme a huir de la ciudad por mi propia seguridad. —Arrancó la colcha de la cama de un tirón—. Así que, por favor, disculpadme.

El príncipe se colocó delante de ella.

—¿Pero qué absurdidad es esa? No lo permitiré.

La muchacha se hizo a un lado.

—No disponéis del control absoluto del universo, alteza.

—Tengo más control sobre él del que suponéis.

—No sé si prestáis atención a lo que decís, pero, de ser así, ¿cómo lo soportáis?

Para su sorpresa, el joven se rio.

—Permitidme que os diga que sois una caja de sorpresas. No me esperaba que tuvieseis un temperamento tan explosivo.

—Me resulta difícil creer que os formaseis una imagen de mí en absoluto.

—¿Por qué?

Alizeh vaciló y lo miró, perpleja.

—Disculpadme, pero ¿qué razón tendríais para hacer elucubraciones acerca de mi temperamento?

—¿Con una os basta? Porque dispongo de muchos motivos.

—¿Os burláis de mí? —preguntó, boquiabierta.

El príncipe esbozó una sonrisa tan amplia que la joven captó un atisbo de unos dientes blanquísimos. En cierto modo, aquel detalle cambiaba su aspecto y le suavizaba las facciones.

Guardó silencio.

—Sabed que, en cualquier caso, no os equivocáis —dijo Alizeh—. Por lo general, no suelo dejarme llevar por mi malhumor tan fácilmente. —Se mordió el labio y añadió—: Me temo que hay algo en vos que me resulta particularmente molesto.

—No debería importarme demasiado, si eso significa que destacaré en vuestra memoria —sonrió el joven.

Alizeh suspiró y metió de un empellón su almohadita en el bolso de viaje a punto de reventar antes de cerrarlo.

—Bueno, yo m...

Se oyó un ruido.

Era el lejano crujido que emitían las escaleras cuando la madera se expandía y se contraía. Nadie subía al último piso si no tenía un motivo de vital importancia y, si alguien se había tomado la molestia de acercarse hasta su dormitorio, no le cabía la menor duda de que era para asegurarse de que la joven ya se hubiera ido.

Alizeh no se paró a pensar antes de actuar y se dejó guiar, única y exclusivamente, por su instinto. En realidad, todo pasó tan deprisa que no comprendió lo que había hecho hasta que su mente regresó a su cuerpo y recobró la sensación en la piel.

Sintió al príncipe de improviso y en todas partes.

Lo había arrastrado hasta la esquina más alejada de la despensa, donde ahora aguardaban agazapados y ocultos tras un manto de invisibilidad que cubría tanto sus cuerpos como el bolso de viaje.

Además, Alizeh estaba prácticamente sentada sobre el regazo del joven.

Una sensación de calor que le recordaba vagamente a la humillación se extendía a una velocidad atroz por todo su ser. Aunque no se atrevía a moverse por miedo a descubrir su escondrijo, tampoco sobreviviría al quedarse en aquella posición: el cuerpo del príncipe se apretaba contra el suyo y sentía su cálido aliento en la nuca. Sin pretenderlo, inhaló su aroma: olía a flores de azahar y cuero, una embriagadora combinación que le embotó la cabeza y le puso los nervios a flor de piel.

—¿Acaso intentáis matarme? —susurró él—. Porque recurrís a unos métodos de lo más inusuales.

Alizeh no se atrevió a responder.

Si alguien la encontraba así, a solas con el príncipe, ni siquiera era capaz de imaginar las consecuencias a las que ambos tendrían que enfrentarse. Cualquier explicación verosímil resultaría imposible de creer.

Cuando giraron el pomo un segundo después, sintió cómo el príncipe se ponía rígido al comprender lo que sucedía. El corazón de la joven se desbocó cuando él se aferró a su cintura con más fuerza.

Se le había olvidado apagar la vela.

Alizeh se angustió al oír el crujido que emitía la puerta al abrirse. No tenía forma de saber a qué miembro del servicio habría enviado la señora Amina: si quien venía a buscarla era uno de los pocos jinn que trabajaban en la Mansión Baz, este los vería, puesto que su invisibilidad era una ilusión que solo funcionaba con los seres de arcilla. Tampoco estaba segura de que su intento por ocultar también al príncipe fuera a funcionar, al no haber hecho algo así nunca hasta ese momento.

Una figura se adentró en la estancia y, para el alivio de Alizeh, no era la señora Amina, sino un lacayo. El hombre recorrió la habitación con la mirada y Alizeh trató de ver la despensa desde su perspectiva: no quedaba nada salvo la cestita de flores secas.

Y la vela, esa condenada vela.

El lacayo recogió las flores y se acercó a la llama encendida mientras sacudía la cabeza con visible irritación para apagarla de un soplido. No le cupo la menor duda de que el hombre se estaría preguntando si Alizeh había tenido intención de prenderle fuego a la mansión tras haberse marchado de allí.

El lacayo se retiró un segundo después y cerró con un portazo al salir.

Eso fue todo.

El calvario había llegado a su fin.

Alizeh debería haberse alegrado al ver que su idea había surtido efecto, pero, al no disponer de ventanas, la diminuta habitación del ático se había quedado sin luz de un momento a otro y la sofocante oscuridad hizo que el tan conocido pánico de garras afiladas que la acompañaba despertase en la garganta de la joven y le constriñese el pecho. Tenía la sensación de estar sumergida en el fondo del océano, abandonada en una noche infinita para que esta la consumiese.

Y lo peor fue que cayó en la cuenta de que no era capaz de moverse.

Desesperada, Alizeh escudriñó la profunda negrura con los ojos entrecerrados para tratar de adaptarse a la impenetrable oscuridad y permitir que sus pupilas se dilatasen lo suficiente como para poder detectar una mínima chispa de luz. Fue en vano: cuanto más angustiada se sentía, más difícil le resultaba mantener la calma. Los latidos de su corazón, que cada vez golpeaban una mayor velocidad, le aleteaban en la garganta.

De pronto, el príncipe se movió y le rodeó la cintura para acomodar su postura. Aunque la alzó ligeramente, no hizo ninguna intención de poner distancia alguna entre sus cuerpos, sino que la acercó contra sí.

—Perdonadme, pero ¿vais a quedaros sentada sobre mi regazo para toda la eternidad? —le susurró al oído.

Alizeh se sintió desfallecer. No estaba segura de si debía echarle la culpa a la oscuridad o a la proximidad del príncipe, cuya creciente cercanía comenzaba a gestar un contradictorio remedio con el que combatir el pánico que sentía. De algún modo, la faceta más despiadada de sus temores se atenuaba gracias a la presencia del joven, que le infundía una inesperada paz.

Alizeh se relajó poco a poco y, con la misma calma, pero con un inconsciente esfuerzo, se recostó contra el cuerpo del príncipe, que reclamaba cada milímetro que ella cedía sin rechistar para envolverla en su calor y afianzar su abrazo. En un abrir y cerrar de ojos, la calidez que irradiaba la envolvió por completo y la joven se permitió imaginar, por un sublime instante, que el hielo de sus venas empezaba a derretirse para terminar por convertirse en un charquito a los pies del chico. Dejó escapar un suspiro silencioso mientras que el alivio se entremezclaba con su sangre congelada.

No tenía un nombre con el que designar aquel remedio.

Lo único que sabía era que el príncipe era fuerte. Incluso en ese preciso momento, apreciaba la pesada solidez de sus extremidades y la amplia extensión de su pecho, que constituía el lugar perfecto para reclinar la cabeza. Alizeh llevaba años sumida en tal estado de agotamiento que casi estaba llegando al borde del colapso, y ahora se sentía abrumada por el ilógico deseo de envolverse en el reconfortante peso de los brazos del muchacho y echarse a dormir. Quería cerrar los ojos y darse el lujo de descansar durante un buen rato sin que el temor o las preocupaciones le importunasen.

Ni siquiera recordaba la última vez que se había sentido tan segura.

Tan solo fueron un par de centímetros, pero el príncipe inclinó el torso hacia ella y le acarició la mejilla con la mandíbula; todo eran ángulos rectos y curvas suaves que entrechocaban, que se retiraban.

Alizeh lo oyó suspirar.

—No tengo ni la más remota idea de qué es lo que estamos haciendo —murmuró el joven—, pero, si lo que buscáis es convertirme en vuestro prisionero, solo tenéis que pedírmelo. Iré con vos sin oponer resistencia alguna.

Alizeh por poco dejó escapar una risa entre dientes, agradecida por el alivio que suponía su presencia. Se propuso concentrar su fracturada conciencia en la figura del príncipe para así permitir que su voz y su peso le sirvieran de guía. La maravillosa solidez del muchacho no solo le permitía sentirse seguro de sí mismo, sino que le ayudaba a confiar en el lugar que ocupaba en el mundo. Por el contrario, Alizeh a menudo se sentía como un barco a la deriva, como una víctima constante del vapuleo de las tormentas en las que se libraba por los pelos de naufragar una y otra vez. De pronto, llegó a una extraña conclusión: tal vez nunca llegaría a irse a pique si contase con un ancla que le proporcionase estabilidad.

—Os confesaré una cosa —susurró Alizeh, mientras, de manera inconsciente, envolvía los dedos alrededor del antebrazo del joven—. ¿Me prometéis que no os reiréis de mí?

—No prometo nada. —La muchacha emitió un ruidito afligido desde lo más profundo de la garganta—. Está bien, adelante —cedió él con un suspiro.

—Me da un poco de miedo la oscuridad.

El príncipe tardó un segundo en reaccionar.

—¿Cómo?

—Me deja paralizada, en realidad. Me da pánico la oscuridad. Ahora mismo, estoy muerta de miedo.

—No lo decís en serio.

—Me temo que sí, bastante en serio.

—Ayer asesinasteis a cinco hombres en mitad de la noche y ¿ahora esperáis que me crea tal sarta de tonterías?

—Es la verdad —insistió.

—Ya veo. Si os habéis inventado esa mentira para salvaguardar vuestro honor, espero que seáis consciente de que menoscaba vuestra inteligencia, puesto que es un embuste muy poco creíble. Os convendría más limitaros a admitir que os resulto atractivo y que deseáis estar más cerca de m...

Alizeh pronunció un sonido de protesta y, horrorizada, se levantó de golpe. Desafortunadamente, su rodilla lastimada, que había aguantado en una misma posición durante un tiempo excesivo, la hizo tropezar. Se apoyó en su antiguo catre para recuperar el equilibrio y ahogó un alarido mientras se aferraba al delgado colchón con ambas manos.

El corazón se le desbocó.

Un violento temblor se adueñó de su cuerpo cuando las venas se le volvieron a congelar; la escarcha llegó acompañada de una sensación de pánico tan intensa que le temblaron las rodillas. Ante la ausencia del príncipe, de su calor y del sólido pilar en el que se había convertido su figura, Alizeh se sintió helada y desprotegida. La oscuridad parecía haber adquirido un matiz mucho más mezquino sin la presencia cercana del joven, como si estuviera más dispuesta a devorarla de un bocado. Buscó a tientas y con manos temblorosas la puerta que se negaba a hacerse visible.

La mente racional de la muchacha era consciente de que el suyo era un temor absurdo y sabía que aquellos delirios solo eran imaginaciones suyas...

Pero, aun así, estaba por completo a su merced.

El miedo se había aferrado a su mente con ambas garras y la lanzaba dentro de un vórtice de insensatez que la hacía dar vueltas sin parar. De repente, todo en cuanto podía pensar era en que no quería morir de esa manera, constreñida por la oscuridad de la tierra. No quería que el sol, la luna y las estrellas la abandonaran ni tampoco que la fuerza del universo en expansión la engullera viva.

Se vio incapaz de respirar.

Entonces, unos brazos la rodearon y unas manos fuertes la estabilizaron en busca de ofrecerle apoyo. El príncipe trazó un mapa del cuerpo de Alizeh con los dedos hasta que encontró su rostro, lo tomó entre las manos e hizo un descubrimiento que lo dejó helado. Alizeh sintió el cambio en el muchacho cuando sus dedos se toparon con las lágrimas que caían lentamente por sus mejillas.

—Por todos los ángeles... hablabais en serio —susurró—. Sois una caja de sorpresas.

Alizeh se alejó de él, se secó las lágrimas y cerró los ojos con fuerza.

—Necesito orientarme, nada más. Mi... mi cama está aquí, lo que significa que la puerta debe de... debe de estar justo al otro lado. No os preocupéis, estaré bien.

—No lo entiendo. Con todo cuanto podría asustaros... Os he visto lidiar con la oscuridad en otras ocasiones y nunca reaccionasteis de esta manera.

—Es que no... —tragó saliva para tranquilizarse—. En aquellas instancias nunca había una oscuridad total. Las calles estaban iluminadas por las farolas. Y también estaba la luna... cuya presencia siempre me reconforta mucho.

—La presencia de la luna os reconforta —repitió con voz monótona el príncipe—. Qué cosas más raras decís.

—Por favor, no os riais de mí. Me prometisteis que no lo haríais.

—No me burlo de vos. No es más que un comentario: sois una joven de lo más singular.

—Y vos, alteza, sois un desconsiderado.

—Lloráis en medio de una habitación del tamaño de mi dedo pulgar y la puerta está tan solo a unos pasos de distancia de vos. ¿Comprendéis ahora por qué me resulta tan absurda la situación?

—Estáis siendo muy cruel.

—Estoy siendo sincero.

—No es necesario que demostréis tanta hostilidad.

—¿Pensáis que estoy siendo hostil? Os recuerdo que soy el hombre que acaba de salvaros la vida.

—¿Que me habéis salvado la vida, decís? —bramó Alizeh mientras se enjugaba las últimas lágrimas—. Qué rápido os atrevéis a vanagloriaros. No habéis movido un solo dedo para ayudarme.

—¿Ah, no? ¿Acaso no estabais en peligro? ¿No era esa la razón por la que llorabais?

—Por supuesto que no. Esa no era...

—Entonces comprenderéis lo que trato de explicar. No estabais en peligro y, por tanto, vuestro comportamiento era absurdo.

—Yo... —la joven vaciló. Se quedó boquiabierta—. Vaya, sois una persona terrible. Sois despiadado y desagradable y...

—Soy la generosidad personificada. ¿Acaso olvidáis que os he dejado sentaros en mi regazo durante un buen rato?

Alizeh jadeó.

—¡Cómo os atrev...!

La joven se interrumpió y las palabras murieron en sus labios cuando oyó el sonido ahogado de su risa y sintió el evidente estremecimiento de su cuerpo al tratar de contenerse.

—¿Por qué os irritáis con tanta facilidad? —preguntó sin dejar de resistirse a soltar una carcajada—. ¿No os dais cuenta de que, cuanto más sencillo me resulta sacaros de quicio, más me animáis a provocaros?

Alizeh se estremeció, puesto que se sentía de lo más ridícula.

—Entonces os estabais burlando de mí, a pesar de que os pedí que no lo hicierais.

—Os ruego que me disculpéis —dijo el príncipe con el fantasma de una sonrisa en la voz—. Sí, estaba tomándoos el pelo, pero mi único propósito era distraeros para que no tuvieseis miedo. Ahora comprendo que no tenéis por costumbre reíros de vos misma. O de los demás.

—Vaya —respondió la joven, que deseó que se la tragara la tierra—. Entiendo.

En ese momento, el príncipe recorrió el brazo de Alizeh con los dedos, dejando un rastro abrasador tras de sí.

La muchacha ni siquiera se atrevía a respirar.

Alizeh no sabía cómo habían llegado hasta ese punto, pero, a pesar de lo poco que se conocían, se daba cuenta de que compartía una conexión más estrecha con este peculiar príncipe que con cualquier otra persona. Incluso su tacto y su cercanía le resultaban familiares. No tenía forma de explicarlo, pero se sentía segura a su lado.

Sin duda, la nosta había jugado un papel importante en la conversación, puesto que, sin ella, habría cuestionado cada una de sus palabras y decisiones. Confiar sin un ápice de duda en la sinceridad del muchacho (saber que, en teoría, había acudido en su busca para protegerla a pesar de que eso iba en contra de los deseos del rey) la había dejado conmocionada. Ni siquiera tenía nada que ver con que el príncipe fuese apuesto u honrado; tampoco con que interpretase el papel de un caballero de radiante armadura...

No, la atracción que sentía por él era mucho más simple.

Hacía mucho tiempo que Alizeh se había visto obligada a llevar una insignificante vida al cobijo del anonimato. Estaba acostumbrada a que la acosaran, la despreciaran, la golpearan y le faltaran al respeto. A ojos de la sociedad, la joven apenas existía, casi ni se le consideraba un ser vivo, por lo que todas y cada una de las personas a las que había conocido en algún momento de su vida terminaban por olvidarla.

Esa era la razón por la que era todo un milagro que el príncipe se hubiera fijado en ella.

¿Cómo era posible que solo él hubiese reconocido en ella algo digno de destacar y recordar? Se llevaría el secreto a la tumba, pero que el príncipe la hubiese encontrado significaba mucho más para ella de lo que el joven podría llegar a comprender, por muchos que fueran los peligros que desencadenase su encuentro.

El príncipe tomó aliento.

—Me encantaría deciros en qué estoy pensando —dijo con voz queda—, pero estoy seguro de que me tildaréis de exagerado, incluso si juro estar siendo sincero.

Alizeh sintió ganas de reír.

—¿No os parece que jugáis un poco sucio al hacer tales afirmaciones cuando sabéis perfectamente que yo insistiré en que me lo contéis, alteza? ¿No os resulta injusto depositar todo el peso de vuestro propio interés sobre mis hombros?

El silencio se extendió por un momento entre ellos y Alizeh creyó ser capaz de percibir el asombro del joven.

—Me temo que confundís mis intenciones con las de otro tipo de persona —murmuró—. No estoy haciendo tal cosa. No les tengo miedo a las repercusiones de la sinceridad.

—¿Ah, no? —Alizeh se puso nerviosa.

—No.

—Vaya —exhaló.

Él acortó la escasa distancia que los separaba hasta que su proximidad se tornó peligrosa; estaban tan cerca que Alizeh supuso que solo tendría que levantar el mentón para que sus labios se tocasen.

La joven no lograba apaciguar su corazón.

—Vos sois todo en cuanto pienso desde que os conocí —confesó el príncipe—. Ahora, en vuestra presencia, siento que no soy el mismo que era. Estaría dispuesto a bajaros la luna hasta aquí si con eso lograse evitar que derramaseis una sola lágrima más.

Como muestra de la sinceridad del muchacho, la nosta emitió una nueva ola de calor contra la piel de Alizeh, que desbocó su aterrorizado corazón e hizo que una riada de emociones inundase cada centímetro de su ser. Alizeh se sentía desorientada y confundida aunque, al mismo tiempo, sus sentidos se habían agudizado a niveles insospechados. Era vagamente consciente del nuevo mundo que la aguardaba; un mundo de tremendos peligros que se mantenía a la espera, a la espera de salir a la superficie en cuanto ella se lo permitiera.

—¿Cuál es vuestro nombre? —susurró el joven.

Despacio, muy despacio, Alizeh rozó la cintura del príncipe con los dedos para que su cuerpo le sirviera de apoyo. La muchacha oyó que tomaba una ligera bocanada de aire.

—¿Por qué lo preguntáis?

Él vaciló por un instante antes de decir:

—Empiezo a sospechar que habéis causado un daño irreparable en mi interior. Me gustaría saber a quién debo culpar.

—¿Un daño irreparable? Estoy segura de que exageráis.

—Ojalá fuera así.

—Si lo que decís es verdad, alteza, entonces será mejor que nos despidamos aquí, como dos amigos sin nombre, para ahorrarle al otro cualquier posible perjuicio.

—¿Como amigos? —repitió el príncipe, consternado—. Si vuestra intención era herirme, sabed que lo habéis logrado.

—Estáis en lo cierto —sonrió Alizeh—. Creo que ni siquiera podremos partir como amigos. Será mejor que nos limitemos a decir adiós. ¿Os gustaría que nos diésemos la mano?

—Vaya, ahora me habéis herido de muerte.

—No temáis, excelencia. Nuestro breve intercambio quedará enterrado en el cementerio donde habitan los recuerdos olvidados.

Una risa fugaz escapó de los labios del príncipe, pero no reflejó alegría alguna.

—¿Os divierte torturarme con vuestras monsergas?

—En parte, sí.

—Bueno, me alegra saber que, por lo menos, os sirvo de entretenimiento.

Alizeh no perdió la sonrisa.

—Adiós —susurró—. Nuestro tiempo juntos ha llegado a su fin. Esta será la última vez que nos veamos y nuestros caminos no volverán a cruzarse.

—No digáis eso —dijo el príncipe con una repentina seriedad mientras una de sus manos viajaba por la curva de las costillas hasta alcanzar la cintura de la joven—. Decid cuanto os plazca, pero no pronunciéis esas palabras.

Alizeh dejó de sonreír. El corazón le latía con tanta violencia que estuvo segura de que le saldría un cardenal en el pecho.

—¿Qué queréis que diga entonces?

—Vuestro nombre. Quiero ver cómo vuestros labios pronuncian vuestro propio nombre.

La joven tomó aire y lo dejó escapar lentamente.

—Me llamo Alizeh. Alizeh de Saam, hija de Siavosh y de Kiana. Aunque tal vez hayáis oído hablar de mí como la princesa perdida de Arya.

El príncipe se quedó helado al oír sus últimas palabras y permaneció en silencio.

Cuando por fin se movió, capturó el rostro de la joven con una mano y le acarició la mejilla con el pulgar por un efímero segundo que llegó a su fin tan pronto como había comenzado. Después, habló en apenas un susurro:

—¿Queréis que os diga mi nombre, majestad?

—Os llamáis Kamran —respondió ella con suavidad—. Ya sé quién sois.

Cuando la besó, Alizeh no estaba preparada, puesto que la oscuridad le había negado un segundo previo a que sus labios se encontraran. El príncipe reclamó su boca con semejante anhelo que la dejó conmocionada y le arrancó un quejido angustiado del pecho, parecido a una suave exclamación.

Sentía la desesperación del joven en cada una de sus caricias mientras la besaba con una creciente necesidad que inspiraba en ella una respuesta que no sabría describir con palabras. Alizeh se limitó a inhalar su esencia, a mezclar la fragancia de la piel de Kamran con su propia sangre, de manera que el oscuro aroma floral le embotara el cerebro como un sedante. Las manos del chico recorrieron el cuerpo de la muchacha con un deseo que no se molestó en disimular y que ella le devolvió en la misma medida; ni siquiera era consciente de haber sentido nunca un anhelo tan intenso. No se detuvo a pensar en lo que hacía cuando lo atrajo hacia sí y entrelazó los brazos alrededor de su cuello. Cuando pasó las manos por el sedoso cabello del príncipe, este se quedó inmóvil por un segundo y, después, la besó tan intensamente que lo saboreó, cálido y dulce, sin detenerse ni por un solo momento. Las sensaciones que plagaban cada centímetro de la piel de Alizeh le impedían alejarse de él.

En realidad, no quería hacerlo.

Ella también se atrevió a tocarle, a acariciar la amplitud de su pecho y las esculpidas líneas de su cuerpo. Enseguida notó el cambio en la actitud del muchacho cuando lo correspondió: su respiración se aceleró en cuanto Alizeh posó los labios en el afilado ángulo de su mandíbula y en la curva de su cuello. El príncipe dejó escapar un sonido, un grave gemido que le nació en la garganta e hizo que la conciencia de la muchacha prendiese como una chispa en el interior de su pecho, extendiéndose por su piel antes de que el joven impactase de espaldas contra la pared, sin soltar la cintura de Alizeh en ningún momento. Aun así, la muchacha todavía necesitaba estar más cerca de él. Cuando se alejó de ella, Alizeh quedó desesperanzada y se lamentó por la pérdida de su contacto incluso cuando el joven le besó las mejillas y los párpados, cuando enterró las manos en sus cabellos sin previo aviso para retirar los pasadores que sostenían cada mechón y cuando buscó a tientas los botones de su vestido...

Vaya.

Alizeh se zafó del príncipe y se tambaleó hacia atrás con piernas temblorosas.

Temblaba hasta la médula. Ambos se esforzaron por recobrar el aliento, pero Alizeh apenas se reconocía a sí misma y tampoco identificaba el violento latido de su corazón o el inconmensurable deseo que había despertado en su interior. Ahora quería cosas que ni siquiera sabía definir y que nunca podría llegar a tener.

Pero ¿qué rayos había hecho?

—Alizeh.

Un escalofrío le recorrió el cuerpo al oírlo pronunciar su nombre con voz torturada. El pecho de la joven subía y bajaba, constreñido por el apretado corsé. De pronto, se sintió mareada, desesperada por respirar mejor.

Por todos los cielos, se había vuelto loca.

Jugaba con fuego al mezclarse con el príncipe de Ardunia. Era consciente de ello y, aun así, durante un breve lapso de tiempo, se las había arreglado para que no le importara. Había dejado a un lado su cordura y ahora estaba sufriendo las consecuencias de un descuido: el dolor que sentía en el corazón bien podría considerarse una de las primeras secuelas que ya comenzaban a hacerse notar.

Todo cuanto Alizeh quería hacer en ese momento era lanzarse a los brazos del príncipe una vez más, a pesar de que sabía que estaría cayendo de nuevo en otro ataque de locura.

—Mis disculpas —susurró Kamran con una voz rasposa que lo hacía sonar casi irreconocible—. No pretendía... No estaba pensando con claridad...

—Estoy bien —lo tranquilizó Alizeh mientras trataba de recobrar la compostura—. No os preocupéis por mí en ese aspecto. Ambos perdimos la cabeza por un momento.

—No me habéis entendido —replicó el príncipe con la voz cargada de emoción—. No he hecho nada que no quisiera hacer y no anhelo nada más que repetirlo.

Oh, vaya, Alizeh se quedó sin aliento.

En aquel momento, incluso estremecida, llegó a una conclusión irrefutable: lo que había ocurrido entre el príncipe y ella iba mucho más allá de un simple beso. A pesar de su inexperiencia, Alizeh sabía lo suficiente como para comprender que algo extraordinario se había desatado entre ellos.

Había sido algo único.

Era de vital importancia que aceptase ese hecho antes de que pasase a considerar su siguiente conclusión: que juntos no tenían ningún futuro.

En cierto sentido, sabía con una impactante claridad que la semilla que habían plantado juntos había germinado. Unos temblorosos brotes verdes emergieron del suelo que se extendía bajo sus pies. Eran brotes que, con los nutrientes adecuados, llegarían a convertirse en una majestuosa planta, un imponente árbol que no solo daría frutos y sombra, sino que le ofrecería a Alizeh un robusto tronco contra el que descansar sus agotadas articulaciones.

Sería impensable.

Y no solo eso: también sería un peligro. Una ruina. Tanto para sí mismos como para los mundos en los que se movían. Sus vidas estaban enfrentadas. Él debía ocuparse del reino que algún día se encargaría de gobernar y ella tenía una vida que sacar adelante. Tomar cualquier otro camino sumiría sus respectivos futuros en el caos.

El abuelo del príncipe estaba intentando acabar con la vida de Alizeh.

No. Aunque le partiera el alma, Alizeh supo en ese preciso momento que, si no destruía la delicada flor que se abría ante ellos ahora, llegaría un día en el que se haría lo suficientemente grande como para aplastarlos a los dos.

Debía alejarse de él.

Dio un paso atrás y el picaporte se le clavó en el espinazo.

—Esperad —le pidió el príncipe—. Por favor...

Ella tanteó a sus espaldas, cerró la mano alrededor del pomo y abrió la puerta.

Un único rayo de luz tenue iluminó la estancia y, cuando Alizeh vio su bolso de viaje tirado en un rincón, se apresuró a recuperarlo.

—Alizeh —dijo el príncipe mientras avanzaba hacia ella. Tenía una mirada angustiada y sus ojos brillaban presa del pánico—. Os ruego que no desaparezcáis. No ahora, no cuando acabo de encontraros.

La muchacha lo contempló fijamente. Sentía que el corazón se le iba a salir por la boca.

—Debéis entenderlo: no hay forma de tender un puente entre nuestras vidas ni existe camino alguno que conecte nuestros mundos.

—¿Y qué importancia tiene eso? Llegará el día en que gobernaré el imperio como crea conveniente. Yo mismo me encargaré de tender ese puente y de abrir un camino. ¿Acaso no me creéis capaz de ello?

—No prometáis cosas que luego no podréis cumplir. Ninguno de los dos estamos pensando fríamente ahora mismo.

—Estoy harto de guiarme por la razón. —Al joven le faltaba el aire—. Creo que prefiero dejarme llevar por la locura que nos consume.

Alizeh agarró el asa de su bolso de viaje con ambas manos y dio otro paso atrás con nerviosismo.

—No deberíais... No deberíais decirme esas cosas...

El príncipe se acercó a ella.

—¿Sabéis que deberé elegir esposa durante el baile de esta noche?

Alizeh se sorprendió ante lo conmocionada que la dejaron sus palabras, así como por la vaga sensación de náusea que se apoderó de ella. Había empezado a encontrarse mal de un momento a otro.

Estaba desconcertada.

—Tendré que casarme con una completa desconocida —había continuado el joven—. Otros escogerán a la candidata idónea para ser mi esposa... para ser mi reina en el futuro...

—Entonces... permitidme que os dé la enhorabuena...

—No digáis eso, os lo ruego.

El príncipe se había colocado ante ella con una mano extendida, como si tuviese intención de tocarla. No saber si la tocaría o no era una incertidumbre que la dejó sin aliento e hizo lo propio cuando las yemas de sus dedos por fin le acariciaron la cadera, trazaron un recorrido por la curva de su corpiño y se alejaron de su piel con un leve estremecimiento.

—¿Me permitiréis albergar cierta esperanza? —susurró—. Decidme que volveré a veros. Pedidme que espere por vos.

—¿Cómo os atrevéis a pedirme algo así cuando sois consciente de las terribles consecuencias que acarrearía? Vuestro pueblo pensará que os habéis vuelto loco... Vuestro propio rey renegará de vos...

Para sorpresa de Alizeh, Kamran se rio, aunque sonó airado.

—Así es —masculló—. Mi propio rey renegará de mí.

—Kamran...

El príncipe dio un paso adelante y Alizeh, que jadeó sorprendida, hizo lo propio con un paso atrás.

—Sabed... sabed una cosa —titubeó la joven con voz temblorosa—: Estoy tremendamente agradecida por lo que habéis hecho por mí hoy... por haber intentado protegerme. Estoy en deuda con vos, alteza, y no me olvidaré de vuestro gesto.

Alizeh captó el cambio en la expresión del muchacho cuando este cayó en la cuenta de que estaba dispuesta a marcharse de verdad, de que había llegado el momento de que sus caminos se separaran.

—Alizeh —rogó el príncipe con una cegadora mirada de dolor—. Por favor... no...

Entonces, la joven partió.

VEINTINUEVE

K amran salió tras ella y bajó las escaleras corriendo como un loco, como si fuera a ser capaz de alcanzar a un fantasma, como si el mero hecho de encontrarla fuera a ser suficiente. El príncipe no sabía cómo se las había arreglado para conciliar la atracción que sentía por la joven con la lealtad que profesaba por el rey, pero, incluso cuando su mente racional lo juzgaba por demostrar tal disidencia y siendo consciente de los aterradores sentimientos que empezaban a echar raíces en su interior, tampoco podía mirar hacia otro lado. Cada decisión que tomaba demostraba ser tan desleal como fútil, pero no era capaz de detenerse, de calmar su desbocado corazón o de despojarse de la locura que lo tenía preso.

Necesitaba verla... hablar con ella una vez más...

—Pero ¿por dónde andabais, querido?

Desorientado, Kamran se detuvo bruscamente en el rellano, donde su mente regresó a su cuerpo con la violencia de un trueno.

Su tía lo miraba desde un par de peldaños más abajo, aferrada a sus faldas con una mano y al pasamanos con la otra. Solo estaban dos tramos de escaleras por encima de la planta principal, pero, a juzgar por la delgada capa de sudor que le cubría la sien y por las profundas arrugas de su frente, era evidente que la mujer había pagado un alto precio por ir a buscarlo.

Kamran aminoró el paso.

El cansancio se abalanzó sobre él tan de improviso que asumió el impacto como si hubiera sido víctima de una agresión física, agarrándose al pasamanos para mantener el equilibrio.

Cerró los ojos.

—Os pido disculpas —dijo mientras recuperaba el aliento discretamente—. He perdido la noción del tiempo.

La duquesa hizo un ruidito de desaprobación y, cuando Kamran abrió los ojos, se dio cuenta de que lo estaba estudiando. Inspeccionaba su pelo, sus ojos e incluso las mangas de su jersey, las cuales se había arremangado hasta los codos en algún momento. Sin decir palabra, el príncipe se enderezó y, distraído, se pasó una mano por el cabello para retirarse un par de mechones negros de los ojos.

Le asustaba pensar en la facilidad con la que su corazón y su cabeza habían tomado caminos separados.

La duquesa Jamilah frunció los labios y extendió una mano, de modo que Kamran se apresuró a cerrar la distancia que los separaba para colocarse los delicados dedos de su tía sobre la curva del codo y ayudarla a bajar las escaleras de nuevo con sumo cuidado.

—Conque habéis perdido la noción del tiempo —comentó la mujer. Cuando Kamran emitió un murmullo para evitar contestar, su tía suspiró—: Ya veo. Parece que os habéis esmerado en recorrer cada centímetro de la casa, por lo que tengo entendido. Vuestros taciturnos paseos han causado un gran revuelo entre los miembros del servicio. Primero os preocupáis por el chiquillo sin hogar, después, por la snoda, y ahora deambuláis por la casa soñando despierto y mirando por las ventanas con una expresión cargada de anhelo. Todos piensan que sois un pobre romántico empedernido y no me sorprendería nada que todos esos chismorreos acabasen haciéndote un hueco en los periódicos de mañana. —La mujer vaciló antes de bajar un escalón y alzó la vista hacia el rostro de Kamran—. Id con cuidado, querido. Las muchachas más jóvenes terminarán bebiendo los vientos por vos solo con veros.

El joven se obligó a esbozar una sonrisa.

—Tenéis un don, querida tía. Componéis unas historias de lo más elaboradas con vuestros halagos.

—¿Creeis que exagero? —preguntó con una risa ronca.

—Tengo la sensación de que disfrutáis con ello.

La duquesa le dio un suave manotazo en el brazo.

—Pero qué muchacho más impertinente.

Kamran por fin esbozó una sonrisa genuina.

Habían alcanzado la planta principal y, aunque ya habían llegado al gran salón, el corazón de Kamran se negaba a ralentizar sus erráticos latidos. Había pasado tanto tiempo a oscuras que se sorprendió al ver la luz que entraba por los ventanales. Le dio la espalda al resplandeciente sol y desterró el agudo pinchazo que lo había atravesado al verlo. Kamran conocía a una joven que disfrutaría encantada del sol y que se sentiría reconfortada por su luz.

«La presencia de la luna me reconforta».

Con cierta desesperación, comprendió que, en adelante, todo le recordaría a ella. Pensaría en ella al contemplar el sol y la luna, así como los cambios entre luz y oscuridad.

También al apreciar las rosas de tonos rosados.

Estaban allí: justo allí había un colorido ramo dentro de un jarrón, un arreglo floral colocado a modo de decoración en el centro de una mesa alta de la mismísima estancia que ahora ocupaban. Kamran se liberó de la mano de su tía y se acercó hasta el ramo sin pensar en lo que hacía. Con cuidado, tomó una flor del jarrón y acarició sus aterciopelados pétalos antes de acercársela a la nariz y respirar su embriagador aroma.

La tía de Kamran soltó una aguda carcajada y el joven se estremeció.

—Debéis ser más considerado, querido. Las noticias acerca del melancólico príncipe de Ardunia se extenderán más allá de los muros de Setar si no tomáis pronto la decisión de actuar con mayor discreción.

El príncipe devolvió la rosa al jarrón con una tremenda delicadeza.

—¿Tan ridículo es el mundo en el que vivimos para que todas y cada una de mis acciones sean dignas de mención y siempre haya alguien listo para analizarlas con lupa? —preguntó en un susurro—. ¿Por qué no se me permite demostrar ni un ápice de humanidad? ¿Acaso no puedo disfrutar de las pequeñas cosas sin que se me censure o se me cuestione?

—Todas esas preguntas me confirman que hoy estáis distinto. —La duquesa se acercó al príncipe—. Kamran, algún día seréis rey. Para el pueblo, vuestro comportamiento es un indicador de lo que le deparará el futuro. El son al que lata vuestro corazón definirá el carácter de vuestro reinado, que, a su vez, tendrá un efecto sobre su vida. Quiero pensar que lo tenéis en cuenta. No debéis dejar que la curiosidad que sienten vuestros súbditos os moleste... no cuando sabéis que su vida depende en gran medida de la vuestra.

—Sin duda —concedió él con estudiada calma—. ¿Cómo iba a molestarme? Nunca les guardaría rencor por sus temores, así como tampoco podría olvidar los llamativos grilletes que enmarcan cada segundo y cada minuto de mi día a día.

La tía de Kamran tomó una profunda y temblorosa bocanada de aire antes de aceptar el brazo que le ofrecía el príncipe para continuar con su tranquilo paseo.

—Me estáis asustando, querido —comentó con suavidad—. ¿Por qué no me explicáis qué es lo que os ha dejado el ánimo patas arriba?

«Patas arriba».

Exacto.

Las entrañas de Kamran se habían reorganizado. Lo sentía en lo más profundo de su ser: sentía que su corazón había cambiado de posición y que sus costillas se habían cerrado alrededor de sus pulmones como si fueran un puño. Se sentía distinto, desplazado de su eje, y no estaba del todo seguro de que esa sensación fuera a desaparecer nunca.

Alizeh.

Aún oía el susurro de su voz al pronunciar su propio nombre en la oscuridad que se extendía entre ellos. El jadeo sorprendido que profirió cuando la besó se le había quedado grabado a fuego en la mente. La joven lo había tocado con una ternura que lo volvió loco y lo había mirado a los ojos con una sinceridad que lo desarmó.

Ella había hablado con sencillez, no había dado muestra alguna de petulancia y tampoco había lucido atormentada por un exagerado sentido del ridículo. Alizeh no se había mostrado impresionada ni intimidada por el príncipe y a Kamran no le cabía la menor duda de que lo había juzgado única y exclusivamente por sus propios méritos, sin que la corona importase lo más mínimo. Que la muchacha lo hubiera considerado digno de respeto y se hubiera entregado a él aunque solo fuera por un instante...

No se había dado cuenta de lo mucho que ansiaba la aprobación de la joven hasta ese preciso momento. La visión que el propio Kamran tenía de sí mismo ahora parecía estar sujeta a la opinión que Alizeh se hubiese formado de él.

¿Qué le había ocurrido?

No lo sabía, pero tampoco le importaba; él no era quién para cuestionar las decisiones de su corazón. Sí que reconocía, en cambio, que la muchacha había superado sus expectativas con creces y que ese detalle lo había transformado: la mente de la joven era tan aguda como su corazón y su sonrisa era tan arrolladora como sus lágrimas. Alizeh había sufrido tanto a lo largo de su vida que Kamran no había sabido qué esperar de ella. Se habría mostrado comprensivo si hubiese resultado ser una joven reservada y cínica, pero había demostrado estar llena de vida. Daba rienda suelta a sus emociones e irradiaba compasión por cada poro de su piel.

Todavía sentía el tacto de su cuerpo al sostenerla entre sus brazos. El aroma de la piel de Alizeh bañaba su mente y empapaba cada uno de sus pensamientos. Su propia piel se caldeaba al rememorar los sonidos ahogados de la joven y la forma en la que se había rendido a él. También al recordar su sabor.

Se moría por darle un puñetazo a un muro.

—¿Querido?

Kamran volvió al presente con un jadeo.

—Os ruego que me disculpéis —carraspeó discretamente—, me temo que mis tribulaciones son de lo más mundanas. Ayer no dormí bien y hoy apenas he comido nada. Estoy seguro de que mi estado de ánimo mejorará en cuanto hayamos disfrutado de una comida juntos. ¿Os parece bien si pasamos a almorzar?

—¡Ay, querido! —La tía de Kamran titubeó y la consternación le arrugó el ceño—. Tendremos que dejar ese almuerzo para otro día. Vuestro consejero ha venido a buscaros.

El príncipe se enfocó en el rostro de la duquesa con un movimiento brusco.

—¿Hazan está aquí?

—Me temo que sí. —La duquesa apartó la mirada—. Lleva un rato esperándoos y me atrevería a aventurar que no está muy contento por ello. Dice que os reclaman en palacio. Imagino que debe tener algo que ver con el baile, ¿no?

—Ah. —El joven asintió con la cabeza—. Seguro que tenéis razón.

Era mentira.

Si Hazan había venido a buscarlo en persona, era porque no confiaba en que un mensajero lograse hacer que Kamran regresase a palacio con la suficiente celeridad, lo cual significaba que algo no iba nada bien.

—Es una pena que vuestra visita haya resultado tan breve —dijo su tía con un entusiasmo muy poco natural.

—Aceptad mis más sinceras disculpas. —Kamran bajó la vista—. Tengo la sensación de que no os he prestado ninguna atención durante nuestro encuentro y que, en consecuencia, os he decepcionado. —Se detuvieron ante la entrada principal—. ¿Seríais tan amable de permitir que os compensase este reencuentro fallido con otra visita más adelante?

La duquesa Jamilah recobró el ánimo de inmediato.

—Me parece una idea estupenda, querido. Ya sabéis que aquí siempre seréis bienvenido. Solo tenéis que hacerme saber qué día os gustaría venir.

Kamran depositó un beso en la mano de su tía e hizo una pronunciada reverencia ante ella. Cuando sus miradas volvieron a encontrarse, la duquesa se había sonrojado.

—Hasta la próxima entonces.

—Alteza.

El príncipe se dio la vuelta al oír la voz airada de su consejero. Hazan no era capaz de ocultar su crispación, aunque tampoco hizo ningún esfuerzo por controlarla.

Kamran se obligó a esbozar una sonrisa.

—¡Por todos los cielos, Hazan! ¡Os va a dar un infarto! ¿Ya ni siquiera me permitís despedirme de mi tía?

El consejero hizo caso omiso de su comentario.

—El carruaje nos está esperando, alteza. No os preocupéis por vuestro caballo. Me he encargado de asegurar que regrese sano y salvo a palacio.

—Ya veo —murmuró el príncipe. Conocía a Hazan lo suficiente como para confirmar sus sospechas: algo iba muy muy mal.

Un sirviente le ofreció a Kamran su chaquetón y, después, una criada le procuró su bastón. Apenas dispuso de unos breves instantes para decirle adiós a su tía, recorrer los pocos pasos que le separaban del carruaje y acomodarse en su interior frente a su consejero.

En cuanto la puerta del carruaje se hubo cerrado, la expresión de Kamran se ensombreció.

—¿Qué ha pasado?

Hazan suspiró.

—Nos han llegado noticias desde Tulán, alteza.

TREINTA

Alizeh se detuvo en mitad de una de las concurridas calles de la ciudad con los ojos cerrados y el rostro cubierto por la snoda alzado hacia el cielo para disfrutar del sol.

Hacía un precioso día radiante, el aire era de un frescor vigorizante y no había ni una sola nube. A su alrededor, la vida seguía adelante con el tremendo estrépito de los cascos de los caballos y del traqueteo de las ruedas de los carros, mientras que el sabroso aroma del humo que emanaba de un puesto de kebab se arremolinaba sobre su cabeza. Cuando llegaba el mediodía a las doradas calles de Setar, la capital se llenaba de color y ajetreo: los clientes abarrotaban los puestos de comida y los tenderos anunciaban a gritos los productos que ofrecían.

La esperanza y el desconsuelo inundaban a partes iguales a la joven, que, mientras estaba allí parada, escuchaba la retahíla de excusas que le ofrecían las dos mitades de su corazón con un ecuánime poder de persuasión. No había tardado mucho tiempo en verse obligada a analizar con detalle la larga lista de problemas que la acuciaban, pero, en aquel momento, lo único que necesitaba era un respiro que le permitiera disfrutar de la escena que se estaba desarrollando ante ella.

Unos cuantos jilgueros diminutos gorjeaban nerviosos y saltaban de aquí para allá por la vereda. Por su parte, casi todos los enormes y lustrosos cuervos graznaban desde las alturas, si bien unos pocos se atrevían a bajar en picado para posarse sobre los sombreros y las cabezas de los transeúntes y tratar de arrebatar alguna baratija. De entre los airados tenderos que perseguían a aquellas bestias aladas escoba en mano, hubo un desafortunado comerciante que acabó golpeando a un hombre en la cabeza. Este, aturdido, cayó en manos de un niño sin hogar, que le robó el monedero y se perdió entre la multitud. El caballero gritó y salió en busca del pequeño ladronzuelo, pero la persecución quedó truncada cuando las puertas de una pastelería cercana se abrieron de par en par sin previo aviso y dieron paso a toda una marabunta de sirvientes que causaron una enorme conmoción al sumarse al bullicio de la calle.

Alrededor de una decena de snodas se abrieron paso sinuosamente entre la multitud. Caminaban en fila de a uno mientras cargaban con amplias y pesadas bandejas circulares que sostenían por encima de la cabeza y que estaban repletas de baklava, guirlache de pistacho, turrón blando, rosquillas almibaradas y espirales de masa frita bañadas en miel. El embriagador aroma del agua de rosas y del azúcar impregnaba el aire tras el paso de aquel desfile de sirvientes que se esmeraban por avanzar sin molestar a los muchos viandantes que ocupaban la avenida.

Alizeh se dio la vuelta.

Los adoquines dorados de la calzada estaban cubiertos por unas enormes alfombras de coloridos patrones sobre las cuales se sentaba con las piernas cruzadas un grupo de mujeres ataviadas con vibrantes chadors de flores; se reían y chismorreaban mientras manipulaban cestas cargadas de purpúreas flores de azafrán. Sus habilidosas manos solo se detenían en contadas ocasiones para beber el té que se habían servido en unos vasos de cristal de bordes bañados en oro. Ese era el único momento en el que sus ágiles movimientos cesaban. El resto del tiempo, separaban uno a uno los pistilos de la exuberante flor para añadir las hebras, tan rojas como rubíes, a las pilas de azafrán que crecían entre ellas.

La imagen era tan cautivadora que Alizeh casi no podía ni pestañear.

La última vez que se atrevió a detenerse en mitad de la calle durante tanto tiempo, había sido víctima de un joven ladrón, pero... ¿cómo se iba a privar de tal satisfacción después de haber pasado tanto tiempo sin disfrutar libremente de la luz del sol? Ese mundo lleno de vida que la rodeaba estaba a su entera disposición y estaba decidida a admirarlo, aunque fuera por un instante. Quería empaparse de él y recrearse en los latidos del corazón de la civilización.

Después de aquella noche, no volvería a pisar esas calles.

Si todo salía bien, se marcharía de la ciudad, y, si la situación se torcía, no tendría más remedio que huir.

Los ojos se le llenaron de lágrimas a pesar de estar sonriendo.

Alizeh se las arregló para abrirse camino entre las montañas de azafrán y solo se detuvo al quedarse prendada de un arreglo floral que decoraba el escaparate de una floristería: eléboros, camelias del color de la mantequilla y blancas campanillas de invierno le sonreían desde un jarrón de cristal tallado. Alizeh se quedó tan hechizada ante la imagen que por poco chocó con un granjero que se había detenido de improviso para darle un poco de alfalfa a una cabra greñuda.

Sobresaltada, quedó con los nervios a flor de piel.

La chica se apresuró a hacerse a un lado y se pegó tanto como pudo al escaparate de una sombrerería. De poco le sirvió tratar de apaciguar sus pensamientos, puesto que su subconsciente se había rebelado contra ella y se vio abrumada por el recuerdo de todo un aluvión de sensaciones: el susurro de una voz al oído, la caricia de una sonrisa esbozada junto a su mejilla, el peso de unos brazos alrededor de su cuerpo. Todavía saboreaba al joven en los labios y era capaz de evocar la sedosa textura de sus cabellos, así como el contacto de su firme mandíbula contra la palma de la mano. Su mero recuerdo era devastador.

Durante días, Alizeh había puesto todo su empeño en comprender las razones por las que el diablo le había advertido acerca del príncipe e, incluso después de lo ocurrido, seguía desconcertada. ¿Acaso habría sido por eso?

¿La advertencia estaría relacionada con aquel beso?

La muchacha se estremeció y tomó aire. A pesar de que su corazón cada vez latía más rápido, su mente comenzaba a ver las cosas con mayor claridad. Un millar de razones demostraban que lo que sucedió entre el príncipe y ella no había sido más que un tonto desliz..., y entre dichas razones, cabía destacar que él era el heredero a un imperio cuyo soberano estaba decidido a destruirla. Todavía no había comenzado a desentrañar las repercusiones de aquel descubrimiento ni se había parado a pensar en que, tal vez, encontraría respuesta para la cantidad de amigos y familiares queridos que habían tenido una muerte violenta y de inexplicables circunstancias. ¿Acaso el rey había tratado de acabar con su vida en otras ocasiones? ¿Habría sido él quien había orquestado la muerte de sus padres?

Le preocupaba no llegar a una conclusión clara.

Aunque Kamran hubiese encontrado la manera de eludir las órdenes de su abuelo para ayudarla antes, Alizeh no era una ingenua; era consciente de que uno no podía desvincularse de los lazos de sangre así como así. No le cabía la menor duda de que el príncipe le juraba lealtad a otra persona, por mucho que hubiese tenido un gesto amable con Alizeh.

En cualquier caso, Alizeh no quería ser demasiado dura consigo misma.

Aquel devaneo improvisado también había demostrado ser un inesperado respiro, un raro instante de placer frente a la eterna oscuridad en la que su vida parecía estar sumergida. Durante años, la joven se había preguntado si algún día aparecería alguien dispuesto a tocarla con cariño o a mirarla como si le importase.

No pensaba pasar aquella experiencia por alto.

Por supuesto, también tuvo su lado positivo: el momento fue de lo más tierno, por lo que asumiría lo sucedido con gusto y lo atesoraría en su recuerdo antes de seguir adelante con su vida, pero no volvería a pecar de tal insensatez.

Le consolaba saber, además, que su camino nunca se cruzaría con el de Kamran de nuevo y, aunque era lo mejor para ambos...

Sobresaltada por una bandada de pájaros que echó a volar sin previo aviso, Alizeh trastabilló hacia atrás con un grito ahogado y chocó con un joven que la apartó de su camino de un codazo, no sin antes mirarla con desprecio al ver la snoda que cubría su rostro.

Aunque Alizeh volvió a tambalearse tras recibir aquel duro golpe en las costillas, esa segunda vez logró recuperar el equilibrio enseguida y se escabulló a toda prisa entre la multitud.

Por supuesto, incluso mientras se despedía del príncipe, había sido consciente de que todavía cabía la posibilidad de que se vieran en el baile que se iba a celebrar aquella noche. No consideró necesario informarle que asistiría a la velada, puesto que, desde su punto de vista, volver a verlo sería una terrible idea. Y eso sin contar con que ahora sabía que la celebración no era más que una excusa para poner en marcha su inminente casamiento...

No, no quería ahondar en ese tema.

No tenía ninguna importancia. De hecho, no debía darle ninguna importancia. Se movían en círculos sociales que nunca llegarían a entrecruzarse en un evento de tal magnitud. No tenía razones para encontrarse con él.

El verdadero alcance del plan de huida de Hazan era un misterio para Alizeh, pero lo más seguro era que tuviese poco que ver con el baile en sí y, por su parte, el príncipe, al ser el homenajeado, se veía en la obligación de dedicarse en cuerpo y alma al festejo.

No, la probabilidad de que volviesen a verse era ínfima.

Ante la rotundidad de aquella conclusión, una fuerte punzada le atravesó las entrañas, un dolor agudo que no lograba descifrar. No sabría decir si lo que la embargaba era el anhelo o la pena, aunque quizás ambas fueran sensaciones idénticas, dos caras de una misma moneda.

Ah, ¿qué importaba?

Alizeh suspiró, se apartó para esquivar a un trío de muchachas que se perseguían entre la muchedumbre y se asomó a mirar, desanimada, a través del escaparate contra el que se había apoyado.

Unos niños sentados en fila frente a un mostrador alto devoraban manjares de color rosado, hechos con helado de granada y dos crujientes obleas recién horneadas. Los adultos que los acompañaban sonreían y sacudían la cabeza mientras limpiaban los pegajosos labios y las mejillas empapadas de lágrimas de todo aquel pequeño que consiguiesen atrapar. Los demás correteaban desatados por la tienda y toqueteaban frascos de cristal llenos de caramelos de frutas, mazapán de colores, cristales de azúcar y turrón con sabor a rosas.

Alizeh oía el sonido apagado de sus risas a través del cristal del escaparate.

Se aferró con más fuerza al bolso de viaje, tensa al notar cómo el corazón se le rompía en mil pedazos. Hubo un tiempo en el que Alizeh también había sido una niña pequeña que contaba con unos padres que la mimaban de igual manera. Pensó en lo agradable que era contar con el amor de otras personas y en la importancia del cariño.

En ese momento, una niñita curiosa que la saludaba con la mano llamó su atención.

Alizeh le devolvió el saludo tímidamente.

No tenía un hogar ni tampoco trabajo. Todo cuanto poseía cabía en su desgastado bolso de viaje y, en su monedero, el total de sus ahorros no ascendía a más de dos piezas de cobre. No tenía nada, no tenía a nadie; solo contaba consigo misma y eso tendría que bastar.

Siempre tendría que bastar.

Incluso en sus épocas de mayor desesperación, Alizeh había logrado rescatar de las profundidades de su alma el valor necesario para salir adelante. La agudeza de su mente, la destreza de sus hábiles manos y la resiliencia de su implacable espíritu la insuflaban esperanza.

Nada podría con ella.

Se negaba a rendirse.

Había llegado el momento de dar con la vía de escape que la liberaría de las penurias que vivía día tras día. Hazan la ayudaría, pero primero debía hallar la manera de salir del atolladero en el que se encontraba sumida.

Era hora de trazar un plan.

¿Cómo obtendría los materiales y enseres necesarios para confeccionarse un vestido? Habría contado con un mayor presupuesto de no haber sido porque la señorita Huda no le había abonado el adelanto por los cinco vestidos que le encargó, ya que prefería esperar a ver cómo Alizeh transformaba el vestido de tafetán que tenía intención de llevar durante el baile, el mismo que ahora descansaba todo arrugado dentro del bolso de viaje.

Alizeh suspiró.

Todo cuanto tenía eran dos piezas de cobre y no podría conseguir casi nada por ese precio en los puestos de los mercaderes de telas.

Hizo una mueca y siguió adelante mientras continuaba barajando sus opciones. Un anciano con una barba rala y un turbante blanco pasó a su lado a toda velocidad montado en una bicicleta de un intenso color azul y se detuvo con terrorífica brusquedad a unos cuantos metros de ella. El enjuto hombre se bajó del sillín, sacó un cartel de la cesta de su bicicleta y colgó el tablero de madera en la parte delantera de una carreta.

«Sacamuelas», rezaba.

Cuando el anciano vio que lo miraba, le hizo señas para que se acercase y le ofreció un descuento si le compraba un par de muelas del juicio.

Alizeh esbozó el fantasma de una sonrisa mientras sacudía la cabeza y contemplaba las diferentes escenas que se desarrollaban ante sus ojos con una pizca de tristeza. Llevaba meses viviendo en la capital y nunca había tenido oportunidad de disfrutar de la ciudad en su punto álgido. Había trovadores repartidos por todas partes, llenaban las calles de música al tocar el santur o el sitar y henchían el corazón de Alizeh de emoción. Sonrió de oreja a oreja al ver cómo los alegres transeúntes se detenían a bailar o daban palmas al pasar.

Tuvo la repentina sensación de estar viviendo un sueño. Los sonidos y las escenas que se sucedían a su alrededor eran una oda a la vida de lo más incongruente.

Alizeh se concentró en las muchas tareas que tendría que completar en un esfuerzo por luchar contra la vorágine de emociones que amenazaba con hacer que su mente zozobrara. Con ritmo decidido, dejó atrás la tienda de dulces así como la ruidosa calderería de al lado y pasó como una exhalación junto a un polvoriento emporio de alfombras, donde las mercancías se apilaban en coloridos rollos que llegaban hasta el techo y se desbordaban por las puertas. Al caminar por delante de una panadería que tenía las ventanas abiertas, se vio embargada por el delicioso aroma a pan recién hecho.

De pronto, aminoró el paso y su mirada se detuvo por un momento en los sacos de harina que había junto a la puerta.

Alizeh era capaz de confeccionar vestidos casi con cualquier material, pero, por mucho que pudiese dar con un tejido de calidad lo suficientemente aceptable, no podía presentarse en el baile con un vestido de arpillera sin acabar convirtiéndose en todo un espectáculo. Si lo que buscaba era pasar inadvertida, necesitaba mezclarse con el resto de las asistentes y eso implicaba vestir como una más.

La joven vaciló y evaluó sus opciones.

Aunque siempre se había asegurado de tratar las pocas pertenencias con las que contaba con sumo cuidado, su vestido de trabajo estaba a punto de caerse a pedazos de lo desgastado que estaba. El calicó gris siempre le había resultado soso, pero ahora parecía todavía más apagado, desgastado y sin vida por el implacable uso que le daba a la pieza. Tenía otro vestido de recambio, pero no le hacía falta echarle un vistazo para saber que su estado era similar. Sus medias le podrían servir, mientras que sus botas todavía tenían un buen aspecto, aunque debía lustrarlas... y remendar el agujero en la punta de una de ellas.

Alizeh se mordió el labio.

No tenía otra opción. Tendría que tragarse su propio orgullo, deshacer uno de sus aburridos vestidos y transformarlo en uno nuevo con la esperanza de tener material de sobra como para sacar el diseño adelante. Tal vez, incluso podría convertir los jirones de su delantal destrozado en un sencillo par de guantes... ¡Si tan solo encontrase un lugar seguro donde poder trabajar!

Dejó escapar un suspiro.

Decidió que lo primero que haría sería visitar los baños turcos. Podía permitirse pagar por un buen baño, puesto que los precios del hamam eran asequibles incluso para las personas más pobres. Pero...

Alizeh se detuvo en seco.

Se había topado con la botica y el reconocible edificio en el que se encontraba el establecimiento la dejó petrificada. Al verlo, reparó en que no se había parado a pensar en el estado de sus vendajes.

Se tocó con cuidado la venda de lino que le cubría el cuello.

Llevaba un par de horas sin sentir dolor en las manos ni en la garganta. Aunque seguro que era demasiado pronto para dejarse las heridas al aire por completo, ¿podría quitarse los vendajes al menos durante el tiempo que durase la velada? Lo que menos quería era atraer la atención de los asistentes al revelar que estaba herida.

Alizeh frunció el ceño, posó la mirada por segunda vez en la tienda y se preguntó si Deen estaría dentro. Había tomado la decisión de entrar y pedirle consejo profesional cuando recordó, con creciente pánico, lo que le había dicho aquella terrible noche, lo injusta que había sido con el príncipe y la reprimenda que le había dado el boticario al oír sus críticas.

No, había cambiado de idea.

Se apresuró a continuar su camino, esquivó por los pelos a una mujer que recogía pétalos de rosa del suelo y volvió a pararse en seco. Alizeh cerró los ojos con fuerza y sacudió la cabeza con brusquedad.

Se estaba comportando como una necia.

No conseguiría nada evitando al boticario y menos cuando necesitaba su ayuda. Se limitaría a no reincidir en el error de decir alguna estupidez, como en aquel primer encuentro.

Antes de que tuviese oportunidad de cambiar de opinión, retrocedió sobre sus pasos con decisión y, una vez que hubo llegado ante la botica, empujó la puerta con demasiado ímpetu.

Una campanilla repiqueteó cuando entró en el establecimiento.

—Un segundito, por favor —farfulló Deen sin levantar la vista desde detrás del mostrador. Estaba atendiendo a una anciana que se disponía a comprar una gran cantidad de flores de hibisco secas y el hombre le explicaba que tendría que tomar tres infusiones al día—: Por la mañana, por la tarde y por la noche. Si tomáis una taza a última hora de la tarde os ayudará mucho a...

En cuanto se percató de la presencia de Alizeh, Deen se quedó de piedra y sus ojos oscuros se abrieron de par en par a causa de la sorpresa. La muchacha levantó una mano para saludarlo sin mucha convicción, pero el boticario apartó la mirada.

—Eso es todo, os ayudará a conciliar el sueño —concluyó mientras contaba las monedas que le había ofrecido la anciana—. Si sentís algún malestar estomacal, reducid la dosis y tomad la infusión solo por la mañana y por la noche.

La mujer le dio las gracias en un susurro y se dispuso a marcharse. Alizeh la siguió con la mirada y oyó el suave tintineo de la campanilla de la puerta cuando abandonó la tienda.

Se produjo un breve silencio.

—Bueno, así que al final habéis venido —dijo el boticario, que por fin había levantado la vista—. Debo confesaros que no estaba del todo seguro de que fueseis a volver a pasar por aquí.

A Alizeh le dio un vuelco el corazón. Debía de haberla visto debatirse entre si entrar o no. En su fuero interno, había albergado la esperanza de que Deen no se acordase de ella ni de la incómoda conversación que habían compartido la última vez. Al parecer, no había tenido esa suerte.

—Aquí estoy —dijo—. Aunque yo también tenía mis dudas, si os soy sincera.

—En cualquier caso, me alegro de que hayáis venido —sonrió—. ¿Queréis que os traiga vuestro encargo?

—Ah, yo... no... —Alizeh se ruborizó y sintió que las dos insustanciales piezas de cobre que guardaba en su bolsillo se tornaban más pesadas—. Me temo que no he venido por... En realidad, me preguntaba si seríais tan amable de evaluar el estado de mis heridas un poco antes de lo acordado —explicó apresuradamente.

El enjuto boticario frunció el ceño.

—Pero habéis venido cinco días antes. Confío en que no hayáis sufrido ninguna complicación.

—No, señor. —Alizeh dio un paso adelante—. Los ungüentos han sido de tremenda ayuda. Es solo que el vendaje es... Bueno, es que creo que es demasiado llamativo. Atrae demasiadas miradas y, como preferiría ser menos visible, tenía la esperanza de poder dejar de llevarlos.

Deen la observó por un instante y estudió la reducida área de su rostro que quedaba a la vista.

—¿Queréis quitaros los vendajes cinco días antes?

—Así es, señor.

—¿Es vuestra ama de llaves quien os está importunando?

—No, señor. No es por...

—Estáis en todo vuestro derecho a cuidar de vuestras heridas, ¿sabéis? No es quién para ponerle trabas a vuestra recup...

—No, no es por eso —repitió Alizeh con mayor convicción.

Cuando la joven no ofreció más explicaciones, Deen inspiró hondo. No puso empeño alguno en ocultar su incredulidad y, aunque Alizeh no dio muestras de ello, se sorprendió ante la preocupación del hombre.

—Está bien —cedió con una exhalación—. Tomad asiento y veamos qué aspecto tienen vuestras heridas.

Alizeh se subió a uno de los taburetes altos que había frente al mostrador para que la examinase más cómodamente y Deen se dispuso a retirar con cuidado el vendaje que le cubría el cuello.

—Te has aplicado las vendas de maravilla —murmuró y Alizeh se limitó a asentir con la cabeza. Había algo en el movimiento de sus cuidadosas manos que la calmaba y la joven se atrevió a cerrar los ojos durante un instante.

No tenía palabras para expresar lo cansadísima que se sentía. Ni siquiera recordaba cuánto tiempo llevaba sin poder dormir durante más de un par de horas seguidas o cuándo había sido la última vez en que se había sentido tan segura como para no necesitar estar en continuo movimiento. No contaba con muchas oportunidades de sentarse a descansar y casi nunca se podía permitir estarse quieta.

Si tan solo lograse encontrar la manera de asistir al baile de aquella noche, se abriría un mundo de posibilidades ante ella. Descanso. Seguridad. Paz. Pero en cuanto a la forma que tomaría ese sueño...

No contaba con unas expectativas particularmente altas.

Alizeh era la monarca de un reino truncado, que ni siquiera disponía de un pequeño territorio donde gobernar. Los jinn que vivían repartidos por Ardunia eran muy pocos y los que vivían fuera del imperio eran difíciles de localizar. Antaño, la idea era que la muchacha fuese coronada reina, pero como Alizeh era demasiado joven, no le habían dado más detalles acerca del plan que tenían para ella. Sus padres siempre habían insistido en que se centrase en sus estudios o que disfrutase de su juventud mientras pudiese.

La muerte del padre de Alizeh cuando ella tenía doce años fue el detonante que su madre necesitaba para comenzar a preocuparse por lo poco que sabía su hija acerca de su propio futuro. Fue entonces cuando le habló a la joven acerca de la cordillera Arya y de la magia que yacía en su interior, indispensable para desatar los poderes que, según se decía, algún día llegaría a poseer. Cuando Alizeh le había preguntado por qué no se limitaban a ir hasta allí para apoderarse de dicha magia, su madre se había reído, apenada.

—No es una tarea sencilla —le había explicado—. Para extraer la magia, hay que contar con un mínimo de súbditos leales que estén dispuestos a morir por ti durante la ceremonia. La tierra te ha escogido para gobernar, mi amor, pero primero debes demostrarle a tu pueblo que eres digna de ser su reina. Cinco personas deben estar dispuestas a dar su vida *a cambio de tu ascenso al trono; solo ellas tendrán el poder de abrir un camino a través de las montañas.*

A Alizeh siempre le había parecido que aquel era un requisito brutal e innecesario. No se creía capaz de pedirles a tantas personas que muriesen por ella, ni siquiera en favor del bien común. Además, consideraba que era inútil tener en cuenta esa opción, puesto que estaba segura de que ya no había ni una sola persona que aceptase renunciar a su vida para conseguir tal propósito (y confiar en que Hazan se ofreciese voluntario para el sacrificio era algo precipitado).

De hecho, Alizeh sabía que, aunque se produjese un milagro y lograse reclamar su derecho al trono y la lealtad de cientos de miles de personas, con eso ya habría fallado a su pueblo en su papel de reina, puesto que habría sentenciado a sus propios súbditos a la muerte.

No necesitaba contar con una imaginación demasiado viva para saber que el rey de Ardunia aplastaría a cualquier rival que estuviese dentro de sus dominios y la reciente partida de caza que había enviado en su busca era prueba suficiente de los intereses del monarca. No estaba dispuesto a perder su trono ni tampoco a ver diezmada la lealtad de su pueblo, a pesar de que los jinn fuesen una minoría entre sus súbditos.

Alizeh abrió los ojos justo cuando Deen se disponía a retirar la última capa de vendas de su cuello.

—Si sois tan amable de extender las manos ante vos, señorita, os retiraré también esos vendajes —estaba pidiéndole el boticario—. Aunque me alegra decir que el corte de vuestro cuello parece estar curando muy bien...

Alizeh hizo lo que le pedía, pero giró la cabeza hacia la ventana, distraída por la imagen de una diminuta anciana que empujaba una abarrotada carretilla. La mujer había envejecido como lo haría un árbol: el paso del tiempo se le había grabado en el rostro con tal elegancia que Alizeh aventuró que podría adivinar su edad si contaba cada una de las líneas de su expresión. Se había teñido los blancos cabellos de un brillante color naranja con henna y lo llevaba recogido con un pañuelo de flores que hacía juego con su colorida falda, decorada con el mismo estampado. Alizeh se fijó en la cosecha que llevaba en la carretilla: una enorme pila de almendrucos, cuyo exterior tierno y recubierto de pelusilla estaba intacto y reluciente por la escarcha.

La anciana le dedicó un asentimiento de cabeza y la joven sonrió.

Cuando había llegado a Setar, descubrió que, para su sorpresa, le encantaba el ajetreo de la capital. El ruido y el frenesí le reconfortaban y le recordaban que no estaba sola en el mundo. Ser testigo del esfuerzo colectivo de tantas personas que a diario luchaban por salir adelante, creaban, trabajaban y respiraban...

Era algo que la llenaba de una inesperada tranquilidad.

A pesar de todo, Alizeh no se parecía al resto de sus conciudadanos. Numerosas eran las diferencias que la distanciaban de los demás, pero, sin duda, lo que más problemas le causaba era negarse a creer a pies juntillas en la grandeza del imperio arduniano. Siempre defendería que los Acuerdos de Fuego no eran una mera muestra de compasión. Si bien era cierto que los acuerdos habían sido planteados como un gesto de amabilidad, habían sido redactados por una única razón: porque todos deseaban ponerle fin al conflicto milenario que dividía a ambas razas.

Y ese fue el motivo exacto por el que su pueblo había accedido a firmar la paz.

Los jinn estaban cansados de vivir con miedo, de ver cómo sus hogares acababan reducidos a cenizas y de soportar que dieran caza y masacraran a sus amigos y familiares. Las madres de ambos bandos se habían hartado de recibir los cuerpos mutilados de sus hijos que llegaban desde el campo de batalla. El dolor que acompañaba a aquel interminable derramamiento de sangre había alcanzado su límite y, aunque ambos bandos anhelaban vivir en paz, el desprecio que sentían los unos por los otros no era algo que fuera a olvidarse de hoy para mañana.

Los acuerdos fueron aprobados en nombre de la unidad, eran un llamamiento a la colaboración, a la armonía y a la comprensión, pero Alizeh sabía que no eran más que una estrategia militar. Los seres de arcilla ya habían masacrado a los suficientes jinn como para que dejaran de ver su reducido número como una amenaza. Al concederles una falsa sensación de seguridad y pertenencia a los supervivientes, el rey de Ardunia consiguió, de manera efectiva, reprimir a los seres más fuertes y poderosos de la Tierra y asimilar a cientos de miles de ellos dentro de su imperio, donde ya se había encargado de darles un propósito: los jinn ardunianos solo tendrían permitido el uso de sus habilidades durante los tiempos de guerra, y siempre y cuando estuvieran pisando el campo de batalla. Todos los ciudadanos en pleno uso de sus facultades estaban obligados a servir en el ejército imperial durante cuatro años y los recién aceptados jinn no serían una excepción.

A lo largo y a lo ancho de Ardunia, al rey Zal se le consideraba un monarca generoso y justo, pero Alizeh no estaba dispuesta a depositar su fe en un hombre como él. Con un único y astuto decreto, no solo había logrado absolver a todos los seres de arcilla de las atrocidades cometidas contra los jinn, sino que se había posicionado como un rey magnánimo, había nutrido su ejército de reclutas con habilidades sobrenaturales y había despojado a esos seres de sangre fría que eran los jinn del derecho a vivir su vida de forma plena.

—Muy bien —celebró Deen—. Todo listo, señorita.

Alizeh, sorprendida por el inesperado tono alegre del boticario, volvió a centrar su atención en él de inmediato.

—¿Hay buenas noticias? —preguntó la joven.

—Así es, señorita. La capacidad de vuestra piel para recuperarse es asombrosa. Debo decir que, aunque conozco las muchas cualidades de los ungüentos que yo mismo elaboro, también soy consciente de sus limitaciones y nunca hasta ahora habían surtido efecto con tantísima rapidez.

Alizeh sintió que le daba un vuelco el corazón, asustada al oír aquella declaración, y retiró las manos apresuradamente para estudiar sus palmas bajo los rayos de sol que iluminaban el local. Solo se había cambiado los vendajes una vez desde que estuvo en la botica y lo hizo en plena noche, cuando estaba muerta de cansancio y solo contaba con la apagada luz de una vela para completar la tarea. La joven se contempló las manos, maravillada. La piel estaba tersa e inmaculada, no tenía ni un solo rasguño ni tampoco cicatriz alguna.

Descansó las manos, apretadas en puños, sobre su regazo.

Con frecuencia, Alizeh había tratado de descubrir cómo se las había arreglado para sobrevivir a tantísimas enfermedades, así como para recuperarse una y otra vez cuando vivía en la calle, incluso cuando se encontraba a las puertas de la muerte. Sabía que era inmune al fuego, puesto que el hielo que albergaba en lo más profundo de su ser lo repelía, pero aquella era la primera vez que tenía pruebas irrefutables de la tremenda resistencia de su cuerpo.

La joven miró al boticario con los ojos abiertos de par en par, presa de lo que parecía ser un ataque de pánico.

La sonrisa de Deen había comenzado a desvanecerse.

—Disculpad mi ignorancia, señorita, pero no suelo atender a muchos jinn y cuento con muy pocas experiencias que me sirvan de ejemplo. ¿Acaso... acaso no es común entre los vuestros contar con habilidades regenerativas?

Alizeh quiso mentirle, pero temía que su decisión tuviese efectos adversos, puesto que, al darle información errónea, el boticario podría errar en un futuro al tratar a cualquier otro jinn que buscase ayuda.

—No es muy común, no —ofreció en voz baja.

—Y asumo que no habíais sido consciente de vuestra rápida capacidad de curación hasta ahora, ¿verdad?

—En efecto.

—Ya veo. Bueno, entonces supongo que tendremos que tomárnoslo como un inesperado golpe de suerte, que, sin duda, ya estaba tardando en llegar. —El boticario trató de sonreír—. Creo que estáis más que lista para continuar sin los vendajes, señorita. No os preocupéis en ese aspecto.

—Entendido, señor. Os doy las gracias —dijo Alizeh mientras se ponía en pie—. ¿Cuánto os debo por la visita?

Deen se rio.

—Solo os he quitado los vendajes y os he explicado lo que, sin duda, vos habríais visto con vuestros propios ojos sin mayor problema. No tenéis que pagarme nada.

—¡Vaya! No, sois demasiado generoso... Os he quitado parte de vuestro tiempo, permitidme que...

—En absoluto. —La despachó con la mano—. No he tardado más de cinco minutos en atenderos. Además, llevaba todo el día esperando a que pasaseis por aquí y ya he recibido un pago de lo más generoso por las molestias.

Alizeh se detuvo en seco.

—¿Cómo decís?

—Vuestro amigo me pidió que estuviese preparado para cuando vinieseis —explicó el boticario, con el ceño ligeramente fruncido—. ¿Acaso no fue él quien os animó a venir aquí hoy?

—¿Mi amigo? —El corazón de Alizeh latía a toda velocidad.

—Eso es. —Ahora el boticario la miraba con extrañeza—. Vino esta mañana; es un joven bastante alto, ¿no? Llevaba puesto un sombrero de lo más interesante y tenía unos ojos de un intensísimo color azul. Insistió mucho en que vendríais y me pidió que no cerrase la botica, ni siquiera para comer, como tengo por costumbre. Me pidió que os entregara esto —Deen alzó un dedo y desapareció bajo el mostrador para recuperar un paquete largo y aparatoso— cuando por fin aparecieseis.

El boticario depositó la pesada caja de color amarillo pálido con cuidado sobre su mesa de trabajo y la deslizó por la desgastada superficie hasta dejarla ante la muchacha.

—Estaba convencido de que os habría informado acerca de su visita, puesto que parecía estar totalmente seguro de que vendríais hoy —explicó el hombre y, tras una pausa, añadió—: Espero no haberos alarmado.

Alizeh contempló la caja con atención mientras el pánico se adueñaba de su cuerpo a una preocupante velocidad. Ni siquiera se atrevía a tocar el paquete.

—¿Os dijo mi... mi amigo... su nombre? —preguntó, tragando saliva con delicadeza.

—Me temo que no, señorita. —Deen comenzaba a darse cuenta de que algo no iba bien—. ¿No reconocisteis al joven con la descripción que os he ofrecido? Me comentó que quería prepararos una agradable sorpresa y os confesaré que me pareció una idea... de lo más atractiva.

—Sí. Por supuesto. —Alizeh dejó escapar una risita forzada—. Sí, gracias. Es solo que... ha sido toda una sorpresa, ¿sabéis? No estoy en absoluto acostumbrada a recibir regalos tan extravagantes y me temo que no sé cómo aceptarlos.

Deen se tranquilizó al oír su respuesta y sus ojos brillaron con aún más intensidad que antes.

—Claro, señorita. Os comprendo a la perfección.

Se produjo un instante de silencio durante el cual Alizeh mantuvo una sonrisa grabada en su rostro.

—¿Sabéis a qué hora vino a entregar el paquete?

—Pues no podría decíroslo con exactitud. —Deen arrugó el ceño, pensativo—. Si no me equivoco, pasó por aquí a última hora de la mañana.

A última hora de la mañana.

Por si la descripción del boticario no hubiera sido suficiente, ahora Alizeh estaba segura de que aquella entrega no había sido obra del príncipe, puesto que había estado en la Mansión Baz a la hora que el hombre mencionaba. Tan solo conocía a otra persona que podría haber tenido un detalle así con ella, pero algo no encajaba...

Hazan no tenía los ojos azules.

Por supuesto, cabía la posibilidad de que Deen hubiese cometido un error. Quizá se había expresado mal o había visto al joven con poca luz. Hazan sí que era alto, así que, en ese aspecto, la descripción encajaba. Sin embargo, Alizeh no lo conocía lo suficiente como para saber a ciencia cierta si tendría la costumbre de llevar sombreros interesantes.

En cualquier caso, aquella era la conclusión más lógica.

Al fin y al cabo, Hazan le había asegurado que cuidaría de ella, ¿no? ¿Quién, si no, iba a prestar tanta atención a sus movimientos? ¿Quién, si no, iba a ser tan generoso con ella?

Alizeh volvió a centrarse en el hermoso paquete y en su inmaculado aspecto. Pasó un dedo con cautela por los bordes festoneados de la caja, así como por el sedoso lazo amarillo que la aseguraba por su parte central.

La joven sabía lo que contenía. Después de todo, era su trabajo saberlo, pero le parecía imposible.

—¿No vais a abrirlo, señorita? —Deen la contemplaba con atención—. Os confesaré que la curiosidad me está matando.

—Ah —susurró—. Claro. Por supuesto.

Un elaborado escalofrío de anticipación, mezcla del miedo y la emoción, le recorrió el cuerpo y acabó con la mínima calma que había logrado conjurar hasta ese momento.

Deshizo el lazo con un meticuloso tirón y abrió la pesada caja con un susurro de papel translúcido. Deen apartó la tapa de sus manos temblorosas y Alizeh se asomó a las profundidades del paquete con los ojos abiertos de par en par como una niña emocionada para descubrir un elegante y maravilloso vestido.

El boticario respiró asombrado.

Al principio, todo cuanto vio fueron capas y capas de vaporosa seda transparente de un pálido color lavanda. Apartó el envoltorio y alzó el artículo con cuidado para ver la diáfana tela de gasa a la luz. El material que cubría el corpiño estaba delicadamente fruncido y se ceñía a la cintura, mientras que una larga capa transparente cosida a los hombros del vestido hacía las veces de mangas. Las faldas susurraron como el viento entre sus manos y bailaron entre sus dedos como una suave brisa. Era un atuendo que combinaba la elegancia con la discreción: justo lo que necesitaba para la velada de aquella noche.

Alizeh por poco se puso a llorar.

Por llevar ese vestido, estaría dispuesta a morir de frío sin rechistar.

—Vuestro amigo os ha dejado una nota, señorita —apuntó Deen en voz baja.

La joven alzó la vista, aceptó la tarjeta que le ofrecía el boticario y se la guardó en un bolsillo. Había tomado la decisión de despedirse del dependiente para leer la nota sin preocuparse por su mirada inquisitiva, pero la extraña expresión en el semblante del hombre la detuvo.

Deen parecía estar... satisfecho.

A juzgar por su benévola expresión, Alizeh dedujo que el hombre creía que el regalo había sido una romántica muestra de afecto. Se dio cuenta de que el boticario no había tenido oportunidad de verle el rostro al descubierto y que, en consecuencia, solo podía aventurarse a adivinar la edad de la joven. Sin duda, debía de pensar que Alizeh era un poco mayor de lo que en realidad era o, quizá, debía creer que era la amante de un hombre noble ya casado. En cualquier otra circunstancia, aquella sería una suposición de lo más desafortunada; sería una conjetura que la reduciría, a ojos de la sociedad, al nivel de una vulgar ramera.

Sin embargo, a Deen no pareció importarle.

—No soy tan egoísta como para sentir envidia de vuestra felicidad —ofreció el hombre al ver el desconcierto que anegaba los ojos de la joven—. No puedo ni imaginar lo difícil que ha debido de ser vuestra vida.

Alizeh dio un paso atrás, presa de una absoluta sorpresa.

Aunque el hombre no podía estar más lejos de la realidad al conjeturar que la muchacha lo creía un envidioso, la sinceridad de sus palabras la conmovió y significó muchísimo más para ella de lo que sería capaz de expresar con palabras. De hecho, Alizeh se había quedado muda.

—Muchísimas gracias —consiguió farfullar.

—Soy consciente de que somos unos completos desconocidos —dijo el boticario, después de aclararse educadamente la garganta—, por lo que seguro que os resultará extraño lo que estoy a punto de deciros, pero... siento que hay un vínculo silencioso entre nosotros que nos une desde que nos conocimos.

—¿Un vínculo? —repitió, estupefacta—. ¿Conmigo?

—Así es. —El boticario rio por un segundo, pero su mirada estaba cargada de una emoción difícil de descifrar—. Yo también me siento obligado a ocultarle al mundo mi verdadero yo. Es una ardua tarea, ¿no creéis? Vivir con el miedo de que alguien se percate de tu auténtica identidad y preguntarte a cada segundo si los demás te aceptarían si te mostraras tal y como eres.

Alizeh sintió cómo una inesperada punzada de emoción se manifestaba en forma de un repentino estallido de calor tras sus ojos.

—Exacto —susurró.

Deen esbozó una sonrisa, aunque se le notaba tenso.

—Tal vez aquí, aunque seamos dos desconocidos, no tengamos por qué recelar el uno del otro.

—Por mi parte podéis estar tranquilo —aseguró Alizeh sin dudarlo—. No debemos perder la esperanza, señor. Llegará un día en el que todos nos desharemos de nuestras respectivas máscaras y viviremos sin miedo, sin tener que escondernos entre las sombras.

El boticario extendió el brazo y tomó las manos de la muchacha entre las suyas en una conmovedora muestra de amistoso afecto. Se quedaron así durante unos cuantos minutos antes de separar las manos poco a poco.

Deen la ayudó en silencio a recoger sus pertenencias y se dijeron adiós con un rápido asentimiento de cabeza.

La campanilla repicó suavemente cuando Alizeh abandonó el establecimiento.

Como la inesperada confesión del boticario, el peso del abarrotado bolso de viaje y la tan poco manejable caja del vestido de gasa consumían tanto su cuerpo como su alma, no reparó en la existencia de la tarjeta hasta que ya había recorrido media calle.

Con un violento sobresalto, Alizeh dejó caer el bolso de viaje al suelo, sacó la nota de su bolsillo y, con el corazón en un puño, desgarró el denso papel del sobrecito que la contenía.

Apenas podía respirar mientras recorría el breve mensaje con la mirada y estudiaba los trazos seguros y afilados de la nota manuscrita.

«Poneos esto esta noche y solo seréis visible
para quienes deseen vuestro bienestar».

TREINTA Y UNO

El palacio real había sido erigido al pie del cañón Narenj, de manera que su imponente entrada principal quedaba flanqueada por traicioneras y escarpadas paredes de roca, cuyo color coral contrastaba con el brillante mármol blanco de las cúpulas y los minaretes del edificio. La magnífica estructura que era el hogar del príncipe estaba contenida entre dos formaciones rocosas, dentro de una fisura colosal de frondosa vegetación que crecía incluso durante el invierno. Vastas praderas y numerosos enebros en flor proliferaban junto a las perpendiculares rocas anaranjadas, mientras que el follaje verdeazulado se enroscaba alrededor de las ramas irregulares de los árboles que crecían inclinados en dirección a un caudaloso y extenso río cuyo caudal fluía paralelo a la entrada del palacio. Sobre la trémula y sinuosa masa de agua, habían construido un enorme puente levadizo, una imponente obra de artesanía que daba a la calzada principal que conducía al corazón de Setar.

Kamran se encontraba en ese mismo puente y contemplaba ese río que antaño se le había antojado formidable.

Apenas había llovido nada durante la temporada y, en consecuencia, el nivel del agua bajo sus pies era bastante superficial y permanecía inmóvil ante la falta de viento. Kamran rezaba día y noche, con un nudo en el estómago, por que el regreso de las lluvias y el paso de las tormentas trajera consigo el agua que el imperio tanto necesitaba. De lo contrario...

—Estáis pensando en las cisternas otra vez, ¿no es así? —comentó el abuelo de Kamran en voz baja.

—Así es —dijo el príncipe mirando al rey.

—Bien.

Kamran y el rey Zal estaban el uno junto al otro en el puente, que era una zona donde las visitas que tenían autorización para entrar a palacio solían pararse. Cualquier visitante debía detener a su caballo mientras los guardias abrían el imponente portón que conducía al patio real. Para sorpresa del joven, cuando regresó de la Mansión Baz, su abuelo lo estaba esperando allí para interceptarlo.

Hacía ya rato que el carruaje que había traído a Kamran de vuelta a palacio se había marchado (llevándose a Hazan consigo), pero el anciano apenas había pronunciado una sola palabra. No se había interesado por la investigación de Kamran y tampoco había comentado nada acerca de la misiva llegada desde Tulán, de la que ahora estaba enterado gracias al resumen que le había ofrecido Hazan de camino a palacio.

Las noticias que les habían llegado eran, sin lugar a dudas, de lo más desconcertantes, pero el rey y su heredero no hablaron del tema. Se limitaron a contemplar en silencio a una criada que avanzaba por las tranquilas aguas bajo el puente, montada en una esbelta canoa cargada de flores frescas de intensos colores.

Pocas eran las veces en las que Kamran se detenía en aquel lugar, en la linde de los terrenos del palacio, aunque su reticencia a acercarse hasta allí no tenía nada que ver con el miedo a verse desprotegido. El edificio era impenetrable y las defensas naturales de su emplazamiento lo resguardaban por los cuatro costados. Además, la enorme extensión del palacio se encontraba rodeada por una muralla que se alzaba hasta las nubes y que estaba vigilada a todas horas por un mínimo de mil soldados que montaban guardia, armados con arcos y preparados para disparar.

No, el problema no era que el príncipe se sintiese indefenso.

A pesar de que era un lugar con vistas privilegiadas, Kamran tenía por costumbre evitar quedarse en el puente durante demasiado rato, puesto que le traía a la memoria un particular suceso de su niñez. Le costaba asimilar el tiempo que había pasado desde aquel fatídico día, ya que, en ciertos momentos, a él le parecía que todo había ocurrido hacía apenas unos pocos minutos.

En realidad, de aquello hacía ya siete años.

Por aquel entonces, el padre de Kamran estaba lejos de Ardunia; llevaba meses en Tulán, donde lideraba una guerra sin sentido. El joven Kamran se había visto obligado a quedarse en palacio, atrapado junto a sus tutores, una madre distante y un rey demasiado ocupado. Las visitas a casa de su tía eran lo único que lo rescataba de los largos periodos de preocupación y hastío que sobrellevaba.

El día en que se suponía que su padre regresaría a casa, el príncipe vigilaba desde los ventanales de palacio. Buscaba sin descanso un atisbo del conocido carruaje de su padre y, cuando por fin apareció, Kamran corrió como alma que lleva el diablo para salir a su encuentro y se detuvo, sin aliento por la emoción, en ese mismo puente, que se alzaba sobre ese mismo río. El muchacho esperó junto al carruaje, mientras los pulmones le ardían por el esfuerzo, a que su padre saliera a saludarlo.

La temporada de lluvias no les había dado tregua aquel año y había convertido el río en una terrorífica fuerza turbulenta y caudalosa. Kamran recordaba ese detalle porque se centró en el rugido del agua mientras aguardaba a que su padre abriese la puerta del carruaje y se dejase ver.

Cuando pasó un tiempo y su padre siguió sin salir, Kamran abrió la puerta de un tirón él mismo.

Más tarde, descubrió que en palacio estaban avisados (por supuesto que lo estaban) de que el carruaje llegaría vacío. Nadie se había parado a pensar en que también deberían haberle comunicado a aquel niño de once años que su padre no iba a regresar a casa.

Deberían haberle avisado que, en realidad, su padre había muerto.

Porque allí, en el mullido asiento de un carruaje que conocía tan bien como su propio nombre, Kamran no encontró a su padre, sino que halló la cabeza ensangrentada de su progenitor sobre una bandeja de plata.

No exageraba al asegurar que la escena había desencadenado en el joven príncipe una reacción tan visceral y demoledora que se sintió invadido por el súbito deseo de seguir a su padre hasta la otra vida pronto. Kamran no era capaz de imaginar la existencia sin él y no concebía vivir en un mundo donde hubiera personas dispuestas a hacerle eso a alguien. El muchacho caminó con parsimonia hasta el borde del puente, trepó por uno de sus altos muros y se tiró al río de agitadas aguas congeladas.

Fue su abuelo quien lo encontró y quien se sumergió en las heladas profundidades para rescatarlo y arrancar el cuerpo azulado y laxo de Kamran de las dulces garras de la muerte. A pesar de que los magos intervinieron en su reanimación, el príncipe tardó días en volver a abrir los ojos y, cuando lo hizo, lo único que vio fue la conocida mirada caoba de su abuelo, así como sus cabellos blancos. Y su reconfortante sonrisa amable.

«Todavía no ha llegado tu hora», había dicho el rey mientras acariciaba la mejilla del niño.

«Todavía no ha llegado tu hora».

—Os creéis que no os entiendo.

El sonido de la voz de su abuelo devolvió a Kamran al presente con un sobresalto, tras el que tomó una brusca bocanada de aire. Después, clavó la vista en el monarca.

—Perdonadme, majestad. ¿Qué decíais?

—Creéis que no os entiendo —repitió su abuelo, y se giró levemente para hacerle frente a su nieto—. Pensáis que no sé por qué lo hicisteis y me inquieta saber que me consideráis una persona tan insensible.

Kamran no respondió.

—Soy consciente de la razón por la cual el comportamiento de aquel niño callejero os dejó tan conmocionado —dijo el rey con voz queda—. Conozco el motivo por el que montasteis aquel espectáculo y por el que os sentisteis obligado a salvarle la vida. Aunque tuvimos que emplearnos a fondo para reconducir la situación, tus acciones no fueron un motivo de enojo para mí, puesto que sabía que no pretendíais causar ningún daño. De hecho, sé que, en ese momento, ni siquiera os parasteis a pensar en lo que hacíais.

Kamran clavó la mirada en la lejanía y se mantuvo en silencio.

El rey Zal suspiró y continuó hablando:

—He estado a vuestro lado desde que llegasteis al mundo y conozco vuestro corazón como la palma de mi mano. Siempre he sido capaz de comprender vuestras decisiones... Hasta vuestros errores tienen sentido para mí. —Hizo una pausa—. Pero ahora, por primera vez, me resulta imposible descifrar vuestros pensamientos. El interés que mostráis por la joven escapa a mi comprensión y temo vuestro siguiente movimiento más de lo que me gustaría admitir.

—¿Todavía seguís con ese tema? —Kamran se dio la vuelta, con un nudo en el estómago—. El conflicto con la joven está zanjado. Pensaba que ya le habíamos puesto un punto final a esa conversación. Lo pusimos esta misma mañana, para ser exactos.

—Yo también lo creía —coincidió el rey, que de pronto parecía agotado—. En cambio, ya me han informado acerca de vuestro extraño comportamiento durante la visita que hicisteis a la Mansión Baz. Ya hay rumores circulando acerca de la... de la «melancolía» que os embarga; por lo que he oído, así es como la describen.

Kamran apretó los dientes.

—Defendisteis a una joven snoda, ¿no es así? La protegisteis sin ningún reparo, le faltasteis al respeto a vuestra tía y, además, le distéis un susto de muerte al ama de llaves. —El príncipe maldijo en silencio y el rey continuó—: Decidme que aquella no era la misma joven de la que buscamos deshacernos. Decidme que no es la misma snoda que está destinada a ser mi perdición, que no es quien casi logra enviaros a pasar el resto de vuestros días en unas lóbregas mazmorras.

La furia destelló en los ojos de Kamran. Ya no era capaz de aplacar la furia que desataba en él la reciente traición de su abuelo y tampoco soportaría ni por un segundo más una de sus condescendientes muestras de superioridad. Estaba harto de ellas, cansado de participar en conversaciones que no iban a ningún lado.

Ya no sabía qué era lo que estaba haciendo mal.

Ese mismo día había acudido a la Mansión Baz para cumplir con el cometido que el rey le había impuesto, pero nada de lo sucedido había sido obra suya. El príncipe no tenía intención de huir con ella o, peor aún, de desposarla y convertirla en reina de Ardunia. Kamran todavía no estaba dispuesto a admitir la pura verdad: en un arrebato de locura, en efecto, habría estado dispuesto a hacerla su reina, siempre y cuando ella se lo hubiera permitido.

No merecía la pena mortificarse por ese detalle.

No iba a volver a ver a Alizeh nunca más, de eso estaba seguro, y no creía merecer el trato que le estaba dando su abuelo.

Asistiría al baile de aquella noche, se acabaría casando con la joven que consideraran más apropiada para él y, con tremenda amargura, se quedaría al margen mientras su abuelo continuaba con sus planes para acabar con la chica. Ni uno solo de sus errores sería irreversible; no había cometido un pecado merecedor de tan implacable condena.

—A la muchacha se le cayó un cubo de agua al suelo —explicó, molesto—. El ama de llaves iba a deshacerse de ella por su error y yo intercedí para que la joven continuase trabajando y no subiese a sus aposentos. Como bien recordaréis, el único motivo por el que fui hasta allí fue para registrar su cuarto y, si la hubiesen despedido, nuestros planes se habrían ido al traste. Aun así, mis esfuerzos no se vieron recompensados y la echaron a la calle sin dilación. Para cuando quise ponerme manos a la obra, sus aposentos ya estaban vacíos.

El rey juntó las manos a la espalda y giró todo el cuerpo para enfrentarse a su nieto y contemplarlo durante un largo rato.

—¿Y no os resultó raro que la echaran justo en el momento más oportuno? ¿No os habéis parado a pensar que lo más seguro fuera que orquestase la escena ella misma? Tal vez vio algo en vuestro rostro, sospechó de vuestras intenciones y calculó el instante perfecto para escapar y librarse así de cualquier escrutinio.

Kamran vaciló.

El muchacho quedó momentáneamente trastocado por el aguijonazo de la incertidumbre. Tan solo habría necesitado un segundo para repasar sus recuerdos antes de desestimar en rotundidad la supuesta farsa de Alizeh, pero, si además le hubiese concedido un minuto para reflexionar, habría encontrado pruebas suficientes con las que apoyar sus argumentos. Sin embargo, detenerse a recapacitar le costó al príncipe su credibilidad.

—Me decepcionáis al demostrar ser tan maleable en manos de una clara enemiga —dijo el rey—. No continuaré fingiendo que no me preocupa en absoluto. Decidme, ¿es hermosa? ¿Acaso... acaso caeríais rendido a los pies de cualquier joven atractiva?

El príncipe cerró la mano con fuerza alrededor de su bastón.

—No perdáis el tiempo en tirar mi nombre por tierra, majestad. ¿Esperabais que aceptase en silencio tales difamaciones? ¿Pensabais que no rebatiría esas ridículas acusaciones, tan alejadas de la realidad que pierden toda posible relevancia...

—No, Kamran. No os equivoquéis. Sabía que vuestro primer impulso consistiría en fingir indignación, tal y como estáis haciendo ahora.

—No voy a perm...

—Ya basta, muchacho. Se acabó. —El rey cerró los ojos y se aferró a la barandilla de cobre del puente levadizo—. A cada segundo que pasa, el mundo demuestra estar en mi contra y me doy cuenta de que no tengo el tiempo ni los medios necesarios para castigar vuestra insensatez. Al menos, me consuela saber que tenéis preparado todo un arsenal de excusas. Me habéis ofrecido unas explicaciones sólidas y con detalles bien fundamentados. —El rey Zal abrió los ojos, estudió a su nieto con detenimiento y continuó con voz queda—: Me reconforta saber que ya no os esforzáis por ocultar la deslealtad de vuestros actos, puesto que, al menos, vuestras mentiras me dicen que sois perfectamente consciente de los errores que cometéis. Rezo para que llegue el momento en el que vuestro buen juicio salga victorioso.

—Majestad...

—El rey de Tulán asistirá al baile de esta noche, como ya bien sabréis.

Con un tremendo esfuerzo, Kamran se tragó la lista de epítetos que se le acumulaban en los labios y se obligó a permanecer tranquilo.

—Estoy al tanto de ello —masculló.

El rey Zal asintió con la cabeza.

—No subestiméis a su joven monarca. No olvidéis que el rey Cyrus asesinó a su propio padre para quedarse con el trono. Aunque la visita no será una abierta declaración de guerra, no me cabe la menor duda de que su presencia en el baile será de carácter hostil, así que deberemos andarnos con cuidado.

—Estoy totalmente de acuerdo con vos.

—Bien. Muy b...

El abuelo de Kamran dejó escapar un jadeo y perdió el equilibrio durante un alarmante segundo. El príncipe sostuvo al rey por los brazos y lo ayudó a recuperar la compostura, a pesar de que el corazón del propio joven latía desbocado, presa del miedo. No importaba cuánto le enfureciera su abuelo o cuánto fingiera detestar al anciano; la verdad acompañaba al terror que lo atenazaba ante la idea de perderlo.

—¿Os encontráis bien, majestad?

—Mi querido muchacho, debéis estar preparado —dijo el rey, que cerró los ojos por un instante y extendió una mano para agarrar el hombro del príncipe—. Muy pronto, la sangre bañará las tierras del imperio y vos seréis testigo de ello, aunque Dios sabe que he intentado ahorraros esa imagen durante los últimos siete años.

Kamran se quedó inmóvil mientras su mente trataba de comprender aquella aciaga conjetura.

Desde el brutal asesinato de su padre, el príncipe había pasado día y noche preguntándose la razón por la que el rey no había vengado la muerte de su hijo, por la que no había desatado la furia de los siete niveles del infierno sobre el imperio vecino del sur. Nunca había tenido ningún sentido para él y, aun así, nunca se había atrevido a cuestionar a su abuelo, puesto que Kamran temía, incluso años después de la muerte de su padre, que la venganza también acabase arrebatándole a su abuelo.

—No lo entiendo —confesó el joven con la voz cargada de emoción—. ¿Firmasteis la paz con Tulán... por mí?

El rey esbozó una sonrisa triste y dejó caer su curtida mano del hombro de Kamran.

—¿Os sorprende descubrir que yo también tengo un corazón vulnerable? ¿Que tengo debilidades? ¿Que yo también he actuado como un insensato en ciertas ocasiones? He sido tremendamente egoísta. En vez de actuar con cabeza, yo también he tomado decisiones (decisiones que alterarían la vida de millones de personas) en base a los designios de mi corazón. Sí, muchacho —admitió con suavidad—. Lo hice por ti. No podría soportar verte sufrir, a pesar de ser consciente de que el sufrimiento es algo inevitable.

»A altas horas de la madrugada, traté de enmendar mis propios errores, traté de castigarte como un rey castigaría a cualquier hombre que cometiese un acto de traición. Sabes que mi reacción fue desmedida. Supongo que trataba de compensar una vida de restricciones.

—Majestad. —El corazón de Kamran latía desbocado—. Sigo sin entender lo que tratáis de decirme.

La sonrisa del rey Zal se había hecho más amplia y le brillaban los ojos a causa de la emoción.

—Eres mi punto débil, Kamran. Mi único propósito siempre fue mantenerte a salvo. Quería protegerte. Después de lo de tu padre... —el anciano vaciló y respiró con dificultad—. Después de aquello, no me veía capaz de dejarte solo. Durante siete años, me las arreglé para retrasar lo inevitable y convencí a nuestros líderes para que depusieran sus armas y diesen la guerra por concluida. Sin embargo, ahora que me encuentro ante el principio del fin de mis días, me doy cuenta de que lo único que he conseguido ha sido empeorar la situación para ti. He ignorado a mi instinto en favor de un falso periodo de paz.

»Se avecina una guerra —susurró—. Lleva ya un tiempo gestándose. Solo espero no haberte dejado desprovisto de las herramientas necesarias para hacerle frente.

TREINTA Y DOS

Alizeh dejó caer su bolso de viaje ante la puerta de entrada de la Finca Follad destinada al servicio, desesperada por librarse del peso de su equipaje aunque solo fuera por un momento. Por el contrario, a pesar del cansancio, se limitó a cambiar el peso de la enorme caja que contenía su vestido de un brazo a otro, dado que no estaba dispuesta a soltarla a no ser que fuese absolutamente necesario.

Aunque todavía le quedaba un largo día por delante después de haberse enfrentado a una decena de complicaciones, el optimismo de Alizeh no flaqueaba. Tras un buen baño en el hamam, se sentía como nueva, feliz de saber que pasaría un largo tiempo antes de que su cuerpo volviese a caer presa del azote de las interminables horas de trabajo duro. No obstante, aquel era un alivio que afrontaba con cierto reparo, puesto que no se olvidaba de lo complicado que sería conseguir un puesto similar si las cosas no salían como ella esperaba aquella noche.

Cambió el peso de su cuerpo de un pie a otro y trató de calmarse.

Durante la noche anterior, la Finca Follad le había resultado de lo más impresionante, pero, a la luz del atardecer, la residencia era aún más hermosa. Alizeh no se había fijado hasta ese momento en lo magníficos que eran los jardines que rodeaban el edificio ni tampoco en lo meticulosamente cuidados que estaban, aunque habría preferido no haber tenido un motivo para percatarse de dichos detalles.

Alizeh no quería estar allí.

Era inevitable, pero había retrasado tanto como había podido el momento de caminar hasta la Finca Follad para devolverle a la señorita Huda el vestido sin terminar y aceptar con diligencia los abusos verbales y la repulsa que, sin duda, recibiría a cambio. Quizá, decir que no le hacía ninguna ilusión tener que pasar por tamaño mal trago era quedarse bastante corta.

La señora Sana ya había salido a recibirla cuando Alizeh llamó a la puerta y, milagrosamente, la doncella no había echado a patadas a la desvergonzada snoda que solicitaba una audiencia con la joven señorita de la casa. Sin embargo, la mujer había exigido conocer la naturaleza de su visita, pero Alizeh se negó a contestar y pidió que le permitiera hablar con la señorita Huda directamente. La señora Sana, que clavó la mirada sin reparos en la bonita caja que la joven sostenía, encontró, por sus propios medios, una explicación mucho más satisfactoria para la visita de la muchacha y Alizeh no tenía ninguna intención de sacarla de su error.

Ahora Alizeh esperaba, nerviosa, a que la señorita Huda bajase a recibirla en cualquier momento. A pesar del frío glacial, la muchacha había llegado a la finca con la idea de esperar tanto como hiciese falta, en caso de que la señorita no estuviese en casa, pero, Alizeh tuvo otro inesperado golpe de suerte. En realidad, ante los recientes desafíos a los que se había tenido que enfrentar en los últimos días (entre los que cabía destacar un intento de asesinato y la pérdida de su puesto de trabajo, que, además, la había dejado sin un lugar donde dormir), se sentía tremendamente afortunada, por muy extraño que le pareciese. Alizeh se descubrió presa de un intenso arrebato de optimismo y los dos motivos más convincentes para ello eran los siguientes:

Por un lado, se le habían curado las heridas del cuello y de las manos, lo cual era digno de celebración, ya que sentía un enorme alivio al haberse despojado de los vendajes del cuello, así como de haber recuperado la movilidad en los dedos. Además, le habían empezado a causar una molesta comezón y se ensuciaban con facilidad, cosa que le crispaba más de lo que debería.

Por el otro lado, el vestido arrebatador que Hazan le había regalado para que asistiese al baile de aquella noche no solo le ahorraría tiempo, sino que también la libraría de pagar el posible precio que le habría costado confeccionar ella misma un atuendo elaborado en un tiempo tan limitado, así como buscar un lugar seguro donde trabajar. Y ni siquiera se había detenido a pensar en la magia que impregnaba el vestido de alguna manera; una magia que, por lo que había entendido, la ocultaría de aquellos que quisieran hacerle daño.

Aquella era, probablemente, su mayor fortuna.

Alizeh sabía que no podría acudir al baile real con la snoda puesta, por lo que había decidido mantener la cabeza gacha hasta que la velada llegase a su fin y limitarse a alzar la mirada solo cuando demostrase ser indispensable. Como era obvio, la alternativa que ahora se le presentaba era una opción mucho más atractiva.

A pesar de todo, la joven se mostraba recelosa, puesto que sabía que el vestido era un artículo increíblemente excepcional. Ni siquiera la familia real de Ardunia vestía con atuendos mágicos si no era para acudir al campo de batalla... e, incluso en ese caso, la indumentaria tenía sus limitaciones, dado que no existía una magia tan poderosa como para repeler a la muerte. Por si fuera poco, confeccionar una protección como aquella, diseñada en exclusiva para su portador, requería dominar una técnica sumamente compleja que solo los magos más diestros sabrían llevar a cabo... Y pocos eran los que alcanzaban tamañas habilidades.

La magia, como Alizeh sabía desde hacía mucho tiempo, se extraía como cualquier otro mineral: directamente de la tierra. Desconocía el emplazamiento exacto de las minas que el imperio explotaba para obtener esa preciada mercancía, puesto que no solo trabajaban con relativa discreción, sino que la magia arduniana difería de la que Alizeh necesitaba de la cordillera Arya. La de sus ancestros era una magia muy escasa y, aunque numerosos seres de arcilla lo habían intentado durante milenios, aquel material arcano había demostrado ser imposible de obtener.

En cualquier caso, las pequeñas reservas de magia arduniana eran limitadas y solo los iniciados en las artes mágicas podían manipular aquella volátil sustancia, ya que era algo letal para quienes lo utilizaran de forma incorrecta. Como resultado, el número de magos en Ardunia era bastante reducido; a los niños y a las niñas del imperio únicamente se les instruía en la magia si demostraban un interés genuino por la adivinación y solo unos pocos acababan siendo elegidos para estudiar dicho arte.

Por esa razón, Alizeh no lograba adivinar cómo se las había ingeniado Hazan para procurarle aquellos artículos tan excepcionales. Primero, la nosta, y ¿ahora le regalaba ese vestido?

La joven tomó otra profunda bocanada de aire y dejó que el frío se llevase su aliento al exhalar. El sol comenzaba a resquebrajarse sobre el horizonte y el caleidoscopio de color que bañaba las colinas arrastraba consigo la escasa calidez que quedaba en el cielo.

Alizeh llevaba esperando a la intemperie, como mínimo, desde hacía media hora, con una chaqueta fina y el pelo empapado. No disponía de un sombrero o un pañuelo con el que cubrirse los congelados cabellos y no cesaba de dar pisotones al suelo mientras le dedicaba una mirada iracunda al sol moribundo, preocupada por los escasos minutos de luz que quedarían.

El terreno sobre el que pisaba estaba cubierto por una densa capa de las hojas violáceas en descomposición que parecían haber caído hacía poco de los árboles del bosquecillo que rodeaba la magnífica finca. Las trémulas ramas fantasmagóricas que acababan de quedarse desnudas se arqueaban como si quisieran tocarse las unas a las otras y se curvaban hacia dentro como las múltiples patas torcidas de una araña decidida a acabar con su presa.

Justo en el momento en el que Alizeh había visualizado aquella perturbadora imagen en su mente, la pesada puerta de madera se abrió con un quejido para revelar el preocupado rostro y la molesta postura de la mismísima señorita Huda.

Alizeh hizo una reverencia ante la joven.

—Buenas tard...

—Ni una palabra —la interrumpió la señorita con voz cortante antes de agarrarla del brazo y tirar de ella para que entrara.

Alizeh apenas tuvo tiempo de recoger su bolso del suelo y estrecharlo entre los brazos antes de atravesar la cocina y los pasillos a toda velocidad y golpear las paredes y los suelos con sus voluminosos bultos en un intento por seguirle el ritmo a los movimientos erráticos y repentinos de la señorita Huda.

Cuando por fin se detuvieron, Alizeh trastabilló a causa del impulso remanente de la carrera y se tambaleó en el sitio mientras una puerta se cerraba a su espalda.

La caja y el bolso de Alizeh impactaron contra el suelo de manera consecutiva antes de que la muchacha pudiese recobrar la compostura y se diese la vuelta justo a tiempo para ver cómo la señorita Huda luchaba por recuperar el aliento con los ojos cerrados y se dejaba caer contra la puerta cerrada.

—Nunca —empezó a decir la joven mientras trataba de respirar—, nunca os presentéis aquí sin previo aviso. ¡Nunca! ¿Me oís?

—Lo siento en el alma, señorita. No me di cuenta...

—La única razón por la que conseguí organizar nuestro último encuentro fue porque fingí tener jaqueca para quedarme en casa cuando sabía que toda mi familia asistiría a una cena, pero ahora todos están en casa, preparándose para el baile; por eso era mi doncella quien debía recoger el vestido y ¡ay! Si madre se entera de que he contratado vuestros servicios para que me confeccionaseis un vestido, me dejará hecha una masa sanguinolenta que se retuerce en el suelo para, literalmente, descuartizarme después.

Alizeh la miró perpleja. La nosta no se enfrió, pero tampoco se calentó ante su respuesta y la ausencia de reacción por parte del objeto la desconcertó.

—Estoy segura de que... *literalmente* es una palabra muy fu...

—Hablo completamente en serio —la interrumpió la señorita Huda—. Madre es el mal personificado.

Alizeh, que conocía de primera mano a la personificación del mal en la Tierra, frunció el ceño.

—Os ruego que me disculpéis, señorita, pero eso no...

—¡Válgame! ¿Cómo os sacaré de la casa ahora? —La señorita Huda se pasó las manos por el rostro—. Los invitados de padre están al llegar y si alguno de ellos os ve... Si algún miembro del servicio os ve... ¡Por todos los cielos! Estoy segura de que madre me asesinará mientras duermo.

De nuevo, no obtuvo confirmación alguna de la veracidad de sus palabras por parte de la nosta y, por un aterrador instante, Alizeh estuvo segura de que la había roto.

—¡Ay, estoy condenada! —se lamentó la señorita Huda—. Condenada para siempre...

La nosta se caldeó repentinamente.

Entonces, no la había roto.

Alizeh se vio embargada por una oleada de alivio que la consternación enseguida se encargó de reemplazar. Si el diminuto orbe estaba bien, entonces quien dudaba de la veracidad de sus afirmaciones era la propia señorita Huda. Alizeh consideró con cierta preocupación que, tal vez, la joven no veía tan descabellado que su propia madre acabara poniéndole fin a su vida en algún momento.

Alizeh estudió la alterada figura de la muchacha que se alzaba ante ella y se preguntó si la señorita Huda tendría más problemas en casa de lo que daba a entender. Sabía que la madre de la joven no se escondía a la hora de demostrar su crueldad, pero la señorita Huda nunca la había descrito como una persona capaz de poner en peligro la integridad de su hija.

—¿De verdad es una mujer tan violenta? —susurró Alizeh.

—¿Cómo? —La señorita Huda alzó la vista.

—¿Os... os preocupa de veras que vuestra madre pueda llegar a asesinaros? Porque si consideráis que vuestra vida corre peligro d...

—¿Pero qué estáis diciendo? —espetó la señorita Huda, atónita—. ¿Acaso no sabéis lo que es una hipérbole? Por supuesto que no me preocupa de verdad que mi madre me mate. He entrado en pánico. ¿Ahora ya ni siquiera se me permite exagerar cuando entro en pánico?

—Yo... Sí —respondió Alizeh, antes de aclararse la garganta con cuidado—. Lo que quería decir era... O sea, solo quería asegurarme de que no temierais por vuestra vida. Me alivia saber que no corréis peligro.

La señorita Huda enmudeció inesperadamente ante sus palabras.

Se la quedó mirando sin pestañear durante lo que pareció una eternidad y la contempló como si no fuera una persona, sino un enigma. Aquella mirada mezquina era de lo más incómoda para Alizeh.

—Os ruego que me expliquéis qué pretendíais hacer al respecto —acabó diciendo la señorita Huda.

—¿Perdón?

—Si os hubiera confirmado que mi madre sí que tenía intención de matarme, ¿qué habríais hecho? —explicó con un suspiro—. Os lo pregunto porque, por un segundo, parecíais resuelta a actuar. Como si tuvieseis un plan.

Alizeh se dio cuenta de que se había sonrojado.

—No, señorita —respondió en voz queda—. En absoluto era esa mi intención.

—Pero sí que teníais un plan —insistió la señorita Huda, habiéndose olvidado del pánico que sentía—. No os servirá de nada negarlo, así que adelante: contádmelo. Explicadme vuestro plan para salvarme.

—No tenía ningún plan, señorita. Yo solo... Una idea se me pasó por la cabeza.

—Entonces, lo admitís. ¿Pensasteis en salvarme de las garras de mi sanguinaria madre?

Alizeh bajó la mirada y permaneció en silencio. En su opinión, el cruel comportamiento de la señorita Huda era insoportable.

—Oh, está bien —cedió la joven mientras se dejaba caer sobre una silla con una pizca de teatralidad—. No os obligaré a confesar vuestra idea si tan bochornoso os resulta. Sentía curiosidad, nada más. Al fin y al cabo, apenas me conocéis y me preguntaba por qué habríais de preocuparos por mí.

La nosta se calentó.

—¿Os genera curiosidad saber por qué me inquietaría la idea de que vuestra madre os asesinara? —repitió Alizeh, boquiabierta.

—¿Acaso no es eso lo que acabo de decir?

—¿Habláis... habláis en serio, señorita? —Alizeh era consciente de que la joven no bromeaba, pero no pudo evitar preguntárselo de todas maneras.

—Por supuesto. —La señorita Huda corrigió su postura—. ¿Qué os ha hecho dudar de mi escasa predisposición a la sutileza? Todos me conocen por mi franqueza y me atrevería a asegurar que si hay algo que madre odia más en mí que mi figura, es mi falta de sofisticación. Dice que heredé la lengua y las caderas de «aquella mujer», de «la otra mujer», que, por supuesto, es como se refiere siempre a mi madre biológica.

Cuando Alizeh no ofreció respuesta alguna ante su evidente esfuerzo por dejarla conmocionada, la joven señorita arqueó las cejas.

—¿Acaso no estabais al tanto de ese detalle? Quizá seáis la única persona en toda Setar que desconozca las circunstancias de mi nacimiento, puesto que, como mi padre se negó a ocultarle sus pecados al resto de la sociedad, por desgracia, la mía es una historia célebre. En cualquier caso, soy una hija ilegítima de los pies a la cabeza; soy la bastarda de un caballero y una cortesana. Ninguna de mis madres me ha querido nunca y eso no es ningún secreto.

Alizeh permaneció en silencio. No se atrevía a pronunciar palabra.

Le resultaba tan obvio que la indiferencia de la señorita Huda era impostada que se le hacía doloroso escucharla; no sabía si darle una sacudida o un abrazo.

—Sí —confesó Alizeh al final—. Eso lo sabía.

A Alizeh le pareció ver cómo un destello de alivio cruzaba la mirada de la señorita Huda, pero desapareció tan pronto como había llegado. De inmediato, Alizeh se sintió embargada por la compasión que la joven despertaba en ella.

La señorita Huda se había mostrado nerviosa.

Nerviosa porque Alizeh, una humilde criada, no estuviera al tanto de su origen y temía que, cuando se enterase, la juzgaría sin miramientos. Que la señorita Huda hubiese intentado escandalizarla no había sido más que un mero intento por divulgar aquella información y así evitar que Alizeh le hiciese daño si decidía dejar de tratarla con amabilidad tras haber descubierto su linaje.

Alizeh comprendía muy bien su miedo.

Sin embargo, gracias a que la joven estaba dispuesta a rebajarse ante la insignificante opinión de una snoda, Alizeh comprendió cuán profundas eran las inseguridades de la señorita Huda. Ese era un detalle que guardaría a buen recaudo en su mente para procurar no olvidarlo.

—Habría encontrado una forma de protegeros —murmuró Alizeh.

—¿Cómo decís?

—Si me hubierais dicho que vuestra madre trataba de asesinaros de verdad habría encontrado una forma de protegeros —explicó.

—¿Vos? —la señorita Huda rio—. ¿Vos me habríais protegido a mí?

Alizeh agachó la cabeza mientras luchaba contra una renovada ola de crispación.

—Me pedisteis que os hiciera una confesión... puesto que sí que pensé en ello. Ahí la tenéis.

Se hizo un breve silencio.

—Habláis en serio —concluyó la joven señorita.

Alizeh alzó la vista ante el suave tono de voz que había utilizado la muchacha. Se sorprendió al descubrir que ya no había rastro de aquella mirada llena de desdén en el rostro de la señorita Huda; sus ojos marrones estaban abiertos de par en par y llenos de pura emoción. De pronto, parecía muy joven.

—Así es, señorita —asintió Alizeh—. Lo decía en serio.

—¡Cielos! Sois una muchacha de lo más singular.

Alizeh tomó una profunda bocanada de aire. Ya era la segunda vez que alguien la tildaba de ser una persona singular y no sabía muy bien cómo sentirse al respecto.

Decidió que lo mejor sería cambiar de tema.

—Si me permitís ir al grano, he venido a veros para hablar sobre vuestro vestido.

—Ah, por supuesto —coincidió la señorita Huda, que se puso de pie con entusiasmo y se acercó a la enorme caja que Alizeh traía consigo—. ¿Está aquí dentro? ¿Puedo abrirl...?

Alizeh se lanzó a por la caja antes de que la otra joven pudiese alcanzarla y la sostuvo contra su pecho. Retrocedió un par de pasos mientras el corazón le latía desbocado.

—No —se apresuró a decir—. No, esto es... esto es otra cosa. Un encargo para otra clienta. En realidad he venido hasta aquí para avisaros que no he terminado vuestro vestido. De hecho, no voy a poder terminarlo.

La señorita Huda la miró con expresión encolerizada.

—Cómo... Pero cómo habéis...

—Han decidido prescindir de mis servicios en la Mansión Baz —explicó Alizeh rápidamente, que buscó su bolso de viaje a tiendas antes de tomarlo entre sus brazos—. Habría dado lo que fuera por terminar el encargo, señorita, pero no tengo un sitio donde vivir ni tampoco uno donde trabajar, y en la calle hace tanto frío que apenas soy capaz de sostener una aguja sin que se me duerman los dedos...

—Pero me lo prometisteis... Dijisteis... dijisteis que lo tendríais listo para el baile...

—Lo siento muchísimo —se disculpó la joven mientras se acercaba discretamente a la puerta—. Os juro que lo siento en el alma y entenderé a la perfección que os sintáis decepcionada. Ahora, me marcharé para evitar importunaros aún más de lo que ya lo he hecho... aunque, por supuesto, os devolveré vuestro vestido —abrió la trabilla del bolso de viaje y sacó la pieza de ropa de su interior— y os dejaré tranquila el resto de la tarde...

—¡Ni se os ocurra!

Alizeh se quedó petrificada.

—¿Necesitáis un lugar donde trabajar? Bueno, pues quedaos aquí. —La señorita Huda abarcó la estancia con un movimiento de la mano—. Quedaos a terminar vuestro trabajo. Así podréis marcharos sin levantar sospechas cuando todos salgamos para acudir al baile.

A Alizeh se le escurrió el bolso de viaje de entre los dedos congelados y este cayó al suelo con un golpe seco.

Era una propuesta inaudita.

—¿Queréis que os lo termine ahora? ¿Aquí? ¿En vuestros aposentos? Pero ¿qué pasa si entra alguna doncella? ¿Y si vuestra madre os necesita? ¿Y si...?

—¡Y yo qué sé! —exclamó la señorita Huda, disgustada—. Pero ya no hay forma de que os marchéis, puesto que los invitados de padre, sin duda... —consultó la hora en el reloj de la pared, cuyo péndulo dorado oscilaba de izquierda a derecha— Sí, ya deberían estar aquí, lo cual significa que la casa estará llena de embajadores que llegan con antelación a Setar para acudir al baile, puesto que son todos de lo más punt...

—¿Tal vez podría salir por la ventana?

La señorita Huda la fulminó con la mirada.

—Ni se os ocurra hacer tal cosa. Es una idea absurda y, además, quiero mi vestido. No tengo otra cosa que ponerme y vos misma habéis admitido que estáis desocupada, ¿no es así? ¿No habéis dicho que han prescindido de vuestros servicios?

Alizeh cerró los ojos con fuerza.

—Así es.

—Entonces nadie reparará en vuestra ausencia, ¿o es que acaso tenéis un techo al que regresar en esta fría noche de invierno?

—No —respondió Alizeh, abriendo los ojos.

—En ese caso no comprendo por qué mostráis tanta reticencia. Y quitaos esa monstruosidad infernal de la cara enseguida —exigió la señorita Huda al tiempo que levantaba ligeramente la barbilla—. Ya no sois una snoda, ahora sois modista.

Alizeh alzó la vista al oír sus palabras y sintió que el testigo luminoso de su corazón parpadeaba. Aunque valoraba el intento de la joven por animarla, la señorita Huda no comprendía la situación. Si Alizeh debía esperar a que todo el mundo abandonase la Finca Follad para acudir al baile, ella llegaría tardísimo a su cita. No tenía más opción que ir a pie hasta palacio y, por esa razón, había previsto salir con relativa antelación. A pesar de poder moverse a velocidades extraordinarias, no superaba la rapidez de un carruaje y tampoco se atrevería a correr demasiado ataviada con un vestido tan delicado como el que llevaría al baile.

Omid pensaría que lo había abandonado. Hazan se preguntaría si habría encontrado la manera de acudir al baile de forma segura.

No podía llegar tarde. No era negociable. Había demasiado en juego.

—Os lo ruego, señorita. Debo marcharme. En realidad... en realidad, soy una jinn —confesó Alizeh con nerviosismo; utilizó su último recurso—. No tenéis de qué preocuparos, puesto que puedo hacerme invisible y nadie me verá sal...

La señorita Huda se quedó boquiabierta.

—Vuestro atrevimiento me deja perpleja. ¿Acaso se os olvida con quién estáis hablando? Sí, seré una bastarda, pero sigo siendo la hija de un embajador arduniano —sentenció, cada vez más enfadada—. ¿Os dais cuenta de que estáis en casa de un oficial que fue escogido por la mismísima corona? ¿Cómo os atrevéis tan siquiera a sugerir en mi presencia la posibilidad de cometer tamaña ilegalidad? No comprendo...

—Os ruego que me disculpéis —intervino Alizeh, alarmada. Una vez que la señorita Huda hubo censurado su proposición, comprendió la gravedad de su error; cualquier otra persona habría avisado a las autoridades de inmediato—. Yo solo... No pensaba con claridad... Mi única motivación era ofrecer una solución al claro problema que os atormenta y yo...

—El mayor problema, en mi opinión, es que me hicisteis una promesa y la habéis roto sin contemplaciones. —La señorita

Huda la observó con los ojos entrecerrados—. Vuestras excusas no son suficientes, así que os exijo que lo terminéis.

Alizeh luchó por respirar. Su corazón latía a una velocidad vertiginosa.

—¿A qué esperáis? Adelante —acució la señorita Huda, aunque su ira comenzaba a amainar. Señaló el velo de la joven con languidez—. Considerad este día como el principio de una nueva era. Como un nuevo comienzo.

Alizeh cerró los ojos.

¿Acaso tenía alguna importancia ya que llevase la snoda? Para bien o para mal, abandonaría Setar aquella misma noche. Nunca volvería a ver a la señorita Huda y Alizeh dudaba que la joven fuese a ir hablando por ahí acerca del extraño color de sus ojos. Lo más seguro era que desconociese la razón por la que eran así, puesto que pocos seres de arcilla estaban al tanto de la historia de los jinn y la señorita Huda no sería consciente de la relevancia de lo que estaría a punto de descubrir.

Si Alizeh ocultaba su rostro, no era por la reacción de los seres de arcilla en general, sino porque temía que la atención de la persona incorrecta se posase en ella. Le bastaba con exponerse al desconocido que no debía para quedar sentenciada. En efecto, la peligrosa situación en la que se encontraba en aquel preciso momento no hacía más que confirmar sus miedos. Contra todo pronóstico, Kamran se las había arreglado para no caer en sus estratagemas y había descubierto su identidad bajo la snoda.

En todos esos años, él había sido el único en lograrlo.

La joven inspiró hondo y ahuyentó el recuerdo del muchacho para ahorrarle a su corazón el mal trago de pensar en él. Sin previo aviso, su mente voló hasta sus padres, quienes siempre se habían preocupado por el riesgo que correría la vida de su hija a causa del color de sus ojos. Nunca habían perdido la esperanza de llevarla hasta la tierra que ellos consideraban su derecho de nacimiento para sentarla en el trono.

Desde pequeña, Alizeh había sido educada para reclamar lo que era suyo.

¿Qué pensarían de ella si la viesen ahora? No tenía trabajo, no tenía un hogar y se encontraba a merced de una joven de alta alcurnia. Para sus adentros, Alizeh estaba avergonzada por lo impotente que se sentía en aquel momento.

Sin mediar palabra, se soltó la snoda que le cubría los ojos y, muy a su pesar, dejó que la pieza de seda cayese entre sus dedos. Cuando Alizeh por fin alzó la vista para toparse con la mirada de la señorita Huda, está quedó presa del miedo.

—Santo cielo —jadeó—. Sois vos.

TREINTA Y TRES

Kamran se encogió de dolor.

La modista, que había vuelto a clavarle otro alfiler, canturreaba en voz baja mientras trabajaba, estirando la tela en ciertas zonas y remetiéndola en otras. Todavía no había llegado a la conclusión de si la mujer era una inconsciente o una desalmada. Nunca parecía tener ningún reparo en mutilarlo, ni siquiera cuando el joven le había pedido, en numerosas ocasiones, que interrumpiese aquella innecesaria demostración de crueldad.

El príncipe contempló a la modista: una anciana que portaba un bombín de terciopelo en la cabeza y que, como era tan diminuta que apenas le llegaba a Kamran por la cintura, trabajaba subida en un pequeño y tambaleante taburete de madera. Olía a berenjena caramelizada.

—¿Os falta mucho, madame? —espetó lacónicamente.

La mujer se sobresaltó al oír su voz y volvió a asestarle otro pinchazo que le arrancó un siseo. La anciana lo miró fijamente con unos enormes ojos de búho que siempre le habían resultado perturbadores.

—Ya casi he terminado, alteza —dijo con voz gastada—. Ya casi está. Solo un par de minutos más.

Kamran dejó escapar un suspiro silencioso.

El joven detestaba tener que probarse la ropa y no entendía por qué necesitaba un nuevo atuendo cuando tenía un vestidor a rebosar de piezas que todavía estaban sin estrenar. Cualquiera de aquellos artículos habría servido perfectamente para la velada de aquella noche.

Había sido idea de su madre.

La princesa lo había interceptado en cuanto el muchacho puso un pie en palacio y se había negado en rotundo a atender a razones. Su madre había insistido, a pesar de las protestas de Kamran, en que lo que tuviese que tratar con el rey y los oficiales, fuera lo que fuere, podía esperar, puesto que era mucho más importante que el príncipe fuera bien vestido ante sus invitados. Además, según le había jurado, solo tardaría un segundo en probarse su nuevo atuendo. Un segundo.

Llevaba allí casi una hora.

Cabía la posibilidad, consideró, de que los alfilerazos de la modista fueran una forma de protesta. El príncipe no le había hecho caso a su madre en un primer momento, pero tampoco se había negado en rotundo a acompañarla. Se despidió de ella con la vaga promesa de que regresaría para hacer lo que le ordenaba. Sabía que, en el campo de batalla, podía librarse de un enemigo de una sola estocada, pero, cuando se trataba de enfrentarse a su madre en la noche del baile, armada como estaba con una modista...

Kamran no disponía de las armas necesarias para hacerle frente a tamaña adversaria, por lo que se conformó con ignorarla.

Había pasado tres horas hablando con Hazan, su abuelo y un selecto grupo de oficiales acerca de las posibles motivaciones del rey tulaní y, cuando por fin había regresado al vestidor, su madre le había lanzado una lámpara a la cabeza.

Milagrosamente, Kamran se las arregló para esquivar el proyectil, que impactó contra el suelo y estalló en llamas. La princesa ignoró el pequeño incendio por completo y se acercó a su hijo con un agresivo brillo en los ojos.

—Ándate con cuidado, querido —dijo con suavidad—. Ignorar a tu madre te saldrá muy caro.

Kamran estaba demasiado ocupado tratando de extinguir las llamas.

—Me temo que no comprendo vuestro razonamiento —replicó, enfurruñado—, puesto que no sé qué precio tendría que pagar por evitar a una progenitora que tanto se divierte al tratar de asesinar a su hijo.

La princesa esbozó una sonrisa, a pesar de que seguía teniendo una mirada iracunda.

—Te dije que necesitaba hablar contigo y llevo esperando dos días para tener una conversación con mi propio hijo. No has dejado de ignorarme durante esos dos días, pero has tenido tiempo de pasar toda una mañana en casa de tu queridísima tía.

Kamran frunció el ceño.

—Yo no...

—Estoy segura de que se te olvidó —lo interrumpió—. Estoy convencida de que mi petición salió por uno de esos preciosos oídos tuyos tan pronto como entró por el otro. ¡Qué fácil te resulta olvidarme!

Kamran se mantuvo en silencio, puesto que, si su madre de verdad le había pedido que le dedicase un minuto de su tiempo, no lo recordaba.

La princesa avanzó hacia él.

—Muy pronto, yo seré la única persona que te quede en palacio. Caminarás por estos pasillos, solo y sin una sola cara amiga, y, entonces, vendrás a buscarme. Querrás estar con tu madre cuando ya no tengas a nadie más y me temo que no seré fácil de encontrar.

Una perturbadora sensación recorrió el cuerpo de Kamran al oír aquello; era un presentimiento que no lograba definir.

—¿Por qué decís esas cosas? ¿Qué queréis decir?

La princesa ya se había alejado de él y se marchó sin decir palabra. Kamran amagó con seguirla, pero se detuvo ante la llegada de la modista, madame Nezrin, quien entró al vestidor tan pronto como su madre abandonó la escena.

El joven volvió a encogerse de dolor.

Aun si se lo merecía, no le parecía justo que la anciana tuviese permitido pincharlo con total impunidad. No era procedente, eso debería saberlo. La mujer era la modista de confianza de la corona; llevaba trabajando para la familia real desde que su abuelo había ascendido al trono. De hecho, a Kamran solía parecerle sorprendente que no se hubiera quedado ciega hacía ya tiempo.

Aunque, a lo mejor, sí que lo estaba.

No encontraba otra explicación para los ridículos atuendos que veía en su vestidor últimamente. Sus diseños demostraban una meticulosa ejecución, pero eran anticuados. Siempre lo vestía como si estuviese a punto de transportarse al siglo pasado. Y Kamran, que no estaba instruido en el arte de la moda y las telas, solo era consciente de que detestaba su ropa. Como no contaba con ninguna otra alternativa, se sentía indefenso a la hora de afrontar un problema tan básico y eso lo volvía loco. No le cabía la menor duda de que el mero hecho de vestirse no debería suponerle tamaño tormento.

Incluso para el baile, lo había ataviado con una infinidad de capas de sedoso brocado y una larga túnica de color esmeralda sujeta con otra capa más de seda en forma de cinturón decorado con joyas, tan pesado que tuvo que asegurárselo con alfileres. También llevaba aquella horrible tela alrededor del cuello: le había atado un pálido y translúcido pañuelo verde con un elaborado nudo y la tosca seda le arañaba la piel como si se tratase de una hoja de papel de lija.

La camisa, al menos, era de cómodo lino.

En cierta ocasión de la que se arrepentiría toda la vida, le dijo a su madre, sin prestar demasiada atención, que le parecía bien vestir de seda y, desde entonces, todo su vestuario se había convertido en una abominación.

Resultaba que la seda no se parecía en nada a la tela suave y cómoda que había imaginado, no, sino que era un tejido ruidoso y aborrecible que le irritaba la piel. El cuello almidonado de la túnica se le clavaba en la garganta como la hoja de un cuchillo romo y, cuando el joven giró la cabeza con brusquedad, incapaz de mantenerse quieto por más tiempo, el precio a pagar por su impaciencia fue otro pinchazo en las costillas.

Kamran hizo una mueca. Al menos el dolor lo había ayudado en gran medida a dejar de pensar en las amenazantes palabras de despedida de su madre.

El sol había emprendido su descenso por el cielo y los rayos de luz rosados y anaranjados atravesaban el enrejado de madera que cubría las ventanas del vestidor, de manera que los orificios geométricos de las estructuras creaban un caleidoscopio de figuras rectangulares sobre las paredes y los suelos y le daban a Kamran algo en lo que centrar la vista, así como la atención. Ya no faltaba nada para que los invitados comenzasen a llegar a palacio y tampoco para que tuviese que salir a recibirlos, tal y como se esperaba de él. Ante todo, tenía que estar listo para un invitado en particular.

Como si no hubiese sufrido ya bastante a lo largo del día.

Aunque las noticias sobre Tulán habían sido menos preocupantes de lo que Kamran había esperado, de alguna manera, también habían sido mucho peores.

—Refrescadme la memoria una vez más, consejero: ¿por qué demonios hemos invitado a ese hombre?

Hazan, que había permanecido en silencio en un rincón del vestidor, se aclaró la garganta. Primero, miró a Kamran y, después, a la modista, abriendo mucho los ojos para poner al príncipe sobre aviso.

Kamran lo fulminó con la mirada.

Hazan no tenía la culpa de lo que estaba sucediendo y, aunque su lado racional era consciente de ello, los desgastados nervios de Kamran parecían no tener consideración alguna por la razón. El príncipe llevaba todo el día de un humor de perros. Todo le molestaba. Todo se le hacía insoportable. Le lanzó una mirada exasperada a Hazan, que se había negado en rotundo a apartarse de su lado desde que las últimas noticias llegaron a sus oídos.

Su consejero le devolvió una mirada igual de crispada.

—No sirve de nada que os quedéis ahí sentado —refunfuñó el príncipe—. Regresad a vuestros aposentos. No me cabe duda de que tendréis que prepararos antes de que dé comienzo la celebración.

—Os agradezco vuestra consideración, alteza —respondió Hazan con frialdad—. Pero me quedaré aquí con vos.

—Estáis exagerando —dijo el príncipe—. Además, si debéis preocuparos por alguien, yo no soy el indicado. Preocupaos por el...

—Madame —intervino Hazan con tono cortante—. Debo acompañar a Su Alteza a una reunión de gran importancia, ¿seríais tan amable de completar vuestro trabajo sin necesidad de su presencia? Estoy seguro de que con las medidas que habéis tomado será más que suficiente.

Madame Nezrin clavó la mirada en Hazan; por un momento, pareció no estar muy segura de saber quién de los dos jóvenes se había dirigido a ella.

—Está bien. Para mí no será un problema.

Kamran luchó contra el infantil impulso de darle una patada a algo.

Con enorme cuidado, la modista le retiró la túnica y sostuvo todas y cada una de las piezas meticulosamente prendidas con alfileres entre sus diminutos brazos, a pesar de que casi se había desplomado por el peso de las telas.

Por un instante, Kamran quedó desnudo de cintura para arriba.

Al joven, que apenas se paraba nunca a contemplar su reflejo y que había estado de espaldas al espejo cuando se desvistió para comenzar la prueba, le perturbó verse tan expuesto. Los tres paneles que conformaban el espejo se alzaban ante él y le mostraban ángulos de su cuerpo que pocas veces tenía oportunidad de estudiar.

Alguien le ofreció su jersey y Kamran lo aceptó sin mediar palabra, pero dio un vacilante paso en dirección al espejo y se pasó una mano por el torso desnudo.

Frunció el ceño.

—¿Qué os ocurre? —preguntó Hazan, cuya voz iracunda ahora tenía un matiz de preocupación—. ¿Algo va mal?

—Está distinta —susurró Kamran—. ¿No os parece que ha cambiado?

Hazan se acercó al príncipe lentamente.

Los reyes ardunianos tenían por costumbre presentar a los herederos ante los magos en el mismo día de su nacimiento, para que estos los marcaran con una magia irreversible que los declararía como el legítimo sucesor al trono. Aquella era una tradición que le habían robado a los jinn, puesto que sus reyes nacían con tales marcas y el reino no se veía obligado a lidiar con quienes fingieran ser legítimos herederos de la corona. La realeza de arcilla encontró un modo de incorporar en su línea sucesoria aquella protección que, si bien hubo un tiempo en el que se la consideraba una estricta medida de precaución, con el paso de los siglos se había acabado convirtiendo en una tradición... una tradición prestada cuyo origen no tardaron en olvidar.

Todos los miembros de la realeza arduniana recibían aquella marca al nacer y la magia siempre les otorgaba una señal distintiva.

Al rey Zal le correspondió una constelación formada por estrellas de ocho puntas y de un color azul oscuro en la base del cuello. El padre de Kamran recibió unas líneas negras que se ramificaban por su espalda y que le rodeaban parcialmente el torso en siniestras pinceladas.

Kamran también había sido marcado.

Durante su infancia, el príncipe había contemplado con horrorizada fascinación cómo la piel de su pecho y de su torso hacía que estos diesen la impresión de estar rajados por la mitad para revelar una brillante fisura chapada en oro. Parecía que le habían pintado aquella bruñida marca dorada a lo largo de su torso, desde la somera curva de su garganta hasta la base del abdomen.

Los magos le habían asegurado que la magia no adoptaría su forma definitiva hasta su duodécimo cumpleaños y así había sido. Hacía ya tiempo que había perdido el interés por el reluciente verdugón pues le resultaba tan familiar como sus ojos o como el color de sus cabellos. La marca se había convertido en una parte de él, por lo que ya casi nunca se fijaba en ella. Sin embargo, de pronto...

Había cambiado de aspecto.

La fisura parecía haberse hecho ligeramente más ancha y su apagado tono dorado de antaño ahora brillaba con mayor intensidad.

—No veo ninguna diferencia, alteza. —Hazan se asomó al espejo y preguntó—: ¿Sentís algo inusual en ella?

—No, no noto nada fuera de lo normal —dijo Kamran, distraído, mientras recorría la piel dorada con los dedos. Siempre tenía la sensación de que estaba más caliente por la zona central, pero la marca nunca le había dolido ni le había resultado extraña al tacto—. Es que tiene un aspecto... Bueno, supongo que no tengo forma de estar seguro. Hacía mucho que no me fijaba en ella.

—Quizás os dé la sensación de que está distinta porque la estupidez de la que habéis hecho gala en los últimos días os ha nublado el juicio —ofreció Hazan con voz queda.

Kamran le lanzó una mirada furibunda a su consejero, se apresuró a pasarse el jersey por la cabeza y tiró del dobladillo para cubrirse el torso. Miró a su alrededor en busca de la modista.

—No os preocupéis —le tranquilizó Hazan—. Ya se ha ido.

—¿Que se ha ido? —El príncipe frunció el ceño—. Pero... ¿no deberíamos haber sido nosotros quienes abandonásemos el vestidor? ¿No se suponía que se iba a quedar a terminar el trabajo?

—Así es, pero esa mujer está como un cencerro.

Kamran sacudió la cabeza y se dejó caer sobre una silla.

—¿Cuánto tiempo tenemos?

—¿Hasta que comience el baile? Dos horas.

El príncipe le lanzó una mirada de desaprobación.

—Sabéis perfectamente a qué me refiero.

—Querréis decir a quién os referís. —Hazan casi esbozó una sonrisa—. El rey tulaní está con el embajador en estos momentos. Debería llegar a palacio en menos de una hora.

—Por todos los cielos, le aborrezco —se quejó Kamran mientras se pasaba una mano por el pelo—. Tiene uno de esos rostros que piden a gritos que alguien le dé una somanta de palos.

—Estáis siendo muy injusto. No es culpa del embajador tulaní que tenga que representar a un imperio despreciado de una forma tan generalizada. El caballero es bastante agradable.

Kamran se giró bruscamente para hacerle frente a su consejero.

—Creo que es obvio que estaba hablando del rey.

Hazan frunció el ceño.

—¿Del rey? ¿Os referís a Cyrus? No estaba al corriente de que os hubieseis conocido.

—No. Todavía no he tenido ese placer. Simplemente he asumido que tiene uno de esos rostros que piden a gritos que alguien le dé una somanta de palos.

La expresión confundida abandonó el rostro de Hazan, que luchó por ahogar otra sonrisa.

—Espero que no lo estéis subestimando.

—¿Cómo iba a hacerlo? El muchacho mató a su propio padre. Se manchó las manos de sangre al robarle la corona a su legítimo rey ante la mirada atónita del mundo entero y ¿ahora tiene la desfachatez de hacer acto de presencia en esta celebración? No, no me atrevería a subestimarlo. Creo que está loco. Aunque debo confesar que tengo el temible presentimiento de que nuestros oficiales, en su propio detrimento, lo menospreciarán. Lo subestimarán en base a los mismos sinsentidos por los que me subestiman a mí.

—¿Os referís a vuestra falta de experiencia?

—Me refiero a mi edad, miserable canalla. —Kamran se dio la vuelta.

—¡Qué sencillo resulta provocaros! —Hazan ahogó una risa—. Estáis hoy de un humor tremendo, alteza.

—Hacedle un favor al mundo, Hazan, y trabajad en controlar vuestras expectativas con respecto a mi humor. Este es mi estado natural, consejero. Justo aquí, entre la ira y la crispación, yace mi encantadora personalidad. No va a cambiar. Valorad, al menos, mi consistencia a la hora de ser grosero.

Hazan esbozó una sonrisa aún más amplia.

—Permitidme que os diga que esa es una declaración de lo más extraña para haber salido de los labios del príncipe melancólico de Setar.

Kamran se puso rígido y, poco a poco, se giró para mirar a Hazan.

—¿Cómo decís?

El consejero sacó del interior de su chaqueta un ejemplar plegado del diario vespertino más popular de todo Setar, el *Plumín y Corona*. Era bien sabido que aquella publicación era una basura que se limitaba a regurgitar sin ninguna gracia las noticias de la mañana y a espolvorearlas con los comentarios no solicitados de su vanidoso editor. En resumidas cuentas, el periódico no tenía ningún valor; era un mero espectáculo impreso plagado de tonterías inútiles. Incluía cartas que sus apasionados lectores redactaban sin ningún orden ni concierto, estaba repleto de artículos cuyos titulares rezaban cosas como «Diez sugerencias para el rey» y contaba con una página entera destinada a recoger los cotilleos infundados que volaban por la capital.

—Aquí mismo dice —explicó Hazan mientras hojeaba el periódico— que sois un mentecato melodramático y que vuestra sensiblería ha quedado patente en dos ocasiones: la primera, con el niño callejero, y, la segunda, con una snoda...

—Dadme eso —exigió Kamran, que se puso de pie para arrancarle el diario de las manos y lanzarlo al fuego.

—Tengo otro ejemplar, alteza.

—Sois un despreciable traidor. ¿Cómo podéis leer semejante basura?

—Quizás haya exagerado —admitió Hazan—. En realidad, el artículo es bastante halagador. Vuestros fortuitos gestos de amabilidad para con los miembros de las clases más desfavorecidas parecen haberos granjeado el cariño del pueblo llano, quien arde en deseos por elogiar vuestros actos, según tengo entendido.

Sus palabras apenas apaciguaron a Kamran.

—Eso no cambia nada.

—No cambia nada. —Hazan se aclaró la garganta—. ¿Entonces es cierto que ayudasteis a la snoda?

—No merece la pena discutir ese tema.

—Ah, ¿no? ¿Os recuerdo que habéis pasado gran parte de la mañana en compañía de vuestra tía en la Mansión Baz, donde ambos sabemos que también reside una joven muy especial? ¿Una joven que, casualmente, lleva una snoda?

—¡Dejadme en paz! —El príncipe se dejó caer de nuevo en la silla—. El rey está al tanto de mis acciones y de las razones por las que tomé ciertas decisiones. Eso es todo cuanto debería importaros. Y, cambiando de tema, ¿por qué os habéis convertido en mi sombra? No creo que el rey de Tulán intente asesinarme en mi propia casa.

—No lo descartéis.

—¿De qué le serviría? Si tanto os preocupa su presencia, deberíais estar protegiendo al rey. Soy capaz de protegerme yo solo sin problemas.

—Alteza, si todavía albergáis dudas acerca de la inminente vida que os espera, permitidme que os garantice una cosa: lo inevitable se acerca. Debéis estar preparado —replicó Hazan, que de pronto sonaba agitado.

Kamran giró la cabeza y exhaló hacia el techo.

—¿Estáis diciendo que mi abuelo va a morir?

—Lo que quiero decir es que pronto seréis coronado rey del imperio más grande dentro de los confines de nuestro mundo.

—Sí, soy consciente de ello.

Se hizo un tenso silencio entre ellos.

Cuando Hazan volvió a hablar, no quedaba rastro de la ira en su voz:

—Era una mera formalidad.

Kamran alzó la vista.

—Estoy respondiendo a vuestra pregunta —explicó el consejero—. Me habías preguntado por qué el rey de Tulán había recibido una invitación al baile. Durante los periodos de paz, siempre ha sido tradición invitar a los miembros de la realeza de los territorios vecinos a los eventos más importantes. Es un gesto de buena voluntad. Hemos emitido numerosas invitaciones similares a lo largo de los últimos siete años, pero el rey de Tulán nunca había aceptado una hasta ahora.

—Magnífico —dijo Kamran sin demostrar emoción alguna—. Estoy seguro de que solo viene a disfrutar de la tarta.

—Hacéis bien en mostraros receloso, puest...

Lo interrumpió un repentino toque antes de que la puerta del vestidor se abriese sin esperar respuesta. El anciano mayordomo de palacio entró en la estancia e hizo una reverencia.

—¿Qué ocurre ahora, Jamsheed? —El príncipe se giró en su asiento para mirar al hombre—. Decidle a mi madre que no tengo ni la más mínima idea de a dónde ha ido la modista y que tampoco sé qué ha hecho con mi túnica. Es más, decidle a mi madre que venga a buscarme ella misma si quiere hablar conmigo y que deje de enviaros de acá para allá para recorrer el palacio como si no tuvieseis cosas más importantes de las que encargaros en una noche como esta.

—No, alteza. —Cabía destacar que a Jamsheed no se le escapó ninguna sonrisa—. No es por vuestra madre. He venido a buscaros porque tenéis un joven visitante.

Kamran lo miró, confundido.

—¿Un joven visitante?

—Así es, alteza. Asegura que el rey le dio permiso para visitaros y, con todos mis respetos a Su Majestad, he venido a buscaros para asegurarme de que las palabras del niño sean ciertas.

Hazan corrigió su postura al oír aquello y, de pronto, su rostro adquirió una expresión turbada.

—¿Os referís al niño callejero, por un casual?

—Me temo que no tiene el aspecto de vivir en la calle —confirmó el mayordomo—, pero tampoco es que parezca digno de confianza.

—¿Y, aun así, se las ha arreglado para llegar hasta aquí a estas horas para solicitar una audiencia con el príncipe? ¡Es intolerable...!

—¿Tiene el cabello rojo? —Kamran se frotó los ojos—. ¿Y parece demasiado alto para su edad?

—Efectivamente, alteza —confirmó el mayordomo, sorprendido.

—¿Ha dicho si se llama Omid?

—¿Cómo...? Así es, alteza —dijo Jamsheed, que era incapaz de ocultar su asombro por más tiempo—. Dice que se llama Omid Shekarzadeh.

—¿Dónde está?

—Os está esperando en el salón principal.

—¿Os ha confiado el motivo de su visita? —exigió saber Hazan—. ¿Os ha dado una razón por la que ha decidido actuar con tal descaro?

—No, consejero, aunque su comportamiento era febril. Parecía estar tremendamente perturbado.

Kamran se puso en pie con enorme desgana. Aquel estaba demostrando ser un día interminable.

—Decidle al muchacho que bajaré enseguida.

El mayordomo contempló al príncipe con expresión aturdida.

—Entonces... ¿el niño dice la verdad, alteza? ¿Es cierto que el rey le dio permiso para hablar con vos?

Kamran no tuvo oportunidad de responder antes de que Hazan se pusiera delante de él para cortarle el paso.

—Alteza, esto es absurdo —dijo el consejero, que se obligó a hablar en un susurro—. ¿Por qué iba a solicitar una audiencia con vos a estas horas? No me parece de fiar.

El príncipe contempló a Hazan por un segundo: estudió el brillo de pánico en sus ojos, la tensa postura de su cuerpo y la mano que había dejado en el aire para detenerlo. Kamran conocía a su consejero demasiado bien como para malinterpretar sus reacciones, por lo que el joven se vio invadido por una aguda y desconcertante inquietud.

Algo iba mal.

—No sé qué está pasando, pero tengo intención de averiguarlo.

—Entonces tenéis intención de cometer un error —intervino Hazan—. Podría ser una trampa...

—Me reuniré con el muchacho en la sala de recepciones —dijo Kamran, dirigiéndose al mayordomo.

—Por supuesto, alteza. —Jamsheed miró al príncipe y, después, a su consejero—. Como deseéis.

—Alteza...

—Eso es todo —concluyó Kamran con tono cortante.

El mayordomo hizo una reverencia y desapareció por la puerta antes de cerrarla tras de sí.

Una vez que se quedaron solos, Hazan se dio la vuelta para hacerle frente al príncipe.

—¿Estáis loco? No entiendo por qué aceptaríais...

Con un único y rápido movimiento, Kamran agarró a Hazan del cuello de su túnica y lo lanzó de espaldas contra una pared.

El consejero jadeó.

—Me estáis ocultando algo —dijo Kamran con tono sombrío—. ¿Qué estáis tramando?

Aquella pregunta tomó a Hazan desprevenido. El consejero se puso serio y abrió los ojos de par en par con recelo.

—No tramo nada, alteza. Disculpadme, no pretendía sobrep...

Kamran le agarró con más fuerza del cuello.

—Me estáis mintiendo. ¿Por qué os preocupáis por el much...?

El príncipe dejó la pregunta a medias, puesto que se había sobresaltado al oír un suave zumbido en el oído izquierdo.

Giró la cabeza, sorprendido. Un diminuto insecto brillante volaba a escasos centímetros de su rostro y se lanzaba una y otra vez contra su mejilla.

¡Plaf!

¡Plaf!

—¿Qué demon...? —El príncipe puso una mueca, dio un paso atrás y soltó a su consejero para poder espantar al insecto de un manotazo. Hazan se desplomó contra la pared mientras respiraba con dificultad.

«Ve», Kamran creyó que le había oído decir.

¿O acaso no había sido más que una mera exhalación?

Kamran contempló, estupefacto, cómo el insecto se abalanzaba contra la puerta, se colaba por el ojo de la cerradura y desaparecía en el mundo que se abría al otro lado.

¿Acababa de acatar la orden de Hazan? ¿Estaría el príncipe perdiendo la cabeza? Le dedicó a su consejero una única mirada de extrañeza antes de abandonar la estancia, abrir la puerta con estudiada calma y recorrer el pasillo dando zancadas a una inusitada velocidad. El desasosiego hacía que le hormigueara la piel.

¿Dónde se había metido aquella endemoniada criatura?

—Alteza... —le llamó Hazan antes de alcanzarlo y ponerse a su altura—. Alteza, os ruego que me disculpéis... Me preocupaba que el niño supusiera una distracción para vos cuando tenéis una velada tan importante entre manos... Me precipité sin pensar. No pretendía faltaros al respeto.

Kamran lo ignoró mientras bajaba a toda velocidad por las escaleras de mármol y sus botas chocaban una y otra vez contra la piedra, de manera que el nítido sonido de cada impacto llenaba el silencio que se había hecho entre ellos.

—Alteza...

—Dejadme tranquilo, Hazan. —Kamran llegó a la planta baja y continuó avanzando en dirección al salón principal con una determinación que no se molestó en ocultar—. Me resulta incómodo que os comportéis como si fuerais mi sombra.

—No puedo apartarme de vuestro lado, alteza; no cuando una amenaza tan grande pende sobre...

Kamran se detuvo en seco, confundido.

Omid.

El fesht no estaba en la sala de recepciones, que era donde debería estar, sino que estaba caminando de un lado para otro del vestíbulo principal cuando lo encontraron y no esperó a que le dieran permiso para acercarse al príncipe antes de abalanzarse sobre él, esquivando a los lacayos que trataron de detenerlo.

—Alteza —dijo el joven sin aliento antes de lanzarse a hablar en feshtún a toda prisa—: Debéis ayudarme, alteza... Se lo he pedido a todo el mundo, pero nadie me cree... Acudí a las autoridades y me llamaron «mentiroso», y también traté de informar al rey, pero n...

Kamran se echó hacia atrás con brusquedad.

Omid había cometido el error de tocar al príncipe al extender una temblorosa mano en un irreflexivo ademán desesperado.

—¡Guardias! —bramó Hazan—. ¡Detengan a este niño!

—No... —Omid miró a su alrededor a medida que los guardias entraban en el vestíbulo desde todas direcciones, y estos le inmovilizaron los brazos a la espalda sin derramar una sola gota de sudor. La mirada desencajada de Omid demostraba que estaba presa del pánico—. No... Por favor, alteza, debéis acompañarme, tenemos que hacer alg... —Omid soltó un alarido cuando los guardias le retorcieron los brazos, pero no dejó de resistirse, ni siquiera cuando comenzaron a llevárselo a rastras—. ¡Soltadme! Tengo que hablar con el príncipe... Tengo que... Por favor, os lo ruego, es importante...

—¡Has tenido el descaro de ponerle la mano encima al príncipe de Ardunia! —le increpó Hazan—. Te colgarán por esto.

—¡No pretendía hacerle ningún daño! —exclamó el muchacho, que seguía luchando por zafarse de los guardias—. Por favor, yo solo...

—Ya es suficiente —intervino el príncipe con voz queda.

—Pero, alteza...

—He dicho que ya basta.

De pronto, se hizo un silencio sepulcral. Los guardias se quedaron congelados donde estaban y Omid dejó que los hombres que lo sujetaban aguantasen todo el peso de su cuerpo. El palacio entero parecía estar reteniendo el aliento.

Durante ese silencio, Kamran evaluó el rostro manchado de lágrimas del joven fesht, así como sus temblorosas extremidades.

—Soltadle —exigió.

Los guardias soltaron al muchacho sin ningún cuidado y este cayó de rodillas al suelo, donde se hizo un ovillo mientras jadeaba en un intento por devolver su respiración a la normalidad. Cuando el niño por fin alzó la vista, tenía los ojos empapados de lágrimas.

—Os lo ruego, alteza. Os juro que no quería haceros ningún daño.

Kamran habló con siniestra calma cuando dijo:

—Cuéntame qué ha pasado.

Una solitaria lágrima descendió por una de las mejillas del muchacho.

—Son los magos —explicó—; están todos muertos.

TREINTA Y CUATRO

A lizeh contempló a la joven con mirada perpleja.

—No me lo puedo creer —decía la señorita Huda con los ojos muy abiertos a causa de la sorpresa—. Sois vos. ¿Cómo es posible?

—Os ruego que me perdonéis, pero no entiend...

—Es por esto —la interrumpió la otra muchacha mientras se acercaba a toda prisa a una cajonera. Abrió uno de los compartimentos y rebuscó entre sus pertenencias antes de sostener en alto un sobre de color crema—. Por esto. ¡Por esto!

—¿Una carta? —preguntó Alizeh con la vista clavada en ella.

—Me llegó a primera hora del día. Adelante —se la puso entre las manos—, leedla.

Como últimamente acostumbraba hacer, el corazón de Alizeh se desbocó de manera espontánea, al mismo tiempo que se le ponían los nervios de punta. Con gran inquietud, Alizeh sacó la nota de su cubierta, desdobló el papel y se quedó inmóvil al darse cuenta de que reconocía aquella caligrafía. Quien había escrito ese mensaje blandía la misma pluma resuelta que redactó la nota que ella había recibido por la mañana, la misma que ahora guardaba en su bolsillo.

«Hoy os encontraréis con una joven de ojos plateados. Os ruego que le entreguéis el paquete que acompaña a esta carta».

Alizeh tenía la sensación de haberse convertido en un reloj de arena que se iba llenando progresivamente de granos de conocimiento. De pronto, sintió que la inquietud la hacía más pesada, saturada por la carga del miedo. Quienquiera que le hubiese entregado el vestido, también había escrito esa nota... y, si estaba en lo cierto, no tenía de qué preocuparse.

Pero, entonces, ¿por qué se sentía tan inquieta?

—Aquí dice que el mensaje iba acompañado de un paquete —dijo Alizeh al tiempo que levantaba la vista—. ¿Es cierto eso?

—Sí —aseguró la señorita Huda, que no hizo intención alguna de moverse. Se limitó a contemplar a la otra joven como si le hubiese crecido una tercera pierna.

—¿No me lo vais a dar?

—¿No me vais a contar primero quién sois?

—¿Yo? —Alizeh retrocedió—. Yo no soy nadie.

La señorita Huda apretó los dientes.

—Si vos no sois nadie, entonces yo soy la reina de Ardunia. No sé qué opinión tenéis de mí, pero me atrevería a decir que nunca he dado pie a que se me considere una idiota.

—No —suspiró Alizeh—. No lo habéis hecho.

—Hasta este momento, pensaba que la nota era parte de algún tipo de broma —explicó la señorita, cruzándose de brazos—. A los demás les encanta torturarme con sus bromitas insulsas. Esta en concreto me pareció más peculiar de lo normal, pero decidí ignorarla, al igual que hago caso omiso de las ancas de rana que encuentro en mi cama de vez en cuando. —Hizo una pausa—. ¿Acaso formáis parte de alguna enrevesada travesura ideada para dejarme en evidencia?

—¡Por supuesto que no! —se apresuró a decir Alizeh—. Nunca participaría en una actividad tan cruel.

La señorita Huda frunció el ceño.

Tardó un segundo en contestar:

—¿Sabéis una cosa? Desde el día en que nos conocimos, pensé que hablabais sorprendentemente bien para ser una snoda, pero me resultó muy elitista por mi parte menospreciar vuestros intentos por cultivar vuestra educación. Aun así, mientras vos veníais aquí día tras día a medirme y haceros un mapa de mí con vuestros alfileres y agujas, yo nunca me preocupé por dibujar un mapa de vos, ¿verdad?

Alizeh suspiró, logrando deshacerse de la tensión que le agarrotaba los huesos y que, en esencia, mantenía en pie la fachada respetuosa que presentaba ante los demás. Ya no le veía el sentido a continuar siendo una criatura dócil.

De hecho, estaba harta de serlo.

—No os lo toméis demasiado a pecho. Si no me descubristeis, fue porque yo no quise que lo hicierais.

—¿Y eso por qué?

—No os lo puedo decir.

—¿No podéis? —La señorita Huda entornó los ojos—. ¿O no queréis?

—No puedo.

—¿Por qué? —rio—. ¿Por qué no queréis que nadie conozca vuestra identidad? No me digáis que estáis huyendo de un asesino.

Cuando Alizeh no respondió, la señorita Huda recobró la seriedad enseguida.

—Me estáis tomando el pelo. ¿Habéis conocido a un asesino en persona?

—Por experiencia propia, os aseguro que nadie quiere pararse a charlar con ellos.

—Pero, entonces, ¿es cierto? ¿Vuestra vida corre peligro?

Alizeh bajó la mirada.

—Por favor, señorita, ¿os importaría entregarme el paquete?

—¡Ah! —dijo, agitando la mano—. No os preocupéis por el paquete. Estaba vacío.

Alizeh se quedó estupefacta.

—¿Lo habéis abierto?

—¡Por supuesto! ¿Cómo esperabais que me fuese a creer que una joven de ojos plateados vendría a buscar un misterioso paquete? Naturalmente, asumí que la caja contendría los sesos ensangrentados de una cabra o incluso unos cuantos pájaros muertos. Para mi sorpresa, estaba vacía.

—Pero eso no tiene ningún sentido —razonó Alizeh, confundida—. ¿Os importaría traérmela para echarle un vistazo?

La señorita Huda no pareció oírla.

—Decidme: ¿por qué os molestaríais en trabajar como modista si vuestra vida corriera peligro? ¿No os resultaría complicado atender a las necesidades de vuestros clientes si tuvieseis que daros a la fuga sin previo aviso, por ejemplo?

La joven señorita dejó escapar un repentino jadeo.

—¿Es esa la razón por la que no habéis terminado mi vestido? —preguntó—. ¿Os disponíais a huir?

—Así es.

La señorita Huda volvió a jadear y, esa vez, se llevó una mano a la mejilla.

—¡Vaya! ¡Pero qué emocionante!

—Nada más lejos de la realidad.

—Quizás a vos no os lo parezca. Pero a mí no me importaría encontrarme en una situación como la vuestra. Me conformo con escapar, en realidad.

La nosta desprendió calor contra la piel de Alizeh y la joven se quedó petrificada por la sorpresa que sintió al comprender que la señorita Huda no exageraba.

—La mayor parte de mis días consisten en evitar a madre —estaba explicando la muchacha—. Y, el resto del tiempo, lo dedico a esconderme de mi institutriz o de todos los pretendientes desagradables que solo muestran interés por mí gracias a mi dote.

—Estoy segura de que ocupáis vuestro tiempo con otras actividades —dijo Alizeh, que comenzaba a sentir cierta preocupación por la muchacha—. Tendréis amigos... compromisos sociales...

La señorita Huda desestimó sus palabras con un movimiento de la mano.

—A menudo tengo la sensación de que vivo en el espacio entre dos mundos: no soy lo suficientemente refinada para la aristocracia, pero tampoco soy lo suficientemente vulgar como para mezclarme con la plebe. Soy una leprosa bien alimentada y mal vestida. Mis propias hermanas evitan ser vistas conmigo en público.

—¡Qué horror! —se lamentó Alizeh—. Siento muchísimo oír eso.

—¿Lo decís en serio? —La señorita Huda alzó la vista y contempló el rostro de Alizeh durante un momento antes de sonreír. Era una sonrisa genuina, un gesto sincero—. Sois una joven de lo más singular. Cuánto me alegro de que seáis así.

Sorprendida, Alizeh se atrevió a esbozar una sonrisa tímida.

Las jóvenes permanecieron en silencio mientras ambas evaluaban los frágiles brotes de una inesperada amistad.

—¿Señorita? —dijo Alizeh al cabo de un rato.

—¿Sí?

—¿Me daréis mi paquete?

—Claro.

La señorita Huda asintió con la cabeza y, sin mediar palabra, sacó una caja de color amarillo pálido del interior de un armario. Alizeh se percató enseguida de que, a juzgar por los detalles del paquete, este parecía ser familia del que albergaba su vestido, ya que el color y la decoración de ambas cajas eran idénticos, si bien la segunda era cuatro veces más pequeña que la primera.

—Entonces... ¿no sois una snoda en realidad?

Alizeh alzó la vista para encontrar la mirada de la señorita Huda, que todavía no había soltado el paquete.

—¿Disculpadme?

—No sois una sirviente —insistió—. Creo que nunca lo fuisteis. Vuestra forma de hablar es demasiado refinada, estáis huyendo de alguien que quiere haceros daño y, ahora, alguien le pide a una desconocida que os entregue un misterioso paquete. Además, sois bastante hermosa, aunque vuestra belleza está chapada a la antigua, como si pertenecieseis a otra época...

—¿Chapada a la antigua?

— ... y tenéis una piel demasiado bonita, sí, ahora me doy cuenta, y vuestro cabello es demasiado lustroso. Estoy bastante segura de que nunca habéis padecido el escorbuto y de que la peste ni siquiera os rozó. Por vuestro aspecto general, también sospecho que nunca habéis vivido en un hospicio. Vuestros ojos son tan únicos que casi da la sensación de que llevabais la snoda a propósito, para ocultar...

»¡Vaya! —gritó la señorita Huda, cuyos ojos brillaban de emoción—. Ay, que os he descubierto. ¡Os he descubierto! Solo lleváis la snoda para ocultar vuestra identidad, ¿verdad? ¿Vuestra posición en la Mansión Baz también era una tapadera? ¿Sois una espía? ¿Os ha contratado la corona?

Alizeh abrió la boca para responder, pero la señorita Huda la interrumpió, agitando la mano ante ella.

—Escuchadme, ya sé que no me podéis revelar vuestra identidad. Pero ¿me lo diréis si lo adivino primero? No tenéis más que asentir con la cabeza.

—No.

—Estáis siendo de lo más injusta —dijo la señorita Huda con un mohín.

Alizeh la ignoró, le arrebató el paquete de las manos y lo dejó sobre una mesa para, sin más dilación, levantar la tapa.

La señorita Huda emitió un gritito de entusiasmo.

La caja no estaba vacía ni tampoco estaba llena de sesos de cabra, sino que, entre unas cuantas capas de delicado papel de seda, descansaban unos botines del mismo color lavanda que el vaporoso vestido nuevo de Alizeh. Los zapatos, de una elegante manufactura en suave jacquard, acababan en punta, tenían el tacón grueso y unos lazos que se ataban hasta lo más alto del empeine. Eran unos botines tan preciosos que a Alizeh hasta le daba miedo tocarlos.

Junto a uno de los botines suaves, había una nota.

—Magia —susurró la señorita Huda—. Ha sido cosa de magia, ¿no es así? Por todos los cielos. Pero ¿quién demonios sois? ¿Y por qué habéis permitido que os diese órdenes como si fuerais una criada? —La joven comenzó a caminar de un lado para otro de la estancia mientras agitaba los brazos como si los tuviese en llamas—. Ay, estoy sufriendo un dolorosísimo ataque retroactivo de vergüenza y no sé dónde meterme.

En vez de prestarle atención a aquel comentario melodramático sin importancia, Alizeh tomó la nota y la desdobló con cuidado. De nuevo, estaba escrita con la misma caligrafía.

«Cuando no sepáis qué camino tomar, estos zapatos os servirán de guía».

Alizeh apenas comenzaba a recomponerse ante la enormidad de su propio asombro (ante la enormidad de lo que todo lo que estaba sucediendo podría significar), cuando las palabras de la nota desaparecieron sin previo aviso.

La muchacha jadeó, asombrada.

—¿Qué ocurre? —preguntó la señorita Huda, emocionada—. ¿Qué pone?

Poco a poco, en la nota en blanco florecieron nuevas palabras: trazos nítidos y afilados tan tangibles como si una mano invisible estuviera redactando el mensaje a tiempo real.

«No temáis».

Como si aquellas palabras le hubieran dado pie a ello, el pánico atravesó con la fuerza de una flecha a la joven, quien retrocedió un par de pasos, alarmada, mientras la cabeza le daba vueltas y se giraba en busca de algo, de alguien...

No, se detuvo en seco.

El mensaje había vuelto a desaparecer sin previo aviso y había sido sustituido por otro, aunque mucho más rápido, como si la persona que escribía tuviese prisa...

«No supongo ninguna amenaza para vos».

La señorita Huda le arrancó a Alizeh la nota de sus manos inertes y la hojeó rápidamente antes de dejar escapar un ruidito de frustración.

—¿Por qué desaparece el mensaje justo cuando me dispongo a leerlo? Me resulta de lo más ofensivo. ¡Quiero que quede constancia de lo ofensivo que es vuestro comportamiento! —Lanzó aquella exclamación al aire.

Alizeh, por su parte, apenas podía respirar.

—Tengo que vestirme —dijo—. Tengo que prepararme.

—¿Cómo? ¿Por qué tendríais que vestiros? —La señorita Huda se dio la vuelta y la contempló con expresión perpleja—. ¿Habéis perdido la cabeza? Con todas las cosas que tendríais que estar considerando en este preciso momento...

—Os ruego que me disculpéis, pero debo cambiarme —dijo Alizeh; luego tomó las dos cajas amarillas en brazos y se metió a toda prisa tras el biombo que ocupaba un rincón del vestidor—. Espero que entendáis por qué no puedo quedarme a terminar vuestro vestido.

—¡Qué le zurzan al vestido! —exclamó la joven—. ¿A dónde vais a ir?

Alizeh no respondió enseguida, puesto que estaba ocupada, desvistiéndose a una velocidad vertiginosa. Como el biombo no era lo suficientemente opaco para su gusto y dado que se sentía muy expuesta al quedarse en paños menores frente a una desconocida, Alizeh se hizo invisible mientras se cambiaba. Vestirse a la carrera tras un biombo no era la forma en que tenía previsto prepararse para el baile, y mucho menos esperaba tener a la señorita Huda al lado mientras la bombardeaba con sus incesantes preguntas.

—¿Es que no me vais a responder? —insistió la joven, alzando la voz—. ¿Por qué tenéis que cambiaros? ¿A dónde vais a ir? Esos botines no son nada prácticos si tenéis intención de huir de la ciudad. Os lo digo porque, si apartáis la vista de vuestros pies aunque solo sea por un segundo, lo más seguro será que acabéis pisando una boñiga fresca de caballo (o incluso una boñiga que lleve muchos días en el camino, ya sabéis que nunca limpian las carreteras con suficiente celeridad) y, entonces, la seda nunca volverá a ser lo que era; creedme, puesto que hablo desde la experienc...

—Agradezco vuestro consejo —la interrumpió Alizeh con una voz cortante—. Pero creo que todavía no me voy a marchar, solo voy a...

La señorita Huda gritó como un pajarito medio mudo.

Emitió un ruidito torturado, un grito ahogado de sorpresa. Alizeh habría salido corriendo de detrás del biombo de no haber estado semidesnuda, aunque se apresuró a remediarlo. También habría llamado con voz preocupada a la joven señorita para saber si estaba bien de no haber sido porque otra voz ahogó sin miramientos la suya.

—¡Majestad! —dijo alguien. Alizeh se quedó petrificada. Era la voz de un hombre joven—: Os ruego que me disculpéis, no pretendía asustaros. ¿Entiendo que habéis recibido mis paquetes?

El corazón de Alizeh latía desbocado. Reconocía la voz de Hazan, puesto que la noche en que se conocieron había quedado grabada a fuego en su mente, y esta voz no era la suya. Esta le pertenecía a un desconocido.

Pero ¿a quién?

Hazan no había mencionado a nadie más cuando le había hablado de sus planes, si bien era cierto que apenas le dio detalles en un intento por protegerla en caso de que fuese descubierta. Por eso, que Hazan trabajase con alguien más no era una idea tan descabellada, ¿verdad?

—Yo... Sí, recibí el paquete. —Oyó que decía la señorita Huda—. Pero ¿quién sois vos? ¿Por qué estáis aquí?

Cuanto más pensaba en ello, más probable se le antojaba la posibilidad de que Hazan contase con la ayuda de alguien más. Y ¿no había mencionado en cierto momento que había otras personas buscándola? Él no había sido el único que había tratado de dar con su paradero a lo largo de todos aquellos años.

Al llegar a esa conclusión, parte de la tensión que la agarrotaba se desvaneció.

Alizeh ajustó la posición de la nosta y la afianzó contra el interior de su corsé antes de abotonarse el vestido como una lunática. Acababa de ponerse los botines nuevos cuando volvió a oír la voz del desconocido.

—Siento haberos asustado —repitió, aunque no parecía en absoluto arrepentido—. Nuestro primer encuentro no debería haber sido así, pero he recibido un aviso y mi deber es acompañaros hast...

—Disculpadme, pero creo que os confundís —insistió la señorita Huda—. No soy... Yo no soy quien vos creéis.

Se hizo un breve y tenso silencio.

Alizeh apenas lograba concentrarse a causa del nerviosismo que se extendía por sus venas. Se las arregló para atarse los botines y apartar su viejo y resistente par de zapatos de una patada.

Sus desgastadas botas y su ajado vestido de trabajo de calicó yacían sobre la lujosa alfombra del vestidor como si hubiera mu-
dado la piel y la hubiera desechado. La joven sintió una extraña
punzada de dolor ante aquella imagen.

Ya no tenía forma de regresar a su antigua vida.

Entonces, el desconocido habló con voz carente de emoción:

—Os ruego que me digáis con quién os estoy confundiendo.

—Yo no... —la señorita Huda titubeó—. En realidad, no sé
cómo se llama.

Se hizo otro tenso silencio.

—Ya veo —dijo el joven, que de pronto sonaba molesto—.
Debéis de ser la otra.

—¿La otra? ¡Por todos los cielos! —murmuró ella—. Salid
inmediatamente, «majestad», o iré a buscaros y os mataré ahí
mismo.

Alizeh volvió a hacerse visible, tomó una profunda bocanada
de aire y salió de detrás del biombo con sorprendente compostura, a pesar de que el corazón le latía a toda velocidad. Debía de
mantenerse serena, sobre todo ahora que el miedo la azotaba
con la fuerza de un vendaval en pleno verano.

El desconocido, según notó la muchacha, resultó ser toda una
sorpresa.

Era imposible saber su edad; aunque Alizeh sospechaba que
todavía era joven, el hombre daba la impresión de ocultar un
alma vieja bajo la capa de juventud que le cubría. Su piel era de
un dorado bruñido y tenía una llamativa mata de pelo roja como
el cobre. Vestía con sencillas ropas negras, que incluían un chaquetón y una chaqueta, y en una mano sostenía un sombrero de
copa negro y un bastón dorado. Sus ojos azules eran impresionantes, pero tenían un brillo triste, una pesadumbre que hacía
que fuese difícil mirarle directamente... sobre todo cuando él, que
había abierto los ojos una milésima de milímetro cuando Alizeh
salió de su escondite, dejó la vista clavada en ella.

—Vaya —dijo el joven.

—¿De qué me conocéis? —Alizeh no se anduvo por las ramas.

—Yo nunca he dicho que os conociera.

—¿Ni siquiera os habíais visto antes? —intervino la señorita Huda, mirándolos alternativamente con gesto desencajado. Después, se dirigió a Alizeh—: ¿No conocéis a este hombre?

Alizeh sacudió la cabeza.

—¡Entonces, fuera de aquí, lunático! —La señorita Huda empujó al desconocido hacia la puerta—. ¡Largo! ¡Largo de aquí, sinvergüenza! ¿Cómo os atrevéis a colaros en los aposentos de una señorita sin consent...?

Al joven no le costó ningún trabajo zafarse de ella.

—Creo que ha habido un malentendido —dijo sin demostrar emoción alguna—. Su Majestad y yo no somos completos desconocidos, puesto que tenemos un amigo en común.

—Ah, ¿sí?

—¿Cómo que «Su Majestad»? —La señorita Huda se dio la vuelta y miró a Alizeh—. ¿Acaso sois...? ¿De verdad sois una...?

El desconocido se lo confirmó con un rotundo «sí» al mismo tiempo que Alizeh respondía con un «no exactamente», por lo que los tres adoptaron una expresión confundida al unísono.

—No tenemos tiempo para eso ahora —replicó el joven, mirando a Alizeh—. Me temo que vuestros planes para esta noche se han visto comprometidos. Debéis partir de inmediato.

La muchacha se puso rígida al notar el calor que irradiaba la nosta contra su piel y se le cayó el alma a los pies.

Entonces, era cierto: las cosas no habían salido como esperaban.

Alizeh se vio embargada por tal decepción que se quedó sin aliento, aunque se obligó a mantener la calma. Al fin y al cabo, Hazan se había asegurado de elaborar un plan alternativo. Contar con la nosta ya era de por sí una gran ventaja, puesto que la seguridad que le otorgaba no solo la aliviaba sobremanera incluso en un momento como aquel, sino que la mantenía firme en medio de las aguas turbulentas. ¿Qué era lo que le había dicho cuando se la regaló?

«Para que nunca tengáis que preguntaros quiénes son vuestros enemigos».

—Fuisteis vos, entonces —dijo Alizeh, mientras buscaba la mirada del desconocido—. ¿Fuisteis vos quien me envió este vestido? ¿Y también los zapatos?

—Así es —confesó el joven tras un instante de vacilación.

—¿Por qué?

—Le estaba devolviendo un favor a alguien.

—¿Un favor? —preguntó Alizeh, confundida—. ¿Me lo debíais a mí?

—No.

La muchacha dio un paso atrás.

—Entonces, ¿a quién?

—Al amigo que tenemos en común.

Aquella era la segunda vez que mencionaba a ese amigo en particular. ¿Acaso estaba tratando de mantener la identidad de Hazan oculta ante la señorita Huda?

—De modo que estos regalos son suyos —concluyó Alizeh con suavidad—. Eso significa que no tenéis ningún interés personal en ayudarme.

—Mi único interés recae en saldar una antigua deuda —coincidió el joven—. Nuestro amigo me pidió que, a cambio, le hiciera este favor, ciñéndome a sus instrucciones concretas, y he cumplido mi parte del trato. No habría subido hasta aquí de no haber sido porque las circunstancias requerían que intercediera.

—Entiendo —dijo la joven. La nosta ardía contra su esternón. Comenzaba a comprender que aquel desconocido no era un amigo, pero tampoco un enemigo, lo cual complicaba las cosas—. ¿Cómo os llamáis?

—Mi nombre no tiene importancia.

—¿Cómo que no? —preguntó, sorprendida—. ¿Y cómo preferís que me refiera a vos?

—De ninguna manera.

Alizeh, que se vio embargada por un súbito brote de crispación, no fue capaz de ocultar sus emociones.

—Muy bien —concedió con voz fría—. ¿Y ahora qué hacemos?

El desconocido abrió la boca para hablar, pero vaciló al fijarse en el rostro emocionado de la señorita Huda y en su mirada llena de curiosidad.

Se aclaró la garganta con delicadeza.

—Preferiría no tratar estos temas delante de... —lanzó otra mirada en dirección a la señorita Huda— personas ajenas al asunto que nos concierne, aunque reconozco que el error ha sido mío. Me temo que creí... es decir, por un momento, pensé que la señorita estaba sola. Esperaba que la joven hubiera bajado a reunirse con sus invitados.

—Estoy aquí delante —intervino la señorita Huda bruscamente—. No habléis de mí como si no existiera.

—Ah —respondió el joven con una inclinación de cabeza—, pero yo preferiría que desaparecieseis.

La señorita Huda se quedó boquiabierta y Alizeh se apresuró a hablar con ella:

—¿Puedo confiar en que mantendréis en secreto los detalles de lo que ha ocurrido hoy aquí?

—¡Por supuesto! —aseguró la joven, que se irguió para demostrar lo orgullosa que estaba de sí misma—. Nunca en mi vida he desvelado el secreto de otra persona. Os aseguro que seré la viva imagen de la discreción.

Un escalofrío recorrió el cuerpo de Alizeh cuando la nosta se quedó helada ante las palabras de la señorita Huda.

Se le escapó una mueca de dolor.

Y, como si él también se hubiese percatado de la mentira, el desconocido buscó su mirada.

—Tenemos dos opciones: o la mato o nos la llevamos con nosotros. El error fue mío, así que dejaré la decisión en vuestras manos. Sin embargo, os recomiendo encarecidamente que os decantéis por la primera opción.

—¿Matarme? —gritó la señorita Huda—. No hablaréis en serio...

—¡No! De ninguna manera; no vamos a mataros —intervino Alizeh, que fulminó al joven sin nombre con la mirada antes de tratar de esbozar una sonrisa y dirigirse a la señorita Huda—: Pero ¿no mencionabais antes que os gustaría huir de aquí? —La joven parecía estar a punto de desmayarse—. Tomad —la animó Alizeh, y abrió las puertas y los cajones de su armario y rescató unos cuantos artículos esenciales de su interior—. Os ayudaré a prepararos para el viaje.

La señorita Huda la miró con la boca abierta.

—Pero... yo no...

Alizeh localizó un petate de tamaño medio en el armario y lo depositó sobre las manos congeladas de la señorita Huda.

—Meted tantas cosas como podáis.

—Pero yo no quiero escaparme de aquí —susurró la joven señorita, a quien le brillaban los ojos a causa del pánico—. ¿A dónde iré? ¿Cómo saldré adelante? ¿Durante cuánto tiempo estaré lejos de casa?

—¡Qué preguntas más oportunas! —dijo Alizeh mientras le daba unas palmaditas en el hombro—. Haced las maletas y yo me encargaré de preguntárselo al caballero.

Cabizbaja, la señorita Huda retiró un vestido de su percha y lo metió sin ningún entusiasmo en el petate.

—Creo que no hace falta andarse con triquiñuelas, ¿no? —le preguntó al desconocido—. Habladme de vuestro plan. ¿Qué hacemos ahora?

El joven sin nombre contempló la escena que se desarrollaba ante él con una vaga expresión asqueada.

—No hay mucho que contar. Os protegeré hasta que lleguemos al baile y, poco después, os procuraré un medio de transporte seguro que os llevará hasta vuestro destino.

—Pero ¿cuál es mi destino? —insistió la muchacha—. Y ¿qué pasará cuando llegue allí?

—¿Sabéis si lloverá allá donde vamos? —intervino la señorita Huda—. ¿Necesitaré llevar un paraguas?

El desconocido cerró los ojos.

—No puedo deciros a dónde iréis, pero os puedo prometer que es un lugar seguro. Además, ya os he provisto de una medida de protección adicional con el vestido y los zapatos.

Alizeh tardó un segundo en reaccionar ante aquel recordatorio.

—¡Es verdad! —exclamó al tiempo que bajaba la vista para contemplar los regalos—. Casi se me olvida preguntároslo. ¿Cómo funcionan exactamente?

—¿Acaso no habéis leído las notas que os dejé?

—Sí, pero...

—Si no sabéis hacia donde os dirigís, vuestros pies os ayudarán y, si teméis ser vista, el vestido ocultará vuestra identidad ante quienes quieran haceros daño, etcétera, etcétera. En cualquier caso, si no seguís mis indicaciones al pie de la letra en todo momento, no podré garantizar vuestra seguridad. Si actuáis a vuestro antojo, yo no me haré responsable de vuestros actos y me importará un bledo lo que os ocurra.

Poco a poco, Alizeh alzó la cabeza para mirar al desconocido.

—¿Era necesario añadir ese último comentario?

—¿Qué comentario?

—«Y me importará un bledo lo que os ocurra» —repitió, imitando el frío tono de voz del joven—. ¿Os divierte ser tan mezquino sin motivo alguno?

—Pues la verdad es que sí.

Alizeh abrió la boca para devolverle la mala contestación, pero se mordió el labio y cambió de parecer.

No conocía de nada al joven, de igual manera que él no sabía nada de ella. Y, a pesar de que no estaba actuando por voluntad propia, que el caballero se hubiera comprometido a ayudarla era un verdadero milagro, puesto que, independientemente de cuál fuera su identidad, el joven corría un tremendo riesgo al cumplir su cometido. Tal vez no fuera consciente de lo mucho que su ayuda significaba para Alizeh, ya que, si todo salía bien, le estaría dando la vida a la joven. Las penurias que se había visto obligada a soportar durante los últimos años llegarían a su fin.

Sería libre de una vez por todas.

Por eso, decidió que, aunque no se lo mereciera, trataría al joven con la máxima educación (de hecho, no se consentiría faltarle al respeto ni una sola vez), dado que estaría en deuda con él muy pronto.

Se aclaró la garganta.

—¿Sabéis una cosa? —inquirió la joven, tratando de sonreír—. Con tanto alboroto, casi se me olvida lo más importante. —El desconocido le dedicó una mirada sombría—. Muchísimas gracias por todo. Sé que esta situación os supone una carga y que no es plato de buen gusto, pero vuestra ayuda es de un inconmensurable valor y no me olvidaré de lo que habéis hecho hoy por mí.

El joven puso una mueca y la contempló largo y tendido.

—No os he ayudado porque yo quisiera.

—Lo sé.

—Entonces, parad. —Por primera vez, el desconocido demostró que era capaz de sentir algo: sonaba enfadado—. No me deis las gracias.

Alizeh se estremeció.

—Como deseéis. Retiro mi agradecimiento formal, pero, en cualquier caso, me siento en deuda con vos.

—No tenéis por qué.

—¿Acaso tenéis intención de prohibirme demostrar cualquier tipo de emoción? —inquirió, enarcando las cejas.

—En efecto.

—Pero es absurdo.

—Si de verdad estáis tan agradecida por mi ayuda, hacedme un favor y no me dirijáis más la palabra.

Alizeh languideció.

—¿Por qué os empeñáis en ser tan cruel?

—¡Por favor, no os peleéis! —intervino la señorita Huda—. Bastante desagradable va a ser ya esta...

—Debo daros la razón —dijo el joven con frialdad—. Aunque sea una causa perdida, preferiría que nos mantuviésemos en silencio de ahora en adelante y que, cuando llegue el momento de despedirnos, sigamos siendo perfectos desconocidos.

—Muy bien —murmuró Alizeh entre dientes.

—Fantástico —concluyó él antes de lanzarle una mirada de reojo a la señorita Huda—. Es hora de partir.

—¡Esperad! —exclamó la señorita Huda, desesperada—. ¿No podéis reconsiderarlo? Por favor, dejad que me quede aquí. Os prometo que no le contaré nada a nadie acerca de lo que he visto... Seré una tumba, ya veréis...

Por segunda vez, Alizeh se estremeció al sentir el frío contacto de la nosta contra la piel.

—Ya os dije que deberíamos matarla —le recordó él.

La señorita Huda gimoteó en respuesta.

—No le hagáis caso —la tranquilizó Alizeh—. Mirad, solo tendréis que estar fuera durante un breve periodo de tiempo. Podréis regresar a casa tan pronto como hayamos conseguido llegar a un lugar seguro...

—No le deis falsas esperanzas —intervino el joven sin nombre—. Para que regresase a casa sin suponer una amenaza necesitaríamos dar con una manera de alterarle los recuerdos, y para eso tendríamos que llevarla atrás en el tiempo, lo cual es tremendamente complicado, además de doloroso...

La señorita Huda se echó a llorar.

—¿Queréis cerrar el pico? —le exigió Alizeh al desconocido de malas maneras, habiendo olvidado su promesa de tratarlo bien—. ¿Es que no veis que al intimidarla solo complicáis más la situación? ¿Cómo vamos a pasar inadvertidos si no deja de llorar?

El joven miró a las dos muchachas. Entonces, juntó los dedos y, de improviso, la señorita Huda se quedó en silencio.

A pesar de que seguía llorando, no emitía sonido alguno.

Cuando la joven cayó en la cuenta de lo que ocurría, se llevó las manos a la garganta y abrió los ojos de par en par, presa del pánico, mientras se esforzaba por hablar o, más bien, por gritar... si bien era en vano.

Alizeh increpó al joven sin nombre:

—¿Qué le habéis hecho? Os exijo que la dejéis como estaba de inmediato.

—No pienso hacerlo.

—¿Acaso sois un mago?

—No.

—Entonces, ¿sois un monstruo?

El desconocido esbozó el fantasma de una sonrisa.

—Decidme que no habéis estado hablando con mi madre.

—¿Y cómo tenéis acceso a toda esa magia? Primero, el vestido, luego los zapatos... ahora, esto...

—Y esto —añadió mientras se ponía su sombrero de copa.

Sin previo aviso, Alizeh se vio catapultada hacia una oscuridad infinita.

TREINTA Y CINCO

La música inundó los oídos de Kamran, mientras que la oscuridad que gritaba en el interior de su mente se veía interrumpida por el ocasional estrépito de las risas y por el tintineo de los vasos y la cubertería de plata. El joven llevaba los ojos delineados con kohl, lucía unas pesadas cadenas de zafiros alrededor del cuello y, sobre sus cabellos negros como la noche, descansaba una sencilla diadema de oro martillado. Kamran se mantenía firme a pesar de las densas capas de seda de color verde oscuro y del arnés engastado en esmeraldas en el que siempre portaba sus espadas que le cruzaba el pecho y le abrazaba la cintura. Con una postura impecable a la par que incómoda, saludaba con un asentimiento de cabeza, pero sin prestar atención alguna, a los aristócratas que se inclinaban ante él y a las jóvenes que le hacían reverencias con las que casi tocaban el suelo.

De vez en cuando, Kamran lanzaba miradas de soslayo al reluciente trono que se alzaba junto a él y donde se sentaba su abuelo, así como al que estaba contiguo al del rey, donde su madre daba largos tragos de vino. Ambos sonreían, pero el jovial semblante de su abuelo era una fachada que se veía obligado a mantener para ocultar la tempestad interior que, sin duda, debía estar poniendo a prueba su autocontrol.

Esa sería una buena forma de describir lo que el propio Kamran sentía.

A unos pocos pasos y parcialmente oculto tras un olivo decorativo, estaba el embajador tulaní, a quien se le había encomendado la tarea de permanecer cerca de la familia real para que identificara de inmediato al rey de Tulán, si era que el joven llegaba a aparecer. Más allá, resguardado bajo el abrazo de las sombras, Hazan aguardaba a recibir órdenes.

Kamran todavía no sabía cómo sentirse acerca de su consejero o de qué manera proceder con él. El instinto del príncipe le aseguraba que algo raro estaba pasando, y, aunque Hazan no hubiera llegado a engañarlo de forma explícita, el príncipe lo vigilaba de cerca, a la espera de poder captar el más mínimo comportamiento sospechoso.

El muchacho fesht, al menos, no había mentido.

Omid llevaba unos cuantos días viviendo en las dependencias de los magos y, según aseguraba, tenía una buena relación con los sacerdotes y las sacerdotisas que le habían salvado la vida. Cuando subió a darles las buenas noches, descubrió que los veinticinco magos yacían muertos en sus respectivas camas.

Por supuesto, tanto Kamran como el rey se habían acercado hasta allí para comprobar lo ocurrido con sus propios ojos.

No se había derramado ni una sola gota de sangre ni tampoco había ningún indicio de violencia que investigar. Todos tenían una expresión plácida y las manos cruzadas sobre el pecho. No hallaron una sola prueba del ataque hasta que no hubieron completado un examen más exhaustivo de los cuerpos: el espacio que quedaba entre sus fríos labios entreabiertos había sido invadido por una sutil capa de escarcha.

«Magia negra», había susurrado el rey.

Era lo único que podría haber aniquilado de un plumazo a unos magos capaces de invocar un tremendo poder. Tenían muy pocas dudas acerca de quién podría ser el culpable de un crimen como aquel. El rey tulaní, a quien se le había visto conversando con los embajadores de Ardunia a última hora de la tarde, se había escabullido de la fiesta que se celebrara en su honor y había desaparecido sin dejar rastro. Tampoco se había reunido con el rey antes de que diese comienzo el baile, tal y como habían acordado.

Kamran no sabía si el joven rey Cyrus acabaría presentándose en la fiesta, pero su ausencia sería la confirmación necesaria para concluir sin lugar a dudas que pretendía declararle la guerra a Ardunia con una de las provocaciones más descaradas que el príncipe había presenciado en su vida.

En cualquier caso, todavía no tenían pruebas.

La situación empeoraba si se tenía en cuenta que tardarían semanas en organizar a los escasos magos que vivían a lo largo y a lo ancho del imperio para que comenzasen una nueva vida en la Plaza Real y, hasta entonces, Ardunia se vería comprometida por la ausencia del frente básico de protección que siempre le habían garantizado los pocos residentes que ocupaban las dependencias de los magos.

Y, a pesar de todo, debían guardar las apariencias.

El rey no quería que aquella terrible noticia volara por el imperio todavía. Prefería evitar que el pueblo entrase en pánico antes de tener la oportunidad de abordar sus temores de manera oficial. Por supuesto, eso sería imposible hasta la mañana del día siguiente, puesto que los brutales sucesos de la tarde le habían conferido al baile una importancia aún mayor. Podrían ser víctimas de otro ataque en cualquier momento... La corona podría verse comprometida en cualquier instante...

Y eso significaba que debían asegurar la línea sucesoria de la monarquía arduniana cuanto antes con otro heredero.

La mente de Kamran se había resignado a pesar de las protestas de su corazón, de modo que ahora el joven se encontraba contemplando con mirada indiferente a la horda sin rostro que se movía ante él, así como a los individuos que se separaban de ella para ofrecerles sus respetos a la familia real de Ardunia. Aunque se suponía que el príncipe debería escoger a una esposa de entre las invitadas, todas las jóvenes se le antojaban iguales. Vestían ropas prácticamente idénticas y llevaban los cabellos recogidos en peinados muy similares. Solo era capaz de diferenciarlas gracias a las impresiones poco favorecedoras que dejaban de vez en cuando, como una carcajada estridente o unos dientes manchados. Una muchacha en particular había sido incapaz de dejar de morderse las uñas, ni siquiera mientras hablaba.

La gran mayoría no se atrevía a mirar a Kamran a los ojos, y unas pocas se inclinaban con teatralidad para ofrecerle al oído indecorosas proposiciones para la noche.

La situación comenzaba a drenarlo de energía.

Kamran se había visto inmerso en una inacabable pantomima a lo largo del día, pero no había dado con la forma de dejar de pensar en una joven en particular. Se preguntaba, mientras saludaba con la cabeza a otra más de las muchachas que le dedicaban exageradas reverencias, si Alizeh lo acompañaría para siempre en su memoria y si se manifestaría en las ocasionales sensaciones que le recorrían la piel o en el súbito aliento que tomaría al recordar su caricia. Era una idea tan curiosa como electrizante que lo paralizaba de terror.

¿Pasaría el resto de sus días comparando a cada joven con ella?

¿Llegaría a encontrar a alguien que lo hiciera sentir unas emociones tan intensas como las que Alizeh había despertado? Y, en caso de no hacerlo, ¿estaría condenado a vivir una vida incompleta, una vida de silenciosa conformidad y expectativas frustradas? ¿Qué sería peor?, se preguntaba, ¿vivir sin saber nunca lo que uno podría haber llegado a tener o seguir adelante después de que te lo arrebataran?

—No estáis poniendo nada de vuestra parte —le increpó el rey en un susurro que logró sacarlo de su trance de un sobresalto. Kamran no se atrevió a girar la cabeza para mirarlo. Ni siquiera se había dado cuenta de que la joven que le estaba presentando sus respetos ya se había marchado. El rey continuó murmurando—: Podríais interesaros por ellas en vez de quedaros ahí como una estatua.

—¿Acaso importa? Vos escogeréis a la joven más apropiada para mí, majestad.

El rey Zal se quedó callado y a Kamran se le encogió el corazón al ver sus sospechas confirmadas.

—En cualquier caso —dijo el rey al final—, puesto que estáis en un baile, al menos podríais dejar de comportaros como si estuvieseis en un funeral, por muy desafortunadas que sean las circunstancias. Quiero que anunciéis vuestro compromiso antes de que acabe la semana. Deberéis estar casado antes de que concluya el mes y, antes de que termine el año, quiero que haya un heredero en camino. Continuaremos con la velada hasta que hayamos cumplido con nuestro deber. ¿Ha quedado claro?

El príncipe apretó los dientes, recorrió la horda de invitados con la mirada y se maravilló al descubrir que su número parecía aumentar ante sus ojos.

—Por supuesto, majestad —farfulló.

Para sorpresa de Kamran, su vista se posó en el muchacho fesht, quien se encontraba allí cerca, de pie y sin dejar de retorcerse las manos. Cada poco tiempo, lanzaba miradas hacia la entrada con evidente expectación. Tenía los ojos rojos de llorar, pero, como le habían prohibido expresamente derramar una sola lágrima durante el baile (a riesgo de ser expulsado del palacio), se limitaba a morderse el labio y a dar un respingo cada vez que se anunciaba el nombre de un nuevo invitado.

Kamran frunció el ceño.

¿A quién estaría buscando el muchacho? Era imposible que Omid conociese a alguien en la fiesta y, además, no tenía familia. Tampoco amigos.

Entonces, ¿por qué se mostraba tan impaciente?

De pronto, una mujer mayor ataviada con un exquisito vestido dio un paso adelante. El distraído príncipe tardó un segundo en reconocer el rostro familiar de su tía y se quedó sin palabras, incapaz de ocultar el alivio que sentía. Kamran se alegraba tanto de ver a la duquesa Jamilah que tomó la mano extendida de su tía y se inclinó ante ella para presentarle sus respetos en un gesto tan desmesurado que atrajo un gran número de miradas indeseadas.

Vio que no estaba sola cuando ya era demasiado tarde.

—Alteza —dijo la duquesa, que tenía un ligero rubor en las mejillas ante las atenciones de su sobrino—. Esta noche, tengo el inmenso placer de presentaros a la hija de una querida amiga mía.

Kamran notó (y oyó) cómo el rey se sentaba recto. El príncipe se armó de valor antes de girar la cabeza para contemplar a la joven que acompañaba a su tía.

—Me complace presentaros formalmente a lady Golnaz, la hija del marqués de Saatchi.

Kamran la saludó con una inclinación de cabeza y la joven se dejó caer en una grácil reverencia antes de alzarse y revelar unos ojos de color marrón claro y una sonrisa sencilla. Sus facciones eran bastante comunes y, aunque no la hacían destacar, tampoco la hacían perderse entre otras del montón. Se había recogido el ondulado cabello castaño en un moño suelto y llevaba un vestido de lo más anodino, sin ningún complemento que acentuara su color o su corte. Desde un punto de vista racional, Kamran sabía que la muchacha era relativamente guapa, pero el príncipe no sentía nada al mirarla y nunca se habría fijado en ella.

Aun así, valoraba el aplomo que demostraba la joven. Lo único que Kamran no toleraría sería casarse con alguien a quien no considerara su igual en cuanto a lo que su situación emocional se refería y, por esa razón, no toleraba a las jovencitas de risita tonta ni a las que no llevaban la cabeza bien alta con confianza. La compostura, en su opinión, era una cualidad esencial en una reina y, por lo menos, le tranquilizaba descubrir que lady Golnaz parecía tener mucho temple.

—El placer es mío —se obligó a decirle a la joven—. Espero que estéis disfrutando de la velada, lady Golnaz.

—Desde luego que sí, gracias —respondió con tono alegre y una sonrisa que le iluminó la mirada—. Aunque me temo que vos no podéis decir lo mismo, alteza.

El príncipe se quedó petrificado al oír aquello y estudió a la muchacha con nuevos ojos.

—Mi orgullo insiste en afirmar lo contrario, pero... —Kamran se detuvo, sorprendido al atisbar a una joven a la distancia por una fracción de segundo—. Yo... —Volvió a centrar su atención en lady Golnaz mientras luchaba por recordar qué era lo que estaba tratando de decir—. No sé...

Otro destello de color captó la mirada del príncipe, que alzó la cabeza, confundido ante lo mucho que lo estaba distrayendo un movimiento concreto en medio de un mar de caótico dinamismo y...

Alizeh.

El príncipe se quedó embelesado. La sangre se le subió a la cabeza sin previo aviso y lo dejó aturdido.

Alizeh estaba en el baile.

Estaba allí, en aquella misma sala, y estaba deslumbrante: vestida de vaporoso y reluciente lavanda y con los cabellos negros como la obsidiana recogidos para despejarle el rostro (que ya no ocultaba tras la snoda), aunque unos cuantos rizos le rozaban las mejillas sonrosadas por el agotamiento. La joven ya era hermosa con su aburrido vestido de criada, así que ahora el príncipe no contaba con una palabra para describirla. Lo único que se atrevía a afirmar era que parecía sacada de un mundo superior al plano de los mortales.

Su mera imagen lo había dejado paralizado.

Ya no llevaba ni el vendaje que le rodeaba del cuello ni el que le cubría las manos. Parecía emitir destellos con cada paso que daba y se movía como si flotara mientras inspeccionaba la estancia. Kamran la contempló sin aliento, asustado por lo rápido que latía su desbocado corazón.

¿Cómo era posible? ¿Por qué había acudido al baile? ¿Estaría allí por él? ¿Habría venido a buscarlo para estar con él...?

—Alteza —alguien lo llamaba.

—¿Os encontráis bien? —preguntó otra voz.

Como si hubiera abandonado su propio cuerpo, el príncipe contempló a Alizeh cuando un joven le tomó la mano. Ella se dio la vuelta para mirarlo, sorprendida y con los ojos de par en par, hasta que pareció reconocerlo.

El caballero dijo algo y Alizeh se rio.

Aquel sonido atravesó a Kamran como una espada y quedó presa de un dolor que no supo identificar. Nunca antes había sentido nada igual, pero deseaba poder arrancárselo del pecho.

—Es él —susurró Hazan junto a su oído.

Kamran jadeó y retrocedió mientras devolvía su atención a la escena que se desarrollaba ante él. Alizeh se había desvanecido tras perderse entre la multitud. En cambio, lo que vio fue la expresión preocupada de su tía y la mirada curiosa de lady Golnaz. También se percató del frenesí con el que la desmesurada muchedumbre de invitados se movía.

—Es el caballero de cabellos cobrizos, alteza. El que lleva un sombrero poco común. Me lo ha confirmado el embajador tulaní.

El príncipe tardó un instante en recuperar la voz:

—¿Está seguro?

—Sí, alteza.

—Traedlo ante mí —exigió Kamran con voz queda.

TREINTA Y SEIS

Alizeh había caído dando vueltas al precipitarse a través de numerosas capas y capas de oscuridad hasta casi alcanzar las puertas de la muerte, que le rozaron la piel sin llegar a reclamar su alma. Creyó oírse gritar a sí misma mientras caía, aunque, por un efímero segundo, también se había preguntado si estaría soñando antes de plantearse si su vida habría sido un reluciente tapiz tejido con infinitos hilos de sinsentido.

Sus pies habían tocado el suelo primero y la fuerza del impacto le subió por las piernas y las caderas hasta hacer que le castañetearan los dientes. Cuando abrió los ojos, la joven se chocó con el desconocido y se apoyó en su pecho para recuperar el equilibrio. La música tronó en sus oídos al apartarse; le daba vueltas la cabeza. Mientras que el escándalo de las conversaciones y las risas atravesaba la neblina de su mente, el olor del azúcar le inundaba las fosas nasales y los cuerpos de otras personas presionaban contra su piel.

Se vio superada... por el calor y el sudor, los sonidos y las sensaciones. Aun así, comprendió enseguida dónde se encontraba y no tardó en preocuparse por la señorita Huda. Se alejó del desconocido y se dispuso a buscar a su nueva amiga, ansiosa por saber si habría logrado llegar hasta allí con ellos, así como por averiguar si la muchacha habría perdido para siempre el habla.

Alizeh había perdido toda la confianza en el joven desconocido.

No le importaba en absoluto que fuese un aliado de Hazan. ¿Cómo podría creer nada de lo que le dijera? Había demostrado ser tan cruel como caprichoso y no volvería a dejar que...

Alguien le agarró la mano y Alizeh se dio la vuelta, sorprendida, para descubrir al mismísimo caprichoso desconocido de ojos azules. La muchacha contempló sus manos entrelazadas y, después, estudió el rostro del joven, intrigada por saber si el miedo que aparecía y desaparecía en su mirada serían imaginaciones suyas.

—¿A dónde vais? —Su voz sonaba diferente, como si se hubiera transformado en la antítesis del joven impasible que había conocido en un primer momento—. Espero que no tengáis intención de escapar.

Alizeh se había quedado tan atónita al ver el pánico en sus ojos que se echó a reír.

—No, no seáis absurdo. ¿Cómo iba a escaparme? Estoy buscando a la señorita Huda. Estoy segura de que debe estar por ahí, aterrorizada e incapaz de pedir ayuda... por lo que vos le hicisteis.

Alizeh tiró de su mano para liberarse de la del joven y se abrió camino entre la multitud, agradecida por la protección que le ofrecía el vestido... hasta que frunció el ceño y se mordió el labio al recordar quién se lo había regalado.

Al menos, no le había mentido en cuanto a las propiedades de la prenda. El vestido era, sin duda, todo un milagro.

Parecía que el resto de los invitados pasaban a su lado como si no existiera. Ninguna mirada se posaba en su rostro. Le perturbaba pensar que tantísimos desconocidos desearan lo peor para ella, pero también la tranquilizaba no tener que preocuparse por ocultar sus ojos o por ponerse la snoda. Nadie le escupiría en la cara ni la apartaría de su camino de un empujón.

Tampoco la obligarían a limpiar restos de heces del poroso suelo de mampostería.

Pero a Alizeh le incomodaba saber que le debía esa seguridad al joven desconocido, puesto que, de pronto, todo en él apuntaba a que no era una persona digna de confianza. Si había sido capaz de robarle la voz a la señorita Huda, ¿qué le haría a Alizeh si lo enfadaba? En realidad, también cabía la posibilidad de que el vestido y los zapatos fueran una trampa. ¿Y si estaban embrujados y acababan llevándola hasta algún lugar peligroso? ¿Y si sus propios pies la conducían a la tumba? Quizá debería deshacerse del vestido... o destruirlo. Pero ¿qué haría con los zapatos? ¿Qué se pondría si se los quitaba?

¿Cómo iba a escapar yendo descalza?

—Ya lo he arreglado —anunció el desconocido, que le pisaba los talones.

—¿El qué? —preguntó Alizeh, girándose para mirarlo.

—Lo de la otra joven. La gritona —aclaró—. Ya puede hablar otra vez.

A pesar de que había acortado la distancia que los separaba, no se molestó en bajar la voz, por lo que dejó claro que no le importaba que otros escucharan lo que decía.

Alizeh comenzaba a sospechar que él también llevaba algún tipo de protección mágica entre sus ropas.

—Lo habéis arreglado... ¿Así, sin más? —inquirió la joven, sin quitarle ojo de encima mientras se acercaba a ella. Tenía una personalidad voluble de lo más desconcertante.

—Eso es —confirmó. De cerca, el azul de sus ojos era tremendamente vívido, sobre todo ahora que se encontraba bajo la luz refractada de los muchos candelabros que pendían del techo—. A cambio, solo os pido que me deis vuestra palabra de que, sin importar lo que pase, no os escaparéis.

—¿Que os dé mi palabra? —repitió, sorprendida—. Pero ¿por qué os preocupa tanto que me escape?

—Porque esta va a ser una noche complicada. Me han enviado aquí para recogeros y, aunque ese es mi principal cometido, también tengo que encargarme de otros asuntos con los que saldaré un par de deudas bastante considerables. —Hizo una pausa—. ¿Diríais que sois una persona miedosa?

—Me estáis faltando el respeto con el mero hecho de preguntármelo —respondió, indignada.

—Perfecto. Entonces, necesito que me deis vuestra palabra.

—No voy a hacer tal cosa.

—¿Cómo decís? —preguntó, entornando los ojos.

—Solo haré lo que me pedís si me prometéis primero que no le haréis ningún daño.

—¿A quién? ¿A la muchacha gritona?

—Juradme que no le tocaréis un solo pelo y que no utilizaréis la magia en su contra...

—Oh, ¿no creéis que estáis pidiendo demasiado?

—¿Queréis que os prometa que me quedaré a vuestro lado? —insistió Alizeh—. Entonces, tenéis que darme una razón para que me fíe de vos. Dadme vuestra palabra de que no le haréis daño. Esa es mi única condición.

—Muy bien —cedió con tono amargo—. Pero os lo advierto: si rompéis vuestra promesa, ateneos a las consecuencias.

—¿Qué consecuencias?

—Se acabará la amabilidad por mi parte.

Alizeh soltó una carcajada.

—¿Insinuáis que ahora estáis siendo amable conmigo?

—Vendré a buscaros en media hora —anunció con mala cara—. Os conduciré hasta nuestro transporte antes de la medianoche para evitar siestecitas indeseadas, puesto que tardaríamos mucho más tiempo del debido en ponernos en marcha.

—¿Siestecitas indeseadas? ¿Lo decís por el conductor?

El joven ignoró su pregunta.

—Id a por la otra muchacha, pero daos prisa, puesto que me temo que os será difícil cazarla.

—¿Y vos qué haréis? —inquirió Alizeh con desaprobación.

—Como os he comentado, tengo otros asuntos que atender. No tardaré mucho.

—¿Otros asuntos? —A Alizeh le dio un vuelco el estómago—. ¿Os referís a Hazan?

El desconocido la miró, desconcertado.

—¿Hazan?

—Sí... Tengo muchas preguntas que hacerle. ¿Sabéis dónde está ahora mismo? ¿Va a venir al baile?

El joven abrió los ojos de par en par y, luego, los entrecerró, como si tratase de ajustar la lente de un telescopio.

—No lo sé.

—Ah. —Alizeh se mordió el labio—. Bueno, ¿podéis...?

—Por el momento, centraos en encontrar a la chica. Si os perdéis, vuestros zapatos os llevarán hasta el lugar al que tenéis que ir.

—Si eso es cierto, ¿por qué tenéis que escoltarme hasta mi transporte?

—Porque es mío —gruñó con repentina irritación—. Vos solo lo tomaréis prestado. —Alizeh retrocedió ante el veneno que destilaba su voz—. Y permitidme que os deje bien claro que, mientras ponéis todo vuestro empeño en descubrir si soy una persona de fiar, yo estoy tratando de averiguar lo mismo sobre vos. Os aseguro, majestad, que a mí tampoco me hace ninguna ilusión tener que estar aquí. La única razón por la que me veo obligado a acompañaros es porque mi despiadado maestro me lo ha ordenado, a pesar de que yo no estaba en absoluto conforme.

Alizeh abrió la boca para protestar, pero el desconocido se dio la vuelta bruscamente y... se marchó.

La joven lo vio abrirse paso entre la multitud y desaparecer sin ningún esfuerzo en el mar de cuerpos. Se quedó tan sorprendida como confundida ante la rapidez con la que había logrado abrirse camino por la atestada estancia, pero lo que más anonadada la había dejado fueron sus últimas palabras.

¿A quién se refería cuando hablaba de aquel «despiadado maestro» que le obligaba a acompañarla? No tenía la sensación de que hablase de Hazan, pero tampoco lo conocía lo suficiente como para asegurarlo. En realidad, no conocía a nadie tan a fondo.

Alizeh contempló los amplios hombros del desconocido mientras se alejaba y estudió el sencillo corte de su conjunto negro, así como el peculiar sombrero que llevaba en la mano.

No sabía qué opinión formarse de él y eso la preocupaba. ¿Cómo iba a depositar su vida tan alegremente en las manos de una persona en la que no podía confiar?

Con un suspiro, Alizeh se giró para alejarse de allí, pero se detuvo cuando vio que el mismísimo Hazan interceptaba a su compañero de ojos azules. Se notaba un fuerte contraste entre su coronilla de cabellos trigueños y el rico color ámbar del cabello cobrizo del otro joven.

Alizeh casi se echó a llorar de alivio.

Sí que se conocían y, en efecto, ambos habían colaborado para planear la huida de la muchacha. Una aplastante ola de paz la inundó y calmó las muchas preocupaciones que la tenían de los nervios. El comportamiento del desconocido era, cuanto menos, poco ortodoxo, sí, pero Alizeh había estado equivocada: el caballero era digno de confianza. Había deshecho el maleficio que le había infligido a la señorita Huda, le había dado su palabra de que no le haría ningún daño a la joven y ahora tenía pruebas de que no le había mentido. Alizeh nunca había dudado de la nosta, pero confirmar el veredicto del orbe con respecto al desconocido con sus propios ojos la tranquilizaba sobremanera.

Alizeh por fin tenía la sensación de poder volver a respirar con normalidad.

Los dos jóvenes hablaban apresuradamente. Alizeh estaba dividida entre su deseo de ir a buscar a la señorita Huda y unirse a la pequeña reunión de Hazan y el desconocido. Tenía muchas preguntas que hacer y estaba deseosa por obtener respuestas, así que quizá...

Quizá, si no iba a por la señorita Huda y no llegaban a encontrarse, entonces la joven dama podría continuar con su vida sin ningún inconveniente. Al fin y al cabo, ¿qué importaba si la muchacha contaba lo que había visto? Alizeh ya estaría muy lejos de Setar para entonces.

Aunque, si bien a ella no le afectarían los rumores, tal vez para su acompañante de ojos azules sí que supusieran un problema. Ahora que sabía que no era un canalla, se le antojaba más difícil actuar sin preocuparse por su bienestar, sobre todo cuando tenía en cuenta todo lo que había hecho por salvaguardar el suyo.

Alizeh se mordió el labio y recorrió la estancia con la mirada antes de posar la vista en las altas figuras de los dos jóvenes. Dejó que su atención volara de una a otra escena un par de veces antes de decidirse.

¡Ah, qué demonios!

Dejaría escapar a la señorita Huda. Tenía que hablar con Hazan; tenía demasiadas preguntas sin respuesta.

La joven se dispuso a abrir un serpenteante camino entre los constreñidos cuerpos de los invitados para alcanzar a los dos caballeros, que habían comenzado a avanzar con paso rápido en dirección contraria.

—¡Esperad! —gritó—. ¿A dónde vai...?

El desconocido de cabellos cobrizos se giró al oírla y sus ojos entornados encontraron la mirada de la joven. Le dedicó una única sacudida firme de cabeza.

«Es peligroso», parecía querer decirle. «No nos sigáis».

Alizeh sintió que la nosta se calentaba y dejó escapar un jadeo sorprendido. ¿Cómo se las había arreglado para comprender una advertencia silenciosa?

Se había quedado allí parada, conmocionada por las muchas incógnitas de la noche, cuando los indicios de un suave susurro que conocía bien inundaron su mente y el pavor comenzó a embargarla.

El miedo envolvió el corazón de la muchacha con sus tentáculos, la abrió en canal y le llenó la boca de una sensación cálida.

Salió corriendo sin recapacitar.

El mismo pánico que impulsaba los erráticos movimientos de la joven la condujo a buscar una vía de escape irracional, como si fuese posible huir del diablo. Incluso mientras se abría camino desesperadamente a través del abarrotado salón, sabía que era un esfuerzo en vano, que su retirada era inútil.

El susurro del diablo inundó su cabeza como una neblina.

Cuidaos del oro, el ojo, el trono.

—¡No! —gritó mientras corría—. No, n...

Cuidaos del oro, del ojo, del trono.
Uno es un rey que morir rechaza con aplomo.

—¡Parad! —bramó Alizeh al tiempo que se cubría las orejas con las manos. No sabía hacia dónde iba, pero necesitaba salir a tomar el aire y librarse de la aglomeración de los invitados—. Salid, salid de mi cabeza...

Cuidaos del oro, del ojo, del trono.
Uno es un rey que morir rechaza con aplomo.

Vadead la oscuridad, trepad el muro.
Dos son aliados de quien para todos es rival seguro.

—¡Dejadme en paz! Por favor, no os pido nada más...

Sierpe, sable, ardiente llama.
Tres son los que pelean, rabian y braman.

Alizeh rodeó una columna de mármol con los brazos, se dejó caer contra ella y apoyó una mejilla, que estaba mucho más caliente de lo normal, contra su fresca superficie.

—Por favor —boqueó—. Os lo ruego... Dejadme tranquila...

Cuatro son con el bufón que interviene
Pues el reino, con tres soberanos, no se sostiene.

Se hizo una pausa, la neblina que le rodeaba la garganta aflojó su agarre y, en un abrir y cerrar de ojos, el diablo se esfumó.

Alizeh había acabado mareada y sin aliento por el pánico que había experimentado. Se recostó contra el lustroso mármol para que el frío le penetrara la piel a través del vaporoso vestido. Había estado convencida de que se quedaría helada al llevar un atuendo tan fino, pero no había anticipado la marabunta de invitados, la elevada temperatura resultante de la aglomeración de cuerpos o el inusual sofoco que la embargaría aquella noche.

Alizeh cerró los ojos y trató de calmar su respiración.

No sabía dónde se encontraba, pero tampoco importaba. Apenas oía sus propios pensamientos por culpa del rugido de su corazón, que latía desbocado.

Todavía no había sido capaz de descifrar el primer acertijo que le había planteado el diablo... ¿Cómo se suponía que iba a desentrañar el segundo?

Y lo que era peor, lo que era muchísimo peor: todas y cada una de sus visitas habían demostrado ser un mal presagio. No habían pasado más de un par de días desde que le llenó la cabeza con aquellos susurros cargados de sufrimiento y vaya si había pagado las consecuencias. Desde que escuchó su voz por última vez, su vida se había desmoronado tras dar un giro de ciento ochenta grados. ¿Cómo alteraría su futuro aquel segundo mensaje? ¿Perdería las pocas esperanzas que había conseguido reunir?

Nunca antes había recibido una visita tan precipitada por parte de Iblís. Esa vez solo habían pasado unos días, pero solía contar con varios meses de descanso antes de que la tortuosa voz del diablo regresase, dispuesta a infectar su mente con todo tipo de calamidades e inquietudes.

¿Qué nueva tortura le esperaría ahora?

—Alizeh.

La joven dio un respingo y se giró mientras buscaba el apoyo de la fría columna para hacerle frente a otra particular tortura. El corazón de Alizeh latía a toda velocidad, pero con un ritmo completamente distinto, puesto que le preocupaba lo rápido que le revoloteaba el pulso en la garganta.

De pie frente a ella, Kamran tenía un aspecto magnífico: iba ataviado con un pesado chaquetón sin botones que se cerraba gracias a un ceñido e intrincado arnés de esmeraldas y esas mismas gemas relucientes adornaban el cuello del muchacho hasta la barbilla. Sus ojos, delineados con kohl, parecían aún más oscuros y arrebatadores mientras buscaban la mirada de la joven. Sin embargo, fue el destello de la diadema que descansaba sobre sus cabellos lo que hizo que le diese un terrorífico vuelco al corazón.

Kamran era un príncipe. Casi lo había olvidado.

—Alizeh —repitió el muchacho, aunque en un susurro. Alizeh se sorprendió al descubrir que su voz estaba cargada de un anhelo que no se molestó en ocultar.

Los pozos de infinita oscuridad que eran sus ojos bebieron de cada centímetro del rostro, del cabello e, incluso, del vestido de la joven. Alizeh se sentía desfallecer al estar tan cerca de él, como si hubiese perdido la conexión con su propia mente. Nada estaba saliendo de acuerdo a lo que habían planeado.

¿Cómo se las habría arreglado para encontrarla en medio de aquella multitud?

Ella lo había visto durante un breve segundo en la distancia cuando él recibía con gesto frío a una interminable cola de invitados, pero habría estado dispuesta a apostar que lo mantendría distraído durante toda la noche. Estaba segura de que no podía dejar de lado sus obligaciones como príncipe, por lo que alguien vendría a buscarlo muy pronto...

El joven dejó escapar un alarmante gemido angustiado que agudizó todos sus sentidos e hizo que Alizeh se acercara a él, aunque se detuvo sin llegar a tocarlo. La muchacha lo estudió cuando Kamran puso una segunda mueca de dolor y tiró del cuello de su camisa para alejarlo de su piel en un intento por aliviar la incomodidad que sentía sin descolocar su ingenioso atuendo.

—¿Qué os ocurre? —preguntó Alizeh con suavidad—. ¿Os duele algo?

Él sacudió la cabeza y trató de ofrecer una fugaz carcajada que no ayudó en absoluto a ocultar su aparente incomodidad.

—No, no es nada. Es que estos trajes me resultan asfixiantes. Se supone que este chaquetón debería estar hecho de seda, pero es tremendamente rígido y áspero. Ya era incómodo de por sí, pero ahora os juro que parece estar hecho de agujas. —Hizo otro mohín, al tiempo que le daba un tirón a una de las solapas del chaquetón.

—¿Agujas? —Alizeh frunció el ceño. Extendió una mano vacilante para recorrer el brocado de esmeraldas y su bodoque y lo sintió ponerse tenso—. ¿Os da... os da alergia el oro?

—¿El oro? —repitió con gesto confundido.

—Vuestro chaquetón sí que está hecho de seda —explicó—, pero la urdimbre está entretejida con oro. En ciertos puntos, las hebras de la tela están envueltas en fibra de oro. Y aquí —rozó el bodoque del cuello y las solapas—, aquí los detalles están revestidos con ese mismo material. Vestís con auténtico hilo de oro, ¿no lo sabíais?

—No —dijo Kamran, que la miraba de forma extraña y, por un instante, bajó la vista hasta sus labios—. No sabía que fuera posible entretejer las prendas con oro.

Alizeh tomó aire y apartó la mano.

—Pues sí. Pero, aunque la tela debería ser más pesada y, quizás, un poco áspera, no debería pinchar.

—¿Cómo sabéis eso?

—No tiene importancia —replicó, evitando su mirada—. Lo importante ahora es que os está haciendo daño.

—En efecto. Me está haciendo muchísimo daño. —Dio un paso hacia ella.

—Lo... lo siento muchísimo —se compadeció con nerviosismo antes de lanzarse a divagar—: No es algo muy común, pero es probable que tengáis alergia al oro. Quizá deberíais evitar las ropas confeccionadas con ese tipo de telas y, si queréis algo más suave, sed más específico y pedidle a vuestra modista que utilice seda Charmeuse o satén. Y que evite el georgette y ciertos tipos de... de tafetán o... o incluso...

Alizeh se quedó sin aliento cuando Kamran la tocó, cuando posó las manos en su cintura y las deslizó hasta sus caderas para acariciar su piel a través de las delgadas capas de tela. Alizeh jadeó y se recostó inconscientemente contra la columna de mármol.

Estaba demasiado cerca.

Olía a flor de azahar y también a algo más; era un olor cálido y almizcleño, como el del cuero...

—¿Por qué habéis venido al baile? —preguntó—. ¿Cómo habéis conseguido entrar? ¿Y qué ha pasado con vuestras heridas? ¿Y este vestido...?

—Kamran...

—Decidme que habéis vuelto por mí —susurró. El deseo que se entrelazaba con el sonido de su voz amenazaba con destruir el sentido común y la mismísima compostura de la joven—. Decidme que habéis venido a buscarme. Que habéis cambiado de idea.

—¿Cómo... cómo podéis decir esas cosas cuando acabaréis la noche habiendo escogido a otra para que sea vuestra esposa? —replicó ella con un incipiente temblor en las manos.

—Te elijo a ti —declaró con sencillez—. Te deseo.

—Nosotros... Kamran, no puedes... Sabes que sería una locura.

—Ya veo. —El joven agachó la cabeza y se alejó de la joven, que se quedó helada—. Entonces has venido hasta aquí por un motivo totalmente distinto. ¿Me harías el favor de explicármelo?

Alizeh no dijo nada. No se le ocurría ninguna respuesta.

Oyó suspirar al príncipe, que tardó un instante en volver a hablar:

—¿Me permites hacerte otra pregunta?

—Claro —se apresuró a contestar, desesperada por continuar la conversación—. Sí, por supuesto.

Kamran alzó la vista y encontró su mirada.

—¿De dónde conoces al rey de Tulán exactamente?

TREINTA Y SIETE

Kamran recuperó el control de su rostro mientras esperaba a que la joven respondiera y ocultó el dolor que se había apoderado de él. Dos sufrimientos gemelos atenazaban su corazón y su piel. Las ropas que llevaba aquella noche habían ido volviéndose más y más incómodas con cada minuto que pasaba y ahora esa... esa convulsión... amenazaba con partirle el pecho en dos. Apenas era capaz de mirar a Alizeh mientras esperaba a que dijese algo. ¿Acaso la había juzgado mal? ¿Había acabado convertido en un ser tan necio como le recriminaba su abuelo? La muchacha era una caja de sorpresas: le resultaba imposible adivinar sus intenciones y todas sus decisiones lo confundían.

¿Por qué trataría con tanta amabilidad al soberano de un imperio enemigo? ¿Cómo (cuándo) habían entablado una amistad?

Kamran tenía la esperanza de que Alizeh acallara sus censurables sospechas al admitir que había asistido al baile por él, pero que hubiese rechazado aquella teoría sin apenas pestañear había sido un duro golpe, además de una confirmación... un respaldo de los temores que lo asolaban en silencio.

Pero ¿por qué razón había acudido al baile?

¿Por qué se colaría en un evento real que se celebraba en el mismísimo palacio, habiéndose curado milagrosamente de sus heridas y despojada milagrosamente de sus ropas de criada? Después de tanto esfuerzo por aferrarse a la snoda y ocultar su identidad, ¿por qué había decidido deshacerse de la máscara y exponerse al ir al baile, donde cualquier desconocido podría reconocer su naturaleza?

Kamran fue capaz de conjurar la voz del rey, que señalaba la falta de honestidad de la muchacha y la facilidad con la que había manipulado su mente y sus sentimientos, como una sirena de leyenda. Aunque el príncipe comprendía cada palabra de aquella discusión imaginaria y era consciente de la cantidad de pruebas que condenaban con total verosimilitud la conducta de la joven, Kamran no se veía capaz de acusarla... por una razón tan insustancial que parecía un chiste:

Tenía el presentimiento de que Alizeh estaba en peligro.

El instinto le repetía sin descanso que, a pesar de las pruebas que la incriminaban, la joven no era una amenaza. Incluso le preocupaba que pudiese estar en problemas.

El propio Kamran se daba cuenta de que sonaba como un necio.

Veía los flagrantes errores que plagaban su propio criterio, así como los numerosos aspectos sin resolver de aquel asunto. No lograba comprender, por ejemplo, cómo se había podido costear un vestido tan magnífico cuando hacía escasos días apenas tenía suficientes piezas de cobre para comprar las medicinas con las que atender sus heridas. Tampoco entendía cómo había pasado de estar fregando los suelos de la Mansión Baz aquella misma mañana a haber adoptado el papel de una arrebatadora reina que se reía despreocupadamente mientras charlaba con el monarca de otro imperio.

El rey Zal, como el príncipe muy bien sabía, diría que buscaba encabezar un golpe de estado para reclamar el trono. Al fin y al cabo, el baile era el escenario perfecto para declarar de viva voz, ante los miembros de la aristocracia arduniana, que tenía derecho a reinar.

Quizá Kamran había perdido la cabeza.

Era la única explicación viable para justificar su pasividad, así como el miedo que lo atenazaba incluso en esos momentos. ¿Por qué iba a preocuparse por ella cuando debería llevarla ante el rey? La arrestarían y, sin duda, sería sentenciada a muerte. Aquella era la manera más correcta de proceder, pero, aun así... no movió un solo músculo.

La parálisis que experimentaba era todo un enigma.

El príncipe le había ordenado a Hazan que le entregase al rey Cyrus, pero Kamran había cambiado de idea cuando fue testigo del intercambio que se produjo entre el joven caballero y Alizeh. Cyrus le dijo algo, después la dejó sola y, a los pocos minutos, Alizeh corrió como una loca entre los invitados, con una expresión de absoluto pavor.

Kamran la había seguido sin pensárselo dos veces y apenas podía creerse lo que estaba haciendo cuando echó a andar. Su única certeza era que debía encontrarla y asegurarse de que estuviera bien, pero ahora...

Ahora la reacción de la muchacha no tenía ningún sentido para él.

Su pregunta pareció dejarla perpleja.

Alizeh entreabrió los labios e inclinó la cabeza hacia un lado.

—De entre todas las dudas que podrían surgirte, has elegido hacer una pregunta de lo más extraña. Por supuesto que no conozco al rey de Tul...

—Alteza —intervino su consejero sin aliento—, os he estado buscando por todas partes...

La voz de Hazan se apagó cuando el joven se detuvo bruscamente junto al príncipe. El consejero se había quedado inmóvil, conmocionado no por haber encontrado al príncipe, sino por la presencia de Alizeh. A Kamran no le cabía la menor duda de que no necesitaba más que contemplar sus ojos plateados para reconocer su verdadera identidad.

—¿Qué os ocurre, consejero? —suspiró Kamran.

—¿Consejero?

El príncipe se giró al oír la sorpresa que teñía la pregunta de Alizeh. Contemplaba a Hazan con curiosidad, como si el joven fuese un rompecabezas que tuviese que resolver, en vez de un oficial a quien debería saludar con respeto.

No era la primera vez que Kamran habría estado dispuesto a vender su alma a cambio de que la joven le contara lo que se le pasaba por la cabeza en aquel preciso momento.

—Alteza —dijo Hazan, e inclinó la cabeza con la vista clavada en el suelo—, debéis marcharos. Corréis peligro aquí.

—¿De qué demonios estáis hablando? —preguntó Kamran, confundido—. Este es mi hogar, ¿cómo voy a correr peligro aquí?

—La situación se ha complicado, alteza. Debéis iros. Asumo que recibisteis mi mensaje.

Kamran comenzaba a perder la paciencia.

—Hazan, ¿acaso te habéis vuelto loco?

—Os ruego que confiéis en mí, alteza. Por favor, regresad a vuestros aposentos y aguardad a que os dé más instrucciones. No podré garantizar vuestra seguridad mientras permanezcáis aquí. La velada no se está desarrollando tal y como esperábamos... ¿Acaso no recibisteis mi mensaje?

—Ya es suficiente, consejero. Dejad de exagerar y de aburrir a la joven con vuestras intrigas políticas. Si eso es todo...

—¡No! No, alteza. —Hazan alzó la cabeza de improviso—. El rey ha solicitado que os presentéis ante él de inmediato. Tengo que llevaros hasta el trono con la máxima premura.

—Entiendo —masculló Kamran entre dientes.

El príncipe contempló a Hazan, cuya mirada volaba entre Alizeh y él con una repentina agitación. Aunque no tenía forma de asegurarlo, por un momento, Kamran habría jurado que había visto cómo Hazan le dedicaba a la joven una sacudida de cabeza.

¿O acaso había sido un asentimiento?

Alizeh los sorprendió a ambos al dejarse caer en una elegante genuflexión.

—Buenas noches, señor.

—Sí... sí, buenas noches. —Hazan le respondió con una torpe reverencia. Después, le susurró al príncipe—: Alteza, el rey os espera.

—Decidle al rey que iré...

—¡Alizeh!

Kamran se quedó de piedra al oír una voz inesperada.

Ni más ni menos que Omid Shekarzadeh se acercaba a toda prisa hacia ellos, tan decidido por llegar hasta Alizeh, que lo miraba con una sonrisa de oreja a oreja, que ignoró tanto al príncipe como a su consejero.

—¡Omid! —lo saludó Alizeh en respuesta antes de correr a su encuentro.

Entonces, para total sorpresa de Kamran, la joven estrechó a Omid entre sus brazos. Abrazó al niño callejero que casi le había puesto fin a su vida.

Kamran y Hazan intercambiaron una mirada.

Cuando la inesperada pareja se separó, las mejillas de Omid habían adquirido un intenso rubor. El muchacho habló en feshtún con nerviosismo:

—Ni siquiera estaba seguro de que fueseis vos, señorita, porque nunca os había visto con el rostro al descubierto, pero he pasado toda la noche buscándoos y preguntándole a casi todos los invitados si habían visto a una chica con una snoda (por si acaso todavía la llevabais puesta), aunque todos señalaban a los miembros del servicio y yo les decía «no, no, tiene una invitación para el baile», y todos se reían de mí como si estuviese loco; todos menos una dama, por supuesto, una dama, no me acuerdo de su nombre... señorita algo, se llamaba, y ella me dijo que sabía exactamente a quién me refería y que llevabais puesto un vestido de color morado, pero que no erais ninguna snoda, sino una reina y ¡no sabéis lo mucho que me reí, señorita! Dije...

—¿Qué has dicho? —intercedió Hazan—. ¿De quién hablas? ¿Por qué te diría tales cosas? ¿Cómo sabe nada acerc...?

—Ya que estamos con la ronda de preguntas: ¿cómo demonios conoces el nombre de esta joven? —lo interrumpió Kamran—. ¿Por qué os habláis como si nada hubiera sucedido?

—Os ruego que me disculpéis, alteza —respondió Omid—, pero yo podría haceros la misma pregunta.

—Pero serás...

—En realidad, Omid es la razón por la que estoy aquí esta noche —intervino Alizeh con suavidad, lo cual dejó a Kamran anonadado.

Siempre se las arreglaba para sorprenderlo.

Estudió a la joven con detenimiento mientras ella sonreía al niño con cariño.

—Me invitó al baile para disculparse por haber intentado matarme.

Aunque parecía imposible, Omid se sonrojó aún más.

—Caray, pero yo no tenía intención de mataros, señorita.

—¿Te aprovechaste del favor de la corona para invitar a una chica al baile? —Kamran contempló al muchacho con los ojos desorbitados—. Menudo granujilla manipulador estás hecho. ¿No crees que eres demasiado joven para ser un libertino?

—Solo intentaba compensárselo, alteza —resopló Omid—. No había nada de inapropiado en mi ofrecimiento.

—Pero ¿de qué mujer hablabas? —Hazan seguía exigiendo una respuesta—. ¿Quién te dijo —le dedicó una nerviosa mirada de soslayo a Alizeh— que esta joven es una reina?

Kamran le lanzó una mirada de advertencia a su consejero.

—Seguro que le estaba tomando el pelo, consejero. Fue una broma tonta para asustar al chico.

—En absoluto, señor.—Omid sacudió la cabeza con rotundidad—. No estaba bromeando. Creo que hablaba bastante en serio y la verdad es que parecía asustada. Decía que se estaba escondiendo de alguien, de un hombre que le había lanzado un hechizo horrible. También me pidió que, si encontraba a Alizeh, le pidiese que escapase de aquí. —Frunció el ceño—. Era una señorita de lo más curiosa.

Una oleada de pánico atravesó al príncipe en ese preciso momento y ya no pudo ignorar el temor que sentía por más tiempo. ¿Un hombre capaz de manipular la magia? Estaba seguro de que no les resultaría complicado identificar al culpable.

Al fin y al cabo, todos los magos de Setar estaban muertos.

Nadie más que el rey Cyrus era sospechoso de haber recurrido a la magia aquella noche. ¿Qué otras calamidades habría causado el monstruoso monarca?

Los ojos del príncipe se encontraron con los de Hazan, que mostraban un tinte de pánico similar al de los suyos.

—Omid —susurró Alizeh—, ¿me puedes llevar hasta el escondite de la joven?

—Alteza —intervino Hazan abruptamente al tiempo que volvía a clavar la mirada en el suelo—. Debéis iros ahora mismo. Os ruego que no os demoréis...

—Está bien, de acuerdo —aceptó Kamran con frialdad—. No es necesario que montéis un numerito. Si me disculpáis...

Sus palabras se vieron interrumpidas por un agudo y escalofriante alarido.

TREINTA Y OCHO

Alizeh se lanzó sin pensárselo dos veces en dirección a la conmoción, con Omid pisándole los talones y el corazón desbocado. La muchacha no había parado de darle vueltas a las numerosas revelaciones de la noche... y, por si fuera poco, ¿ahora tenía que lidiar con esto? ¿Qué estaría ocurriendo?

Apenas había tenido oportunidad de asimilar el hecho de que Hazan fuera el consejero del príncipe y, mucho menos, de pararse a considerar la desconcertante vocecilla que le decía que Hazan había estado hablando con ella y no con Kamran cuando había insistido en que el salón de baile no era un lugar seguro.

De hecho, había tenido un aspecto tan preocupado que incluso la había asustado.

Quizá temía que se estuviese quedando sin tiempo; el desconocido había dicho que Alizeh debería salir del palacio antes de la medianoche, pero Alizeh no pensó en seguir sus instrucciones al pie de la letra al ver la despreocupación con la que la había dejado sola.

Aun así, si lo que había dicho era cierto (lanzó una rápida mirada al enorme reloj de la entrada) todavía disponía de treinta y cinco minutos. Le parecía que tenía tiempo de sobra.

¿Habría intentado decirle que debía llegar hasta su transporte por su cuenta, sin la ayuda del desconocido? Hazan había asegurado que había enviado un mensaje, pero ¿a qué se refería? Debía de hablar de las tarjetas que acompañaban al vestido y los zapatos, ¿no era así? ¿O acaso se referiría a la aparición del joven pelirrojo?

No, consideró Alizeh, Hazan debía de estar hablando de los zapatos, puesto que no había recibido ningún otro mensaje que pudiese servirle de ayuda a la hora de escapar.

Ah, ojalá pudiese quedarse a solas con Hazan... Si tan solo pudiese robarle un segundo de su tiempo...

Alizeh estudió sus alrededores a medida que avanzaba en busca del rostro de Hazan, pero la marea de invitados había rodeado a Kamran y a su consejero antes que a ella, como si la horda hubiese sabido que debía abrirle paso a su príncipe incluso estando sumida en el caos.

Sin embargo, aquel revuelo tampoco parecía típico.

Los gritos habían cesado, pero también la música. La mayor parte de los invitados se arremolinaba en torno al tumulto, mientras que otros se habían quedado inmóviles, presa de la confusión; todos parecían a la espera de saber si podían atribuirle aquel grito a la desmedida exaltación entre los asistentes: alguna joven podría haberse desmayado o quizás alguien había sufrido un exagerado sobresalto. Todos parecían preguntarse si tendrían oportunidad de continuar con la velada sin mayor preocupación, puesto que nadie había logrado confirmar el origen de la conmoción.

Alizeh se abrió camino entre la creciente muchedumbre, preocupada por el bienestar de la señorita Huda, y mientras se preguntaba a dónde habría ido, otro alarido de terror perforó el silencio. Alizeh se quedó helada, paralizada al reconocer la voz de la joven que gritaba.

—¡No! —vociferaba la señorita Huda—. No, no voy a... No podéis...

El terror se acumuló en su estómago como el alquitrán. Estaba segura de que el desconocido estaba atormentando a la joven señorita; no le cabía la menor duda de que eso era lo que estaba ocurriendo, a pesar de que le resultaba difícil comprender los motivos del joven para comportarse así. ¿Por qué le había resultado tan fácil romper su promesa? ¿Qué razón tenía para torturar a la señorita Huda?

Alizeh apretó los puños y su cuerpo se estremeció, desesperada por interceder de alguna manera. Entonces, alguien le tiró del brazo.

Era Omid.

—¡Señorita! —la llamó con urgencia— Esa es la voz de la joven que se estaba escondiendo antes. Creo que necesita ayuda.

Alizeh alzó la vista para contemplar al altísimo adolescente.

—Tienes razón. ¿Me llevarías hasta ella? Hazlo tan rápido como puedas.

—Enseguida, señorita. —Ya se había puesto en marcha—. Seguidme.

Alizeh se lanzó detrás del muchacho sin pronunciar una sola palabra y ambos zigzaguearon entre los cuerpos de los asistentes, avanzando entre las sillas e incluso arrastrándose por debajo de alguna mesa. Alizeh se dio cuenta de que a Omid se le daba bastante bien encontrar angostos e inesperados caminos en mitad de la locura, puesto que, a pesar de haber comenzado una nueva vida, había sido un niño callejero durante mucho tiempo y sabía muy bien cómo moverse entre las multitudes.

El joven guio a Alizeh a través del gentío con una pasmosa rapidez hasta llegar a un oscuro recoveco en un remoto extremo del salón de baile, donde la señorita Huda retrocedía para alejarse de una sombra imponente con los brazos ante sí en actitud defensiva.

Alizeh tenía la sensación de reconocer aquella figura.

—¡Espera! —exclamó con tono seco al tiempo que extendía un brazo para detener el avance de Omid.

Después, tiró del muchacho y ambos se ocultaron detrás de una pantalla de madera que contaba con una serie de agujeros en forma de estrella. Se agacharon detrás de ella para contemplar la escena sin ser vistos. Alizeh se hacía una ligera idea de lo que esperaba encontrar, pero la realidad era tan distinta a lo que ella había imaginado que se quedó boquiabierta.

La señorita Huda no solo tenía los brazos en alto, sino que sostenía un candelabro y se acercaba a la alta figura como si tuviese intención de atizarle un buen golpe.

—¿Acaso no erais tan poderoso? —estaba preguntando—. No, ahora que os tengo a mi merced ya no dais ningún miedo.

—Escuchadme, maldita gritona —respondió la voz cruel que asociaba con el desconocido—. He tratado de ser paciente con vos en deferencia a Alizeh, pero si os negáis a cooperar, no me dejáis más opción que...

—¡No! —gritó la señorita Huda—. Ni se os ocurra volver a utilizar vuestra magia conmigo en la vida, señor, o yo... ¡os haré algo terrible! ¡Haré que os arrollen unos caballos en estampida!

—Yo no he dicho en ningún momento que fuera a utilizar la magia de nuevo —replicó él con aspereza—. No olvidéis que yo estaba ocupándome de mis propios asuntos cuando vos me asestasteis un golpe en la cabeza. Además, debo añadir que vuestro comportamiento no fue, en absoluto, digno de una dama... Que ejercierais tamaña demostración de violencia cuando yo he sido de lo más cortés...

—¿Cortés? —bramó la joven—. ¡Me arrebatasteis la voz! ¡Y después me abandonasteis sin contemplaciones en el corazón del baile real cuando todavía llevo un vestido informal de muselina! Me habéis separado de mi familia y ni siquiera han anunciado formalmente mi llegada, así que nadie sabe que estoy aquí y ahora nunca conoceré al príncipe. —El pecho de la señorita Huda subía y bajaba con brusquedad mientras luchaba por respirar—. ¿No os dais cuenta de lo cruel que habéis sido conmigo?

—preguntó, al tiempo que amenazaba al desconocido con el candelabro y este esquivaba el ataque—. No permitiré que nadie me vea así. Por si mi estatus no estuviese ya por los suelos, ahora estoy aquí, en uno de los eventos más importantes de la temporada, sin peinar, con los dientes sucios y en zapatillas, y no tengo ni la más mínima idea de cómo volver a casa desde palacio...

—¿Sabéis una cosa? He cambiado de idea. Creo que os mataré, aunque, como os importa tanto la opinión de los demás, también podría desplazar vuestro cerebro unos centímetros para...

Por tercera vez, la señorita Huda profirió un alarido.

—Ay, madre —se lamentó Omid—. Esto no pinta nada bien.

Una multitud comenzó a congregarse cuando los invitados, entre los que se encontraban Hazan y el príncipe, se acercaron a toda prisa hasta donde se encontraban el desconocido y la muchacha. Alizeh y Omid, que seguían ocultos tras su escondite, vieron cómo el joven de ojos azules suspiraba, murmuraba una palabra de lo más descortés y salía de entre las sombras para dedicarle a su público una amplia sonrisa.

De pronto, a Alizeh se le puso el corazón en un puño.

—¡Pasen y vean! ¡Parece que tienen ganas de disfrutar de un espectáculo! Estaré encantado de cumplir vuestros deseos y, aunque les confieso que nada está saliendo tal y como había previsto, nunca le he hecho asco a un poco de espontaneidad.

Sin previo aviso, alrededor del joven y la señorita Huda estalló un círculo de fuego de unos cuantos metros de diámetro, cuyas llamas de casi un metro de alto desprendían un calor tan asfixiante que incluso Alizeh, desde su escondite tras la pantalla, era capaz de sentirlo.

La señorita Huda, que volvió a echarse a llorar, cada vez sonaba más histérica. El corazón de Alizeh latía con furia y la muchacha oyó que Omid tomaba aire con brusquedad.

La velada estaba resultando un absoluto desastre.

En ese momento, Kamran dio un paso al frente y la multitud, que se retiró al unísono con un colectivo grito ahogado, lo dejó solo ante el peligro. El príncipe se acercó a las llamas tanto como fue capaz y Alizeh notó que se quedaba sin aliento. Estaba aterrorizada y, en cierto sentido, se sentía enfadada... No, se sentía furiosa al ver cómo aquel lunático utilizaba a su amiga como rehén.

Insensato, quería gritarle al muy desquiciado. *Eres un maldito insensato y no tienes remedio.*

El príncipe, mientras tanto, se había acercado al susodicho insensato con tanta sangre fría y seguridad que cualquiera diría que no había peligro alguno.

—Excelencia —dijo Kamran—, esta no es manera de tratar a nuestros invitados. Os lo pediré solo una vez: extinguid el fuego y soltad a la dama.

Alizeh se quedó helada y, después, frunció el ceño, confundida. «¿Excelencia?».

¿Acaso se estaba burlando de él? No había otra explicación para que el príncipe heredero al trono de Ardunia dijera algo así, pero, aunque fuese una broma...

Alizeh cerró los ojos; le daba vueltas la cabeza. El recuerdo de la voz de Kamran inundó sus pensamientos.

«¿De dónde conoces al rey de Tulán exactamente?».

Si el príncipe la había podido ubicar en medio de la concurrencia, también debió de verla hablar con el desconocido de ojos azules... Por todos los cielos, ¿qué habría pensado de ella? Que había estado confraternizando con el rey de Tulán escasas horas después de haber besado al príncipe de Ardunia.

Se había retratado como una traidora. No le costaba imaginar la imagen que debía de haber dado.

Una vergüenza que no le correspondía sentir o aceptar, pero que estaba ahí de todas maneras, inundó la piel de Alizeh con un repentino calor. Tanto la confusión como el temor que la embargaban no hicieron más que triplicarse, puesto que su mente no cesaba de formular nuevas preguntas.

¿Habría hecho Hazan un trato con el rey de Tulán? En caso de ser así, ¿cómo lo hizo? ¿Y por qué? ¿Qué le habría prometido para que el soberano de un imperio tan formidable como el suyo se comprometiese a ayudar a Alizeh? Para que un rey estuviese dispuesto a ayudar a un consejero, debía de haber sido un tremendo favor. ¿Qué demonios habría hecho Hazan?

Alizeh volvió a levantar la vista cuando oyó la voz del desconocido.

—Vos debéis de ser el príncipe —decía—. El queridísimo príncipe Kamran, el melancólico joven que forma parte de la familia real de Setar y que es amigo tanto de los niños callejeros como de los miembros del servicio. Vuestra reputación os precede, alteza.

—¿Cómo os atrevéis a dirigiros al príncipe de esa forma, pedazo de cerdo miserable? —aulló la señorita Huda, y se enjugó las lágrimas con gesto enfadado antes de levantar el candelabro por encima de la cabeza—. ¡Guardias! ¡Guardias!

—¡Claro! Adelante, por favor —la animó el joven rey—. Llamad a los guardias. Traedlos ante mí y exigidles que confiesen sus pecados en voz alta. Toda persona que actúe bajo las órdenes del rey Zal es cómplice de sus crímenes.

Kamran desenvainó su espada y se acercó tanto a las llamas que Alizeh dejó escapar un grito ahogado.

—¿Cómo os atrevéis a desprestigiar al rey en su propio hogar? ¿En su propio reino? —preguntó el príncipe con estruendosa calma—. Soltad a la joven u os rebanaré la cabeza.

—¿Y cómo pretendéis llegar hasta mi cabeza? Os ruego que me lo expliquéis, alteza. ¿Qué magia emplearéis para atravesar el fuego y cumplir vuestra amenaza? ¿Con qué poder extinguiréis el mío cuando todos vuestros magos han muerto?

Al oír aquello, todos los presentes prorrumpieron en gritos ahogados, chillidos, exclamaciones de sorpresa y alaridos de pánico. Alizeh se dio la vuelta para asimilar lo que acababa de presenciar. Su corazón se negaba a dejar de latir a toda velocidad.

—¿Es cierto lo que dice?

—Está loco...

—¿Dónde está el rey?

— ... es imposible...

—No creáis una palabra de lo que dice...

—¡El rey! ¿Dónde está el rey?

En ese momento, apareció el rey Zal, que se abría paso entre la multitud con silenciosa solemnidad y con la cabeza bien alta, incluso bajo el peso de su enorme corona.

El joven rey de Tulán ahogó el fuego de inmediato y soltó a la señorita Huda. Unas cuantas personas se acercaron corriendo a ella y la ayudaron a ponerse a salvo mientras el lunático de ojos azules cargaba contra el rey Zal antes de invocar un nuevo círculo de fuego alrededor de ambos soberanos.

Alizeh llegó a la conclusión de que preferiría pudrirse en una cuneta que acompañar a aquel canalla pelirrojo a dondequiera que se dirigiese. ¿Aquellos eran los otros asuntos de los que tenía que encargarse? ¿Aquel era el trabajo que no le llevaría mucho tiempo?

¡Cuánto deseaba abofetearlo!

—Es a mí a quien buscabais enfrentaros, ¿no es así? —preguntó el rey Zal con voz queda.

—En absoluto —dijo el joven necio alegremente—. No pretendo iniciar un enfrentamiento, majestad. Cuando acabe con vos, rogaréis que ponga fin a vuestra vida.

El rey Zal emitió una seca carcajada.

—¡Llamad a los soldados! ¡Avisad a las autoridades! —gritó alguien entre la multitud.

—¿Queréis que vengan las autoridades? —rio el monarca sureño—. ¿Os referís a ese hatajo de corruptos pusilánimes? Decidme, respetados miembros de la aristocracia arduniana: ¿sabíais que la corona les ofrece a vuestros oficiales un suplemento por recoger niños de la calle?

Alizeh notó que Omid se tensaba a su lado.

—Vaya, a juzgar por vuestras expresiones, veo que no estabais al tanto de ese detalle. ¿Y por qué deberíais estarlo? ¿Quién se percataría de la desaparición de unos cuantos huerfanitos?

—¿Qué es lo que queréis? —intervino el rey Zal con tono cortante.

Ahora su expresión era distinta. Estaba enfadado, de eso no cabía duda... pero Alizeh habría jurado que, por un momento, había parecido...

Asustado.

—¿Yo? —El lunático se señaló a sí mismo—. ¿Que qué quiero yo? Aspiro a demasiado, majestad. Me han arrebatado todo cuanto tenía a cambio de enmendar los pecados de mi padre y ya estoy harto. Estoy cansado de estar en deuda con un maestro de crueldad sin par. Estoy seguro de que vos me entendéis a la perfección, ¿no es así? —El rey Zal desenvainó su espada y el monarca del reino austral volvió a reír—. ¿De verdad vais a desafiarme?

—Majestad, por favor... —Kamran dio un paso al frente, como si tuviese intención de entrar en el círculo de fuego, pero el rey Zal levantó una mano para detenerlo.

—Independientemente de lo que ocurra esta noche, debéis recordar vuestro deber para con el imperio —le dijo su abuelo.

—Sí, pero...

—Eso es todo, muchacho —lo interrumpió con voz inflexible—. Ahora, debéis dejarme librar mi propia batalla.

—Como ya os he dicho, majestad —interrumpió el lunático—, no habrá ninguna batalla.

El rey de Tulán alzó el brazo con un ostentoso ademán y la túnica del rey Zal se rasgó por los hombros para revelar dos amplias franjas de piel escamosa y descolorida.

El rostro del anciano se tornó inexpresivo y el rey se contempló a sí mismo, sorprendido, antes de dirigir la mirada hacia su enemigo del sur.

—No —susurró—. No hagáis esto.

—¿Es que nadie va a hacer ninguna conjetura? —le gritó el joven enajenado a la multitud—. ¿Nadie va a aventurarse a adivinar qué hacen las autoridades con los niños callejeros que encuentran?

El aliento abandonó los pulmones de Alizeh.

Los sonidos que se producían a su alrededor parecieron apagarse, las luces se volvieron tenues; su propia respiración irregular inundó sus oídos cuando el horror que se desarrollaba ante ella monopolizó su visión.

Cerró los ojos.

Hubo una vez un hombre que
Una serpiente en cada hombro portaba.
Si a las sierpes proveía de sustento
El tiempo para su maestro no pasaba.

No se sabía de qué se alimentaban
Ni cuando a los niños hubieron hallado.
Sin cerebro, con el cráneo partido en dos,
En el suelo yacían desmadejados.

—Es cierto —susurró Omid con voz temblorosa—. Yo... yo lo he visto, señorita. Los he visto hacerlo, pero nadie cree a los niños callejeros; todo el mundo piensa que somos unos mentirosos... También nos amenazaban y nos decían que quien se fuera de la lengua acabaría siendo el siguiente...

Alizeh profirió un grito ahogado y se cubrió la boca con la mano.

—Ay, Omid —se lamentó—. No sabes cuánto lo siento...

Dos serpientes blancas y de piel coriácea se alzaron de los hombros del rey de Ardunia, lanzando dentelladas al aire y siseando, hambrientas.

La espada del rey Zal cayó al suelo con un estrépito.

TREINTA Y NUEVE

A Kamran se le partió el corazón en mil pedazos, aun cuando se resistía a creer la verdad que sus ojos juraban ver.

Estaba siendo testigo de una total y absoluta pesadilla.

El príncipe era consciente (aunque solo había oído rumores) de que, a lo largo y a lo ancho del mundo, muchos reyes y reinas habían hecho pactos con el diablo: vendían una parte de su alma a cambio de poder, amor o territorios. Las habladurías contaban que Iblís se presentaba ante cada monarca en el día de su coronación.

Ninguna de esas historias tenía un final feliz.

El rey Zal había advertido a Kamran acerca de Iblís desde que era muy pequeño y nunca se cansaba de recordarle que no debía aceptar una oferta del diablo bajo ningún concepto. Entonces, cómo...

—No —susurró Kamran—. No, no es posible...

—Vuestro querido rey debería haber muerto hace muchos años —explicaba el rey Cyrus—. Pero vuestro melancólico príncipe era demasiado joven para reinar, ¿verdad? La tristeza, el miedo y el dolor que sentía por la muerte de su padre todavía lo atenazaban. Por eso, el magnánimo rey Zal hizo un trato con el diablo para prolongar su vida. —Hizo una pausa—. ¿No es así, majestad?

—Ya basta —respondió el rey Zal, y bajó la mirada—. No es necesario que continuéis. Sería mejor para todos que acabaseis conmigo en este preciso momento.

Cyrus hizo caso omiso.

—Lo que no tuvo en cuenta, claro está, fue que tendría que pagar ese pacto con sangre. Las serpientes prolongaban su vida, sí, pero ellas también necesitan alimentarse, ¿verdad?

Kamran apenas podía respirar.

No sabía qué hacer o qué decir. Todas aquellas revelaciones lo habían dejado paralizado, aturdido por el caos en el que se habían sumido sus emociones. ¿Cómo iba a defender a un hombre carente de moral? ¿Cómo no iba a defender al abuelo al que tanto quería? El rey había vendido su alma para proteger al joven príncipe, para que Kamran pudiese disfrutar de su juventud durante un par de años más...

—Tal y como lo oyen: se alimentan de los cerebros frescos de los niños. —Cyrus hizo aparecer una masa húmeda de carne de la nada y se la lanzó a las serpientes—. Para ser más exactos, se alimentan de niños callejeros. Al fin y al cabo, los pobres y desfavorecidos son los más prescindibles, ¿no es así?

Las serpientes sisearon y se lanzaron dentelladas mutuamente al tiempo que ondulaban el cuello para atrapar el bocado que les ofrecían. Una de ellas lo cazó en el aire, triunfante, con las fauces desencajadas.

Una serie de alaridos horrorizados taladraron el silencio que se extendía entre los presentes y una mujer se desmayó en brazos de otra.

El príncipe captó un destello metálico.

Una espada se había materializado en una de las manos de Cyrus y Kamran no se lo pensó dos veces antes de lanzarse hacia delante... aunque fue demasiado tarde. El rey de Tulán ya había atravesado el pecho de su abuelo, que aceptó su destino con los brazos abiertos.

Kamran por poco cayó de rodillas.

El joven recuperó el aliento y saltó a través de las ardientes llamas, espada en mano, para cargar contra Cyrus, sin apenas sentir cómo se abrasaba la piel y sin oír los gritos de la multitud. El rey de Tulán lo esquivó, arremetió contra Kamran y blandió su espada en una trayectoria diagonal, pero el príncipe arduniano bloqueó el movimiento de su enemigo con tanto ímpetu que la fuerza del impacto lo recorrió de pies a cabeza. Con un alarido, Kamran empujó el arma de Cyrus y lo lanzó un par de metros hacia atrás.

El rey de Tulán se estabilizó enseguida y volvió al ataque. Su espada brillaba bajo las rutilantes luces de la estancia. Kamran esquivó la estocada y giró al tiempo que su hoja atravesaba el aire y encontraba el acero de su oponente.

Las espadas entrechocaron y cortaron el aire al alejarse el uno del otro.

—No tengo nada en vuestra contra, príncipe melancólico —dijo Cyrus, que respiraba con dificultad cuando dio un paso atrás—. No tenéis por qué morir esta noche. No tenéis por qué dejar vuestro imperio sin un soberano que lo lidere.

Kamran se detuvo al oír aquello y cayó en la cuenta de que su abuelo había muerto de verdad. Comprendió que ahora Ardunia era su responsabilidad.

Que ahora él era el rey.

Profirió un bramido y se abalanzó sobre Cyrus, que detuvo el ataque y asestó una estocada de fuerza bruta. Kamran se dejó caer sobre una de sus rodillas para salir al encuentro de su espada, pero, como había sufrido graves quemaduras en el brazo con el que sostenía el arma, no fue capaz de resistir la embestida de su contrincante durante mucho tiempo.

Su espada cayó al suelo.

Cyrus se retiró, jadeante, y alzó su acero por encima de la cabeza para asestarle lo que, sin duda, sería el golpe de gracia.

Kamran cerró los ojos. En ese momento, aceptó que su destino sería morir y que lo haría defendiendo a su rey. A su abuelo.

—¡No! —gritó alguien.

Kamran oyó la carrera desenfrenada de unas botas que repiqueteaban contra los suelos de mármol y, cuando alzó la vista, se quedó sin palabras al ser incapaz de creer lo que veían sus ojos. Alizeh se acercaba a toda prisa hacia él, apartando a empujones a los invitados que se interponían en su camino.

—¡Detente! —gritó Kamran—. ¡Cuidado con el fuego...!

CUARENTA

Alizeh atravesó aquel infierno sin inmutarse y, cuando su vaporoso vestido se prendió fuego, tuvo que apagar las llamas rápidamente con las manos desnudas. Con el corazón en un puño, dirigió la mirada hacia Kamran, puesto que necesitaba asegurarse de que estuviera vivo, de que no estuviera gravemente herido, aunque tan solo fuese por un segundo.

El muchacho se limitaba a contemplarla con asombro.

Una amplia zona del brazo derecho de Kamran sangraba profusamente, puesto que el fuego le había atravesado las ropas. Y aunque el resto de su atuendo ya no tenía arreglo, más chamuscado en unas partes que en otras, el joven parecía encontrarse bien salvo por el par de rasguños de bastante mal aspecto que se había ganado durante la pelea con el rey de Tulán. A pesar de todo, Alizeh no creía que estuviese al tanto de sus heridas, ni siquiera del corte que se había hecho en la frente, a pesar de la sangre que le caía por la sien.

Entre la muchedumbre, que se había quedado muda por la conmoción, de pronto comenzaron a oírse los cuchicheos y los gritos ahogados de los invitados, que expresaban la pena y la incredulidad que sentían.

Alizeh se rebeló contra el rey de Tulán.

Avanzó con paso decidido hacia él. Con el vestido quemado y la piel manchada de hollín, le arrancó la espada con una mano helada y se la tiró al suelo, donde aterrizó con un estrépito. El joven rey la miraba fijamente, como si la muchacha fuese un inmenso monstruo marino que se disponía a tragárselo de un solo bocado.

—¿Cómo osáis comportaros de esta manera? —bramó Alizeh—. Sois un despreciable cretino. Un inepto sin corazón. ¿Cómo habéis podido...?

—¿Cómo... cómo habéis...? —El joven continuaba mirándola boquiabierto—. ¿Cómo habéis atravesado el fuego así? ¿Por qué no os habéis... quemado?

—Sois un miserable y vil cretino —espetó Alizeh, enfadada—. Ya sabéis exactamente quién soy, ¿acaso no sabéis qué soy?

—No.

Alizeh le dio una bofetada haciendo pleno uso de su fuerza y la potencia del impacto le hizo perder el equilibrio. El monarca del reino austral retrocedió y se golpeó la cabeza al chocar con la misma columna que, un segundo después, le sirvió de apoyo. Se demoró unos instantes antes de volver a alzar la vista, pero, cuando levantó la cabeza, Alizeh se dio cuenta de que tenía la boca llena de sangre. El rey Cyrus escupió un poco de saliva sanguinolenta.

Después, el joven rio.

—Maldita sea la estampa del mismísimo diablo —murmuró—. Se le olvidó comentarme que erais una jinn.

—¿A quién? —preguntó Alizeh, sobresaltada.

—A nuestro amigo en común.

—¿Os referís a Hazan?

—¿Hazan? —El rey de cabellos cobrizos volvió a reírse y se limpió un poco de sangre de la comisura de los labios—. ¿Habláis en serio? Por supuesto que no me refiero a Hazan. —Dirigiéndose a Kamran, añadió—: Prestad atención, rey de Ardunia, puesto que parece que vuestros aliados os han traicionado.

Antes de que Kamran levantase un muro a su alrededor y se encerrase sobre sí mismo, Alizeh, que se había dado la vuelta para buscar la mirada del muchacho, contó con el tiempo justo para ver que la observaba con una expresión conmocionada y dolida por la traición.

Sus ojos se oscurecieron hasta tal punto que casi no parecían humanos.

Alizeh quería ir con él para explicarle que...

Kamran intercambió una mirada con uno de los numerosos guardias que ahora ocupaban el salón de baile, mientras que Hazan, que enseguida demostró ser la única persona en tratar de abandonar la estancia, acabó preso pocos segundos después, una vez que le ataron las manos a la espalda con muy poca delicadeza. Por un momento, lo único que interrumpió el atronador silencio que había caído entre los presentes fueron las protestas de Hazan cuando lo sacaron a rastras del salón.

Alizeh se vio invadida por un virulento ataque de pavor.

Con agónica lentitud, a su alrededor se tejió un ilustrativo tapiz compuesto por los dispares hilos de la comprensión, que se entretejían para revelarle la respuesta a una incógnita que había malinterpretado durante un largo tiempo.

«Por supuesto que no me refiero a Hazan».

Hazan nunca había pretendido que el destino acabase desembocando en ese preciso momento. Hazan, que había demostrado ser un joven amable y digno de confianza, se había preocupado de corazón por su bienestar. Pero lo que estaba ocurriendo... no era más que un cruel engaño, ¿verdad?

El mismísimo diablo le había tendido una trampa.

Pero ¿por qué?

—Iblís —dijo Alizeh con la voz cargada de suspicacia—. Durante todo este tiempo, vos siempre hablabais del diablo. ¿Por qué? ¿Por qué os ha ordenado que vinierais a buscarme? ¿Por qué muestra interés por mi vida?

—¿Acaso no es evidente? Quiere que seáis reina —explicó el rey de Tulán, confundido.

Alizeh oyó el jadeo que escapó de los labios de Kamran y los murmullos que volaron entre los invitados que se congregaban a su alrededor. Aquella era una conversación de locos. Por poco había olvidado que tenían público... que toda Ardunia se enteraría de lo que estaban diciendo...

Una vez más, el rey Cyrus rio, aunque la carcajada fue más sonora que las anteriores y vino acompañada de una repentina expresión turbada.

—¡Quiere que una reina jinn gobierne el mundo! ¡Pero qué criatura más sediciosa! Desde luego, es la venganza perfecta.

Entonces, Alizeh palideció y se dio cuenta de que le temblaban las manos. Una frágil teoría que le ponía los pelos de punta comenzó a tomar forma en su mente:

Iblís quería aprovecharse de ella.

Quería darle el poder absoluto para, después, controlarla y, sin duda, asegurar la caída y la aniquilación masiva de los seres de arcilla que antaño lo habían tratado de forma injusta; esos mismos seres a los que culpaba por su caída en desgracia.

Alizeh se dispuso a retroceder lentamente para alejarse del rey de ojos azules. Un extraño delirio, un temor que le nublaba la vista, se había apoderado del cuerpo de la joven. Miró el reloj de forma inconsciente.

Quedaban cinco minutos para la medianoche.

Alizeh corrió hacia la salida y atravesó el círculo de fuego por segunda vez sin recibir una sola quemadura, si bien los chamuscados jirones que quedaban de su vestido volvieron a prenderse fuego. Aunque no sabía hacia dónde se dirigía, la muchacha ni siquiera dejó de correr para extinguir las llamas.

El rey de Tulán la llamó desde la distancia:

—¡Esperad! ¿A dónde vais? Teníamos un trato: no teníais permitido huir bajo ninguna circunstancia...

—¡Debo irme! —gritó, desesperada.

Sabía que sonaría como una lunática incluso antes de pronunciar aquellas palabras, puesto que no había forma de escapar del diablo y nunca encontraría descanso lejos de sus susurros. Aun así, no era capaz de deshacerse de la angustia que la inundaba y que la llevaba a actuar de forma irracional.

—¡Lo siento! —se disculpó—. Lo siento, pero tengo que irme... Tengo que hallar un lugar donde esconderme; un lugar donde no pueda...

Algo la atrapó por la cintura; parecía una ráfaga de viento o el susurro de un ala. Sus pies comenzaron a agitarse en el aire sin previo aviso y su cuerpo salió despedido hacia el cielo.

La joven gritó.

—¡Alizeh! —bramó Kamran, que corrió hasta alcanzar los límites de su jaula de fuego—. ¡Alizeh...!

El pavor inundó los pulmones de la joven mientras su cuerpo se elevaba.

—¡Haced que pare! —Sus brazos se agitaban en todas direcciones—. ¡Bajadme!

Se sentía paralizada e ingrávida al mismo tiempo. Había perdido el control total de su cuerpo.

¿Flotaría hasta la luna por culpa de la magia negra bajo la que estaba presa? ¿La llevaría hasta un lago para ahogarla? ¿La empalaría en una espada?

Gritar era todo cuanto podía hacer.

Había ascendido hasta el techo y ya casi podía tocar las vigas superiores. Se le hacía difícil distinguir los rostros de los invitados y sus voces eran prácticamente inaudibles...

De pronto, se produjo un estrépito.

Una bestia descomunal reventó una de las paredes del palacio. Su coriáceo cuerpo relucía gracias a las iridiscentes escamas que lo cubrían y la envergadura de sus alas abarcaba la estancia de extremo a extremo. La multitud estalló en un coro de alaridos y muchos se agacharon para ponerse a cubierto. Alizeh, por su parte, fue incapaz de apartar la mirada del animal.

Nunca antes había visto a un dragón.

Descendió en picado hasta casi tocar el suelo, rugió y dejó alargadas marcas en el mármol de las paredes con un azote de su cola dentada.

Entonces, en un abrir y cerrar de ojos, Alizeh quedó libre.

Cayó en picado a una aterradora velocidad, embargada por el estruendo de sus propios gritos, que inundaban sus oídos y ahogaban cualquier otro sonido. Apenas tuvo tiempo de asimilar que estaba a punto de morir, que se rompería la crisma al tocar el suelo...

El dragón se lanzó directo a por ella y Alizeh chocó con un golpe sordo con el lomo de la bestia.

La muchacha se precipitó hacia adelante con una tremenda violencia y se habría caído del dragón de no haber sido porque se agarró a su escamoso cuello cuando echó a volar sin demorarse ni un segundo. A Alizeh, que resbaló hacia atrás cuando el animal se lanzó hacia arriba, le daba vueltas la cabeza y sentía que el corazón se le iba a salir del pecho. Lo único que pudo hacer en esa situación fue agarrarse con todas sus fuerzas a la bestia y tratar de mantenerse serena. El dragón profirió otro rugido antes de batir sus descomunales alas y lanzarse a través del agujero que había abierto en el destrozado muro del palacio, para volar hacia la oscuridad de la noche.

Durante un largo rato, Alizeh se mantuvo inmóvil.

El miedo y la incredulidad la habían dejado paralizada, pero, poco a poco, volvió a recuperar la sensibilidad en las extremidades y en las yemas de los dedos. No tardó en sentir el viento en el rostro cuando contempló el cielo nocturno que la envolvía, como una sábana de medianoche tachonada de estrellas.

Bajó ligeramente la guardia.

La descomunal y robusta bestia parecía saber a dónde iba. La joven tomó unas cuantas bocanadas profundas de aire para librarse de los últimos resquicios de pánico y para convencerse a sí misma de que estaría a salvo siempre y cuando no se soltase de aquella criatura salvaje. De pronto, la muchacha cambió de posición al notar el tacto de unas suaves fibras de tela que le acariciaban la piel a través de lo que quedaba de su delicado vestido. Bajó la vista para examinar el tejido. No se había percatado de que, en realidad, estaba sentada sobre una pequeña alfombra, que...

Por poco dejó escapar otro alarido.

El dragón había desaparecido. Todavía seguía ahí, puesto que notaba la forma de la bestia bajo su cuerpo y sentía la áspera textura de su piel... pero la criatura se había hecho invisible, de modo que Alizeh parecía estar flotando sobre una alfombra de tela estampada.

Era una imagen de lo más confusa.

Aun así, comprendió por qué la criatura se había desvanecido: sin la tremenda figura del animal de por medio, Alizeh tuvo oportunidad de contemplar el reino entero a sus pies, así como el mundo que se extendía más allá de sus fronteras.

La joven no sabía hacia dónde se dirigían, pero, al menos por el momento, se obligó a dejar el temor a un lado. Al fin y al cabo, allí arriba sentía una curiosa sensación de paz al verse rodeada por el más absoluto silencio.

Al relajarse, su mente se agudizó y Alizeh se apresuró a quitarse las botas y a lanzarlas para dejar que se las tragara la noche. Fue una tremenda satisfacción para ella ver cómo desaparecían en la oscuridad.

Fue un alivio.

La alfombra se movió cuando el peso que sostenía cambió con un repentino golpe sordo y la muchacha se sobresaltó. Alizeh se dio la vuelta, una vez más, con el corazón en un puño, y cuando se encontró con el rostro de su molesto acompañante, habría estado dispuesta a lanzarse de cabeza tras las botas que acababa de tirar.

—No —susurró.

—Este dragón es mío —anunció el rey de Tulán—. No os permitiré que me lo robéis.

—Yo no os lo he robado, la criatura me... Esperad un segundo. ¿Cómo habéis llegado hasta aquí? ¿También podéis volar?

El joven se echó a reír.

—¿Acaso escasea tanto la magia en el grandioso Imperio arduniano como para que os impresionen de esta manera unos trucos tan sencillos?

—Pues sí —respondió, sorprendida—. ¿Cómo os llamáis?

—Ya estáis con otro de vuestros sinsentidos. ¿Para qué necesitáis saber mi nombre?

—Para que pueda odiaros sin tener que adherirme a ninguna formalidad.

—Vaya. En ese caso, podéis llamarme Cyrus.

—Cyrus —repitió—. Sois un monstruo insufrible. ¿A dónde demonios me estáis llevando?

Sus insultos parecían no tener ningún efecto en el monarca, puesto que no perdió la sonrisa cuando dijo:

—¿Todavía no lo habéis adivinado?

—Estoy demasiado alterada para lidiar con vuestros jueguecitos. Por favor, decidme qué terrible destino me espera de ahora en adelante.

—Ah, me temo que os enfrentaréis al peor de todos. Nos dirigimos hacia el reino de Tulán.

La nosta le calentó la piel y Alizeh se quedó petrificada por el miedo. Estaba estupefacta, sí, y también aterrorizada, pero lo más impactante fue oír al soberano de un imperio menospreciar su propio territorio de esa manera...

—¿De verdad es Tulán un lugar tan terrible?

—¿Tulán? —Abrió los ojos de par en par, sorprendido—. En absoluto. Un solo metro cuadrado de Tulán bastaría para dejar en ridículo la majestuosidad de toda Ardunia, y os digo esto no en base a mi opinión personal, sino como un hecho probado.

—Pero, entonces —Alizeh frunció el ceño—, ¿por qué habéis dicho que me aguardaba el peor de los destinos?

—Ah, os referíais a eso. —Cyrus apartó la mirada y dejó que sus ojos vagaran por el cielo nocturno—. Bueno. ¿Recordáis que os dije que le debía un tremendo favor al amigo que tenemos en común?

—Sí.

—¿Y os acordáis de que os expliqué que ayudaros era la única manera de saldar la deuda que nuestro amigo estaba dispuesto a aceptar?

—Me acuerdo —respondió, tragando saliva.

—También os dije que quería que fueseis reina. Una reina jinn.

Alizeh asintió con la cabeza.

—Bien. La cuestión es que no disponéis de un reino ni tampoco de tierras donde gobernar. No contáis con ningún imperio al que dirigir.

—No —coincidió con voz queda—. No dispongo de nada de eso.

—Bueno, por eso vais a venir a Tulán conmigo. —Cyrus hizo una breve pausa para tomar aire—. Porque nos vamos a casar.

Alizeh profirió un grito agudo y cayó del dragón.

¿TE GUSTÓ ESTE LIBRO?

Escríbenos a

puck@edicionesurano.com

y cuéntanos tu opinión.

ESPAÑA /MundoPuck /Puck_Ed /Puck.Ed

LATINOAMÉRICA /PuckLatam

/PuckEditorial

¡Gracias por vivir otra
#EXPERIENCIAPUCK!